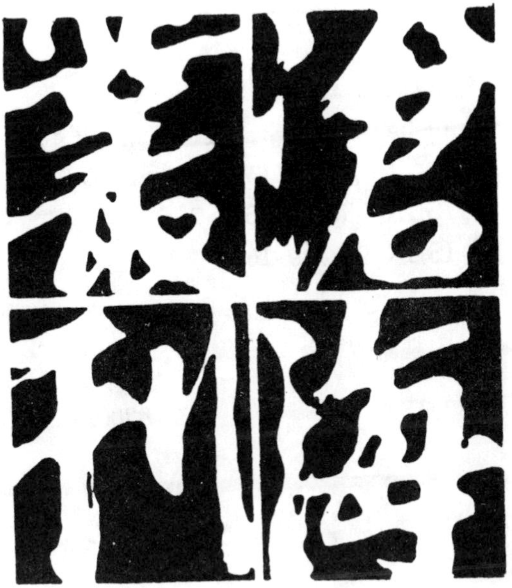

楚辭綜論

徐志嘯 著

東大圖書公司印行

國立中央圖書館出版品預行編目資料

楚辭綜論／徐志嘯著.--初版.--臺北市：東大發行；三民總經銷，民83
面；　公分.--（滄海叢刊）
ISBN 957-19-1627-7（精裝）
ISBN 957-19-1628-5（平裝）

1.楚辭-評論

832.18　　83003185

著作人　徐志嘯
發行人　劉仲文
著作財產權人　東大圖書股份有限公司
　臺北市復興北路三八六號
發行所　東大圖書股份有限公司
　地　址／臺北市復興北路三八六號
　郵　撥／〇一〇七一七五──〇號
印刷所　東大圖書股份有限公司
總經銷　三民書局股份有限公司
門市部　復北店／臺北市復興北路三八六號
　重南店／臺北市重慶南路一段六十一號
初　版　中華民國八十三年六月
編　號　E 03079
基本定價　伍元壹角壹分
行政院新聞局登記證局版臺業字第〇一九七號

ISBN 957-19-1628-5（平裝）

《九歌》論

楚騷及楚文化論

賦論

目錄

楚學論

宏觀比較論

附錄一

附錄二

自序

收入本書的七個專題二十三篇論文，是我近十年內研究楚辭的成果匯編。

我從事楚辭研究始於八十年代初，其時，我正在復旦大學攻讀碩士研究生。由於醞釀碩士論文選題，我開始對楚辭產生了興趣，最初的意念是：「楚辭何以會在屈原時代誕生？除了屈原本人的天才條件外，與楚國的歷史、文化等因素有無關係？」

誰知論文完成後，頗得好評，並有緣參加了一次全國性的學術討論會，這個契機，大約便導致了我此後多年的涉足楚辭，於是一發而不可收，陸陸續續便匯成了今天的這部《楚辭綜論》。

應該感謝領我邁上楚辭研究臺階的陳子展教授和引我登堂入室的林庚教授，兩位先生的辛勤扶植與諄諄教誨，使我難以忘懷。

我十分慶幸自己能在中國最高學府——北京大學生活、學習了二年多，這段時間或許對我以後幾十年的治學生涯都會產生影響。可惜由於客觀原因，當時我沒能遵從導師意願留在他身邊、留在北大，如果那樣做了，或許我的生活將會是另一種色彩——如今回想起來，不免有些遺憾。

學術研究的道路並非一帆風順，其間的風雨坎坷、甜酸苦辣，唯有親自實踐的人才會體驗。我大概天生就有一股對自己認定的事業執著追求的堅定毅力，因而，面對前進道路上的荊棘、難以逆料的事非、書齋生活的清苦，都能泰然處之，我行我素。多年來，我奉行的準則是：不斷進取、不斷求索，從自己的學術探索與成果中獲取樂趣與慰藉，這正應驗了屈原的兩句詩：「路漫漫其修遠兮，吾將上下而求索。」

如今，多年研究的成果集成一編問世了，企盼的是讀者的批評與指正。需要說明的是，由於各篇論文發表於不同時期不同刊物，匯總一處時，不免有個別重複的地方，這是希望得到諒解的。

最後，我應特別感謝為本書出版付出辛勤勞動的編輯先生，他們那種極度負責的工作精神和一絲不苟的工作態度，令我十分感動。

是為序。

徐志嘯

寫於一九九四年三月二十二日

楚辭起源論

一、荊楚歷史條件

促使楚辭產生的各種因素在屈原時代的形成，很大程度上與楚的早期發展和興盛史有關，因此，了解並探討楚在懷王之前走過的歷程，對深入了解楚辭的產生甚有裨益。

楚在屈原之前的歷史，大致可以分爲兩大階段：先楚至楚成王前，作爲南方一弱小「蠻夷」，始與殷商往來，繼受周封，立楚國，爲「荊蠻」時期；楚成王後，由於楚人長期奮鬪和楚君勵精圖治、征伐列國，政治、經濟、軍事均逐臻強盛，進入「楚霸」階段，霸勢基本維持到懷王前期。下面，分別就「荊蠻」與「楚霸」兩個時期的歷史狀況及特點作一闡述，看它們對楚辭產生的直接與間接的影響因素。

(一)「荊蠻」時期

此段歷史我們首先須辨明：楚究竟由何人所建？一種看法認爲，楚係北方殷人南下後所建

[註]。由歷史記載看，此說有誤。《史記・五帝本紀》云：「軒轅之時，神農氏世衰。諸侯相侵伐，暴虐百姓，而神農氏弗能征。於是軒轅乃習用干戈，以征不享，諸侯咸來賓從。而蚩尤最為暴，莫能伐，……蚩尤作亂，不用帝命，於是黃帝乃征師諸侯，與蚩尤戰於涿鹿之野，遂禽殺蚩尤。」《尚書・呂刑》云：「蚩尤惟始作亂，延及於平民，罔不寇賊鴟義，奸宄奪攘矯虔，苗民弗用靈，制以刑，惟作五虐之刑曰法。」《帝王世紀》云：「蚩尤氏叛，不用帝命，……黃帝於是乃擾馴猛獸，與神農氏戰於阪泉之野，三戰而克之。又征諸侯，使力牧，神皇直討蚩尤氏，擒之於涿鹿之野。」有關上述這段歷史，范文瀾《中國通史》第一册第八十九頁上有一段比較清楚的說明：

「居住在南方的人統被稱為『蠻族』。其中九黎族最先進入中部地區。……蚩尤是九黎族的首領，兄弟八十一人，即八十一個氏族酋長。……九黎族驅逐炎帝族，直到涿鹿，……後來炎帝族聯合黃帝族與九黎族在涿鹿大械鬪，蚩尤請風伯雨師作大風雨，黃帝也請天女魃下來相助。這些荒誕的神話，暗示著這一場衝突非常激烈，結果蚩尤鬪敗被殺。九黎族經長期鬪爭後，一部分

---

❶參見郭沫若《屈原研究》。另，關於楚民族先源問題，有四種說法：1.東來說，認為原居淮河下游，後沿長江西上，定居江漢間；2.西來說，認為楚夏同祖，楚後由陝西東部遷入；3.北來說，楚人由北向西南發展，後移居漢水之南；4.土居說，楚係土生土長於長江中下游地區。

被迫退回南方，一部分留在北方，後來建立黎國，一部分被炎黃族俘獲，到西周時還留有『黎氏』的名稱。」

那部分退回南方的人仍不服，帝堯時，「三苗在江淮，荊州數爲亂。」（《史記・五帝本紀》）「諸侯有苗氏，處南蠻而不服，堯征而克之於丹水之浦。」（《帝王世紀》）這裏，「三苗」即「有苗」，與楚人屬同一祖源，《史記・孫子吳起列傳》曰：「三苗之國，左洞庭，而右彭蠡。」張守節《史記・五帝本紀》正義曰：「洞庭，湖名，在岳州巴陵西南一里，南與青草湖連。彭蠡，湖名，在江州潯陽縣東南五十二里，以天子在北，故洞庭在西爲左，彭蠡在東爲右。今江州，鄂州，岳州，三苗之地也。」說明三苗之地與楚地屬同一區域。又，苗、蠻古音同，《廣雅・釋詁》曰：苗、蠻均訓僞。苗蠻屬異名同族，原居中國南部。這就證明了三苗——有苗——楚。另，《國語・鄭語》載史伯答鄭桓公曰：「夫荊子……且重、黎之後也，夫黎爲高辛氏火正，……故命爲『祝融』，……融之興者，其在芊姓乎？」《楚語》曰：「及少皞之衰也，九黎亂德，民神雜糅，不可方物。……顓頊受之，乃命南正重，司天以屬神，命火正黎，司地以屬民，使復舊常，無相侵瀆，是謂絕地天通。其後，三苗復九黎之德，堯復育重黎之後，不忘舊者，使復典之，以至於夏、商。故重黎氏世敍天地，而別其分主者也。」可見，重黎是楚人的先祖，三苗從黎氏發展而來，是重黎的另一支重要後裔。這就證明了楚和三苗的祖源均爲重黎，而重黎是顓頊的後代：「高陽者，黃帝之孫，昌意之子也。高陽生稱，稱生卷章，卷章生重黎。」（《史記・楚世家》）這與《離騷》所述「帝高陽之苗裔兮」正相合。

那麼，由黃帝是北人祖先，高陽是黃帝之孫，楚人是「高陽之苗裔」，是否可推斷楚人為北人的後裔呢？答曰：否，因為此推論疏忽了重要一點：黃帝是上古傳說人物，他不但是北人祖先，而且是東南西北四境各族人的共同祖先。《山海經》載：「黃帝妻雷祖，生昌意，昌意降生若水，生韓流……生帝顓頊。」（《海內經》）「顓頊生驩頭，驩頭生苗民，苗民釐姓。」「黃帝生苗龍，苗龍生融吾，融吾生弄明，弄明生白犬。」（《大荒北經》）「黃帝生禺虢，禺虢生禺京，禺京處北海，禺虢處東海，是為海神。」（《大荒北經》）「有北狄之國。黃帝之孫曰始均，始均生北狄。」（《大荒西經》）「黃帝生駱明，駱明生白馬，白馬是為鯀。」（《海內經》）可見，如單從黃帝是北人祖先臆斷楚人為北人後裔、楚由北人南下所建，難以使人信服。

是否可由「封熊繹於楚蠻，……居丹陽」，推斷丹陽為楚都，從而認為楚由北人所建呢❷？筆者認為，此種說法也難以成立。熊繹前，楚已在荊山一帶建國，梁玉繩《史記志疑》云：「麗是繹祖，睢是楚望，然則繹之前已建國楚地，成王蓋因而封之，非成王封繹，始有國耳。」《墨子・非攻下》云：「昔者熊麗始封此睢山之間。」熊麗是鬻熊之子，熊繹之祖父，睢山在丹陽東

❷ 參見（清）宋翔鳳《楚鬻熊居丹陽、武王徙郢考》（《過庭錄》卷九）及呂思勉《先秦史》。

北，居荊山地區範圍，可見，至少在熊麗時，楚已建國於荊山一帶。另外，熊繹所居丹陽，即堯時有苗氏所居之「丹水之浦」，是個地區，不是都邑[3]。即此可以說明，楚確非北人南下所建。

以上所記，另有考古發現可資佐證：

「江漢流域具有南方特色的新石器時代的大溪文化，屈家嶺文化……晚於屈家嶺文化的一個受中原文化影響而又有長江中游原始文化的湖北龍山文化」，這些文化，「在地層上有直接的疊層關係和文化內涵的承繼關係」，它們的「文化遺址分布的主要範圍，恰好與楚文化的範圍大體一致」，「很可能是楚的原始階段，即楚的先身。」[4]這就又從考古發掘上下了結論：楚人是土生土長於南方的民族。

由此，我們可以大致作出如下推斷：楚人是長期生活在南方的落後民族（這樣說並不排斥它的組成中可能有其它地區融合而入的成分），因爲發展遲緩，原始遠古傳統保存較多，這就相當程度上決定了楚辭產生的可能性，以及楚辭（包括楚文化）的民族特色與地方特色；另外，由

[3] 關於楚早期都城丹陽的地望，約有秭歸說、枝江說、浙川（丹浙）說、秭歸—枝江說多種。

[4] 《文物》一九八〇年第十期，《楚人在湖南的活動遺址概述》。

於楚係楚人自己所建，它不同於北方的發展史，因而楚在相當長時期內曾不斷遭到北方民族歧視、欺凌與征伐，它在客觀上促成了楚人的發憤圖強，這與楚辭的題材內容又有了一定的內在聯繫。

楚與北方的關係，即受歧視、遭征伐的歷史，大致可分爲兩個階段。第一階段，殷商時期。其時，楚與殷商開始有往來，但這種往來，常常是楚遭欺挨凌。《詩・商頌・殷武》載：「撻彼殷武，奮伐荆楚。罙入其阻，裒荆之旅。……維女荆楚，居國南鄉。昔有成湯，自彼氐羌，莫敢不來享，莫敢不來王，曰商是常。」朱熹《詩集傳》云：「蓋自盤庚沒，而殷道衰，楚人叛之，高宗撻然用武以伐其國。入其險阻，以致其衆，盡平其地，使截然齊一，皆高宗之功也。《易》曰，高宗伐鬼方，三年克之，蓋謂此歟。」「蘇氏曰，既克之，則告之曰，爾雖遠，亦居吾國之南耳。昔成湯之世，雖氐羌之遠，猶莫敢不來朝，曰，此商之常亂也。況汝荆楚，曷敢不至哉。」第二階段，西周時期。《史記・楚世家》載：「鬻熊子事文王。」說明周文王時，楚已被周人稱爲「子」，以「子」地位歸附周。同類記載尚有《周本紀》曰：「太顛、閎夭、散宜生、鬻子、辛甲大夫之徒皆往歸之。」一九七七年陝西歧山周原遺址出土西周初年的甲骨文中有「曰今秋楚子來告。」到周成王時，熊繹正式接受周封號，《楚世家》載：「熊繹當周成王之時，舉文、武勤勞之後嗣，而封熊繹於楚蠻，封以子男之田，姓芊氏，居丹陽。」但這種受封，其實還是一種形式，楚仍受北方歧視，最明顯的例子即是所謂的「與鮮牟守燎」，《國語・晉語》載：

「昔成王盟諸侯於歧陽，楚爲荆蠻，置茅蕝，設望表，與鮮牟守燎，故不與盟。」❺楚因仍屬「蠻夷」，故不能參與盟會，只可「置茅蕝」、「設望表」、「守燎」。又，《詩・采芑》有云：「蠢爾蠻荆，大邦爲仇。」「顯允方叔，征伐玁狁，蠻荆來威。」楚人的如此境遇，促勵他們不得不奮發圖強，熊繹、若敖、蚡冒等幾代君主「辟在荆山，篳路藍縷，以處草莽。」（《左傳・昭公十二年》）「訓之以若敖、蚡冒，篳路藍縷，以啟山林。箴之曰：民生在勤，勤則不匱。」（《左傳・宣公十二年》）

說到楚人「辟在荆山」，有一個問題在此似不可不辯。郭沫若《屈原研究》有云：「荆是楚以外的人對於楚國的惡名，楚人自己是決不稱荆的。」此說似不確。雖然，《春秋》一書中載及楚時，前部寫荆，後部稱楚，以明示北人在早期曾蔑視楚而卑稱楚爲荆。但細辨荆、楚兩字，實屬異字同義，《說文解字》所載可一證：「荆，楚木也。」「楚，叢木，一名荆也。」而楚稱荆，並非楚以外之人對楚之惡名，而是荆山在楚境內，故楚也稱荆。況且，楚人自己實際上並不忌諱「荆」字，且不說「我先王熊繹，辟在荆山」，更有甚者，楚人還自稱「蠻夷」：「熊渠曰：我蠻夷也，不與中國之號謚。」楚曰：「我蠻夷也。……請王室尊吾號。」（《史記・楚世家》）試想，「蠻夷」敢自稱，難道還忌諱「荆」嗎？還是俞樾《賓萌集・釋荆楚》說得好：

---

❺此「鮮牟」，即根牟，東夷族。別本誤作「鮮卑」。參見《江漢論壇》一九八一年第五期，楊寬：《西周時代的楚國》。

「楚之見於《春秋》也，始於莊公之十年，其稱曰荆。至僖公之元年，乃始以『楚』稱。……夫荆與楚一而已矣。《說文》曰：『荆，楚木也。』又曰：『楚，叢木。一曰荆也。』然則荆楚本無異義。……若以書荆書楚爲有異義，鑿矣。」❻

「荆蠻」階段的最後時期，即西周晚期，楚與周往來頻繁，周穆王三十七年，「荆人來貢」，周厲王元年，「楚子來獻龜貝」（《竹書紀年辨正》卷三）。但此時的楚，已非昔日純屬可欺之邦，而是羽翼逐漸豐滿了。周昭王時，親率軍隊南征伐楚，結果六師喪盡，自己亦溺水而死。穆王時，又南征，亦無戰果。而楚則在周夷王時「熊渠甚得江漢間民和，乃興兵伐庸、揚粵，至於鄂。……乃立其長子康爲句亶王，中子江爲鄂王，少子執疵爲越章王，皆在江上楚蠻之地。」（《史記・楚世家》）熊渠後，楚又征伐小國。武王卒，文王即位都郢以後，楚眞正開始逐步強盛，結束了「荆蠻」階段的歷史。這一階段的歷史既反映了楚與北方的往來，其中多半是楚的落後、弱小而挨欺，然也同時增進了南北方的交往，這對楚接受北方文化無疑起了一定的作用。

㈡「楚霸」時期

如果說，第一階段的「荆蠻」期，對楚辭形成其鮮明的民族與地方特色、接受北方文化成分起了一定作用，那麼第二階段的楚的霸主強盛史，爲楚辭的內容與題材從另一角度提供了有形無

---

❻ 關於荆楚名實問題，《楚史論叢・初集》（張正明主編，湖北人民出版社，一九八四年版）載王興鎬《荆楚名實綜議》一文，例舉並評說了目前對荆楚名實的諸種說法。

形的素材。

從楚成王開始，楚進入了一個新階段。「成王惲元年，初即位，布德施惠，結舊好於諸侯。使人獻天子，天子賜胙，曰『鎮爾南方夷越之亂，無侵中國。』於是楚地千里。」（《史記·楚世家》）自成王到莊王，楚勢迅速趨向鼎盛。成王分別伐許、滅英、伐黃、伐宋等小國，逐步擴大地盤，到莊王時，「周之子孫在漢川者，楚盡滅之。」（《左傳·定公四年》）「漢陽諸姬，楚實盡之。」（《左傳·僖公二十八年》）「南卷沅湘，北繞潁泗，西包巴蜀，東裹郯邳，潁汝以爲洫，江漢以爲池，垣之以鄧林，綿之以方城。」「楚國之強，大地計眾，中分天下。」（《淮南子·兵略訓》）最能說明楚的強大的，是莊王問鼎之事，《史記·楚世家》載：「八年，（楚）伐陸渾戎，遂至洛，觀兵於周鄭。周定王使王孫滿勞楚王。楚王問鼎小大輕重，對曰：『在德不在鼎。』莊王曰：『子無阻九鼎！楚國折鉤之喙，足以爲九鼎。』」這以後，「赫赫楚國，而君臨之，撫征南海，訓及諸夏。」（《國語·楚語》）「撫有蠻夷，奄征南海，以屬諸夏。」（《左傳·襄公十三年》）此時的楚確成了天下一霸，「秦之所害於天下莫如楚，楚強則秦弱，楚弱則秦強。」（《戰國策·楚策》）「楚，天下之強國也，地方六千餘里，帶甲百萬，車千乘，騎萬匹，粟支十年，此霸王之資也。」（《資治通鑑·周紀》）

楚國爲何能在較短時期內迅速由弱致強呢？從諸方面考察，其原因大致有以下幾條：

其一，楚人從早期開始即在君主熊繹、若敖、蚡冒等人率領下「跋涉山林」，艱苦奮鬪，發憤圖強。

其二，楚在一百多年內四出征伐吞併諸侯小國，使疆域大大擴展，遼闊的幅員為楚提供了雄厚的物質基礎，「荊陽，南有桂林之饒，內有江湖之利；左陵陽之金，右蜀漢之材；伐木而樹谷，燔萊而播粟；火耕而水耨，地廣而饒財。」（《鹽鐵論・通有》）

其三，對被征服之國，實行「安撫」、「和協」政策，存其宗廟，用其賢能，撫其臣民，寬容蠻夷，並在此基礎上首建中央集權下的行政區域縣❼。

其四，楚史上出現了一些賢明君主，如楚莊王、楚悼王等，這是楚國強盛的重要因素之一。梁啟超《國史研究六篇・春秋載記》曰：「成王享國最久，蓋四十六年，……繼之者……皆雄鷙能善用其國，而莊王最賢。晉國代有名卿，而楚國代有名王，世卿專政，為中原諸國通患，楚獨無之，此其所以久雄強而最後亡也。」這裏特別指出了「代有名王」之因。這當中楚莊王的任賢納諫、治國有方，楚悼王的任用吳起變法，確是楚國歷史上著名例子。

其五，北方周室衰微、平王東遷，周統治力削弱，使楚乘機可迅猛發展。

其六，楚民族開疆拓土，「撫有蠻夷……以屬諸夏」，力求建夷夏混一大國，有助於民族融合、社會發展，促使楚能迅速發展、繁榮❽。

---

❼ 參見（清）洪亮吉《更生齋文甲集・春秋十論・春秋時的大邑為縣始於楚論》及《江漢論壇》一九八一年第四期，楊范中、祝馬鑫，《春秋時期楚國集權政治初探》。

❽ 參見張正明《楚文化史》，第六四頁，上海人民出版社，一九八七年版。

以上我們分別對屈原之前的楚國歷史按其自身發展的階段，作了一番闡述與分析，我們發現，這段歷史與楚辭的產生及其內容、主題的構成有著十分重要的關係：

第一、楚人爲什麼會具有異常強烈的民族自尊心與民族自豪感（包括屈原），其原因與楚人長期受欺凌、遭歧視有關，與楚人發憤圖強、不畏艱險奮鬬，並使楚由弱小而變強大有關。正由於他們是從昔日受歧視的弱小之邦變爲強盛之國的，因而對故土的感情就顯得分外眞切、強烈，這大概就是屈原爲什麼會寫作《橘頌》、《國殤》等詩的原因之一，也是爲什麼會創作《離騷》，充分抒發自我熱愛楚國楚人民情感的原因之一。

第二、正由於楚國歷史上有過由弱轉強的先例，加上楚國在戰國初、中期所擁有的遼濶疆域、豐饒物產，才會促使屈原萌生希圖由楚來統一天下的美政理想，倘無此先決條件，屈原怕很難產生這種一統理想，並爲之孜孜奮鬬。

第三、楚國歷史上有過賢明君主，他們爲楚國的強盛作出過貢獻，這恐怕也在一定程度上啟發或開導了屈原，使他會將理想實現的厚望深深寄在君主身上，直至沉身於汨羅江，以屍爲諫。

第四、楚在逐步強盛過程中征伐呑併了四圍許多小國，這些小國歸併楚後，它們的風俗文化無疑也會同時傳導給楚地、楚人（反之亦然），這對楚文化來說，增加了內容與色彩；表現在楚辭中，這方面雖不明顯，但也或多或少可以分辨，如比較突出的，楚歌中的《越人歌》即是一例。

二、荊楚文化因素

楚文化背景

楚辭的產生，與楚國的歷史發展固然有關，然同時也與屈原所處楚國、楚地的文化背景密切有關。楚文化是一個獨特的包孕多方面因子的文化，它對孕育楚辭的產生提供了良好的土壤條件。

從廣義的角度言，自然環境、地理條件也應屬文化背景範圍之內，楚國優越的山川自然地理，是造成楚辭誕生乃至具有多采風格的因素之一，對此，劉勰有一段話說得切中肯綮，「若乃山林皋壤，實文思之奧府，略語則闕，詳說則繁。然則屈平所以能洞監《風》《騷》之情者，抑亦江山之助乎？」❾郭沫若《屈原研究》則說得更直接些：「屈原是產生在巫峽鄰近的人，他的氣魄的宏偉，端直而又娓婉，他的文辭的雄渾，奇特而又清麗，恐怕也是受了些山水的影響。」

那麼，楚地的山川形勝究竟如何呢？我們只要引述兩段話，即可充分明曉。王夫之《楚辭通釋・序例》云：「楚，澤國也，其南沅湘之交，抑山國也。疊波曠宇，以蕩遙情，而迫之以崟嶔戌削之幽菀。故推宕天涯，而天采矗發，江山光怪之氣，莫能揜抑。」陸侃如《中國韻文通論》說：「荊楚為西南之澤國，實神州之奧區，東接廬淝，西通巫巴，南極瀟湘，北帶漢沔，仰眺衡

---

❾《文心雕龍・物色》，人民文學出版社，一九七八年版。

嶽、九疑、荆、峴、大別之峻，俯窺湘、沅、資、澧、洞庭、彭蠡之浸，山林蓊郁，江湖瀦闊，溪流湍激，崖谷嶔崎，山川之美，超乎南朔，緣此風俗人情，蒙其影響，遂以下列諸事，特著於載籍焉：——民豐土閑，無土山，無濁水，人秉是氣，往往清慧而文；山川奇麗，人民俯仰其間，浣濯清遠，愛美之情特著；民狃於山澤之饒，無饑寒凍餒之慮，人間實際生活，非所顧慮，如騁懷閎偉窈眇之理想界焉。」實際情況確也如此，要不屈原何以會在其作品中展示出山川形勝、草木花卉呢？尤其《九歌》中的《湘君》、《湘夫人》、《山鬼》，所描繪的山水之景象，令人如臨其境、如睹其景。

楚地的自然環境不僅給屈原的創作提供了山水景物，觸發了文思，影響導致了奇麗詩風，而且這塊土地上所生長、所出產的豐饒物產，爲楚國的經濟發展提供了雄厚的物質基礎，是楚國由弱轉強的重要經濟因素。《墨子·公輸》載：「荆有雲夢，犀、兕、麋鹿滿之，江漢之魚、鼈、黿、鼉，爲天下富……荆有長松、文梓、楩、楠、豫章……」《漢書·地理志》載：「荆及衡陽惟荆州。江、漢朝宗於海。……貢羽旄、齒、革、金三品，杶、幹、栝、柏、厲、砥、砮、丹，惟箘簵、楛，三國厎貢厥名，包匭菁茅，厥篚纁璣組，九江納錫大龜。浮於江、沱、灊、漢，逾於洛，至於南河。」「正南曰荆州：其山曰衡，藪曰雲夢，川曰江、漢，寖曰潁、湛；其利丹、銀、齒、革；民一男二女；畜及谷宜，與揚州同。」「楚有江漢川澤山林之饒；江南地廣，或火耕水耨，民食魚稻，以漁獵山伐爲業，果蓏蠃蛤，食物常足，故呰窳媮生，而亡積聚，飲食還給，不憂凍餓，亦亡千金之家。」《管子．輕重甲》云：「楚有汝漢之黃金。」《戰國策．楚策》云：「黃金、珠璣、犀象出於楚。」這些記載足以說明，楚地具有天然優越的自然條件。同時，這些豐富的物產本身也爲楚辭作品提供了素材，我們讀《招魂》、《大招》中那些飲食方面的詩句，如「稻粢穱麥，挐黃粱些」「肥牛之腱，臑若芳些。」「胹鱉炮羔，有柘漿些。……」（《招魂》）「鮮蠵甘鷄，和楚酪只。醢豚苦狗，膾苴蓴只。……」（《大招》）豈不又是楚地特產的展覽嗎？自然條件爲文學創作提供了素材，文學創作又從側面反映了自然條件，兩者相輔相成，殊屬難得之印證材料。

再進一步說，楚地絕美的山川、豐饒的物產，也一定程度上促發了楚人民族自豪感和民族感情，否則很難解釋楚人何以較之春秋戰國時期其它國家的人更熱愛自己的故土故國。

楚文化背景的另一更主要的反映，是歷年在楚地及其周圍地區出土的文物和考古發現，它們充分顯示了豐富燦爛的楚文化，是楚國文化發達的標誌，也是楚辭產生的肥沃土壤。

能反映楚貌的出土文物，主要集中於今日的湖北、湖南、安徽、河南等省內，其中尤以長沙、壽春等地爲代表。戰國時代長沙地區的文化，反映了楚文化的主要特點。長沙楚墓中出土的鐵器，種類眾多，不僅有斧、鋤、鏟、削、夯錘等生產工具，有劍、戟、鐮等兵器，還有鐵鼎，表明鐵器在當時的楚國已廣泛使用。早期楚墓還發現，鐵鏟、鐵削與陶質鬲、鉢、壺共存，說明楚是最早使用鐵器的國家。出土的銅器中，見到鏤金，其裝飾和造形均呈前所未有的風格，標誌楚的金屬加工業已相當發達。銅器中，兵器居多，有劍、矛、戈、鎩、鏃等，還發現許多造形美觀、花紋繁縟的銅鏡。據化驗，上述銅器均由銅、錫、鋅、銻、鎳、鐵等多種金屬合成，反映當時楚的青銅冶鑄技術已有相當高水平。出土的生活用具如鼎、敦、壺奩等，一般胎質輕薄、紋飾簡樸，漆木器和絲織品工藝精巧，說明手工業也相當發達。從日用品奩盒、羽觴及兵器弓、盾、劍鞘上的漆畫上可以看出當時漆工已廣泛使用。木工技術也已很進步，巨大的楠木、柏木製成的棺槨採用了複雜的木榫結構。出土的許多琉璃器，如璧、瑗、珠飾，以及兵器上的裝飾品如劍首、劍珥等，從形製、紋飾、風格均可證實，最早的琉璃器不是由外國傳入。長沙出土的弩，弩機用銅製，整個機由牙、鈎心、扳機、栓塞組成，工藝水平相當高。一九七六年十五號墓出土一柄銅格鋼劍，是個重要發現，經金相學考察，屬球狀珠光體組織，含炭量百分之零點五到零點六，是我國目前最早的一柄鋼劍；與鋼劍同時出土的鐵鼎，據考查，屬萊氏體鑄鐵，表明我國在春秋末期的楚國已發明鑄鐵。楚境內許多墓葬中還發現了金幣、銀幣（「郢爰」）、銅貝，以及稱量貨幣的砝碼和天平，這是楚地產金的物證，也是楚經濟發展的標誌之一。楚墓出土還曾發現戰國時代最高冶金技術和最精密鑲金、雕玉技術相結合的產物——玉具劍。《淮南子．兵略訓》曰：「卒民勇敢，蛟革犀兕，以為甲冑，修鎩短鏦，齊為前行，積弩陪後，錯車衛旁，疾如錐矢，……」《荀子．議兵》曰：「楚人鮫革犀兕以為甲，鞈如金石，宛鉅鐵釶，慘如蠭蠆，……」看來楚的國力強盛與軍事力密切有關，而軍事力的強弱又與經濟力如冶鑄業、煉鐵業、煉鋼技術等有直接關係，以上記載充分說明了楚文化（包括經濟實力）達到了何等水平——「只要知道某一民族使用什麼金屬——金、銅、銀或鐵——製造自己的武器、用具或裝飾品，就可以臆斷地確定它的文化水平。」❿

楚地大量出土的工藝品，包括帛畫、繒書、樂器、毛筆、竹簡等，反映了楚的高度文化與藝術水平。楚墓出土的漆器、絲織品上繪有許多線條優美、栩栩如生的龍鳳紋、幾何紋、狩獵紋圖案，這些線條圖案反映了楚宗教風格方面的內容。抗戰期間在長沙東郊杜家坡出土的繒書，是我國發現最早的用毛筆墨書和彩繪的繒帛，繒書上所記古史傳說和對天神的崇拜，與《山海經》、《莊子》、《楚辭》等載頗多相合之處，繒書上所寫楚人對「天」「帝」「神」的概念，與中原地區大體相同，某些傳說人物，如「炎帝」「祝融」等也相同，表明楚文化中滲透著中原文化，是南北文化交融的印證，可惜繒書遭竊，現存美國耶魯大學圖書館。一九七三年五月，湖南省博物館新發現一幅帛畫，畫面內容表現乘龍升天形象，反映了戰國時代盛行的神仙思想，也爲楚辭的龍形象提供了淵源線索。後長沙陳家大山楚墓又發現了一幅帛畫，畫面表現的也是成仙登天，又是一個佐證。出土文物中還有不少樂器、石磬、甬鐘、銅編鐘、排簫等，河南浙川春秋楚墓一號墓出土的鈕鐘，經鑒定，是我國古代保存至今音色最佳的一套銅製編鐘。長沙楚墓出土的兔毫

❿《馬恩論藝術》第一卷第三十七頁，中國社科出版社，一九八二年版。

竹管的毛筆，據考證，比秦代蒙恬的毛筆時間更早⑪。又，湖北省江陵縣馬山一號楚墓出土了大量精美絲綢，幾乎包容了戰國時的主要絲織物品種，且質地精良、工藝精巧⑫。上述這些，充分可以反映出楚的高度發達的文化。

史料記載，也能說明一些問題。楚國典籍豐富，《孟子·離婁下》曰：「晉之《乘》、楚之《檮杌》、魯之《春秋》，一也。」《左傳·昭公十二年》云：楚左史倚相「能讀《三墳》、《五典》、《八索》、《九丘》。」據考證，《檮杌》、及《三墳》、《五典》、《八索》、《九丘》均楚典籍。《左傳·昭公二十六年》載：「十一月辛酉，晉師克鞏。召伯盈逐王子朝。王子朝及召氏之族、毛伯得、尹氏固、南宮嚚奉周之典籍以奔楚。」說明北方典籍曾南下楚，這無疑又大大豐富了楚的文化資料，故王應麟云：「及王子朝奔楚，於是觀射父、倚相皆誦古訓，以華其國，以得典籍故也。」（《困學紀聞》）清人洪亮吉在《更生齋文甲集·春秋十論》中論及了楚多人才，也從側面反映了楚文化的發達：

「春秋時人才惟楚最盛。其見聞於本國者不具論，其波及他國者，蔡聲子言之已詳，亦不複述外，此則百里奚霸秦，伍子胥霸吳，大夫種范蠡霸越，皆楚人也。劉向《新序》：百里奚，楚

⑪ 本節論述參考資料有：《考古學報》（一九五九年第一期）、《文物》（一九六三年第九期、一九七三年第七期、一九八〇年第十期）、《考古》（一九七三年第一期）、《文物考古工作三十年》、《中國考古學會第一次年會論文集》等。

⑫ 見《文匯報》一九八二年二月二十八日載。

宛人；《吳越春秋》：范蠡，楚宛縣三戶人；大夫種，亦楚人。他若文采風流，楚亦較勝他國，不獨左史倚相能讀《三墳》、《五典》、《八索》、《九丘》也，《史記・楚世家》：折父善言故事楚語，共王傅士亹能通訓典六藝，觀射父能辯山川百神。蓋楚之先鬻熊爲周文王師，著《鬻子》二十二篇，其後即諸子百家，亦大半出於楚。《史記》：老子，楚苦縣厲鄉曲仁里人。老萊子，亦楚人，《漢書・藝文志》：道家，《老萊子》十六篇，楚人。又，《文子》九篇，班固注，老子弟子，並與孔子同時，今讀其書，有《與平王問答篇》，蓋楚平王班固以爲周平王，誤也。又有《蜎子》十三篇，班固注：名淵，楚人，老子弟子。《鶡冠子》一篇，注：楚人，居深山，以鶡爲冠。《楚子》三篇，不注姓名。又，孔子、墨子皆嘗入楚矣。《史記・孔子弟子列傳》：公孫龍、任不齊、秦商，鄭康成注：皆楚人。《藝文志》：《公孫龍》十六篇即爲堅白之論者。《儒林傳》：澹臺、子羽，居楚。至莊子，雖宋蒙縣人，而踪迹多在楚，觀本傳及《越世家》等可見。《孟子列傳》載環淵，楚人，著書《上下篇》，即《蜎子》也。又云，楚有尸子、長盧，劉向《別錄》：楚有《尸子》；張守節《正義》：長盧，楚人，有《盧子》九篇。《孟子・內篇》言：陳良，楚產也，悅周公仲尼之道。又，爲神農之言者許行，亦楚人。《鬼谷子》，皇甫謐注：楚人。荀況則嘗爲楚蘭陵令，《荀卿》三十三篇是也。……至詞賦家則又原始於楚，屈原、唐勒、景差、宋玉諸人皆是。蓋天地之氣盛於東南，而楚之山川又奇傑偉麗，足以發抒人之性情，故異材輩出。

說「天地之氣盛」，固然是洪亮吉帶有唯心的論見，但楚地山川奇偉、文化發達、人材輩出，則是毋庸置疑的事實，這給楚辭的誕生創造了天然優越的先天條件。

楚風俗——巫風

楚辭之所以姓「楚」，是因爲它具有濃郁的楚民族和楚地方色彩，這當中，風俗因素也是個不可忽視的重要原因，戰國時代的南方楚國，盛行巫風，它導致楚辭作品深深印上了巫風之迹。

楚盛行巫風，始於何時，我們今日已難以確考。今可見記載楚巫風的最早材料，是《詩經》。《詩·宛丘》有云：「坎其擊鼓，宛丘之下。無冬無夏，持（値）其鷺羽。」《東門之枌》有云：「東門之枌，宛丘之栩，子仲之子，婆娑其下。」關於這兩段詩句，班固《漢書·地理志》有一段話可資參考：「陳國，今淮陽之地。周武王封舜后嬀滿於陳，是爲胡公。妻以元女大姬。婦人尊貴，好祭祀，用史巫，故其俗巫鬼。《陳詩》曰，坎其擊鼓，云云；又曰，東門之枌，云云。此其《風》也。吳季札聞《陳》之歌，曰：『國亡主，其能久乎？』自胡公以後二十三世，爲楚所滅。」劉玉汝《詩纘緒》說：「《譜》謂歌舞之俗本於大姬。愚謂歌舞祭祀而褻慢無禮，楚俗尤甚，屈原《九歌》猶然。陳南近楚，此其楚俗之薰染歟？」這就告訴我們，《詩經》所載實爲楚地巫風之一斑。除《詩經》外，其它記載尙有，《列子·統符》曰：「楚人鬼，越人禨。」

《國語・楚語》載：「昭王問於觀射父曰：『《周書》所謂重黎實使天地不通者，何也？若無然，民將能登天乎？』對曰：『非此之謂也。古者民神不雜，民之精爽不攜貳者，而又能齊肅衷正，其智能上下比義，其聖能光遠宣朗，其明能光照之，其聰能聽細之，如是則神明降之，在男曰覡，在女曰巫。』」、「及少皞之衰也，九黎亂德，民神雜糅，不可方物。夫人作享，家為巫史，無有要質。民匱於祀，而不知其福。烝享無度，民神同位。民瀆齊盟，無有嚴威，神狎民則，不蠲其為。嘉生不降，無物以享。禍災薦臻，莫盡其氣。」（韋注：夫人，人人也；享，祀也；巫，主接神；史，次位序，言人人自為之。）《漢書・地理志》曰：楚「信巫鬼，重淫祀。」產於楚地、由楚人撰著的有關上古時代的神話集《山海經》中，記載巫風材料更多些。《五藏山經》部分，記錄了各種祭典與祀奉半人半獸的怪神，這些祭典祀禮與巫術顯然關係密切；《海經》中敍述了諸巫的各種頻繁活動；《海外西經》寫的巫咸國，是「羣巫所從上下」於天之地，借助的天梯是登葆山；《海內西經》載，崑崙山「開明東有巫彭、巫抵、巫陽、巫履、巫凡、巫相」；《海外北經》中有蛇巫山，是西王母居住之地；《大荒南經》記有「巫載民」；《大荒西經》中的靈山，「巫咸、巫即、巫朌、巫彭、巫姑、巫眞、巫禮、巫抵、巫謝、巫羅十巫，從此升降，百藥爰在。」另外，《越絕書》的《外傳記・吳地傳》有載：「巫門外冢者，闔廬冰室也。」「巫欐城者，闔廬所置。」《越地傳》載：「巫里，勾踐所徙巫為一里。」「巫山者，越䰠神巫之官也，死葬其上。」「江東中巫葬者，越神巫無杜之孫也。」春秋時期，吳國被越國所滅，而越國又被楚所歸併，故而此載吳越風俗，實亦楚俗之一斑。還有，《呂氏春秋．侈樂篇》云：「楚之衰也，作爲巫音。」《異寶篇》云：「荊人畏鬼而越人信禨。」《隋書．經籍志》曰：「荊州尤重祀祠。」《太平寰宇記》卷一四三載：「漢中風俗信巫鬼，重淫祀，尤好楚歌。」《湖廣通志．風俗》載：荊州府「有江漢之饒，春夏力農，秋冬業漁，少積聚，信卜筮。」襄陽府「人民樸野，信鬼，好楚歌。」岳州府「士知義而好文，俗信巫而尚鬼。」荊州、襄陽、岳州三州所處地域正是故楚之地，故而其風俗當爲楚風俗之表現。

以上簡略引述，證明了楚地（國）盛行巫風的事實（至少楚辭產生之時及其前）；同時也證實了楚辭研究者王逸、朱熹的論斷不誤。王逸曰：「昔楚國南郢之邑，沅湘之間，其俗信鬼而好祠，其祠必作歌舞以樂諸神。」（《楚辭章句．九歌序》）朱熹曰：「其（楚）俗信鬼而好祀，其祀必使巫覡作樂，歌舞以娛神，蠻荊陋俗，詞既鄙俚，而其陰陽人鬼之間，又或不能無褻慢淫荒之雜」，「楚俗祠祭之歌，今不可得而聞矣，然計其間，或以陰巫下陽神，或以陽主接陰鬼，則其辭之褻慢淫荒，當有不可道者。」（《楚辭集注．九歌序》）「而荊楚之俗，乃或以是施之主人，……恐魂魄離散而不復還，遂因國俗，托帝命，假巫語以招之。」（《招魂序》）

正由於上述如此盛行的巫風，造成了屈原在創作其詩歌作品中大量溶入了巫風色彩，使之產生了奇特的藝術效果。

首先，《九歌》十一篇，除《國殤》係專門哀悼爲國捐軀之楚將士的壯歌外，其餘十篇純爲在楚巫歌基礎上的藝術加工品，無論主題、風格、形式，均可見一脈相貫之迹。從《山海經》所云「夏后開上三嬪於天，得九辯與九歌以下」，並參以《離騷》「奏九歌而舞韶兮」，《天問》「啟棘賓商，九辯九歌」，我們知道，「九歌」相傳久遠，它是上古時代楚人原始宗教生活中的一種歌舞樂歌，它在楚國的流行，是楚人崇尚巫風的具體表現。王逸云：「屈原放逐，……出見俗人祭祀之禮，歌舞之樂，其詞鄙陋，因爲《九歌》之曲，上陳事神之敬，下見己之冤結，托之以風諫。」（《楚辭章句·九歌》）這說明，屈原創作《九歌》，與巫歌有著不可分割的直接淵源關係。

其次，《招魂》與《大招》兩篇，題名不一，實質相同，都是「因國俗，托帝命，假巫語以招之。」（朱熹《楚辭集注》）兩篇詩中所寫「魂兮歸來」、「魂乎歸徠」的句式，乃是民間巫術招魂的習見語。讀兩詩，尚可見直接寫求巫占卜語：「帝告巫陽曰：『有人在下，我欲輔之；魂魄離散，汝筮予之。』巫陽對曰：『掌夢，上帝其難從。若必筮予之，恐後之謝，不能復用巫陽焉。』乃下招曰：……」（《招魂》）

第三，楚辭中多次出現「靈」字，如：「夫唯靈修之故也」、「傷靈修之數化」、「怨靈修之浩蕩兮」、「欲少留此靈瑣兮」、「命靈氛爲余占之」、「皇剡剡其揚靈兮」、「靈氛既告余以吉占兮」（《離騷》），「靈偃蹇兮姣服」、「靈連蜷兮既留」、「靈皇皇兮既降」、「揚靈兮未極」（《九歌》）等。「靈」，王逸注云：「靈，巫也，楚人名巫爲靈子。」（《楚辭章句·

九歌・雲中君》）洪興祖注云：「古者巫以降神，『靈偃蹇兮姣服』，言神降而托於巫也。」（《楚辭補注・東皇太一》）《說文解字》云：「靈，巫。以玉事神。」王國維《宋元戲曲考》云：「古之所謂巫，楚人謂之曰靈。……楚辭之靈，殆以巫而兼尸之用者也。其詞謂巫曰靈，或謂之靈保。」可見，楚辭中的「靈」字與巫風很有關係。

第四、《離騷》詩中，詩人展開想像的翅膀，上天入地、求佚女、乘雲車、馳天津、使飛廉、入崑崙、漫游神國，這種超乎現實的浪漫主義風格的充分表現，是借助巫手段，受巫術影響啟發的結果。原始社會時期的宗教巫術活動，有祀禱神一項，祀禱時，人們往往一面誦祭歌，一面念咒語；伴隨著歌舞，參加祀禱活動的人們會自然而然地浮生登天之念，意在上天叩見想像中的神。這是古代神仙說所謂的「登遐」，即《遠遊》中所云：「載雲魄而登遐兮，掩浮雲而上征。」今「仙」字，古作「僊」，《說文解字》曰：「僊，升高也。」可見，古人認爲，人升高即可成「僊」（仙）。有關這方面情況，楚墓出土的文物可資印證。七十年代出土的楚帛畫中，有一幅被命名爲「人物龍鳳帛畫」的，據考證，畫面所表現的即是楚地人們信巫神及靈魂登天飛仙的思想，「綜觀全畫，天空左上方有龍，它生動有力，妖嬌上騰，作扶搖直上的形態。右上方爲鳳，蒼頸奮起，似欲飛向『天國』。龍與鳳緊相呼應，並與婦人息息相連。面部表情穆肅，寬袖細腰，曳地的長袍迎風擺地，它的雙手向著已在天空中的升天駕御之龍鳳，顯然是在合掌祈求，希望飛騰的神龍神鳳引導或駕御她的幽靈早日登天飛仙。」（見《江漢論壇》一九八一年第一期《楚國人物龍鳳帛畫》）又，一九五八年長沙烈士公園發掘的三號墓內棺外表絲織物上，圖案爲刺繡的龍鳳，意在引導墓中死者靈魂登天飛仙；一九七三年長沙子彈庫一號墓出土的「人物御龍帛畫」，畫面上所現即爲墓主人靈魂駕御龍升天情景；一九七八年湖北隨縣發掘的曾侯乙墓，內棺上畫有鳥身執戈奮翅的羽人，羽人上方有鳳，其意也在衛護死者靈魂升天。這些都充分說明，借龍鳳登天飛仙是楚巫風的重要內容之一。可見，《離騷》的神遊天國決非屈原主觀臆想，而是有所憑據，並在此基礎上作藝術想像與發揮。楚辭其它作品中也有表現登天思想的，如《惜誦》有云：「昔余夢登天兮，魂中道而無杭。吾使厲神占之兮，曰有志極而無旁。」「欲釋階而登天兮，猶有曩之態也。」《遠遊》有云：「載雲魄而登遐兮，掩浮雲而上征。」

第五、《離騷》寫三求女，寫人神雜糅，與巫術也有關係。原始社會宗教巫術與男女性愛關係密切，祭祀神祗往往是男女發展愛情的佳時。《詩．生民》中寫姜嫄出祀郊禖，懷孕而後生后稷，即是一例。《九歌》中神神互戀與祭祀發生聯繫，也是一例。

第六、《離騷》中屈原寫自己「好修」，以香花美草修飾自己，以象徵高潔。這種形式，巫風中早有表現。古代祭祀崇尚整潔，每個祭祀者必先沐浴，而後方可參加祭祀，古人認爲，沐浴能祓除不祥，否則神不會降臨。《九歌．雲中君》有云：「浴蘭湯兮沐芳，華彩衣兮若英。」王逸注：「言已將脩饗祭以事雲神，乃使靈巫先浴蘭湯，沐香芷，衣五彩華衣，飾以杜若之英，以自潔清也。」以香花美草飾身以示高潔的，除《離騷》外，尙有《大司命》「靈衣兮披披，玉佩兮陸離。」《少司命》「荷衣兮蕙帶」，《山鬼》「被薜荔兮帶女蘿」。毋庸置疑，屈原的修身顯與巫風有關。

第七、選擇吉日良辰以表示吉祥，也是宗教因素影響的結果。按楚俗，庚寅日是吉宜之日，寅日是男子出生的吉祥日，故而《離騷》開首，作者言及自己的生辰日時，說：「攝提貞於孟陬兮，惟庚寅吾以降。」以此炫示自己的生辰美——先天具有的內美之一。《九歌・東皇太一》寫祭祀，其時也選在吉時良辰：「吉日兮辰良，穆將愉兮上皇。」

楚辭（主要指屈原作品）中既有如上述典型而又具體的巫風影響表現（當然不止於此），也就更進一步說明了楚國巫風的盛行，否則，屈原在創作過程中決不會受如此濡染、沾溉。那麼，人們不禁要問，何以其時的楚國（包括其前），會如此盛行巫風？

其實，作爲原始宗教的巫風，並非獨盛於南方楚國。《史記・龜策列傳》載：「太史公曰：自古聖王將建國受命，興動事業，何嘗不寶卜筮以助善，唐虞以上，不可記已。自三代之興，各據禎祥。……王者決定諸疑，參上卜筮，斷以蓍龜，不易之道也。蠻夷氐羌雖無君臣之序，亦有決疑之卜。或以金石，或以草木，國不同俗。然皆可以戰伐攻擊，推兵求勝，各信其神，以知來事。」這條史料說明，上古社會由於生產力極其低下，祈神占卜之風早已彌漫，南北皆然。《尚書・召誥》有云：「有夏服天命」，《論語・泰伯》有云：「禹致孝乎鬼神」，可知信鬼祀神在夏商兩代曾蔚成風氣。至西周，情況發生了變化，信鬼祀神在北方受到了阻礙，《禮記・表記》

云：「殷人尊神率民以事神，先鬼而後禮。……周人禮尚施，事鬼敬神而遠之。」造成此狀的原因有二：一，周公制禮作樂，對祭祀典禮作出了一系列明確規定，制約了巫風的發展蔓延；二、儒家思想及其學說在北方逐步占了主導地位，孔子不語「怪、力、亂、神」，鄙視神話鬼怪，「文不雅訓，縉紳先生難言之。」（《史記・五帝本紀》）「太古荒唐之說，俱爲儒者所不道。」（魯迅《中國小說史略》）兩方面的因素導致巫風再難以生存發展，被逐步削弱。而南方不然，一方面，因長期處於生產力低下、發展遲緩狀態下，原始氏族傳統基本上仍頑固保留；另一方面，北方禮樂制度與儒家勢力難以波及，使南方受影響不大；再一方面，南楚君主信鬼祀神，提倡巫風；諸種主客觀因素，導致了楚巫風久盛不衰。其中，楚君主的信奉與倡導巫風，似爲人們所忽略，這裏略引述之。

楚成王信巫，曾以大神巫咸爲質，與秦穆公「斧盟」。（據董說《七國考》引）

楚共王立太子，卜之於神，《左傳・昭公十三年》載：「初，楚共王無冢適，有寵子五人，無適立焉。乃大有事於羣望，而祈曰：『請神擇於五人者，使主社稷。』」

楚靈王本人似即一位大巫，桓譚《新論》曰：「楚靈王信巫祝之道，躬執羽紱，起舞壇前。吳人來攻其國，人告急，而靈王鼓舞自若，顧應之曰：『寡人方祭上帝，樂明神，當蒙福祐焉。』不敢赴救，而吳兵遂至，俘獲其太子及后妃以下。」

楚昭王曾和大夫觀射夫討論巫祝之事。（引語見前引）

楚懷王與秦戰，戰前「隆祭祀，事鬼神，欲以獲福，卻秦師。」（《七國考．雜記》引）

毫無疑問，楚國歷代君主的重巫、信巫，自然對巫風在楚的盛行起了推波助瀾作用。

我們若查閱一些歷史資料，會發現，楚巫風的盛行，不僅僅在屈原時代及其前，且相沿持續了二千年之久。據《晉書．隱逸傳》載：「（會稽）女巫章丹、陳珠二人，並有國色，莊服甚麗，善歌，又能隱形匿影。甲夜之初，撞鐘擊鼓，間以絲竹，丹、珠乃拔刀破舌，呑刀吐火，雲霧杳冥，流光電發。」這是寫的晉朝時吳楚一帶的巫風表現。唐代，荆楚一帶仍「鼓舞」「九歌」：「昔屈原居沅湘間，其民迎神，詞多鄙陋，乃爲作九歌。到於今，荆楚鼓舞之。」（劉禹錫《竹枝詞序》）宋代，「洪（今南昌）俗尚鬼，多巫覡惑民。」（《宋史．夏竦傳》）「荆湖南、北路，……歸、峽信巫鬼，重淫祀，故嘗下令禁之。」（《宋史．地理志》）明代，湖北一帶仍沿襲「楚俗尚鬼，而儺尤甚。」（明顧景星《蘄州志》）直至五十年代初，南方故楚之地——湖北、湖南、江西，還流行保留有原始祀神歌舞特徵的「儺戲」、「巫舞」、「鬼舞」，這些戲、舞，大多戴「神」面具，載歌載舞，表現神的身世事迹。

綜上可見，正因爲楚國特有的社會風俗條件——巫風盛，才導致楚辭染上了濃郁的「楚」風，而楚辭的反映與表現巫風，又在客觀上讓我們看到了楚國巫風興盛的原貌。社會風俗會影響作家創作，作家的作品又能反映社會風俗，這是文學與社會風俗兩者在任何一個歷史階段都可能發生的藝術辯證關係。從這個意義上說，楚辭實際上是記錄楚風俗史的重要篇章。

楚人的宇宙意識

屈原在他的敍事性抒情長詩《離騷》中，以大段篇幅寫到了他離開人間遠遊天國的幻想情景：在向重華陳辭後，他踏上了「往觀乎四荒」的征程——「駟玉虬以乘鷖兮，溘埃風余上征」，開始向天國進發，早晨從蒼梧出發，傍晚到達崑崙山的縣圃，於神靈境界之門的靈瑣稍事停留後，再繼續行程；在天國境界內，他任情驅遣：「前望舒使先驅兮，後飛廉使奔屬。鸞皇爲余先戒兮，雷師告余以未具。吾令鳳鳥飛騰兮，繼之以日夜。飄風屯其相離兮，帥雲霓而來御。」「吾令帝閽開關兮，倚閶闔而望予。」「吾令豐隆乘雲兮，求宓妃之所在。」幾乎整首《離騷》後半部分，詩人圍繞「求女」，一直在幻想的廣濶天國世界遨遊，上下求索，「覽相觀於四極兮，周流乎天余乃下」，只是由於畢竟心繫楚國，不忍去而不返，才中止了天國之行，重新回到了現實人間。類似的描述，在《離騷》之外的其它作品中也有體現。如《惜誦》有曰：「昔余夢登天兮，魂中道而無杭。」「欲釋階而登天兮，猶有曩之態也。」《涉江》有曰：「駕青虬兮驂白螭，吾與重華游兮瑤之圃。登崑崙兮食玉英，與天地兮同壽，與日月兮齊光。」《遠遊》篇中更是表現集中突出，通篇均是天國神遊的描寫⑬：「悲時俗之迫厄兮，願輕舉而遠遊。質菲薄而無因兮，焉託乘而上浮。」之後詳盡地寫了入天國後的食宿行止；「飡六氣而飲沆瀣兮，漱正陽而含朝霞。……順凱風以從游兮，至南巢而壹息。……朝濯發於湯谷兮，夕晞余身兮九陽。……」詩人「經營四荒」、「周流六漠」，慨「天地之無窮」，「哀人生之長勤」，整個天國漫遊展示得淋漓盡致、維妙維肖，令人神眩目迷。

屈原會在他創作的一系列詩作中，如此神奇自如地描畫出一幅幅天國神遊圖，熟稔巧妙地調遣日月星辰、風雲雷電，這自然同他本人高度浪漫的想像力不無關係，但是，僅憑此似乎還難以使人信服：這驚人的時空穿透力在當時歷史條件下單由詩人個人的奇思異想就能達到嗎？試看屈原時代之前北方的文學作品，無論《詩經》還是其它民歌民謠，均未見如此令人驚嘆的天國神遊描寫，這就不得不使人產生疑問：是否屈原時代及其前南方楚國特殊的條件促成了它呢？答案只能在此中。

從史料及有關出土文物中，我們發現，居於南方楚地的楚人，較之北方更早也更多地具有超越時空的宇宙意識，雖然這種意識從今人眼光來看，只能稱之爲朦朧的或萌芽狀的，但它在戰國時代的華夏諸民族中，已具有明顯的超越性與社會文化基礎。我們試略證之。

---

⑬ 對《遠遊》一詩的作者是何人迄無定論，筆者主張屈原說。

首先應當肯定，屈原詩歌中所蘊含的內涵，充分展示了屈原本人企圖超越人世汚濁，遠離黑暗，擺脫痛苦，求得人生解脫、自由乃至理想永恆的意識，這種意識正是試圖求得如整個宇宙天際（包括天國的神仙）那樣永恆、那樣無限的目的，所謂「與天地兮同壽，與日月兮齊光」，即是如此，這是楚人以整個永恆無限的宇宙作爲審美對象的宇宙意識的體現。我們發現，這種意識不僅僅表現於屈原詩篇中，楚國的許多出土文物中，尤其工藝品中，也有同樣的類似體現。例如楚漆器的造型、絲織品的紋飾、繪畫的圖式，從外觀上看，我們似乎都能隱隱感覺出其間透露的一種神秘的宇宙意識，它們都經過抽象化、超時空化的處理，給人一種不可變量的幻化空間，從而產生超脫感與升騰感。如江陵雨臺山一六六號楚墓出土的虎座立鳳，一隻踏在虎座上的鳳鳥，昂首展翅，神奇地占據了四圍空間，那揷在背上的一對鹿角，給觀者留下了遼濶空間背景的想像餘地。又如長沙子彈庫一號墓出土的帛畫——「人物御龍圖」，畫面上的人物與龍，給人一種飄浮感，使人會自然聯想到幻化空間之外的宇宙蒼穹。再如江陵馬山一號墓出土的「鳳龍虎紋繡羅禪衣」、江陵戰國楚墓出土的圓盒等，其造型與紋飾，都能喚起人們一種強烈的鳥獸與雲霞在宇宙空間不斷翺翔飄飛的動感⑭。

楚人的這種表現於詩歌及工藝品中的宇宙意識，其來源可溯之於他們早期已具有的觀象授時

⑭ 參見張正明著《楚文化史》，上海人民出版社，一九八七年版。

的天文知識及其實踐。《史記・楚世家》載：「重黎爲帝嚳高辛居火正，甚有功，能光觸天下，帝嚳命曰祝融。」火正的重要職責是觀象授時——觀察大火和鶉火的星象位置，對此，《左傳・襄公九年》有曰：「古之火正，或食於心，或食於咮，以出內火。是故咮爲鶉火，心爲大火。」而高辛的火正重黎，《國語・楚語》（下）云：「重司天以屬神」，「黎司地以屬民」，可見重黎——祝融——火正，作爲楚人的先祖，是華夏諸民族中史載最早的天文學家，具有豐富的觀象授時的實踐與經驗。這無疑早早地便開拓了楚人窺探宇宙蒼穹的視野，豐富了楚人的空間想像，爲楚人輕靈升騰感與遼闊空間感的產生奠下了基礎。需要指出的是，楚國的職官中專設了太史、卜尹兩職：太史兼爲史官與曆官，其主要職責之一是掌天文曆法；卜尹掌占卜，而占卜往往同星象不可分割；這就足以見天文星象在楚國受重視的程度。特別應當提到的，是戰國時代已有了專門觀察星辰運行的占星家，如甘德、唐昧、尹臯、石申等人，他們之中，唐昧是楚國人，甘德《史記・天官書》以爲是齊國人，而《史記正義》引《七錄》認爲應是楚國人⑮。甘德曾長期觀察研究天象，精密記錄了恆星的位置，編成了恆星表，並著有《歲星經》與《天文星占》⑯。據《史記・天官書》與《漢書・天文志》，甘德還創立了二十八宿體系（或謂與石申共創），二十

⑮《七錄》係南朝梁阮孝緒撰，一般認爲較可靠。

⑯後人合《天文星占》與石申《天文》二書爲一，題名《甘石星經》，此爲世界上最古老的恆星表，可惜今已失傳，僅可見零星片斷。

八宿體系的建立，對於天文學、曆法學的發展有重大意義。一九七八年，湖北隨州市擂鼓墩一號墓出土的漆箱蓋上寫有二十八宿星名，其時代雖早於甘、石，但它證明了《甘石星經》記載的可靠，二十八宿能作爲裝飾性圖畫繪於箱蓋，說明二十八宿學說在當時楚國已甚爲流行。一九七三年，長沙馬王堆三號漢墓出土的文物中，也有天文學方面的資料，如《五星占》、《天文氣象雜占》、《慧星圖》等，雖然該墓出土之物的時代應在漢代，但這些書的成書，據書中所載，可判斷爲在戰國時代。這些書的內容，頗能反映楚國的天文學成就。如《天文氣象雜占》，以象徵十四國的雲氣開頭，特將「楚雲」排於第一：「楚雲，如日而白；趙雲；燕雲；秦雲；……」可以推測，此書作者很可能是楚人。另外，此書中還載錄了楚天文學家任氏、北宮等人有關天文方面的論述；書中所載各種形狀的慧星圖，是世界上流傳至今最早的慧星圖。《五星占》一書所記載的內容，雖屬秦始皇元年至漢文帝三年時期，但其中對行星的精確觀測記錄，世所罕見。可以設想，倘無之前楚國天文學發達的基礎，漢代要達到上述如此成就，恐怕是難以想像的。

正是由於天文學成就的歷史條件，楚人才可能具有廣泛而又濃厚的宇宙意識。上引《離騷》中的反映還只是藝術的折射，《天問》一詩則是直截了當地表現了楚人對宇宙天象的懷疑（其實是認識，以發問的方式敍述之）：「曰遂古之初，誰傳道之？上下未形，何由考之？冥昭瞢暗，誰能極之？馮翼惟象，何以識之？明明暗暗，惟時何爲？陰陽三合，何本何化？……何闔而晦？何開而明？角宿未旦，曜靈安藏？」這段話至少可以使我們看到兩點：其一，屈原在這裏雖是用疑問的形式提出問題，實際上卻反映了楚人及屈原本人對宇宙天象的基本認識，說明當時的楚人（包括屈原）已具備了相當濃厚的宇宙意識，敢於在文學作品中大膽予以表現，並使之爲創作者的主觀情感服務——儘管其表現形式（發問）本身並不是爲了解決宇宙科學問題；其二，這些發問所涉及的宇宙天象知識之深、之廣，即使在今人看來，也是令人吃驚的，它們包括了天地的形成、地球早期的渾沌狀態、運動著的大氣層、地球的晝夜運轉、天宇的高度、地球運轉的軸心、日月的運動與會合、二十八宿星辰的位置排列、十二時辰的劃分，等等。雖然，據東漢王逸等學者判斷，屈原這一系列發問乃是在他仰觀楚先王之廟及公卿祠堂內壁畫後所作，但這些發問的客觀性與合理性，致使人們不得不相信，屈原其時楚人對宇宙天象的認識已達到了相當高度，而屈原本人在這方面也毫無疑問地有著博聞廣識，否則，他筆下決寫不出如此的《天問》，也絕不可能提出如此多涉及宇宙天象的問題。類似的發問，《莊子·天下》中也有，如南人黃繚問曰：「天地所以不墜不陷、風雨雷霆之故。」

除了天文星象的原因，楚人宇宙意識形成的另一重要原因是南方楚地濃厚的原始巫教色彩與遠古傳統遺存，這是南方楚國迥異於北方的特點，也是促成楚人具有大膽、浪漫風格的緣由之一。

相對中原北方而言，南方楚地更多地保存了原始氏族的制度、風俗、習慣與意識。《國語·楚語》載觀射父答楚王問曰：「古者民神不雜，民之精爽不攜貳者，而又能齊肅衷正，其智能上下比義，其聖能光遠宣朗，其明能光照之，其聽能聽徹之，如是，則明神降之，在男曰覡，在女曰巫。」「及少皥之衰也，九黎亂德，民神雜糅，不可方物。夫人作享，家爲巫史，無有要質。民匱於祀，而不知其福。烝享無度，民神同位。民瀆齊盟，無有嚴威，神狎民則，不蠲其爲。嘉生不降，無物以享。禍災薦臻，莫盡其氣。」正因此，《漢書・地理志》曰楚「信巫鬼，重淫祀」。這種狀況，導致了它沒有北方那樣嚴格的禮法束縛（北方至西周，「周人禮尙施，事鬼敬神而遠之」——《禮記・表記》），可以更多地發揮人的個性，使藝術作品自然地呈現熱烈、奔放、飄逸、無拘無束的特色，這是北方「止乎禮義」的說教規範所難以企及的。也正由於此，「其俗信鬼而好祠」（王逸《楚辭章句》）的楚人，憑籍巫術，「或以陰巫下陽神，或以陽主接陰鬼」（朱熹《楚辭集注》），奇異的祭祀巫風，促使楚人作出大膽的異想天開的登天夢想。從南方產生的兩部奇書中，我們也可側面看到楚地巫風對楚人宇宙意識形成所起的作用。《山海經》是一部被稱爲「古之巫書」的奇書，該書雖至今對其創作時地及作者尙無確考，然其產於南方，由南方所撰，出現於戰國至漢初時期，則是大致不誤的。書中所錄半人半獸的巫怪神獸，典型地反映了南方人楚地及其相鄰之地巫風盛行的狀況，構成了一幅幅奇妙怪異的圖畫。其中有關天文星象內容的記載，與神怪傳說溶合交織，透出了巫風影響下楚人對宇宙星象的朦朧意識：《海外西經》中的巫咸國，是「羣巫所從上下」於天之地，其上天之梯是登葆山；《大荒西經》中的靈山，是巫咸，巫即等十巫的升降之處；《大荒西經》載，名叫噎者，「處於西極，以行日月星辰之行次」，《大荒東經》載，名叫鳧者，「處東極隅，以止日月，使無相間出沒，司其短長。」他們（噎者、鳧者）似都直接觀察天空中的星象，以確定日月星辰之運行軌迹；《大荒西經》又載：「有方山者，上有青樹，名曰櫃格之松，日月所出入也。」「大荒之中，有山名日月山，天樞也。吳姖天門，日月所入。……」其中日月出入、天樞、天門，均與天象觀測有關。另一部由莊周所撰的《莊子》，其時代略早於屈原，書中第一章《逍遙遊》，明顯地表現了與《離騷》相似的遠遊天國的內容：開篇即寫鯤鵬展翅，「搏扶搖而上者九萬里」，「絕雲氣，負青天，然後圖南，且適南冥也。」繼而是「乘天地之正，而御六氣之辨，以遊無窮者。」又寫姑射山神人，「不食五穀，吸風飲露」，「乘雲氣，御飛龍，而遊乎四海之外。」這同《離騷》的「覽相觀於四極」、「周流觀乎上下」，從而尋求永恆、無限的宇宙意識，是相通的。莊子曾到過楚國，不管他是否直接受到楚人宇宙意識的影響，至少從《逍遙遊》中的表現可以看出，宇宙意識在當時的南方已相當流行。

從以上簡單分析，我們可以看到，屈原作品中之所以會出現遠遊天國的內容，除了屈原本人天才的想像力之外，同由楚地盛行的巫風、遠古風俗遺存、發達的天文學成就影響而形成的楚人廣泛、濃厚的宇宙意識密切有關，其中尤其是楚國淵源有繼的天文學成就，打開了「博聞強志」的屈原的「天窗」，使之湧出了超脫人世、遨遊天國、尋求世外理想境界的奇思異想，並訴諸詩章，從而鑄成了流傳千載百代的驚世絕唱。可見，楚人的宇宙意識在促成楚辭產生中也起了不可忽視的作用。

三、南北文學淵源

《詩經》與楚歌

在探討楚辭起源時，除了要考慮社會歷史、文化背景條件外，我們還應從文學本身的因素找原因，因爲任何一種文學新形式、新體制的誕生，都既與社會大背景有密切關係，也與文學的發展、沿革、承繼有緣，否則新的文學形式不可能憑空降生。

從楚辭來看，文學發展到戰國時代，它可能繼承與借鑒的主要是兩個：其一，北方的《詩經》（從時代上看，其實不能稱《詩經》，因爲此稱乃漢代方生，這裏爲敍述方便，故稱之），其二爲南方的楚歌；屈原創作其作品肯定受了這兩者的影響與啟發。不過，對《詩經》與楚辭的關係向有爭議，這兒有必要先談一談兩者之間有無影響的可能性。

春秋時代，北方諸國賦詩、歌詩，乃至引詩作爲外交辭令蔚成風氣，這種狀況，也影響波及到了南方楚國。試看《左傳》有載：文公十年，子舟引詩曰，「剛亦不吐，柔亦不茹」（《大雅・烝民》）「毋縱詭隨，以謹罔極。」（《大雅・民勞》）宣公十二年，孫叔引詩曰：「元戎十乘，以先啟行。」（《小雅・六月》）楚子引詩：「載戢干戈，載櫜弓矢。我求懿德，肆於時夏，允王保之。」（《周頌．時邁》）又引「耆定爾功」（《周頌．武》）「敷時繹思，我徂惟求定。」（《周頌．賚》）「綏萬邦，婁豐年。」（《周頌．桓》）成公二年，申叔跪曰：「異哉！夫子有三軍之懼，而又有《桑中》之喜（《鄘風》）！」子重引詩曰：「濟濟多士，文王以寧。」（《大雅．文王》）襄公二十七年，「楚薳罷如晉蒞盟，晉侯享之。將出，賦《既醉》」（《大雅》）昭公三年，「鄭伯如楚，子產相。楚子享之。賦《吉日》」（《小雅》）昭公七年，芊尹無宇引詩曰：「普天之下，莫非王土；率土之濱，莫非王臣。」（《小雅．北山》）昭公十二年，子革引逸詩曰：「祈招之愔愔，式昭德音。思我王度，式如玉如金。形民之力，而無醉飽之心。」（《祈招》）昭公二十四年，沈尹戌又引詩曰：「誰生厲階，至今爲梗？」（《大雅．桑柔》）

由上所引，足以說明，南方楚國受《詩經》影響並不小，其賦詩、引詩之風不亞於北方，故而魯迅先生說：「楚雖蠻夷，久爲大國，春秋之世，已能賦詩，風雅之教，寧所未習，幸其固有文化，尚未淪亡，交錯爲文，遂生壯采。」⑰那麼，作爲「博聞強志」的屈原，在「接遇賓客，應對諸侯」⑱時會不沾溉《風》《雅》嗎？

對於《詩經》與《楚辭》的關係，其實前人論及頗多，如淮南王劉安謂：「《國風》好色而

---

⑰《漢文學史綱要》。

⑱《史記．屈原列傳》。

不淫，《小雅》怨誹而不亂，若《離騷》者，可謂兼之矣。」⑲劉勰曰，「故其陳堯舜之耿介，稱禹湯之祗敬，典誥之體也；譏桀紂之猖披也，傷羿澆之顛隕，規諷之旨也；虬龍以喻君子，雲蜺以譬讒邪，比興之義也；每一顧而掩涕，歎君門之九重，忠怨之辭也；觀茲四事，同於《風》《雅》者也。」⑳朱熹曰：「賦則直陳其事，比則取物爲比，興則托物興詞，……不特詩也，楚人之詞，亦以是而求之。則其寓情草木，託意男女，以極遊觀之適者，變風之流也；其敍事陳情，感今懷古，以不忘乎君臣之義者，變雅之類也。至於語冥婚而越禮，攄怨憤而失中，則又風、雅之再變矣。其語祀神歌舞之盛，則幾乎頌，而其變也，又有甚焉。其爲賦，則如騷經首章之云也；比，則香草惡物之類也；興，則托物興詞，初不取義，如《九歌》沅芷澧蘭以興思公子而未敢言之屬也。然詩之興多而比、賦少，騷則興少而比、賦多，要必辨此，而後詞義可尋，讀者不可以不察也。」㉑蔣驥曰：「騷者詩之變，詩有賦比興，惟騷亦然。但三百篇邊幅短窄，易可窺尋，若騷則渾沌變化，其賦比興，錯雜而出。固未可以一律求也。」㉒劉熙載謂：「賦，古詩之流。古詩如風、雅、頌是也，即《離騷》出於《國風》、《小雅》可見。」㉓程廷祚曰：「屈子之作

⑲《史記・屈原列傳》。
⑳《文心雕龍・辨騷》。
㉑《楚辭集注・離騷序》。上海古籍出版社，一九七八年版。
㉒《山帶閣注楚辭・楚辭餘論》。中華書局，一九五八年版。
㉓《藝概・賦概》，上海古籍出版社，一九七八年版。

稱堯、舜之耿介，譏桀紂之昌披，以寓其規諷；誓九死而不悔，嗟黃昏之改期，以致其忠怨；近於詩之陳情與志者矣。……故詩者，騷賦之大原也。」「……蓋風、雅、頌之再變而後有《離騷》，……騷之出於詩，猶王者之支庶封建爲列侯也。」「……騷出於變風雅而兼有賦比興之義，故於詩也爲最近。」「……且騷之近於詩者，能具惻隱，含風諭。」㉔劉師培說：「屈原《離騷》，引辭表旨，譬物連類，以情爲具，以物爲表，抑郁沉怨，與風雅爲節，其原出於《詩經》。」㉕聞一多說：「屈原的功績，恢復了《詩經》時代藝術的健康性，而減免了它的樸質性。」㉖

綜上之引，你能說，《詩經》與楚辭毫無瓜葛可言嗎？讓我們再就兩者的內容、句式、語詞等作些比較。

㈠《詩經》以四言爲主體；楚辭雖多參差長短句，然也有四字句詩，如《橘頌》、《天問》、《大招》以及《九歌‧禮魂》、《懷沙》的「亂」詞。

㈡《詩經》中所習用的「兮」、「只」、「些」、「也」、「止」等語助詞，楚辭也多襲用，以「兮」爲主，並承繼了《詩經》隔句用「兮」之法。

㈢《楚辭》中頗多化用《詩經》之語詞者，略舉如次：

㉔《騷賦論》，載《中國歷代文論選》，上海古籍出版社，一九八〇年版。

㉕《論文雜記》，引同㉔。

㉖《神話與詩》，載《聞一多全集》第一卷，三聯書店，一九八二年版。

《周南・卷耳》：「我馬瘏矣，我僕痡矣。」
《離騷》：「僕夫悲余馬懷兮」

《小雅・正月》：「哀此煢獨」
《離騷》：「夫何煢獨而不予聽」

《魯頌・閟宮》：「奄有下土」
《離騷》：「苟得用此下土」

《鄭風・有女同車》：「將翺將翔，佩玉瓊琚」
《離騷》：「紉秋蘭以爲佩」

《秦風・終南》：「佩玉鏘鏘」
《東皇太一》：「璆鏘鳴兮琳琅」

《鄭風・出其東門》：「有女如云」
《湘夫人》：「靈之來兮如雲」

《秦風・車鄰》：「有車轔轔」
《大司命》：「乘龍兮轔轔」

《小雅・湛露》：「匪陰不晞」
《少司命》：「晞女髮兮陽之阿」

《小雅・大東》：「維北有斗，不可以挹酒漿。」
《東君》：「援北斗兮酌桂漿」

《衛風・碩人》：「巧笑倩兮，美目盼兮」
《山鬼》「既含睇兮又宜笑」

《周南・關雎》：「窈窕淑女」
《山鬼》：「子慕予兮善窈窕」

《邶風・柏舟》：「憂心悄悄」
《悲回風》：「愁悄悄之常悲兮」

《衛風・伯兮》：「杲杲出日」
《遠遊》：「陽杲杲其未光兮」

另，《九辯》有云：「竊慕詩人之遺風兮，願托志乎素餐。」朱熹《集注》曰：「詩人言『不素餐兮』，見《伐檀》篇。」王夫之《通釋》云：「詩人《伐檀》之詩，托志素餐，以素餐爲恥。此明屬屈子之志與先聖之心合轍。」

(四)《詩經》中有少數反映南方楚地的詩篇，如《周南・漢廣》、《周南・汝墳》、《召南・江有汜》、《小雅・四月》、《大雅・江漢》、《商頌・殷武》等，這些詩篇，或記載了楚的歷史與風俗，或敍述了楚與北方的戰爭，其中《漢廣》與《江有汜》一般認爲是楚地民歌。這些雖難以說明《詩經》與楚辭的直接關係，但多少透露了北方文學中的南方成分，可顯南北文化交融之一面。

再看楚歌與楚辭的關係。我們從目今已基本確認的幾首楚歌看，可以發現，它們有一個比較清晰的發展變化軌迹，即由具有《詩經》四言體風格特徵，演變爲形似楚辭而又具有楚辭基本特徵的詩體，它充分反映了楚辭繼承發展楚歌的痕跡，說明民間文學在楚辭的形成中占有特殊地位。

我們試以楚歌發展的年代順序簡敍楚歌的演化過程。㉗

第一階段，約公元前七世紀，即楚武王、文王、成王時代，其時楚歌的形式基本與《詩經》相同。

《說苑・至公篇》「楚人爲令尹子文歌」：

「子文之族，犯國法程。廷理釋之。子文不聽，恤顧怨萌。方公平。」

《說苑・正諫篇》「楚人爲諸御已歌」：

「薪乎萊乎，無諸御已，論無子乎。萊乎薪乎，無諸御已，訖無人乎。」

㉗ 清人林春溥《竹柏山房全書・古書拾遺卷四・古歌》中精錄了不少南方古歌，因未遑詳考，故不敢妄斷。

第二階段，約公元前六世紀中葉，楚共王、康王時期，此時楚歌形式已由四言演化成了新的形式，突破了四言體，句中或句尾開始帶上「兮」字。

《新序·節士篇》「徐人歌」：

「延陵季子兮不忘故，脫千金之劍兮帶丘墓。」

《說苑·善說篇》「越人歌」：

「今夕何夕兮，搴洲中流。今日何日兮，得與王子同舟。蒙羞被好兮，不訾詬恥。心幾煩而不絕兮，得知王子。山有木兮木有枝，心悅君兮君不知！」

第三階段，公元前五世紀初，楚悼王之前一階段，其時，楚歌已與楚辭在形式上相當接近了，且時間上與懷王、頃襄王相距不遠。這些楚歌已明顯帶有句式參差、句中句尾用「兮」字的特點，但四字句仍存在。

《論語·微子篇》「楚狂接輿歌」：

「鳳兮鳳兮，何德之衰。往者不可諫，來者猶可追。已而已而，今之從政者殆而。」

《孟子·離婁篇》「孔子聽孺子歌」：

「滄浪之水淸兮，可以濯我纓。滄浪之水濁兮，可以濯我足。」

《左傳・哀公十三年》「庚癸歌」：

「佩玉蘂兮，余無所系之。旨酒一盛兮，余與褐之父睨之。」

由楚歌我們同時可知，楚辭在形式上曾仿楚音，與楚地音樂有一定關係。這可以楚辭已存形式推知它所仿照的楚地音樂、楚歌曲式：一、簡單曲調多次重複的曲調，如《九歌》；二、一個或兩個曲調若干次重複後，末尾加「亂」的曲式，如《離騷》、《哀郢》、《懷沙》；三、兼有「少歌」、「倡」與「亂」，中間重起，兩次結束、前後兩截相聯的曲式，如《抽思》，這裏「少歌」是前半曲結束的小結，「倡」是前後兩半曲的過渡；四、前有總起，中間曲調顯著變化，最後有總結的曲式，如《招魂》。很顯然，以上我們所已見的楚辭的幾種曲式，當是楚辭受楚歌曲式影響後所形成的。關於楚地樂歌，即所謂的「南音」，史書均有記載，如《左傳・成公九年》云：「晉侯觀於軍府，見鍾儀，問之曰：『南冠而縶者，誰也？』有對曰：『鄭人所獻楚囚也。』……使與之琴，操南音。」《呂氏春秋・音初篇》云：「禹行動，見涂山之女，禹未之遇，而巡省南土。涂山氏之女乃令其妾候禹於涂山之陽。女乃作歌，歌曰：『候人兮猗』，實始作爲南音。」「南音」後又被稱作「楚聲」，《漢書・禮樂志》云：「《房中樂》高祖唐山夫人所作，高祖好楚聲，故《房中樂》楚聲也。」《隋書・經籍志》云：「隋釋道騫能爲楚聲，音韵清切。」

屈原創作楚辭作品曾借鑒楚歌及楚聲（楚樂），看來是沒有疑問的。

先秦諸子散文與楚辭

我們已將《詩經》與楚辭（以屈原作品爲主，故以下簡稱屈騷）作了對照，發現兩者在語言形式上有十分顯著的差異：前者篇幅一般比較短小，句式相對整齊，大多以四言爲主；而後者篇幅顯著加大，出現像《離騷》這樣的宏篇巨制，句式參差，除部分詩篇是四言爲主外（如《橘頌》《天問》等），其餘均爲長短不一的雜言；後者的這種形式表現，人們習慣稱其爲「散文化」。

何以先秦時代的詩歌在繼《詩經》之後，會發生如此大的變化，產生了具有「散文化」傾向的新詩體呢？這當中的原因有多種。首先，時代風氣是一個重要因素，誠如魯迅在《漢文學史綱要》中指出的：「周室既衰，聘問歌咏，不行於列國，而游說之風寖盛，縱橫之士，欲以唇吻奏功，遂竟爲美辭，以動人主。……餘波流衍，漸及文苑，繁辭華句，固已非詩之樸質之體式所能載矣。」其次，屈原本人「明於治亂，嫻於辭令」（《史記·屈原列傳》），可知是頗具縱橫家風格者，在《離騷》與《抽思》中多次寫到自己「陳辭」：「就重華而陳詞」，「跪敷衽以陳辭兮」，「結微情以陳詞兮」，「茲歷情以陳辭兮」，因而這種善於辭令的風格特長運用於自己的文學創作中，寫出鋪陳夸張的「散文化」、口語化詩作，也是合情理的。然而，造成屈騷「散文化」風格形成的另一重要原因，恐怕與屈原直接受先秦散文（屈原時代之前及當時的諸子散文）的影響，並有所借鑒，密不可分。我們試著重對此作些探討、分析。

從時間上看，先於屈原產生的諸子散文有：《老子》、《論語》、《孟子》、《莊子》。老子、孔子、孟子、莊子的生活時代基本上都早於屈原，其中孟子、莊子雖與屈原大致上同時期（戰國中期），但他們的出生時間都比屈原早幾十年㉘。這幾部書的成書年代：《老子》爲春秋末葉和戰國初期（《論語》、《莊子》中已有關於老子的言論和事迹記載），其作者主要是老子本人；《論語》的編著者雖非孔子本人，但其書成於春秋末期至戰國初期，當也無疑㉙；《孟子》一書的作者主要是孟子本人，並於其生前已完成（「萬章之徒」參與）；《莊子》係莊子及其門生後學所撰，其中內篇部分一般公認爲莊子自撰。

既然上述幾部散文著作的產生年代均在屈原之前，作爲自幼好學，「博聞強記」的屈原，曾經讀過並曾受到影響是完全有可能的。

以下我們試分別就各部散文著作與屈騷的關係作些對照、比較，看看它們之間的關係。

第一、《老子》

㉘ 對孟子與莊子的生卒年，學術界尚無定論，一般認爲，孟子：公元前三八五年——公元前三〇四年（楊伯峻說），莊子：公元前三六九年——公元前二八六年（馬敍倫說），兩者與屈原（公元前三三九年——公元前二七八年，浦江清說）相比，分別早了約四十六年和三十年。

㉙ 參見楊伯峻：《論語譯注》導言，中華書局，一九六二年版。

縱觀《老子》一書，五千餘言均疾徐長短韻文㉚，這些文句，詞約義豐，頗富哲理，與屈騷對照，在句式上兩者較相吻合，都長短參差。

書楚語——這本是屈騷的顯著特徵之一，而在《老子》中早有體現。《老子》一書運用楚語處比比可見，如楚語氣詞「兮」字，這是屈騷最具代表性的象徵字，《老子》中出現了二十四次之多，第十五章尤其集中：「豫焉若冬涉川，猶兮若畏四鄰，伊兮其若容，渙兮若冰之將釋，敦兮其若樸，曠兮其若谷，混兮其若濁。」又如楚發語詞「夫唯」，《老子》中凡十見。《老子》中其它楚語還有：「五味令人口爽」（第十二章），王逸《楚辭章句·招魂》注有云：「楚人名羹敗曰爽。」「爽」係楚語。「善閉，無關鍵不可開」（第二十七章），《方言》有云：「戶鑰自關而東，陳楚之間謂之鍵，字亦作闥。」「鍵」係楚語。「吾將以爲教父」（第四十二章），《方言》有曰：「凡尊老南楚謂之父。」「父」係楚語。等等。

考察《老子》與屈騷的聲韻，我們發現，兩者在韻部上極多相合處。茲舉朱謙之撰《老子校釋》附錄「老子韻例」所云，以資說明：

「次舉其與《騷》韻同者，如五章窮、中韻。《楚辭·雲中君》降、中、窮、懮韻；《涉

㉚ 有人據此認爲《老子》應屬詩歌體裁，本文爲論述便，不擬作辯，仍劃歸散文類。實際《老子》在文學體裁上應屬哲理性散文詩。

江》中、窮韻。八章治、能、時、尤韻。《楚辭・惜往日》時、疑、治、之、否、欺、思、之、尤、之韻。四十四章止、殆、久韻。《楚辭・天問》止、殆韻；《招魂》止、里、久韻。十章離、兒、疵、雌、知韻。《楚辭・少司命》離、知韻。七章先、存韻。《楚辭・遠遊》存、先、門韻；《大招》存、先韻。十七章言、然韻。《楚辭・惜誦》言、然韻。二十五章、六十五章遠、反韻。《楚辭・離騷》、《國殤》、《哀郢》同。二章生、成、形、傾韻。《楚辭・天問》營、成、傾韻。三十七章靜、定韻。《楚辭・大招》同。三十七章、五十七章爲、化韻。《楚辭・天問》《思美人》同。六十八章武、怒、與、下韻。《楚辭・離騷》武、怒韻。六十四章土、下韻。《楚辭》以下、與、女、所、舞、予等字爲韻。二章居（處）、去韻。《楚辭・悲回風》處、慮、曙、去韻。九章保、守、咎、道韻。《楚辭・惜誦》保、道韻。二十四章行、明、彰、長、行韻。《楚辭・天問》長、彰韻。二十二章明、彰、長韻。《楚辭・懷沙》章、明韻。五十九章嗇、服、德、克、極、國韻。《楚辭・離騷》極、服韻；《天問》、《哀郢》極、得韻；《橘頌》服、國韻。六十五章賊、福、式、德韻。《楚辭・招魂》食、得、極、賊韻。十五章客、釋韻。《楚辭・哀郢》蹠、客、薄、釋韻。

由上所述，《五千言》（《老子》）……與騷韻亦同。知聲音之道，與時轉移，而如《易》如騷，以時考之，皆與《老子》相去不遠。……老子爲楚人，故又與楚聲合。尚論世次，屈在老後。經文中『兮』字數見，與《騷》韻殆無二致，《五千言》其楚聲之元祖乎！」

以上是關於韵的比較，說明《老子》與楚辭間的關係。下面再看藝術手法與句式。

一般認爲，屈騷中大量運用的比與手法，是繼承《詩經》基礎上的發展。這自然不錯。但我們也應同時看到，以形象的比喻闡發富有深邃哲理的手法，《老子》中運用得不少。如第五章云：「天地不仁，以萬物爲芻狗。聖人不仁，以百姓爲芻狗。」芻狗原係一種結草爲狗作爲祭祀用的巫祝之物，老子這裏將其爲譬，說明人對芻狗無所謂愛憎，天地對於萬物，聖人對於百姓亦如此，從而宣揚「無爲」的觀點。又如第八章，以水爲喻，表現以「無私」達到自私的目的：「上善若水，水善利萬物而不爭，處衆人之所惡，故幾於道。」第六十四章以通俗形象的比喻，闡述事物變化、發展的觀點：「合抱之木，生於毫末；九層之臺，起於累土；千里之行，始於足下。」對照屈騷，尤其《離騷》一詩，屈原以香花美草喻聖賢君臣，並作爲飾身取悅於人的象徵，藉此寄寓自己的修身，追求人格美的內涵；以惡鳥臭物比奸黨小人，發抒滿腔憤恨之慨，體現了愛憎鮮明的感情立場；這種比喻中有深層寄托的手法，不能否認《老子》影響的痕迹。

在句式上，屈騷更有與《老子》如出一轍的地方，從中明顯可見承襲、仿效之迹。《漁父》篇中，作者寫道：「舉世皆濁，我獨清；衆人皆醉，我獨醒。」「安能以身之察察，受物之汶汶者乎」《老子》第二十章云：「衆人熙熙，如享太牢，如春登臺。我獨泊兮，其未兆，如嬰兒之未孩。儽儽兮，若無所歸，衆人皆有餘，而我獨若遺，我愚人之心也哉。沌沌兮，俗人昭昭，我獨昏昏，俗人察察，我獨悶悶。澹兮其若海，飂兮其若無止。衆人皆有以，而我獨頑似鄙，我獨異於人，而貴食母。」兩相比照，何其相似乃爾。又，《遠遊》曰：「載營魄而登霞兮」，王逸《楚辭章句》注：「『抱我靈魂而上升也。』屈子似即用老子語。」所言老子語爲：「載營魄抱一，能無離？」（第十章）

第二、《論語》、《孟子》

《論語》和《孟子》兩書分別爲記載孔子、孟子及其弟子言行的著作，它們在文體風格上有一個共同的特點，即爲了更形象地表現人物的思想與言論，大量地載錄了人物的對話；可以說，比較集中地以對話形式入文的方式，在散文史上始於《論語》、《孟子》。這種方式，屈騷中也不時可見：《離騷》中寫女嬃「申申其詈予」及主人翁「就重華而陳詞」，就有直錄人物對話的迹象；比較典型的，如《卜居》、《漁父》兩篇，通篇即是對話體例，通過一問一答，展示人物性格與形象，闡明主題思想㉛。

如將《論語》、《孟子》與屈騷有關篇章作句式對比，我們可以發現它們之間明顯的類似之處。例如：

君子周而不比，小人比而不周。（《論語》）
蘭芷變而不芳兮，荃蕙化而爲茅。（《離騷》）

㉛ 對《卜居》《漁父》的作者，歷來有爭議，本文贊同二十五篇皆爲屈原所作。

日月逝矣，歲不我與。（《論語》）
汩余若將不及兮，恐年歲之不我與。（《離騷》）

申申如也。（《論語》）
申申其詈予。（《離騷》）

已矣乎，吾未見好德如好色者也。（《論語》）
已矣哉，國無人莫我知兮。（《離騷》）

管仲以其君霸，晏子以其君顯。（《孟子》）
憍吾以其美好兮，覽余以其修姱。（《抽思》）

如水之就下，沛然誰能御之?（《孟子》）
沛吾乘兮桂舟。（《九歌・湘君》）

今也不幸至於大故。（《孟子》）
舒憂娛哀兮，限之以大故。（《懷沙》）

從以上句式比照中，我們很難否認，它們之間存在著影響或承襲關係。

第三、《莊子》

《莊子》與屈騷客觀上有一個共同點：都是南方人所作，都產於南方。兩者雖出於不同經歷和追求的作者之手，卻在風格上有相類的地方——體現了浪漫主義風格色彩。它們都如魯迅所言：「放言無憚，爲前人所不敢言。」（《摩羅詩力說》）在「敍事紀游，遺塵超物，荒唐譎怪」方面，也正像劉師培所說，屈騷與莊子相同（《南北文學不同論》）。正由於都體現了浪漫主義特色，因而兩者成了中國文學史上兩種流派（積極與消極）浪漫風格的代表。當然，我們不能斷言，屈騷的浪漫風格係受莊子影響而生，然而地域和時間上的客觀條件，使屈原可能有所沾溉，這種因素恐怕還是存在的。

我們若比較兩者的句式與所用詞彙，更可以看出兩者間的關係㉜。

乘清氣兮御陰陽。（《九歌·大司命》）
乘天地之正，御六氣之辨。（《莊子》）

與天地兮同壽，與日月兮同光。（《涉江》）
吾與日月參光，吾與天地爲常。（《莊子》）

憚騫裳而濡足。（《思美人》）
騫裳躩步。（《莊子》）

㉜ 關於《莊子》內、外、雜篇的作者問題，迄無定論。本文爲論述便，暫存疑。筆者認爲，即便外、雜篇非莊子本人撰，本文所引內篇例證亦可說明問題。又，凡未註明篇名者，均參見洪興祖《楚辭補注》。

望大河之洲渚兮，悲申徒之抗迹。（《悲回風》）
申徒狄諫而不聽，負石自投於河。（《莊子・盜跖篇》）

奇傅說之托辰星兮。（《遠遊》）
傅說得之，以相武丁，……騎箕尾，而比於列星。（《莊子・大宗師》）

曰：道可受兮，不可傳；（《遠遊》）
道可傳而不可受。（《莊子》）

質銷鑠以汋約兮（《遠遊》）
肌膚若冰雪，綽約若處子。（《莊子》）

十日代出，流金鑠石些。（《招魂》）
昔者十日昇出，萬物皆照。（《莊子・齊物論》）

雄虺九首，儵忽焉在？（《天問》）
南海之帝爲儵，北海之帝爲忽。（《莊子・應帝王》）

有趣的是，《莊子》有《漁父》篇，寫孔子游於緇帷之林，休坐乎杏壇之上，絃歌鼓琴，恰有漁父過而聽之，與子路對問，引起孔子興趣，孔子至於澤畔，並與漁父作了一系列問答。而屈騷的《漁父》基本線索也是如此，屈原遭放後，游於江潭，行吟澤畔，漁父見而問之，兩人於是開始了一問一答。不同者在於：前者突出了漁父所言有道，引起孔子敬之；後者以漁父作陪襯，反映屈原的不與世俗同流合汚。雖然我們尙不能斷言，屈原的《漁父》一定係受《莊子．漁父》影響啟發而作，因爲《莊子．漁父》係《莊子》的雜篇部分，其作者與創作時間迄無定論，但是，兩者對比的結果，又不能不使人們產生疑問：兩者是否存在影響關係？抑或純屬巧合？

以上我們分別對產生於屈騷之前的諸子散文與屈騷本身作了比較、對照、分析，發現它們之間確實存在著一定的聯繫，正如章學誠在《文史通義．詩教》中所說：「屈氏二十五篇，劉班著錄以爲屈原賦也。……是則賦家者流，縱橫之派別，而兼諸子之餘風，此其所以異於後世辭章之士也。」誠然，所謂「兼諸子之餘風」，首先應指諸子思想，這是無可非議的，前人對此論述已多，而我們這裏所要強調的是，除了思想成分外，文學形式也是不可偏廢忽略的，它是「散文化」的重要因素。

口頭文學——神話傳說

楚辭文學先源的又一組成部分，是上古時代的口頭文學——神話傳說，它憑著後人付諸文字，得以傳世。馬克思在《摩爾根〈古代社會〉一書摘要》中曾精闢指出：「在野蠻期的低級階段，人類的高級屬性開始發展起來。……想像，這一作用於人類發展如此之大的功能，開始於此時產生神話、傳奇和傳說來記載的文學，而業已給予人類以強有力的影響。」楚辭中記載了大量的神話傳說，是我國古代保存神話傳說資料較多者之一（《天問》最多，《離騷》、《九歌》、《招魂》等次之），這表明，屈原創作楚辭曾深受古代神話傳說的影響，並將其溶入自身的作品，構成作品豐富的內容和奇幻的特色。

楚辭借鑒的神話資料由何而來？從迄今尚存者看，我國古代少有長篇完整的，大多爲零星斷片。其原因在於封建文化的正宗——儒家以「修身、齊家、治國、平天下」爲唯一學問，鄙視采錄神話，所謂「文不雅馴，縉紳先生難言之」（《史記·五帝本紀》），孔子「不語怪、力、亂、神」（《論語》），「太古荒唐之說，俱爲儒者所不道，故其後不特無光大，而又有散亡。」（魯迅《中國小說史略》）「黃帝四面」，本言黃帝有四張臉，孔子卻釋爲「黃帝取合己者四人使治四方，不計而耦，不約而成，此之謂四面。」（《太平御覽》卷七十九引《尸子》）「黃帝三百年」，本言黃帝活了三百歲，孔子釋曰：「生而民得其利百年，死而民畏其神百年，亡而民用其教百年。」（《大戴禮·五帝德》）如此，則神話大量湮滅，存者亦殘缺不齊。次之，中國史學發達早，孔子時代即有《尚書》、《春秋》，儒家竭力將神人化，以理性詮釋神話，致使神話歷史化。種種原因，導致神話不發達，神話資料缺乏。然即使如此，屈原所居南方楚國依然神話豐富，資料不乏，有《山海經》、《莊子》，以及屈原以後的《淮南子》等。考其原因，關鍵在於南楚的社會特點異於北方。古代神話最初由宗教嬗演，並藉宗教得以保存、流傳。宗教在南方遠較北方爲深。楚宗教巫術盛行，自然爲神話流傳提供了條件和場所。《說文解字》云：「巫，祝也，女能事無形，以舞降神者也。」「覡，能齊肅事神明者」。《國語・楚語》曰：「古者神明不雜，民之精爽不携貳者，而又能齊肅中正，如是神明降之，在男曰覡，在女曰巫。」朱熹《楚辭集注・九歌・東皇太一》曰：「古者巫以降神，蓋身則巫而心則神也。」可見古者巫覡之職本以降神，巫以歌舞降神，神借巫口言語。楚的巫風盛行，自然爲神話發達創造了先天的有利條件。

那麼，楚辭的神話資料究竟從何而來呢？筆者認爲，除了口頭傳說之外，由文獻和文物考古分析，主要來源和依據是當時的壁畫和《山海經》。

首先，不難推斷，《天問》大多源自壁畫。王逸言之有理：「屈原放逐，憂心愁悴，彷徨山澤，經歷陵陸，嗟號旻旻，仰天嘆息，見楚有先王之廟及公卿祠堂，圖畫天地、山川、神靈、琦瑋僑佹，及古賢聖，怪物行事，周流罷倦，休息其下，仰見圖畫，因書其壁，呵而問之，以泄憤懣，舒瀉愁思。」（《天問序》）王逸之子王延壽《魯靈光殿賦》亦曰：「圖畫天地，品類羣生，雜物奇怪，山神海靈，寫載其狀……」《孔子家語》載：「孔子觀於明堂，覩四墉有堯、舜、桀、紂之象，而各有善惡之狀。」（李善《文選》注引）從楚社會看，巫風盛，自然「先王之廟」「公卿祠堂」多，這些廟、堂壁上刻畫天地山川、神靈古怪、聖賢人物，也就不足爲奇。由神話古籍《山海經》看，也可證實圖畫先於文字。茅盾先生認爲，《山海經》大約是當時九鼎圖象及廟堂繪畫的說明㉝。顧頡剛先生說：「這部書（指《山海經》）本來是圖畫和文字並載

㉝　茅盾：《神話研究・中國神話研究初探》，百花文藝出版社，一九八一年版。

的，而圖畫更早於文字。」㉞袁珂先生認爲，《山海經》一書，尤其《海經》部分，大致是先有圖畫，後有文字，文字因圖畫而作㉟。他們的看法說明，《山海經》一書，很可能是廟堂壁畫描摹後配以說明性文字而匯纂成籍。

除壁畫外，楚辭借鑒的另一途徑即《山海經》。魯迅《中國小說史略》謂：《山海經》，「今所傳本十八卷，記海內外山川神祇異物及祭祀所宜，以爲禹益作者固非，而謂因楚辭而造者亦未是；所載祠神之物多用糈（精米）與巫術合，蓋古之巫書也，然秦漢人亦有增益。」據考，《山海經》除少數篇章外，大多均產生於《楚辭》時代之前，是一部由楚人在楚地寫成的古巫書㊱。讓我們試比較一下《山海經》與楚辭，會發現諸多相似或相吻之處㊲。

《山海經》和楚辭中都記載了大量有關龍鳳之形迹。龍和鳳是我國古代的圖騰。遠古時代，曾有過圖騰崇拜，最早有史可稽的是《左傳．昭公十七年》：「秋，郯子來朝，公與之宴。昭子問焉，曰：『少皞氏鳥名官，何故也？』郯子曰：『吾祖也，我知之。昔者黃帝氏以雲紀，故爲雲師而雲名；炎帝氏以火紀，故爲火師而火名；共工氏以水紀，故爲水師而水名；大皞氏以龍紀，故爲龍師而龍名。我高祖少皞摯之立也，鳳鳥適至，故紀於鳥，爲鳥師而鳥名。』……自顓

㉞顧頡剛：〈《山海經》中的昆侖區〉，《中國社會科學》，一九八二年第一期。
㉟㊱參見袁珂：〈《山海經》寫作時地及篇目考〉，《中華文史論叢》第七輯。
㊲關於《山海經》中篇目眞僞問題，迄無定見，本文不擬考辨，存疑。

項以來，不能紀遠，乃紀於近，爲民師而命以民事，則不能故也。」由史載推測，南方楚人的圖騰是蛇，《說文》云：「蠻，南蠻，蛇神。」後以蛇爲軀幹，雜以它動物的頭、角、足等，演變成了想像物——龍。從母系氏族到父系氏族，直至夏商時期，龍和鳳（東夷族圖騰）成了兩面圖騰旗幟，並由此化生了許多神話傳說。比較《山海經》和楚辭，前者偏重於龍鳳形貌描繪，後者側重龍鳳動態寫生，藉以登天飛仙。試看，《山海經．南山經》：「其神狀皆龍身而鳥首。」「其神皆人身龍首。」《海外西經》：「南方祝融，獸身人面，乘兩龍。」「大樂之野夏后啟於此儛九代，乘兩龍，雲蓋三層。」《大荒北經》：「西南海之外，赤水之南，流沙之西，有人珥兩青蛇，乘兩龍。」《大荒北經》：「西北海之外，赤水之北，有章尾山，有神，人面蛇身而赤，……是謂燭龍。」《南山經》：「有鳥焉，其狀如鷄，五采而文，名曰鳳皇，首文曰德，翼文曰義，背文曰禮，膺文曰仁，腹文曰信。是鳥也，飲食自然，自歌自舞，見則天下安寧。」《大荒南經》：「爰有歌舞之鳥，鸞鳥自歌，鳳鳥自舞。」以上是《山海經》所載之龍鳳。下面再看《楚辭》所敍。《九歌．雲中君》云：「龍駕兮帝服，聊翺翔兮周章。」《湘君》：「駕飛龍兮北征，邅吾道兮洞庭。」《大司命》：「乘龍兮轔轔，高駝兮沖天。」《涉江》：「駕青虬兮驂白螭，吾與重華游兮瑤之圃。」《離騷》：「駟玉虬以乘鷖兮，溘埃風余上征。」「鸞鳳爲余先戒兮，雷師告余以未具。吾令鳳鳥飛騰兮，繼之以日夜」。「爲余駕飛龍兮，雜瑤象以爲車。」「爲八龍之蜿蜿兮，載云旗之委蛇。」「鳳皇翼其承旂兮，高翺翔之翼翼」等等。

《山海經・五藏山經》順序排次是：《南山經》、《西山經》、《北山經》、《東山經》、《中山經》；《海外經》與《海內經》四篇依次排序亦是：南、西、北、東。比較《離騷》，其記漫遊神國的第一次路線是：蒼梧（南）、懸圃（西）、威池（北）、扶桑（東），與《山海經》上述方位順序吻合。這種南在首位的順序無疑表明作者重南，這與作者爲楚人，作品產於楚地有關；其次是西，這同西方是昆侖山所在地、而昆侖山是傳說中的天帝居處有關。《離騷》的第二次漫遊神國路線方向純屬西方，「朝發軔於天津兮，夕餘至乎西極。……路不周以左轉兮，指西海以爲期。」《山海經》則將昆侖作爲神話中心，置昆侖於重要地位。試比較《山海經》描敍昆侖山和楚辭寫嚮往、神遊昆侖的文字，可辨兩者關係。《西次三經》云：「西南四百里，曰昆侖之丘，是實惟帝之下都，神陸吾司之。其神狀虎身而九尾，人面而虎爪；是神也，司天之九部及帝之囿時。有獸焉……有鳥焉……河水出焉，而南流東注於無達。赤水出焉，而東南流注於氾天之水。洋水出焉，而西南流注於醜塗之水。黑水出焉，而西流於大杅。是多怪鳥獸。」《海內西經》云：「海內昆侖之虛，在西北，帝之下都。昆侖之虛，方八百里，高萬仞。上有木禾，長五尋，大五圍。面有九井，以玉爲檻。面有九門，門有開明獸守之，百神之所在。在八隅之岩，赤水之際，非仁羿莫能上岡之岩。」《楚辭・河伯》：「登昆侖兮四望，心飛揚兮浩蕩。」《天問》：「昆侖懸圃，其尻安在？」《涉江》：「登昆侖兮食玉英，吾與天地兮比壽，與日月兮齊光。」《悲回風》：「馮昆侖以瞰霧兮，隱岐山以淸江。」《離騷》：「邅吾道夫昆侖兮，路修遠以周流。揚雲霓之晻藹兮，鳴玉鸞之啾啾。」

《離騷》中，詩人被女嬃責罵後，爲接受帝舜指導，「濟湘沅以南征」，來到蒼梧。考《山海經》，蒼梧，楚人認作舜葬之地。《海內南經》：「蒼梧之山，帝舜葬於陽。」《海內經》：「南方蒼梧之丘，蒼梧之淵，其中有九嶷山，舜之所葬。」又，《離騷》：「啟九辯與九歌兮，夏康娛以自縱。」「奏九歌而舞韶兮，聊假日以媮樂。」《天問》：「啟棘賓商，九辯九歌。」《遠遊》：「二女御九韶歌，使湘靈鼓瑟兮。」其中「九歌」「九韶」均出自《山海經》。《海外西經》：「大樂之野，夏后啟於此儛九代。」郝懿行《山海經箋疏》曰：「九代，疑樂名也。《竹書》云：『夏帝啟十年，帝巡狩，舞九韶於大穆之野。』《大荒西經》亦云：『天穆之野，啟始歌九招。』招即韶也。疑九代即九招矣。」又，《山海經・中山經》所述魑武羅，「蓋《楚辭・九歌・山鬼》所寫山鬼式的女神也。『小要白齒』，所以『窕窈』『宜笑』；『赤豹文狸』或即『人面豹文』之演化；『苟草服之美人色』，山鬼所采『三秀』，說者亦謂是使人駐顏不老的芝草之屬；而山鬼所思之『靈修』，亦此魑武羅所司密都之『帝』，均高級天神也。」㊳又，《中山經》云：「又東南一百二十里，曰洞庭之山……帝之二女居之，是常遊於江淵。澧沅之風，交瀟湘之淵，是在九江之間，出入必以飄風暴雨。」汪紱云：「帝之二女，謂堯之二女以

㊳ 袁珂：《山海經校注》，上海古籍出版社，一九八三年版，第一二七頁，注一六。

妻舜者娥皇女英也。相傳謂舜南巡狩，崩於蒼梧，二妃奔赴哭之，隕於湘江，遂爲湘水之神，屈原《九歌》所稱湘君、湘夫人是也。」㊴《楚辭·九歌·湘夫人》云：「帝子降兮北渚，目眇眇兮愁予。嫋嫋兮秋風，洞庭波兮木葉下。」即咏其事也。㊵又，《大荒西經》云：「西南海之外，赤水之南，流沙之西，有人珥兩青蛇，乘兩龍，名曰夏后開。開上三嬪於天，得《九辯》以下。此天穆之野，高二千仞，開焉得始歌《九招》。」郝懿行《箋疏》云：「《離騷》云：『啟九辯與九歌』《天問》云：『啟棘賓商，九辯九歌。』是賓、嬪古字通。棘與亟同。蓋謂啟三度賓於天帝，而得九奏之樂也。故《歸藏鄭母經》云：『夏后啟筮，御飛龍登於天，吉。』正謂此事。《周書·王子晉篇》云：「吾后三年，上賓於帝所。」亦其證也。又，《海內北經》：「從極之淵深三百仞，維冰夷恆都焉。冰夷人面，乘兩龍，一曰忠極之淵。」郭璞《山海經注》云：「冰夷，馮夷也。《淮南子》云：『馮夷得道，以潛大川。』即河伯也。《穆天子傳》所謂『河伯無夷』者，《竹書》作馮夷，字或作冰也。」又，《天問》云：「應龍何畫？河海何歷？」《山海經》有曰：「禹治水，有應龍以尾畫地，即水泉流通，禹因而治之也。」《天問》云：「靡蓱九衢，枲華安居？靈蛇吞象，厥大何如？」《山海經》有曰：「浮山有草，其葉如枲。」「南海內有巴蛇，身長百尋，其色青黃赤黑，食象，三年而出其骨。」《天問》云：「鯪魚何所？鬿堆焉處？」《山

㊴ 引同㊳，第一七六頁，注二。

㊵ 引同㊳，第三二〇頁，注四。

海經》曰：「西南海中近列姑射山，有鯪魚，人面，人手，魚身，見則風濤起。北號山有鳥，狀如鷄，而白首鼠足，名曰鬿雀，食人。」《天問》有云：「出身湯谷，次於蒙記。」《大招》有云：「魂乎無東，湯谷寂寥只！」《海外東經》曰：「黑齒國，……下有湯谷。湯谷上有扶桑，十日所浴。」《大荒東經》曰：「大荒之中，……有谷曰溫源谷。湯谷上有扶木，一日方至，一日方出……」另外，如流沙、赤水、不周山、扶桑、若木、崦嵫等許多地名，以及其它人物名、草木蟲魚名等，楚辭與《山海經》重合者更是不勝枚舉。宋人吳仁傑撰《離騷草木疏》，《四庫全書總目提要》謂「其太旨謂《離騷》之文，多本《山海經》，故書中引用，每以《山海經》爲斷。」此論恐不無道理。

鑒此，筆者認爲，除了兩者同產楚地、同出楚人之手是一原因外，《楚辭》曾受《山海經》影響，甚而受其啟發並有所借鑒與運用，應是可資解釋的又一原因。

至此，我們分別論述了楚辭與神話傳說的關係，以及楚辭借鑒、汲取神話傳說兩大材料來源——壁畫與《山海經》的來龍去脈，這對我們更好地讀懂與了解楚辭是有相當意義的。

以上我們分別從歷史、文化、文學等諸方面，對楚辭的產生作了比較全面、深入的探討，由此，使我們比較清楚地明白，楚辭之所以產生於戰國時代的楚國，並不是偶然的，而是有它深厚、廣泛的社會條件、地理環境、民族文化等各種因素，這對我們更好地了解楚辭，並透過楚辭作品了解楚文化、楚國歷史與社會，以及屈原其人，都是甚有俾益的。

屈原論

一、屈原思想辨析

郭沫若先生在他的《屈原研究》中曾對屈原的思想成分中有無道家影響提出一種看法。「最可注意的，他（屈原）雖是南人，而於道家的虛無恬淡、寂寞無爲的學說卻毫沒有沾染。（《遠遊》那一篇本有這種臭味的濃厚表現，但那並不是他的作品。）」

郭老此論是否有些武斷？聯繫屈原的思想構成，我們試作一番剖析。

先看儒家思想對屈原的影響。對此郭老是持肯定觀點的，他認爲，用屈原作品中的詩句來概括，儒家思想對屈原的影響表現爲：

1. 重仁義　「重仁襲義兮，謹厚以爲豐。」（《懷沙》）。
2. 懷忠貞　「事君而不貳兮，迷不知寵之門。」（《惜誦》）
3. 愛民生　「長太息以掩涕兮，哀民生之多艱。」（《離騷》）

「怨靈修之浩蕩兮，終不察夫民心。」（《離騷》）

4. 舉賢能　「舉賢而授能兮」（《離騷》）

5. 尚修身　「余獨好修以爲常」（《離騷》）

另外，屈原作品中提及的他所景仰的聖賢人物，如堯、舜、禹、湯、文王等，儒家典籍中均習見；屈原所稱道的前人，如伯夷、伊尹、彭咸等，孔子孟子亦均曾讚譽過；因而淮南王劉安贊屈原《離騷》曰：「若《離騷》者，可謂兼之矣。」（指兼《國風》、《小雅》）王逸曰：「《離騷》之文依五經立義。」（《離騷序》）戴震曰：「二十五篇之書，蓋經之亞。」（《屈原賦注序》）

然而，認眞推敲、比照，郭說與王逸等人之評判均有欠全面之處。屈原其實並非一個純儒家學者，他思想上雖有受儒家影響一面，卻並不受其拘囿，劉勰對此看得比較淸楚，他在《文心雕龍・辨騷》中既指出了楚辭與《詩經》（儒家經典）有「四同」，也同時指出了它們之間的「四異」，這「四同」無疑應當屬於受儒家影響的結果，或稱繼承發展之果，而這「四異」則顯然是自我發展、獨立風格的產物，非如此，劉勰恐不會說：「雖取鎔經義，亦自鑄偉辭。」細作辨析，我們可以發現，屈騷中雖然稱道堯、舜、禹等儒家聖賢，但其內涵卻是：仿效只是手段與途徑，根本目的是要實現楚統一天下的理想；學習堯舜的「舉賢授能」，其旨在希望君主眞正任用志士仁人，完成興楚大業。同時，屈原實際上所信奉的一套，與儒家所宣揚的一套畢竟有所不同：儒家信「天命」，屈原大膽懷疑「天命」，寫下了《天問》一詩；儒家不語「怪、力、亂、神」，屈原作品中大量吸收、運用了神話傳說，尤以《離騷》、《天問》等詩爲甚；儒家雖有「民爲貴」（孟子語）一面，卻又有「民可使由之，不可使知之」（《論語》）、「勞心者治人，勞力者治於人」（《孟子》）的另一面，而屈原則眞心愛人民，始終關心民生疾苦，《抽思》曰：「願搖起而橫奔兮，覽民尤以自鎭。」《哀郢》曰：「民離散而相失兮，方仲春而東遷。」《離騷》曰：「長太息以掩涕兮，哀民生之多艱。」可見，屈原雖受儒家思想影響，並化爲自身思想之組成部分，但他並非一個純儒學者，他對待儒家思想有他的目的性，採取了既吸取又捨棄的獨特方法；伍子胥掘楚平王墓鞭其尸，這在儒家看來是大逆不道，而屈原卻稱贊伍爲忠臣，亦可爲一證。

屈原是否曾濡染道家思想？我們可從幾方面作分辨。南方楚國是道家的發源地，這是首先不可忽視的。老子是楚人；莊子雖是宋人，卻多次到過楚；《老子》、《莊子》兩書均產於楚。除此外，楚人道家著作尚有：《蜎子》十三篇、《長盧子》九篇、《老萊子》十六篇、《鶡冠子》一篇（據《漢書．藝文志》），生於楚、長於楚的屈原對這些能毫無沾溉？（注意，這些著作大多產生於屈原之前或其時。）且看屈原作品中表現道家思想之處。《離騷》有云：「步余馬於蘭皋兮，馳椒邱且焉止息。進不入以離憂兮，退將復修吾初服。」蔣驥注曰：「止息，歸隱之意。」（《山帶閣注楚辭》）戴震注曰：「鑒前車之進而遭尤，今固可修初服以隱退矣。」（《屈原賦注》）《惜誦》云：「矯茲媚以私處兮，願曾思而遠身。」朱熹注曰：「曾思所以慮微，遠身所以避害。」（《楚辭集注》）讀《卜居》、《漁父》，更可辨道家痕迹。《卜居》寫屈原「心煩意亂，不知所從。乃往見太卜鄭詹尹曰：余有所疑，願因先生決之。詹尹乃端策拂龜曰……」。《漁父》中寫漁父聽罷屈原所言，「莞爾而笑，鼓枻而去，歌曰：滄浪之水清兮，可以濯吾纓；滄浪之水濁兮，可以濯吾足。」其情其理豈不是均有道家色彩？《離騷》末段、《涉江》、《思美人》等篇中都表現了仙遊思想，亦可見出道家影響。《九歌・東皇太一》，其「太一」之稱，在戰國時代其實並不是神，而是道之名，故《呂氏春秋・太樂》曰：「道也者，至精也，不可爲形，不可爲名，強爲之名，謂之太一。」又，《漢書・藝文志》述「道家」云：「道家者流，蓋出於史官，歷記成敗存亡禍福古今之道，然後知秉要執本，清虛以自守，卑弱以自持，此君人南面之術也。」我們看屈原作品中述「古史」及「成敗存亡禍福古今之道」處不少：「彼堯舜之耿介兮，既遵道而得路。何桀紂之昌披兮，夫唯捷徑以窘步。」「夏桀之常違兮，乃遂焉而逢殃。后辛之菹醢兮，殷宗用而不長。湯禹儼而祗敬兮，周論道而莫差。」「說操築於傅岩兮，武丁用而不疑。呂望之鼓刀兮，遭周文而得舉。寧戚之謳歌兮，齊桓聞以該輔。」（《離騷》）「忠不必用兮，賢不必以。伍子逢殃兮，比干菹醢。」（《涉江》）「聞百里爲虜兮，伊尹烹於庖厨。呂望屠於朝歌兮，寧戚歌而飯牛。不逢湯武與桓繆兮，世孰云而知之？吳信讒而弗味兮，子胥死而後憂。介子忠而立枯兮，文君寤而追求。封介山而爲之禁兮，報大德之優游。」（《惜往日》）至於郭沫若所言《遠游》，本文因篇幅所限，不擬詳作考證，茲僅引幾位《楚辭》研究者之語，資以說明《遠遊》篇係屈原借用道家思想附托和抒發自己的思想感情。王逸《楚辭章句》云：「《遠遊》者，屈原之所作也。屈原履方直之行，不容於世。上爲讒佞所譖毀，下爲俗人所困極，章皇山澤，無所告訴。乃深惟之一，修執恬漠，思欲濟世，則意中憤然，文采鋪發。遂敍妙思，托配仙人，與俱遊戲，周歷天地，無所不到。然憂念楚國，思慕舊故，忠信之篤，仁義之厚也。是以君子珍重其志，而瑋其辭焉。」朱熹《楚辭集注》云：「屈原既放，悲嘆之餘，眇觀宇宙，陋世俗之卑狹，悼年壽之不長，於是作爲此篇，思欲制煉形魂，排空御氣，浮游八極，後天而終，以盡反復無窮之世變。雖曰寓言，然其所設王子之詞，苟能充之，實長生久視之要訣也。」「司馬相如作《大人賦》，多襲其語，然屈子所到，非相如所能窺其萬一也。」王夫之《楚辭通釋》曰：「此篇所賦，與《騷經》卒章之旨略同而暢言之。原之非婞直忘身，亦於斯見之矣。所述遊仙之說，已盡學者之奧。」蔣驥《山帶閣注楚辭》：「幽憂之極，思欲飛舉以舒其鬱，故爲此篇。」「章首四語乃作文之旨也。原自以悲蹙無聊，故發憤欲遠遊以自廣。然非輕舉，不能遠遊，而質非仙聖，不能輕舉，故慨然有志於延年度世之事，蓋皆有激之言而非本意也」。梁啟超《屈原研究》云：「《遠遊》一篇是屈原宇宙人生觀的全部表現，當時南方哲學思想之現於文學者。」以上引述，歸結一點：「《遠遊》確係屈原所作。誠然，我們說作品爲屈原所作，只是爲了說明屈原曾受道家思想影響，而並非指他對道家思想兼收並蓄、毫無摒棄了。與受儒家思想影響一樣，對於道家，屈原也只是吸取了其中一部分，表現在作品中，即富神奇色彩、浪漫想像的部分，屈原以此寄托自己痛苦憂鬱的思緒，而其它蕪雜部分，則一概棄去了。比如，《老子》有曰：「絕仁棄義，民復孝慈。」而屈原卻是「重仁襲義」；「老子」有曰：「不尙賢，使民不爭。」屈原卻曰「舉賢授能」；《老子》有曰：「處無爲之事，行不言之教。」屈原則是積極用世，狷介耿直，等等。屈原的最終投身於汨羅江，雖也可尋繹道家超脫塵世的成分，但畢竟以身殉理想、進而剖白自己爲楚國前途焦灼、爲人民塗炭太息、警醒君主的赤誠之心占了絕對比例。

由楚懷王任用屈原，屈原起草楚憲令，企圖重新制定楚國政治法令，以法治精神革新舊制，我們可以肯定，屈原必然曾受法家思想影響。對這段史實，《史記・屈原列傳》有清楚記載，另外，《惜往日》一詩所寫亦可佐證。《惜往日》曰：「奉先功以照下兮，明法度之嫌疑。」此處的「先功」當指楚悼王任用吳起變法之事。吳起變法是屈原之前楚史上一件大事，不可能不對屈原有所影響；從某種程度言，屈原的起草楚憲令，欲一改楚政法令，從而振興楚國，很可能是受了吳起變法的啟發。又，《離騷》有曰：「舉賢才而授能兮，循繩墨而不頗。」「固時俗之工巧兮，偭規矩而改錯；背繩墨以追曲兮，競周容以爲度。」此所言「繩墨」，即法家所謂「法」，《管子・法法》云：「引之以繩墨，繩之以誅僇，故萬民之心皆服而從上。」《商君書・定分》云：「夫不待法令繩墨而無不正者，千萬之一也。」《韓非子・奸劫弑臣》云：「無規矩之法，繩墨之端，雖王爾不能以方圓；無威嚴之勢，賞罰之法，雖堯舜不能以爲治。」故而屈原在回想往日受信任被委以重任時，（「惜往日之曾信兮，受命詔以昭時。」）會發出如下話語：「國富

強而法立兮，屬貞臣而日娭。」（《惜往日》）

屈原還曾受陰陽家思想影響。這可從以下幾方面見出：一、屈原曾二次出使齊國，齊國的陰陽家甚多，並以鄒衍爲代表，雖然鄒衍的時代較之屈原爲遲，但陰陽家思想的產生當在鄒衍之先，因而屈原的出使齊，不可能毫無影響。二、屈原作品中有受陰陽家影響之迹，如《惜誦》云：「吾使厲神占之兮」，《離騷》云：「命靈氛爲余占之」「吾從靈氛之吉占兮」。三、《漢書·藝文志》「陰陽家」曰：「陰陽家者流，蓋出於羲和之官，敬順昊天，曆象日月星辰敬授民時，此其所長也。」對照屈原作品，發現其中不乏天象方面內容，如：「攝提貞於孟陬兮，惟庚寅吾以降。」（《離騷》）「曾不知路之曲直兮，南指月與列星。」（《抽思》）「召豐隆使先導兮，問太微之所居。集重陽入帝宮兮，造旬始而觀清都。……擥彗星以爲旍兮，舉斗柄以爲麾。……時曖逮其曭莽兮，召玄武而奔屬？後文昌使掌行兮，選署眾神以並轂。」（《遠遊》）「天何所沓？十二焉分？日月安屬？列星安陳？出自湯谷，次於蒙汜。自明及晦，所行幾里？夜光何德，死則又育？厥利維何，而顧菟在腹？……何闔而晦？何開而明？角宿未旦，曜靈安藏？……」（《天問》）由此我們可見屈原受陰陽家思想影響之一斑。

最後，屈原雖非與蘇秦、張儀齊名之縱橫家，然他「嫻於辭令」之程度恐並不下於一般縱橫遊說之士，他曾「應對諸侯」，又曾出使齊國，《離騷》中幾次言及「陳詞」，且所著詩章頗具縱橫風格（尤《離騷》、《大招》），可見他身上還染有縱橫家風格色彩。

綜上所析，郭沫若《屈原研究》中的觀點是有片面性的，屈原在當時有其與眾不同的思想：他既受了儒、道、法、陰陽、縱橫等諸家思想影響，又不偏於某一家；他並不是思想家，諸子之列中也無他的一席，但他的思想卻在戰國時代獨樹一幟。他可稱是戰國時代乃至整個文學史上一位具有自身哲學、獨家思想的偉大詩人。

二、屈原的「好修」

讀屈原的敍事性抒情長詩《離騷》，我們發現，詩中有許多「修」字（脩、修古書相通，此皆作修）。爲便於辨析論述，茲先抄錄帶「修」字的詩句於下：

1. 紛吾既有此內美兮，又重之以修能。
2. 指九天以爲正兮，夫唯靈修之故也。
3. 余既不難夫離別兮，傷靈修之數化。
4. 老冉冉其將至兮，恐修名之不立。
5. 謇吾法夫前修兮，非世俗之所服。
6. 余雖好修姱以鞿羈兮，謇朝誶而夕替。
7. 怨靈修之浩蕩兮，終不察夫民心。

8. 進不入以離尤兮，退將復修吾初服。
9. 民生各有所樂兮，余獨好修以爲常。
10. 汝何博謇而好修兮，紛獨有此姱節。
11. 不量鑿而正枘兮，固前修之菹醢。
12. 路漫漫其修遠兮，吾將上下而求索。
13. 解佩纕以結言兮，吾令蹇修以爲理。
14. 曰兩美其必合兮，孰信修而慕之。
15. 苟中情其好修兮，又何必用夫行媒。
16. 豈其有他故兮，莫好修之害也。
17. 邅吾道夫昆侖兮，路修遠以周流。
18. 路修遠以多艱兮，騰眾車使徑待。

將以上詩句中帶「修」字的詞，依其義蘊，稍作歸納，大致可分爲四類：①靈修、前修、蹇修；②修姱、信修；③修遠；④修能、修名、修、好修。從意蘊上分析，前三類歷代注騷者無甚異議：靈修，謂君主，或指楚懷王；前修，指古賢、前賢；蹇修，人名，或謂伏羲氏之臣；修姱，爲「美好」意；信修，意近信姱、信芳，言眞正的美好；修遠之「修」，毫無疑問釋爲「長」。唯獨第四類中的「修」字，爭議頗大。如「修能」之「修」，王逸《楚辭章句》云：

「修，遠也。」朱熹《楚辭集注》云：「修，長也。」錢澄之《屈詁》云：「修能猶云長才也。」均不確；林雲銘《楚辭燈》釋曰：「修治之功」，並認爲：「下文許多修字，俱本於此。」戴震《屈原賦注》曰：「修能謂好修而賢能。」王樹枏《離騷注》曰：「修能猶賢能。……此與下文修名、好修之修同義。」比較切近了本義，然還欠確鑿。還是龔景瀚《離騷箋》說得較爲妥貼：「修，《說文》曰，飾也。《玉篇》曰，治也。其義當與《大學》修身同，訓爲修飾、修治俱可。下文修名、好修皆因此。」可見，結合《離騷》全詩分析，「修能」「修名」「好修」之「修」字的本義，以釋「修飾、修治」爲確，其與儒家「修身」說教有一脈相承之處。

屈原爲何在同一詩中反復運用「修」字？（它篇中也見「修」字，但不如《離騷》多而集中。）尤其「好修」一詞竟出現了四次之多？這些「修」字（計十八個）之間大致上有否內涵聯繫？由此我們可以發現什麼規律或特點？本文擬對這些問題作些概略剖析與探討，以便更透徹地理解劃時代巨作《離騷》，並進而窺探屈原的思想與品格。

第一、內美與修能

《離騷》一開首，屈原就剖白了自己先天所具有的內美：

家世美——「帝高陽之苗裔兮，朕皇考曰伯庸。」

生辰美——「攝提貞於孟陬兮，惟庚寅吾以降。」

命名美——「皇覽揆余於初度兮，肇錫余以嘉名；名余曰正則兮，字余曰靈均。」

對一般人來說，倘能具此三美，足以引爲自豪了，但屈原不然，他雖很以自己能具此「內美」而欣慰，可更重要的，他要在此「內美」基礎上「重之以修能」，故而，「內美」一詞及所言「三美」在《離騷》中不復再現，而與「修能」相關的「修」字一再出現，且包蘊了豐富的涵義。

「修能」一詞的詮釋，筆者已於上文有所揭櫫，它的確鑿之義是修飾其（屈原）才能，從原詩的上下文含義看，應理解爲：先天內美雖很美，而屈原並不滿足，他要在「天賦」才能基礎上重之以後天的修飾、修治，故「又重之以修能」之後緊隨「扈江離與辟芷兮，紉秋蘭以爲佩」「朝搴阰之木蘭兮，夕攬洲之宿莽」，這裏，江離、辟芷、秋蘭、木蘭、宿莽，均係楚地的香花美草，扈、紉、搴、攬，則是修飾的具體行爲動作。從詩的比興角度言，後二句詩所指實際即「修能」的具體化——修飾容態，在天生麗質基礎上裝飾打扮，使自己的形象、外貌更美、更艷麗；而從詩的蘊涵理解，這實際上表明屈原還不滿足自己的出身和先天優越的條件，他認爲，要想成爲賢人，必須重視加強品德修養和才能培養，唯如此，才能像前代聖君賢臣那樣完成宏圖大業，爲楚國美政的實現貢獻才華。對「內美」與「修能」的理解，汪瑗《楚辭集解》說得比較明確：「內美總言上二章祖、父、家世之類，日月生時之美，所取名字之美，故曰紛其盛也。內美是得之祖、父與天者，修能是勉之於己者，下文扈離芷、佩秋蘭即是比喻自家修能。」林雲銘《楚辭燈》也大致說得不錯：「言既稟有許多美質，又加以修治之力。下文許多修字，俱本於此。」

「修能」既如上說，那麼屈原是如何修飾自己的呢？

第二、怎樣「修」

《說文解字》段玉裁注「修」字曰：「飾即今之拭，拂拭則發其光彩，故引申爲文飾，不去其塵垢，不可謂之修；不加以縟采，不可謂之修。修之從彡者，灑刷之也，藻繪之也。」可見，屈原的「修」，就是加縟采，飾藻繪。如何具體「修」呢？

首先，博採眾芳，修飾裝扮自己。除上述採擷香花美草飾身外（「扈江離」句，「朝搴阰」句），屈原還不滿足，他又「擥木根以結茝兮，貫薜荔之落蕊。矯菌桂以紉蕙兮，索胡繩之纚纚。」甚至飲食也是香花美草：「朝飲木蘭墜露兮，夕餐秋菊之落英。」如此採擷眾芳，滋養、修飾自己，自然使容態更美麗了；更重要的，這表現了屈原爲自己品德和學業的始終努力不懈。

其次，效法前修、不穿「世俗」之「服」。屈原在詩中以穿衣作譬，「謇吾法夫前修兮，非世俗之所服。」何謂「世俗」之「服」？即不屬香花美草的臭惡之草；「前修」之「服」是何？曰：「彭咸之遺則」——「雖不周於今人兮，願依彭咸之遺則」。屈原表白自己要效法前修，不穿「世俗」之「服」，實際是剖白自己在品德修養上嚴以律己，絕不隨俗從流。而一旦遭到世俗之誹——黨人們非議、謠諑時，便「退將復修吾初服」，此「初服」即前所言及的以香花美草裝飾的美服。於此同時，屈原又新制美服：「制芰荷以爲衣兮，集芙蓉以爲裳。」著實表現了他對外界誹謗置之不理而毫不動搖自己堅持修己美德的決心，這種決心，即便在走投無路、憤而上天國神遊，欲尋求新的世界時，仍然不變：「溘吾遊此春宮兮，折瓊枝以爲繼佩。」

再次，除了儀態容貌上的修飾，屈原更注重內心情感上的修養：只要內心情感純潔，無瑕疵，並嚴加約束，不放縱，那麼體魄上受些苦果也無妨——「苟余情其信姱以練要兮，長顑頷亦何傷。」別人不了解自己倒也算了，但自己一定要保持內心的芳潔，情操的高尚，不可使之沾染任何汚濁——「不吾知其亦已兮，苟余情其信芳。」只要自己內心情感上眞正好修，又何必有人「行媒」求美——「苟中情其好修兮，又何必用夫行媒。」如此，即使無「媒」，也可做到「兩美必合」——君主舉用賢臣，賢臣幸遇明君。

第三、「好修」的原因

屈原如此修飾自己，其原因何在呢？這可從《離騷》中「濟沅湘以南征」後他就重華所陳之詞明曉。陳詞曰：

啟九辯與九歌兮，夏康娛以自縱。
不顧難以圖後兮，五子用失乎家巷。
羿淫遊以佚畋兮，又好射夫封狐。
固亂流其鮮終兮，浞又貪夫厥家。
澆身被服強圉兮，縱欲而不忍。

日康娛而自忘兮，厥首用夫顚隕。

夏桀之常違兮，乃遂焉而逢殃。

后辛之菹醢兮，殷宗用而不長。

屈原寫這段詞，用意昭然：前車之履，後車之鑒，歷史上的暴君之所以身敗名裂，其根本原因在於放縱至極，完全抛棄了「好修」，正是沒有「好修」，才會造成如此沉痛而又發人警醒的歷史教訓。屈原將這些歷史教訓拿來作爲向懷王進諫規勸的最好材料，希冀懷王能從中引出經驗教訓，而同時，他自己也從中汲取可引以爲戒的東西，從而嚴格約束控制自己。這是屈原之所以「好修」的原因之一。楚國的政治由於君主昏庸、奸人猖獗而日趨衰敗，屈原對此痛心疾首，他寫道：「蘭芷變而不芳兮，荃蕙化而爲茅。何昔日之芳草兮，今直爲此蕭艾也。」正由於惡劣的政局形勢，導致了昔日的眾芳草化爲了惡草，屈原認爲，這種局面的形成，根本原因在於沒有「好修」——「豈其有他故兮，莫好修之害也。」朝廷上下不倡「好修」，不修治君臣自身的品行，才會使芳草變爲蕭艾，爲此，屈原更要大聲疾呼——倡導「好修」。這是屈原提倡「好修」的又一原因。

第四、「好修」的楷模

屈原的心目中應該說早就有了「好修」的楷模了，他時時以他們爲自己效法的榜樣。從《離騷》看，這些人是：「操築於傅岩」而被殷高宗武丁信用的奴隸傳說；曾做過屠夫、年老垂釣於渭水之濱而幸遇周文王受重用的呂望（姜太公）；在飼牛時唱著「飯牛歌」、恰被齊桓公聽見而任為輔佐大臣的小商販寧戚；他們雖地位卑下、境遇困窘，但因「中情」「好修」，即使身處逆境也可「無媒」而受舉，其根本原因在於遇上了「好修」之君，且本人又是個「好修」的賢者。

不過，這些人也只是一般的楷模，眞正理想的楷模，是屈原詩中多次言及（《離騷》兩次，它詩五次）的彭咸：

「雖不周於今之人兮，願依彭咸之遺則。」

「既莫足與為美政兮，吾將從彭咸之所居。」——《離騷》。

「望三五以為像兮，指彭咸以為儀。」——《抽思》。

「獨煢煢而南行兮，思彭咸之故也。」——《思美人》。

「夫何彭咸之造思兮，曁志介而不忘。……孰能思而不隱兮，昭彭咸之所聞。……凌大波而流風兮，託彭咸之所居。」——《悲回風》。

《離騷》中第一次出現彭咸之名時，屈原即已明確表示彭咸是「前修」，自己決意效法之：「謇吾法夫前修兮」；第二次出現彭咸名時，全詩接近尾聲，詩人於詩尾寫上這種詩句，乃是報國無門、走投無路境況下發出的最後心聲，是最終以屍爲諫、投身汨羅江前的吶喊，是充分顯示至死不渝「好修」之志的表現。

第五、「好修」的特點

由《離騷》全詩可知，屈原的「好修」具備以下幾個特點：

1. 時時嚴以修己　屈原十分注重培養自身美好的人格，詩中採擷各種芳草奇葩修飾自己，即象徵他努力培植自己各種美好的品德。於此同時，屈原還矢志不渝地堅持追求自己既定的理想。爲了達到自身美好人格與美政理想的高度融合、統一與實現，屈原始終堅持嚴格要求自己：「荃不察余之中情兮，反信讒而齌怒」時，他「固知謇謇之患」，卻「忍而不能捨也」，依然不變他希圖整治楚政、希冀君主覺悟的立場；當「眾皆競進以貪婪兮，憑不厭乎求索。羌內恕己以量人兮，各興心而嫉妒」時，他「恐修名之不立」，毅然表示「謇吾法夫前修兮，非世俗之所服。雖不周於今之人兮，願依彭咸之遺則。」黨人們「固時俗之工巧兮，偭規矩而改錯。背繩墨以追曲兮，競周容以爲度」時，他決不隨俗而從，「寧溘死以流亡兮，余不忍爲此態也。」當「進不入以離尤」時，他就「退將復修吾初服」，時時不忘修治自己，當「芳與澤其雜揉」時，他即檢查自己，發覺自己沒有改變初態——「唯昭質其猶未虧」。屈原如此注重在各種條件場合下嚴以律己，充分體現了他對保持自身崇高美德的高度重視。

2. 以「好修」衡量要求他人　屈原不僅自己「好修」，也同樣以「好修」觀察、衡量、要求他人。他曾在任職期間教育、培養過一批學生，他殷切期望這些學生能成爲楚國的人才，爲楚國美政理想的實現作貢獻：「余既滋蘭之九畹兮，又樹蕙之百畝。畦留夷與揭車兮，雜杜衡與芳芷。冀枝葉之峻茂兮，願竢時乎吾將刈。」對楚國君主，屈原也以「好修」視之：前代賢君，如三后、堯舜、湯禹、武丁、周文、齊桓等，均稱之以「前修」，懷王稱爲「靈修」。黃文煥《楚辭聽直》云：「其曰靈修者，原自矢以好修，望君以同修也。」王夫之《楚辭通釋》云：「稱君爲靈修者，視其所爲善而國祚長也。」自然，屈原稱懷王爲「靈修」，並非懷王生前也像他一樣「好修」，不過是屈原自己內心願望的一種寄托：期望懷王效法「前修」，修明法度，舉賢授能，使楚國「遵道」「得路」。然而昏庸的懷王不納忠言，反聽信讒言，以至上當受騙，遭秦欺而亡命秦地，這對屈原無疑也是個沉重打擊，但他沒能從中汲取教訓，後又將希望寄予頃襄王身上，結果重蹈覆轍。這是屈原思想局限的表現。

3.「獨好修以爲常」　由於屈原的「好修」並非爲了達到某種私欲，因而他能堅持始終，貫穿至死。他奉行的觀念是：「民生各有所樂兮，余獨好修以爲常。」這是將「好修」視作人生的一種準則、一種樂趣、一種難以移易的誓念。蔣驥《山帶閣注楚辭》說得對：「始之事君以修能，其遇讒以修姱，其見廢而誓死則法前修，即欲退以相君亦修初服，固始終一好修也。」由於「好修」，屈原遇到了難以預料、難以想像的困難與阻力：「眾女嫉余之蛾眉兮，謠諑謂余以喜淫」，連親人也加入了責難者的行列：「汝何博謇而好修兮，紛獨有此姱節」「世並舉而好朋兮，夫何煢獨而不予聽。」然他並沒因遭此困境而改眉換態，變易初衷，相反，他一仍故往，發現塵世難以駐足，便另闢新途——往觀四荒，神遊天國，去漫漫天際尋找依靠與出路。他的這種堅持「好修」之態，達到了「雖九死其猶未悔」，「雖體解吾猶未變」的地步，實在令人嘆服。

第六、「好修」的目的

那麼，屈原如此堅持「好修」，圖的是什麼呢？《離騷》詩本身為我們作了解答。其一，曰：「恐修名之不立」。對「修名」的涵義，歷來說法不一，王逸《楚辭章句》云：「屈原建志清白，貪流名於後世也。」洪興祖《楚辭補注》云：「修名，修潔之名也。屈子非貪名者，然無善名以傳世，君子所恥。」朱熹《離騷辨》云：「徒以年華不再，恐上不能正君，下不能善俗，使修姱之名，不立於世，所以朝夕納誨，如下文所云耳。」屈復《楚辭新注》云：「但恐衰老漸至，美名不立。」比較起來，洪興祖與朱熹所言更切近屈原之實際。屈原所云「修名」，非時俗之「美名」，也非孔子所云「君子疾沒世而名不稱焉」之「名」，從《離騷》詩體味，「修名」，當如司馬遷《屈原列傳》所說：「其志潔，其行廉，……推此志也，雖與日月爭光可也」之「志」，也即「修名」乃是堪與日月爭光的「潔」「志」。這就是說，屈原「好修」，是因為「老冉冉其將至兮，恐修名之不立」，為了「修名」能立，也就是「潔」「志」能實現，他必須「好修」。其二，「好修」除了「潔」己，相當程度上也是期望「潔」人，希冀君主臣相能為了社稷大業而「好修」，朝廷上下都「好修」了，楚政自然會鞏固，一統大業也自然指日可待了。

現在，我們可以回過頭來回答文章開頭提出的問題了。很顯然，詩中出現的諸多「修」字除個別（如「修遠」）外，大多與「好修」均有瓜葛，它們之間的關係可簡述如下：「修」、「修能」是「好修」的組成部分；「修名」是「好修」的目的之一；「前修」「靈修」是屈原給予前代與當代君主的美稱，其中前代者指賢君（臣），當代者蘊含希冀「好修」成分；修姱、信修，是屈原堅持「好修」過程中企望達到的或所追求的境界與目標。一系列帶「修」之詞，以「好修」貫穿、連繫，構成了《離騷》整首詩的構架，展示了詩篇的主題和主人公的崇高人格與理想，怪不得蔣驥要說：「蓋通篇以好修爲綱領」（《楚辭餘論．離騷》）。

據此，我們可以這樣認爲：屈原思想與品格的形成與「好修」密不可分；「好修」是他所有美德形成的基因；屈原之所以能成爲我國歷史上受千百萬人讚頌的偉大詩人與愛國者，「好修」是個重要因素，無此，即無今日之屈原；抓住「好修」，可以說是找到了一把打開《離騷》大門的鑰匙，通過它，可裨助於我們更深刻地理解《離騷》。

三、屈原與但丁、普希金的比較

屈原是屬於世界的。這並非故作恭維，也不是爲了刻意拔高；他確是傲立於世界詩壇的偉大詩人中的一位——這些人爲數很少。

如果當我們認眞地將屈原與世界上第一流的大詩人，例如意大利的但丁、俄羅斯的普希金等，作過比較後，我們或許會更加堅定不移地確認：屈原是世界上可數的詩哲之一，他無愧於中華民族；不僅如此，我們還能通過比較，得到我們所企望得到的更重要的啟迪——有關文學發展的本質規律諸問題。

讓我們先就屈原與但丁作一窺探。

屈原與但丁，這兩位堪稱世界詩壇巨擘的偉大詩人，生不同時——相差十六個多世紀，所距國度相距萬里——一個在東方亞洲的中國，一個在西方歐洲的意大利。然而，當我們將兩人的作品拿來作番對照比較後，卻驚異地發現，兩者竟是如此相似：無論思想內容抑或藝術形式。

屈騷（屈原作品簡稱）與《神曲》（但丁代表作）在思想傾向上竟頗相一致——愛憎極爲分明，主題深邃警人。

屈騷，乃屈原因「信而見疑，忠而被謗」情況下，囿於理想與政治主張無法實現，激憤而噴出，因而詩篇（主要《離騷》與《九章》）充溢了熾烈的愛憎感情：高度讚頌古代聖君賢臣，奉其爲楷模，希冀君主覺悟，努力效法之；嚴厲痛斥前代暴君佞臣，一針見血揭露當朝讒人高張、賢士無名的黑白顚倒現象。詩中寫道：「彼堯舜之耿介兮，既遵道而得路。」「湯禹儼而祗敬兮，周論道而莫差。舉賢而授能兮，循繩墨而不頗。」（《離騷》）這是對聖賢的熱情褒揚。「何桀紂之昌披兮，夫唯捷徑以窘步。」「惟黨人之偷樂兮，路幽昧以險隘。」「衆女妒余之蛾眉兮，謠諑謂余以善淫。固時俗之工巧兮，偭規矩而改錯。背繩墨以追曲兮，競周容以爲度。」（《離騷》）痛快淋漓地斥責了暴君佞臣、奸黨小人的無恥罪行。兩相比照，感情色彩涇渭分明。屈原企圖藉詩篇告訴君主（主要是楚懷王），聖賢之所以能治天下，關鍵在於「舉賢而授能」、「循繩墨而不頗」，而暴君們之所以會葬送社稷，以至身敗名裂，原因在於他們「縱欲」、「康娛而自忘」，屈原以此提醒君主，應效法前賢，改革楚政，爲統一天下的美政理想實現而努力，同時，也向君主剖白自己甘願爲楚國的強大和美政實現奉獻赤誠之心。

《神曲》是一部具有強烈政治傾向的長詩，作者的愛憎貫穿了詩篇的始終。全詩分爲《地獄篇》、《煉獄篇》、《天堂篇》三部分。《地獄篇》的「候判所」中，作者特意安置了許多羅馬古典文化名人：荷馬、賀拉斯、奧維德、維吉爾、蘇格拉底、亞里士多德、歐幾里德等，詩人以充滿敬意的詩句寫道：「在我面前，綠油油的草地上，有許多英雄和偉人的靈魂都顯現出來了。我能躬逢盛會，心裏覺得非常光榮。」他稱亞里士多德是「哲學家的大師」、荷馬是「詩人之王」、維吉爾是「智慧的海洋」。詩中他對維吉爾說：「你是眾詩人的火把，一切的光榮歸於你！我已經是長久地學習過、研究過你的著作！你是我的老師、是我的模範！」《天堂篇》是作者設想的理想天國，安置於這個境地中的人物，都是作者尊崇頌揚者：四重天，對神學、哲學有研究的靈魂；五重天，爲信仰而戰死的靈魂；六重天，公正賢明的君主；八重天，基督及瑪麗亞的形象❶；九重天，天使的階級。反之，對教會，對與教會有關的歷史與現實的人物，但丁毫不客氣地統統置於《地獄篇》中❷，用飽含譏刺、諷諭的筆觸，無情揭露了他們的各種醜態：「他們的脖子嚴重地歪曲著，面孔只能向著後面，眼睛望著臀部，身體向後倒退，因爲他們已根本不能向前看了。」「你看他是如何把自己的背當作胸，眼睛向後看，一步步往後退走。」「還有一種是已經變成了獸性……人類的叛徒。」尤其對教皇八世逢尼發西，但丁厲斥他「使世界變得悲慘，把善良的踏在腳下，把凶惡的捧到天上。」地獄的第六層以下，但丁全部安置了已去世的品質惡劣者、政治反動者、損人利己者、貪官汚吏、高利貸者、僞君子、教皇，而對逢尼發西——這位尚健在者，則賜以「殊遇」，在第八層地獄的火窟裏預留了一個位置，以表示對他的極度憎恨。按理，作爲一個虔誠的正統的天主教徒，但丁應對教會與教皇尊重，起碼也得遵從教規，不得無禮，更不容有任何褻瀆教會與教皇的言行；而但丁不然，他痛恨教會與教皇，認爲他們分裂

---

❶ 但丁是虔誠的正統的天主教徒。

❷ 候判所例外。

了意大利，蹂躪了意大利人民，這反映了但丁的思想具有早期文藝復興的人文主義的色彩，肯定個性自由，理性至上，否定宗教神權主義；他的這種反教會的感情，與當時人民中反教會的傾向基本一致❸。由此可見，《神曲》的主題，除了有寄托對女友貝雅特懷戀之感外，相當程度上是作者企圖藉詩篇抒發對社會、對教皇爲代表的統治者的不滿與憎惡，並進而向人們指出，在這個新舊交替的時代，應如何經過苦難與考驗，達到理想境界；作者認爲，自己負有揭露現實，喚醒人們，給人們指出政治上、道德上復興道路❹的使命。與屈原相比，但丁作品中所表現的愛憎感情常有矛盾之處，不像屈原始終如一。《神曲》中，但丁一面憎惡那些有罪之人，厲聲斥責，而另一方面卻又會歌頌這些人的某些行爲，同情他們的某些遭遇，如比較典型的，對教皇逢尼發西，他雖然在逢尼發西未死之前即在地獄火窟中預留了位置，可又對他在阿那尼受汚辱深爲憤慨，表現了令人不解的矛盾，這種矛盾的產生，是他身處新舊兩個交替時代自身思想矛盾的反映。另外，在愛憎感情的成分上，屈原始終憂國憂民，無個人生活色彩❺，而《神曲》中愛情占了不可忽略的地位，但丁的創作本意之一，即是爲了愛情❻——償還久蘊於內心的宿願——奉獻給心中

---

❸由於這種反教會本身是在宗教旗幟下進行，但丁又是天主教徒，因而不可能完全擺脫封建思想與神學束縛。

❹這個道路在《神曲》中的體現，即爲靈魂的進修歷程，由地獄→煉獄→天堂。

❺屈騷中所寫有關愛情內容，與屈原本人生活均無涉。

❻這在某種程度上說，具有衝破中世紀禁欲主義成分。

的戀人貝雅特，而在寫愛情中寄寓理想和愛憎，蘊藉人生哲學。可見，屈原與但丁的創作意圖不盡合一，前者可謂由「怨」而生，後者乃係因「慕」而生，兩者各自代表了中西詩的不同情趣❼。

屈騷與《神曲》在內容上，都不約而同地寫到了神遊（夢遊）。這是兩位作者分別從本國宗教——巫教與天主教中獲得啟示，從本國神話傳說中汲取養分，並進而作創造性地藝術加工的結果。《離騷》中，詩人寫自己在人間無法容身，轉而上天國，尋求理想境界，詩篇以神遊方式展示了上天國遊踪：「駟玉虬以乘鷖兮，溘埃風余上征。……吾令羲和弭節兮，望崦嵫而勿迫。……前望舒使先驅兮，後飛廉使奔屬。……屯余車其千乘兮，齊玉軑而並馳，駕八龍之蜿蜿兮，載雲旗之委蛇。」《遠遊》一詩更是通篇描寫神遊天國，充滿了奇幻色彩。《神曲》一詩自始至終以中古夢幻形式展開故事情節，作者設想自己分別由維吉爾和貝雅特作嚮導，夢游「三界」——地獄、煉獄、天堂，而現實生活中人物與事件的種種素材，經作者綜合、提煉後，有機地融入了「三界」及旅程中，從而向讀者展現了充滿浪漫色彩及豐富想像的離奇故事。

屈騷與《神曲》在藝術風格上，都具有眞實與幻想、現實主義與浪漫主義相結合、而以浪漫主義爲主的特點。具體分析起來，它們大致有以下幾方面的共同表現：

第一、構思奇特、想像豐富

上述神遊的描述，既是屈騷與《神曲》在內容方面顯出的相似，也是它們在藝術手法上一致

---

❼參見朱光潛《詩論・中西詩在情趣上的比較》，三聯書店，一九八四年版。

的體現。《離騷》中寫上天入地、求佚女、乘雲車、馳天津、使飛廉、神遊天國，向讀者鋪展開一幅神奇絢麗的畫卷，令人讀之心馳神往、讚嘆不已，充分表現出作者構思的奇特與想像力的豐富。《神曲》由於採用了夢遊方式，使整個作品染上了神奇色彩，作者大膽設想出所謂「三界」：地獄——巨大無比的深淵，形似圓形劇場；煉獄——雄偉的高山，聳立在海洋中；天堂——由九重天和天國（淨火天）構成；他們熔神話、歷史、現實於一爐，表明作者的藝術匠心達到了爐火純青的地步。很顯然，上述兩者藝術效果的形成，與兩位詩人共同借助宗教與神話不無關係，相比起來，《神曲》在整體構思與想像規模上，似比屈騷更宏偉，氣魄更大些。

第二、比喻和象徵手法的運用

王逸《楚辭章句・離騷序》云：「《離騷》之文，依詩取興，引類譬喻。故善鳥香草，以配忠貞；惡禽臭物，以比讒佞；靈修善人，以媲於君；宓妃佚女，以譬賢臣……」此話點出了《離騷》大量運用比喻象徵手法的特色，這一特色，在屈騷其它作品中比比可見，它是屈騷繼承《詩經》比興傳統的一個顯著藝術特徵。《神曲》全詩也充滿了比喻與象徵，如比喻鬼魂們注視但丁與維吉爾像老裁縫凝視針眼般，比喻兩隊魂靈相遇時接吻致意像螞蟻在路上覓食，等等；而象徵手法的運用更為突出，是中世紀詩歌藝術的集中體現[8]。詩開首遇到的豹、獅、狼三隻惡獸，分

[8] 中世紀對文藝有一普遍看法，認為一切文藝均具有寓言性與象徵性。《神曲》寫作意圖就包含有寓言意義，或謂象徵意義。參見朱光潛《西方美學史》。

別象徵「逸樂」、「野心、強暴」與「貪欲」，影射政治野心家、法蘭西國王、羅馬教皇；詩中兩位嚮導，前者引導作者游歷地獄、煉獄，象徵在哲學指導下憑借理性認識罪惡，悔過自新，後者引導作者游歷天堂，象徵通過信仰途徑和神學啟發，認識眞理，達到至善境界；夢遊中經過「黑暗的森林」，象徵黑暗的人生，隱指意大利現實社會；「三界」，各是痛苦、寧靜、希望、幸福、喜悅的境界的象徵；等等。有趣的是，《神曲》中當貝雅特作爲嚮導出場時，出現一輛車子，車四周有各種怪物形象，那拉車的是半獅半鷹的怪物，此時，貝雅特自天而降，站到車上莊嚴的屏幃中；類似這種細節，居然《離騷》也有：屈原寫自己上天國時，也乘坐一輛車子，駕馭者是太陽的侍御羲和，車前車後有月神望舒、風神飛廉侍衛，作者「令羲和弭節兮」、「前望舒使先驅兮，後飛廉使奔屬。」何其相似乃爾！簡直令人擊節驚嘆！

第三、繼承、借鑑民族文化傳統，創立新詩體

讀屈騷，我們明顯發現，作者從楚文化，尤其楚民歌中吸收了大量養料，融爲自身詩體不可分割的有機組成部分。最明顯的，《九歌》原是一組楚民間巫歌，作者將其作了一定的藝術加工而成現狀；其次，《離騷》等詩篇中，比比皆是楚語楚方言，不少處顯可見楚巫風巫術影響的痕迹。如果沒有楚文化傳統，屈騷絕不會問世，更談不上濃郁的楚風味。正是由於屈原從楚民歌中吸收了養分，才鑄就了獨特的詩體形式——騷體，在中國古代詩歌史上獨樹一幟，影響波及後代百世。《神曲》一詩全用三韵句寫成，這是但丁在意大利民間流行格律基礎上的獨創，詩篇沒有

採用當時認爲的正統官方語——拉丁文，而是採用了佛羅倫薩——托斯堪尼地區的地方語，有人曾奉勸但丁，《神曲》這樣嚴肅宏偉的詩篇，應用莊嚴崇高的拉丁文，然而但丁拒絕了。他堅持使用民族地方語言，並借鑒了民歌與民間行吟詩人的作品，在詩中穿插了大量民謠、民諺，爲意大利民族語言在文藝作品中的應用與傳播奠下了基礎⑨。由於屈原與但丁能繼承各自的民族文化傳統，創立了具有民族地方風格特色的新詩體，這使他們共同成了自己國家文學史上第一個傑出的民族詩人。

第四、塑造了立體的人物形象

屈騷與《神曲》各爲讀者塑造了一個以作者自我形象爲寫照的主人公形象，他們都經歷了艱難曲折的人生旅程，都對理想有著想望與追求，都具有豐富複雜的內在情感與性格。兩位作者著力的刻雕與細膩描述，使詩中的主人公以立體的形象凸現在讀者眼前，經久難以磨滅。相比起來，屈騷中的主人公，對理想的追求更熾烈、更執著，至死不變初衷，「九死」不悔其志，直至發出「從彭咸之所居」的絕唱；而《神曲》主人公則在嚮導的引導下，完成了「三界」旅行，喜悅地進入了理想天國，以幸福而告終。兩位主人公結局的迴異，反映了兩位詩人對理想認識與追求的方式的相異，這是由他們所處時代條件與個性的不同而造成的。從人物形象看，由於屈騷係

⑨但丁有專論語言的理論著作《論俗語》，體現他對意大利民族語言的高度重視。

由二十五首單篇詩組成，不如《神曲》在故事發展上系統、連貫，因而主人公的性格發展缺乏連續過程；儘管如此，它留給讀者的印象卻毫不遜於《神曲》主人公，因爲前者人格崇高，愛國感情熾烈，身上凝聚著偉大的民族精神，故而可以產生撼人心魄的感染力。

以上是對屈原與但丁的簡略比較。我們不妨再看看屈原與普希金的對照。

俄羅斯詩人普希金在一首總結自己一生的詩篇《紀念碑》中曾寫下這樣的詩句：

不，我不會完全死亡，
我的靈魂在珍貴的詩歌中，
將比我的骨灰活得更久長和逃避了腐朽滅亡，
我將永遠光榮，
直到還有一個詩人活在這月光下的世界上。⑩

這是普希金以自我總結的方式爲自己「築了一座非人工的紀念碑」，肯定了自己的成就與人格；無獨有偶，大約在普希金之前二千多年的中國，也有一位「靈魂在珍貴的詩歌當中」、「不曾完全

⑩ 戈寶權譯：《普希金文集》，時代出版社，一九四七年版。

死亡」「將永遠光榮」的偉大詩人，他也擁有一座非人工建造的「紀念碑」，只是這座「紀念碑」不是他自身所「築」，而由他之後的百代敬仰者所壘築。他就是英名堪「與日月爭光」的屈原。

屈原與普希金的作品都具有鮮明強烈的愛憎感情色彩。屈原早年作品《橘頌》中即流露了對楚國熾烈的感情：「受命不遷，生南國兮。深固難徙，更壹志兮。」中年時期，他面對楚政腐敗、國勢危難之狀，發出了憂心如焚的喟歎：「惟黨人之偷樂兮，路幽昧以險隘。豈余身之憚殃兮，恐皇輿之敗績。」（《離騷》）晚年，他雖身陷逆境，卻依然滿懷對楚國楚民的深摯情感：「陟陞皇之赫戲兮，忽臨睨夫舊鄉。僕夫悲余馬懷兮，蜷局顧而不行。」「長太息以掩涕兮，哀民生之多艱。」「怨靈修之浩蕩兮，終不察夫民心。」（《離騷》）強烈的愛國愛民之情感激勵他誓爲理想的實現而矢志奮鬪，「雖體解吾猶未變」「雖九死其猶未悔」。

普希金的詩篇充溢了對俄羅斯祖國的愛，《致恰達耶夫》一詩是比較集中的體現：

但我們的內心還燃燒著願望，
在暴虐的政權的重壓之下，
我們正懷著焦急的心情，
傾聽祖國的召喚。

現在我們的內心還燃燒著自由之火，
現在我們爲了榮譽的心還沒有死亡，
我的朋友，
我們要把我們心靈的
美好的激情，
都獻給我們的祖邦！⓫

普希金把自己的詩看作俄羅斯人民情緒的反映，人民感情和思想的表現，人民呼聲與願望的直接表露。《致普柳斯科娃》中，他寫道：「我的無法收買的聲音，是俄羅斯人民的回聲。」他憤慨「到處是皮鞭」與「鐵掌」的沙俄社會，他同情「淚水汪洋」的奴隸們的悲慘遭遇，《鄉村》、《葉甫根尼・奥涅金》、《高加索的俘虜》、《強盜兄弟》等詩中，記錄了農奴悲慘生活的眞實現狀。

在對待昏君與暴政，在反對外敵上，屈原與普希金幾乎一致地發洩了共同的憤懣之感。屈原在《離騷》一詩中以相當篇幅揭露、鞭笞了歷史上的昏君暴君和奸黨小人：

⓫ 戈寶權譯：《普希金文集》。

「何桀紂之昌披兮，夫唯捷徑以窘步。」

「啟九辯與九歌兮，夏康娛以自縱。」

「夏桀之常違兮，乃遂焉而逢殃。后辛之菹醢兮，殷宗用而不長。」

「眾皆競進以貪婪兮，憑不厭乎求索。羌內恕己以量人兮，各興心而嫉妒。」

「眾女嫉余之蛾眉兮，謠諑渭余以善淫。」

普希金的《致西伯利亞囚徒》、《阿里昂》、《毒樹》等詩在表達對自由者、十二月黨人忠誠的同時，流露了對沙俄統治者強烈的不滿，《自由頌》一詩更是將矛頭直指沙皇：

「我要向全世界歌頌自由，
使高踞王位的惡人膽戰心驚。」

「你專制獨裁的暴君，
我憎恨你，憎恨的寶座！
我以嚴峻和歡樂的眼光，
看待你的覆滅，你兒孫的死亡。」

當殘酷的現實使普希金從一度幻想中清醒過來時，他認清了沙皇是俄羅斯人民災難之淵藪：「我可以做一個臣民，甚而做一個奴隸，我卻永遠不願做個僕從和弄臣，哪怕是在上帝那裏。」

在對待外敵態度上，屈原主張鮮明：聯齊抗秦；他竭力要求楚懷王聯合六國，抵禦與抑制秦勢力的擴張，《離騷》《九章》等詩中一再有所剖白與表露。《國殤》一詩是他謳歌楚將士奮勇殺敵的精心之作，也是他憎恨強秦、反對秦入侵、鯨吞楚的內心表白；這是一首震撼人心的悲壯戰歌，是楚人民族精神的傑出禮贊。普希金面對拿破崙入侵俄國國土，發出了與人民一致的呼聲：

戰慄吧，異國的鐵騎！
俄羅斯的子孫開始行進，
無論老少都起來衝向暴敵！
復仇的火焰燃著他們的心。
戰慄吧，暴君！
你的末日已經臨近！
你會看到每一士兵都是勇士，

他們如不取勝，就戰死沙場，
為了俄羅斯，爲了祭壇的神聖。——（《皇村回憶》）

試比較這吶喊之聲與《國殤》的詩句：

「旌蔽日兮敵若雲，矢交墜兮士爭先。」

「帶長劍兮挾秦弓，首身離兮心不懲。誠既勇兮又以武，終剛強兮不可凌。身既死兮神以靈，魂魄毅兮爲鬼雄。」

豈非異曲同工、異口同聲?!兩位詩人，在不同時代、不同國度、不同條件下，唱出了合乎同一理想與感情的共同心聲。

屈原與普希金的作品在藝術風格特色上也表現出了比較相同的傾向特徵，雖然普希金並非終其身爲浪漫詩人，他的後半生創作轉向了現實主義，但至少在詩歌的浪漫風格特色上，屈原與普希金是有共同之點的。它們大致表現於——

第一、高度浪漫的抒情風格

屈原作品濃郁的浪漫主義色彩，集中體現於《離騷》後半部、《九歌》、《天問》及《招魂》

諸篇中。《離騷》後半篇，作者在敍寫自己生平經歷之後，開始展開想像的翅膀，大量驅使神話傳說、日月風雲、山川流沙入詩，織成一幅奇妙無比的畫卷，畫面上，詩人駕馭鸞鳳，乘坐御車，上天國尋求天帝，月神、風神、雷神紛紛成了御從者，「前望舒使先驅兮，後飛廉使奔屬；鸞皇爲余先戒兮，雷師告余以未具。吾令鳳鳥飛騰兮，繼之以日夜；飄風屯其相離兮，帥雲霓而來御；紛總總其離合兮，斑陸離其上下。」又，《九歌》組詩，詩人塑造了一羣山川之神，寫了它們之間的悲歡離合，眞摯愛情，其間還穿插了一些動人的情節，創造了幽渺的幻想境界，令人神馳心往。這些，都充分展示了浪漫主義抒情風格特徵。

普希金早期詩作《自由頌》、《致恰達耶夫》中，浪漫主義色彩已露端倪；流放南方後，這種色彩愈顯濃烈，其中尤以《高加索的俘虜》一詩爲代表，《高》詩係普希金流放後的第一部浪漫主義抒情長詩，詩中主人公「俘虜」，實際上是詩人自我感情的表露者與承擔者，是詩人自我心靈的寫照。長詩描繪了南方奇異的生活環境，美妙的大自然景色，自始至終瀰漫著浪漫氣息。詩中普希金時而也會舒展想像的翅膀：

讓我們離開這頹舊的歐羅巴的海岸，
去漫遊於遙遠的天空，遙遠的地方。
我在地面住厭了，

渴求另一種自然，
讓我跨進你的領域吧，
自由的海洋！

最能典型反映浪漫抒情風格的詩作，首推《致大海》，作者在此詩中將大海比作理想追求的目標——自由，詩人自己則以情人身份向大海訴情懷。別林斯基高度稱讚普希金詩歌這種高度浪漫抒情性：「它對讀者具有一種魅力，在讀者的心底深刻而有力地迴蕩著，和諧地震撼著他們的心弦。」⑫

第二、汲取民間文學養分，創製新格律、新詩體

屈原作品，無論形式、風格、語言，都染上了濃郁的南楚特色，故而宋人黃伯思說：「屈宋諸騷，皆書楚語，作楚聲，紀楚地，名楚物，故可謂之楚辭。」（《翼騷序》）楚辭的特色顯而可見：一、大量使用楚方言，以「兮」字爲代表，形成獨特楚語體系；二、受楚地巫風影響，沾染了奇特的巫色彩；三、以楚民歌爲主要模式，參酌《詩經》形式，鑄成具有新格調、新形體的「騷體」。這些特徵的形成，與屈原有意識地大量汲取楚文化養分，進行創造性的勞動密不可

---

⑫ 轉引自《普希金抒情詩選集》附錄，江蘇人民出版社，一九八二年版。

分。同樣，普希金也力倡從民族文化中吸收養料，他是俄國文學史上第一個把大眾語引進文學、將通俗的民間口語與高雅的文學語言融爲一體的大師。普希金創造了俄羅斯民族自己的文學語言。他的《魯斯蘭與柳德米拉》化用了很多民間童話材料；他的長詩《葉甫根尼・奧涅金》採用了俄羅斯固有的四步抑揚格——「奧涅節詩節」。正由於此，果戈理稱讚說：「於俄國的天性、俄國的精神、俄國的文學、俄國的特質，表現得如此其『清醇』，如此其『美妙』，眞像山光水色，反映於明鏡中。」⑬高爾基評價道：「普希金是第一個注意到民間創作，並把它介紹到文學裏來的俄國作家，……他用他的天才的光輝來潤飾民間歌謠和民間故事，但是無損於它們的思想和力量⑭。正是由於兩位詩人高度重視並實際運用了民間文學養料，才使他們眞正成爲了各自民族具有崇高地位和聲譽的民族詩人，享譽詩壇。

以上的比較對照，不免會使讀者產生想法：爲什麼時間與空間跨度均極大的詩人，會在他們的作品中表現出如此令人驚異的相似？這是什麼原因呢？它又說明了什麼呢？

我們在詩人各自生活的社會歷史背景和詩人自身的身世際遇中找到了原因。我們發現，屈原、但丁、普希金，雖然各各所處國度、時代迥異，但卻有著共同之處：一、他們各自生活的時代，均爲社會形態結構發生變化、交替時期，屈原的楚國——奴隸社會向封建社會過渡時期，但

---

⑬ 戈寶權譯《普希金文集》。

⑭ 高爾基：《俄國文學史》，中譯本，上海譯文出版社，一九七九年版。

丁的意大利——封建社會向資本主義過渡時期，普希金的俄國——封建農奴制向資本主義過渡時期；二、他們各自生活的國度都面臨著危機，都呈政治危難、人民塗炭之狀。屈原的楚國，政治腐敗、君主昏庸，奸臣猖獗，人民「長太息」，西秦隨時企圖吞併楚，一霸天下。但丁的意大利，面臨統一與分裂的威脅，一面是反對教皇，反對外敵入侵，一面是維護封建貴族利益，教皇與皇帝勾結，蹂躪、統治人民。普希金的俄國，沙皇專制獨裁，農奴制頑固殘忍，且面臨法國侵略者的入侵；三、他們三人的身世際遇有著某些相同，都屬貴族出身——屈原是楚國三大望族之一的後裔，但丁祖先是貴族騎士，父輩是中產之家，普希金出身於一個古老而又衰微的貴族家庭。他們都好學而又知識廣博——屈原「博聞強志」，《離騷》《天問》詩即是最好見證，但丁所作《神曲》一詩被譽爲中世紀的百科全書，普希金聰慧好學、博覽羣書，作品中比比可見廣泛的歷史與文學知識。他們都有放逐的經歷，在政治上走了一條曲折的路。屈原因遭奸臣讒言，兩度被君主離疏、放逐，第二次放逐後再未能重返朝廷。但丁因反對教皇而被判罰金流放，最終未能返回故鄉佛羅倫薩。普希金因歌頌自由、呼喚革命，觸怒沙皇，被貶謫流放至南方黑海沿岸一帶。放逐生活，無疑給詩人們的生活帶來了磨難與痛苦，但也使他們更多地接觸了社會，接觸了下層人民，了解到了民生的疾苦，感受到了民生的呼吸，增進了與人民的感情。放逐期是詩人思想成熟、昇華的時期，也是創作的旺盛期，它給詩人提供了創作的契機與靈感之源，他們的代表作幾乎都誕生於這一時期——《離騷》、《神曲》……。但是，在尋求理想實現的途徑中，詩人們都由於歷史的與階級的局限而犯了共同的錯誤，將希望一度或最終寄予君主身上。屈原「繫心懷王」「冀幸君之一悟」，乃至身沉汨羅江的行動本身也多少包含了警醒君主、希望君主醒悟的成分。但丁對亨利第七存有好感，企圖依靠亨利第七實現統一意大利的理想。普希金對沙皇抱有幻想，未能從本質上看清沙皇之心，以至最後決鬪致死還不知是沙皇的陰謀。造成錯誤與悲劇結局的原因，一是因時代意識所致，認爲君主高於一切，唯有君主才能決定一切，二是貴族出身，局限了他們的認識與視野，看不到人民的作用與力量。

那麼，以上的比較對照與原因分析，告訴了我們什麼呢？從中我們能獲得哪些啟示呢？

其一，屈原與但丁、普希金的相似，說明不同國度、不同時代的詩人，只要他們所處國度與時代的政治、經濟、文化等社會條件大致相仿，各人的身世際遇有著大致的相合情況，那麼，在這個基礎上，當著他們爲了一個基本相同的理想與抱負而奮鬪、而吶喊時，他們創作的作品即可能表現出相似，有時甚至是驚人的相似。這就又一次證明了，文學創作與社會生活、與作家的切身感受體驗有著極爲密切的關係，無後者即無前者，後者的相仿能導致前者的相似；文學創作中相似現象的產生，完全可以超越時空條件，或橫向，或縱向，或縱橫交併，並不一定存在影響與傳播因素。這種相似，實際上告訴我們，人類諸民族在同社會與自然作鬪爭過程中，會遇到相類或相同的困難與阻力(包括個人)，同這些困難與阻力作鬪爭的客觀實踐反映到意識形態上，就可能產生不謀而合的驚人相似現象，這表明，人類在發展過程中，雖有國度與地區、民族的差異，但卻有其本質上的共性，這種共性決定了即使無直接聯繫和影響的國家與民族，當著客觀條件相仿時，其反映實踐鬪爭的文學藝術作品會表現出或內容、或風格、或形式，或三者兼具的相同與相似。

其二，通過比較與對照，使我們看到，民族的愛國的詩人（作家），往往出現於政治黑暗、民族危難之際，因爲其時社會制度急劇變化，國家政局激烈動蕩，人民生活遭到破壞，詩人身臨其境，耳聞目睹社會現狀，必然感情衝動，從而抒激情於筆端，湧現深刻反映社會現實、充分發抒個人情懷的作品。所謂「憤怒出詩人」，「發憤抒情」，即是例證。這樣誕生的作品，勢必深深烙上了國家、民族、時代的印痕，鑄上了傳統民族意識與民族美學的風格特徵，成爲主題深邃、風格鮮明、形象生動的傑出作品，有的甚至是劃時代的、傳百世的驚人之作。而這些詩人（作家）本人，則往往是該國家、該民族的時代歌手，是民族文學的革新者、創始人，民族文學的傑出代表。

其三，中國古代詩歌主張「表現」理論，早在先秦時代即有「詩言志」說，《尚書・堯典》曰：「詩言志，歌永言。」《漢書・藝文志》曰：「《書》曰：『詩言志，歌永言』。故哀樂之心感而歌咏之聲發。」繼之，漢代以後又發展爲「言志抒情」說。這種「言志抒情」說，概括地說明了詩歌表現作家（詩人）思想感情的特點，我們可稱它爲「表現」論，它對後代產生了深遠影響，貫穿了中國歷代詩歌理論與創作。屈原的創作，實踐並應驗了這種理論。而西方則不同。

自柏拉圖之後，長期倡導的是「摹仿」論，認爲文藝是對現實事物的摹仿。亞里士多德對柏拉圖的觀點有所批判、修正與摒棄，他提出，文藝摹仿對象是「人的行動、生活」，是現實世界及其規律。亞里士多德認爲，詩或藝術起源於人的摹仿本能，由於摹仿的媒介不同，才有不同種類的藝術，摹仿的對象不同，才有悲喜劇之分，摹仿的方式不同，才有史詩、抒情詩、戲劇產生。依據「摹仿」說，亞里士多德在《詩學》中只論史詩、悲劇，而於抒情詩摒棄不道。這個「摹仿」理論一直主導了歐洲文壇至十八世紀浪漫主義運動興起前，因而歐洲始終史詩、戲劇十分發達。然而，我們又發現一個現象，產生於十四世紀的但丁《神曲》，雖也受「摹仿」論影響，詩篇中展示了「再現」中世紀歐洲（尤其是意大利）的現狀，但細讀之，通篇抒情味甚濃，不僅流貫著對女友的熾烈懷戀之情，而且充滿了對現實、對教皇的憎惡之情，可以說，《神曲》也是但丁的一部「寄志抒情」之作：寄理想之志，抒愛戀、憎惡之情。這就無形中產生了這樣一個效果：屈騷與《神曲》在詩歌理論的表現傾向上也有一致之處；十八世紀前的歐洲文壇，並非純一色的「摹仿」論的一統天下。

其四，繆鉞先生曾在《詩詞散論・論詞》一文中說道：「西洋詩導源於希臘，重史詩及劇曲，劇曲之中，尤重悲劇，故亞里士多德《詩學》中，惟論史詩與悲劇，於抒情詩摒棄不道。抒情詩希臘亦有之，其流甚微。至十四世紀，意大利詩人彼特拉克出，抒情詩漸興。至十八與十九世紀之間，浪漫主義文學起，抒情詩金華敷榮，盛極一時。中國詩自古即重抒情，《詩經》中佳篇多抒情之什。屈宋之作，體裁雖變，亦均抒情。」屈原與但丁、普希金的比較，可以說，又一次印證了繆先生的論點。我們可以確信，東方中國抒情詩的發達，遠早於西方，而屈原的抒情長詩《離騷》，既是中國古代抒情詩早期發達的標誌，也是世界詩歌史上抒情詩的一座最早的里程碑。但丁的《神曲》即使作爲抒情詩，也比屈原遲了一千六百多年，而普希金的時代則更要遲了。

鑒此，我們可以完全自信而又自豪地宣稱：屈原是屬於世界的，他是世界上最偉大、最傑出的詩聖之一。

《九歌》論

一、東皇太一新考

屈原《九歌》的開首篇《東皇太一》，究竟其題目是什麼意思？所祭祀的是什麼神？歷來說法不一。東漢人王逸在《楚辭章句》中注「穆將愉兮上皇」一句時寫道：「將修祭祀，必擇吉良之日，齋戒恭敬，以晏樂天神也。」意思說，這句中的「上皇」是「天神」。又注道：「上皇，謂東皇太一也。」這就是說，在王逸看來，「東皇太一」是「天神」。應該肯定，王逸這一開創性的說法是不錯的，以後歷代研究者都承襲了他的這一觀點，無不認爲「東皇太一」是「天神」。但問題是，王逸的話沒能說完整、具體：究竟是什麼天神？這就引來了諸說紛紜的歧見，歸納起來，大致有七種說法：

1. 東帝說

最先提出這一說的，據迄今所見資料，是《文選》唐五臣的注，他們認爲：「太一星名，天之尊神。祠在楚地，以配東帝，故云東皇。」這以後，南宋洪興祖的《楚辭補注》又作了進一步的具體闡發：「《漢書・郊祀志》云：天神，貴者太一。太一佐曰五帝。古者天子以春秋祭太一東南郊。《天文志》曰：中宮天極星，其一明者，太一常居也。《淮南子》曰：太微者，太一之庭；紫宮者，太一之居。說者曰：太一，天之尊神，曜魄寶也。《天文大象賦》注云：天皇大帝一星在紫微宮內，勾陳口中。其神曰曜魄寶，主御羣靈，秉萬機神圖也。其星隱而不見。其占以見則爲災也。又曰：太一一星，次天一南，天帝之臣也。主使十六龍，知風雨、水旱、兵革、飢饉、疾疫。占不明反移爲災。」

朱熹《楚辭集注》基本引錄唐五臣與洪興祖之語。

按：對此說，清人王夫之在《楚辭通釋》中已提出疑問，他說：「舊說中宮天極星，其一明者太一，則鄭康成《禮》注所謂耀魄寶也。然太一在紫微中宮，而此言東皇，恐其說非是。」一針見血指出「東皇」與「太一」的矛盾之處。一些清代學者補充五臣說，提出了自己的一些見解。如陳本禮《屈辭精義》說：其曰東皇者，太乙木神，東方歲星之精，故曰東皇。」王闓運《楚詞釋》說：「東皇，蒼帝，靈威仰，周郊之所祀也。」胡文英《屈騷指掌》說：「謂之東皇者，帝出乎震，震，東方也。」顯然，五臣、洪興祖等人對「東皇太一」的解釋不能自圓其說。明顯的矛盾在於：既然太一是天神，五帝是佐，兩者怎麼能混爲一談？即使東皇配東帝，是執掌東方的天神，那也與尊神太一相衝突了，怎麼可能混而爲一呢？更何況，太一居五帝之上，五帝

乃太一之佐的說法是在西漢時代才產生的。(詳見下文)

2.伏羲說[1]

這是聞一多先生後期的觀點。他認為，「既然承認了伏羲是開天闢地後最先出現的人物，這便意味著宇宙間的一切都是他創造的，因而他的權能就非有如上揭諸書所形容的太一那樣不可了。以上我們比較了太一和伏羲的權能與功績，覺得他們很有些類似，因而推測太一許就是伏羲的化名。」「太一又稱東皇太一，則東皇也就是伏羲。」「神名東皇，顯然是對西皇而言的，猶山名東皇(見《後漢書·郡國志》注)，最初也當是對西皇之山而言的。西皇是少皞(《封禪書》：『秦襄王既侯，居西陲，自以主少皞之神，作西時，祠白帝。』)則東皇必是太皞。五帝系統中之太皞即三皇系統中之伏羲，東皇是太皞，也便是伏羲了。」「太一既稱東皇太一，東皇是伏羲，則太一也必定是伏羲了。」「伏羲是苗族傳說中全人類共同的始祖，……如前面所說，伏羲即太一，那麼楚人為什麼祭他呢？這是因為楚地本是苗族的原住地，楚人自北方移植到南方，征服了苗族，依照征服者的慣例，他們接受了被征服者的宗教，所以《九歌》裏把太一當作自家的天神來祭，而《高唐賦》敍述楚襄王的故事，也說到『醮諸神，禮太一』。」

按：此說有兩個問題：一、無論東方還是西方，祖先與上帝都並不同一。據丁山先生《中國

---

[1] 參見《文學遺產》一九八六年第一期，聞一多：《東皇太一考》。

古代宗教與神話考》，認爲夏的上帝爲「天」，先祖是「禹」，殷的上帝爲「帝」，先祖是「契」，周的上帝是「昊天上帝」，先祖是「后稷」。「東皇太一」既然是「上帝」，就不可能是苗族或楚人的祖先。二、太皞與伏羲早先並非就是同一個人，它們之所以會合爲一人，乃是後世齊魯學者綜合整理的結果，古傳說並不如此說。如徐旭生先生就認爲：「太皞氏族在東方，屬於東夷集團；伏羲與女媧同一氏族，在南方，屬於苗蠻集團❷。總之，先秦典籍中，太皞與伏羲原並不相關，它們的相連始於秦末漢初。(又，《高唐賦》係僞作，詳論見後。)

3.太乙說

此說認爲：「東皇太一，其始就是『卜辭』中的『大乙』，即商人的祖先成湯。成湯，由於他是商族的開國英雄，有偉大的武功，又是世俗權力與宗教權力的掌握者，所以，死後便被商人幻想做是上升於天的祖先神，以至於天神。楚民族是商奴隸制王國的屬領，它有奉祭殷人太乙的義務。但太乙並不是楚民族自己的祖先神，而是東土商族的國王，因此，便稱他們所奉祀的太乙爲『東皇太一』。」「『大』與『太』、『乙』與『一』古通。」❸又，「東皇太一當源於成湯太乙的祀典，太一即太乙。」「太一古與大乙相通。」「《殷本紀》：『子滅乙立，是爲成湯。』

❷徐旭生：《中國古史的傳說時代》，文物出版社，一九八五年十月版，第四九頁。
❸丁山：《中國古代宗教與神話考》，龍門書局版。李光信：《九歌東皇太一篇題初探》，《學術月刊》一九六一年第九期。

卜辭則作大乙。大乙即成湯的廟號。」「可知武丁曾派商貴族於楚地。此正是楚徹底從屬於商的記實。……因此楚尊成湯爲東皇太一，正是尊自己的祖先神爲天帝。」❹

按：這一說首先忽略了一個重要事實：殷商時代先公帝王的命名（謚號），幾乎都用天干地支作爲組成部分（主要是天干），試看成湯前的先公世系表：

王亥——上甲微——報丁——報乙——報丙——主壬——主癸——天乙（湯）

從成湯開始的帝王世系表：

天乙（湯）——外丙——仲壬——太甲——沃丁——太庚——小甲——雍己——大戊——仲丁——外壬——河亶甲——祖乙——祖辛——沃甲——祖丁——南庚——陽甲——盤庚——小辛——小乙——武丁——祖庚——祖甲——廩辛——庚丁——武乙——文丁——帝乙——帝辛（紂）。

故張光直先生在《商王廟號新考》❺中說：「商王自上甲微之後，都以十干爲謚；在殷王祭

---

❹ 劉毓慶：《九歌與殷商祭典》，《山西大學學報》一九八五年第二期。

❺ 張光直：《中國青銅時代》，三聯書店，一九八三年九月版。

祖的祀典上，以各王之謚干定其祭日：祭名甲者用甲日，祭名乙者用乙日。此皆可見十干在商人觀念上的重要性。」「是自上甲微至帝辛止，三十七王，無不以十干爲名。」這就使我們想到，「乙」與「一」至少在這點——殷商時代帝王名號（謚號）上是不能相通的。我們讀《史記·殷本紀》：「……微卒。子報丁立。報丁卒，子報乙立。報乙卒，子報丙立。報丙卒，子主壬立。主壬卒，子主癸立。主癸卒，子天乙立，是爲成湯。」這可見，作爲人名的成湯，是「天乙」，而不是「天一」或「太一」。而「天一」「太一」則另是星名，或謂北極星之別名，如《史記·天官書》云：「前列直斗口三星，隋北，端兌，若見若不，曰陰德，或曰天一。」《索隱》曰：「石氏云，天一太一各一星，在紫宮門外立，承事天皇大帝。」在作爲星名時，「天一」「太一」亦作「天乙」。

可見，所謂「乙」與「一」古通，要看具體對象與場合，並非一概相通。作爲星名，「乙」與「一」固可通，然作爲帝王名（廟號），成湯的「天乙」不能與「天一」「大一」「太一」相通，這是務必指出的。

其次，楚與商本屬兩個對立的部族，楚雖是商的屬領，但楚族根本不願服從商人的統治，《詩·商頌·殷武》載：「撻彼殷武，奮伐荆楚。罙入其阻，裒荆之旅。」「維女荆楚，居國南鄉。昔有成湯，自彼氐羌，莫敢不來享，莫敢不來王，曰商是常。」這段記載清楚說明了兩個部族間的關係，很顯然，受商人撻伐、欺凌的楚族，決不可能去祭商人的祖先。

4.戰神說

此說何焯《義門讀書記》、馬其昶《屈賦微》都曾提出過，今人孫常敘先生將其具體化了，認爲：「楚辭九歌就是在丹陽敗後、藍田戰前，楚懷王爲了戰勝秦軍，祠祭東皇太一，命屈原而作的。其目的在借助東皇太一的靈威以神力壓倒秦國。東皇太一在戰國神道觀念中是天神五帝之一。他既是五個上帝中的一員，同時又是五帝之長。其神爲歲星。它的性質是戰神，它的作用是所在國不可伐而可以伐人。」「東皇謂其方，太一崇其位，其神爲歲星，乃是一個戰神，他在哪一國，哪一國就有好處；他衝著哪一國，哪一國就要遭殃。」❻

按：孫常敘先生這段話雖然沒有言明立論的依據，但很淸楚，其來源是《韓非子・飾邪》中一段有關福星、禍星的論述。應該指出，歲星是福星，它並非戰神，《韓非子》原文中毫無戰神之意（詳論見下文「太一說」部分）。所謂「戰神」，恐怕是持此論者的主觀臆想。另，「戰神」說將五帝視作五個上帝，也不妥，上古人的心目中，上帝只有一個，而五帝乃是後世五行說的產物，並非指上帝。

5.日神說❼

此說認爲：「『太一』（大乙）或許是太陽裏之『一』或『乙』，就是『偉大的乙鳥』（乙

---

❻ 孫常敘：《楚辭九歌十一章的整體關係》，《社會科學戰線》，一九七八年第一期。

❼ 蕭兵：《東皇太一和太陽神》，《杭州大學學報》，一九七九年第四期。另，丁山先生亦有此說。

鳥就是玄鳥，玄鳥曾被視同鳳凰）；太一神就是乙鳥神，玄鳥神，太陽神鳥之神。」「東皇太一是太陽神，有鳥化身，還可能與某些祖先神（例如黃帝，或說還有廟號『大乙』的商湯）相依托，這和上述東夷鳥圖騰文化的宗教風習觀念完全符合。楚文化的主幹最可能出於東方，所以繼承了這些制度和觀念。《九歌》首祀日神東皇太一爲楚之天帝或最高神，尊祀日神東君爲英雄神，肯定有它的東方淵源。」「東皇即『穆將愉兮』東方之『上皇』，就是東方的上帝（王注說『以配東帝』是小看了它），『東帝』猶如卜辭之『東母』，『東母』是女性的日神，是母系氏族農耕時代的產物（東帝之『帝』原義即爲女陰）。東皇、東帝、東君，本質上是一個東西，就是興於東方的太陽神。」「當然以上說的只是東皇太一的原型。到了《楚辭・九歌》時代，他已經成爲抽象含糊的「天之尊神」（天帝），他那日神的職司直至品格似乎都由他的『晚輩』、『年輕一代』的東君繼承了。」

按：此說一反舊解，別倡新見。然而，人們注意到，《九歌》中的《東君》爲日神是明白無疑的，持日神說者也無異議，那麼如何理解同一篇《九歌》中出現兩個日神呢？況且《東皇太一》所寫與《東君》篇所寫在內容上並不相同，後者顯寫日神，而前者實在難辨太陽神或日神之迹。既然「東皇、東帝、東君，本質上是一個東西」，爲何一首詩中重複寫兩個東西呢？即使楚民實際祭祀可能是如此，高明的屈原也不至於會在「去其泰甚」時不注意到。

6. 祖先神說

譚介甫先生在《屈賦新編》中提出，東皇太一是祖先神，這個祖先神就是楚武王。他說：「……二十一年周鄭交惡，諸侯放恣，熊通大約於此時乘機西遷於郢，……他漸次逼近周畿，所以於三十五年伐隨，三十七年自立爲武王，跟著蠶食『漢陽諸姬』，並與丹陽北族匯合，勢力更大。熊通在位五十一年，開疆闢土是很有成績的。此文起頭明言上皇，即指武王，因其東方遷郢，故稱東皇。」

按：此說毫不解釋「太一」，單憑詩中「上皇」兩字下判斷，未免片面；且望文生義，認爲「上皇」即「上代之皇」——楚武王——東皇太一的結論，難以令人信服。同時，論者還忽略了重要一點，人王稱「皇」，始於秦始皇，此前，「皇」字並不作爲人王的稱號。（詳見下文「東皇解」部分。）

7. 齊國上帝說⑧

持此說者以爲：「既然太一是道家的創造，而它的轉化爲神又是方士的伎倆，那麼這種情況最有可能在何處發生？從天文、地理、人事等各方面的材料來看，這種情況應當發生在齊國。……戰國之時的方士集中在燕、齊兩地，而尤以齊國爲盛。……按照《史記．天官書》上『（歲星）所在國不可伐』的說法，可以了解到，韓非是在證明魏國不顧歲星在東的忌諱出兵攻掠，照

⑧ 周勛初：《九歌新考》，上海古籍出版社，一九八六年八月版，頁四三—四四。

樣出師得利。太一與太歲並列，可見在韓非的眼中，太一位於東方。韓非的活動地區不出當時中國的中、西部，他的觀察星象是以所在地區爲基準的，太一位於魏國的東方，即齊國的上空。」

按：這一說有兩個問題：其一，齊國的方士們將太一神化是在什麼時候——是屈原之前呢？還是之後？論者在其著述中似未點明；其二，憑什麼根據認爲太一星位於東方呢？論者的前後論述中似乎對星象的闡發所依據的資料主要是《韓非子·飾邪》中的一段話，然其所闡述與歷來《韓非子》一書注解者之意不相符合，未免令人生疑。對《韓非子》此段話的具體闡釋，筆者擬於下文「太一說」中表述，此處不贅。

以上筆者引述並簡略評論了歷代主要七種（側重於當代）對「東皇太一」的解釋。看來問題不少。筆者擬對東皇太一究竟是何神這一長期以來懸而未決之疑題談些個人看法，不當之處懇請批評指正。

太一說

「東皇太一」中的「太一」究竟應該解釋什麼，至今沒有確切定論。要考察「太一」的確切涵義，它在《九歌》中的意義與作用，首先必須對「太一」概念有個歷史的了解，它的產生，它的發展演變，然後才能作出比較科學的、符合歷史事實的判斷。

筆者認爲，從先秦到西漢，「太一」一詞經過了一個由哲學概念到神概念的演化過程，這個過程經歷了相當長的歷史階段（至少數百年），其發生質的變化時期（即由哲學意義轉化至神意義），大約在西漢武帝時代；換言之，「太一」是在西漢武帝時方被人們視作神的稱代與象徵，並被置於崇高的地位的。這就是說，屈原時代，太一還僅僅是個哲學意義上的名詞，尚無神的含義與成分。以下試作些較詳盡的闡述論證。

《老子・道德經》第二十五章說：

「有物混成，先天地生，寂兮寥兮，獨立而不改，周行而不殆，可以爲天下母。吾不知其名，故強字曰道，強爲之名曰大。」

在老子看來，宇宙天地形成之前，已經存在著一個「可以爲天下母」的東西，它不是別的，就是「道」（或叫「本體」），也即「大」。很顯然，這裏所謂的「大」是象徵混沌元氣的抽象概念。老子認爲，「大」就是道，而後便有：「道生一，一生二，二生三，三生萬物，萬物負陰而抱陽，沖氣以爲和。」（第四十二章）又有：「天得一以清，地得一以寧，神得一以靈，谷得一以盈，萬物得一以生，侯王得一以爲天下貞。」（第三十九章）這裏的「一」，是包羅、主宰萬物的「一」，是體現絕對統一的道；換言之，「一」是趨於具體化的「道」，「道」是處於混沌狀態的「一」。《韓非子・解老》對《老子》第三十九章解釋說：「道者，萬物之所然也，萬理之所稽也。……天得之以高，地得之以藏，維斗得之以成其威，日月得之以恆其光，五常得之以常其位，列星得之以端其行，四時得之以御其變氣，軒轅得之以擅四方，赤松得之以與天地統，聖人得之以成文章。……」這就比較清楚地解釋了「一」(即「道」)的地位與作用。

《老子》之後，《莊子》一書中出現了「太一」一詞。《天下》說：「古之道術有在於是者，關尹老聃聞其風而悅之，建之以常無有，主之以太一，以濡弱謙下爲表，以空虛不毀萬物爲實。」這裏的「太一」，其涵義與《老子》中的「大」基本相似，也是作爲主天體萬物的道來理解的。《天下》又說：「神何由降，日月何由出？聖有所生，王有所生，皆原於一。」郭象注：「使物各抱其根，抱一而已。」成玄英疏云：「原，本也。一，道也。雖復降靈接物，混迹和光，應物不離其常，抱一而歸本者也。」除《天下》外，《莊子》中的《徐無鬼》、《列御寇》等篇也分別出現了大一、太一，它們的含義或爲絕對的同一性，或爲萬物同一的境界。《莊子》一書雖有內篇、外篇、雜篇之分，其寫作時代及作者也不盡一，但從論述「太一」看，有兩點是可以肯定的：一，時代上均遲於《老子》；二，所述「太一」均爲哲學概念；因而，這兒的引證完全可以說明問題，不必受內、外、雜篇之拘囿。

之後，《荀子》一書也出現了「太一」，它是繼《老子》以後道的概念的發展。《荀子·禮論》說：「貴本而親用也。貴本之謂文，親用之謂理，兩者合而成文，以歸大一。夫是之謂大隆。」司馬貞釋云：「貴本、親用兩者，合而成文，以歸於太一。太一者，天地之本也。得禮之文理，是合於太一也。隆者，盛也，高也，得禮之文理而歸於太一，是謂禮之盛也。」《禮論》

又說：「凡禮：始乎悅，成乎文，終乎悅校。故至備，情文俱盡；其次，情文代勝；其下復情以歸太一也。」司馬貞釋道：「言其失，情文俱失，歸心混沌天地之初，復禮之本，是歸太一也。」

由此，可以看到，《荀子》一書中的「太一」依然是個哲學名詞，其概念直至《呂氏春秋》、《淮南子》仍未改變。

《呂氏春秋・大樂》有云：「音樂之所由來者遠矣，生於度量，本於太一。太一出兩儀，兩儀出陰陽。陰陽變化，一上一下，合而成章。渾渾沌沌，離則復合，合則復離，是謂天常。……四時代興，或暑或寒，或短或長，或柔或剛。萬物所出，造於太一，化於陰陽。」又云：「道也者，至精也。不可爲形，不可爲名。強爲之名，謂之太一。」

《淮南子・原道訓》云：「所謂無形者，一之謂也。所謂一者，無匹合於天下者也。卓然獨立，塊然獨處，上通九天，下貫九野，圓不中規，方不中矩，大渾而爲一。……是故一之理施四海，一之解際天地，其全也純兮若樸，其散也混兮若濁。……萬物之總皆閱一孔，百事之根皆出一門。」《天文訓》云：「道始於一。一而不生，故分而爲陰陽，陰陽和而萬物生。」《精神訓》云：「夫天地運而相通，萬物總而爲一。能知一則無一之不知也，不能知一則無一之能知也。」《本經訓》云：「太一者，牢籠天地，彈壓山川，含吐陰陽，神曳四時，紀綱八極，經緯六合。」《詮言訓》云：「洞同天地，渾沌爲樸，未造而成物，謂之太一。」「一也者，萬物之本也，無故之道也。」

由《呂氏春秋》、《淮南子》所載，我們至少可以知道，直到秦末漢初時代，太一、道的講法依然只是沿襲了老子——莊子——荀子的線索發展，一直到漢初之儒，也仍然是「太一」爲道說，而非「太一」爲神說。

太一一詞從陰陽未分的道發展演變到總理陰陽之神，是西漢初期漢武帝時代的事。《史記·封禪書》載：「自齊威宣之時，騶子之徒，論著終始五德之運，及秦帝而齊人奏之。故始皇採用之。而宋毋忌、正伯僑、充尚、羨門子高，最後皆燕人，爲方仙道，形解銷化，依於鬼神之事。騶衍以陰陽五運，顯於諸侯，而燕齊海上之方士，傳其術不能通，然則怪迂阿諛苟合之徒自此興，不可勝數也。」這就是說，鄒（騶）衍提出了五行說，之後的燕齊方士之流，依據當時幼稚的天文知識，齊地流傳的神仙方術之說，以及一些子史書籍中有關太一的說法，糅合成了「太一天神說」，於是道家所稱的太一，成了方士家奉祠的神君太一，古神話中的渾沌太一成了天神，直至被列入祭典祠儀。這已到了西漢武帝時期，此時，「亳人謬忌祠太一方，曰：『天神貴者太一，太一佐曰五帝。古者天子以春秋祭太一東南郊，用太牢，七日，爲壇開八通之鬼道。』於是天子令太祝立其祠長安東南郊，常奉祠如忌方。」「又作甘泉宮，中爲臺室，畫天、地、太一諸鬼神，而置祭具，以致天神。」「壽宮神君，最貴者太一，其佐曰大禁、司命之屬。」⑨與此同

⑨《史記·封禪書》；又，同類記載《漢書·郊祀志》亦見。

時，漢代出現了大量有關太一（泰一）的各類著作，如：數術略，《泰一陰陽》二十三卷，《泰一雜子星》二十八卷；方技略，《泰壹雜子五家方》二十二卷；等等⑩。這就是說，「太一」作爲神的名詞與形象，正式確立於西漢，在西漢人的心目中，它才是「天神」「貴者」。由此，問題應該比較顯豁了：「太一」在屈原時代，只是哲學意義上的「太一」，絕不指神。

不過，有關「太一」的話還沒有結束。還有兩個問題需要解決。第一，雖說屈原時代的「太一」上文已證明了非指神，然而相傳爲宋玉所作的《高唐賦》中卻有寫到「太一」，並將其作爲神祭祀的：「有方之士，羨門高谿，上成郁林，公樂聚穀，進純犧，禱璇室，醮諸神，禮太一，傳祀已具，言辭已畢。」劉良注：「諸神，百神也；太一，天神也。」這該如何解釋呢？——宋玉與屈原是同一時代人。

筆者認爲，托名宋玉的《高唐賦》並非宋玉所作，而顯係後人僞托。首先，賦作爲一種文體，最早的胚胎是荀子的《賦篇》，它包括《禮賦》、《知賦》、《雲賦》、《蠶賦》、《箴賦》。這是最早以「賦」字命名文學作品篇名的開端。《賦篇》的五篇作品均具有篇幅短小、形似讔語、通篇體物狀物而至篇末揭題的特徵，這些特徵與僞托宋玉的《高唐賦》相去較遠。讀《高唐

---

⑩ 詳《漢書・藝文志》。

賦》，我們會發覺，它無論體式、內容、語言均近於漢賦。作品先描寫懷王與巫女相合，然後極力鋪敍高唐景物，篇末勸戒襄王以國事爲重，與一般漢賦作品格式大致相類；賦自始至終幾乎都是宋玉與襄王的對話，對話中又以鋪敍高唐景物占的比重較大，幾乎一半以上，從這些鋪敍的文字可以分辨，它與一般漢賦作品在風格、語言色彩上幾無二致。不妨抄錄一段，以資說明：

「王曰：『唯唯。惟高唐之大體兮，殊無物類之可儀比。巫山赫其無疇兮，道無折而層累。登巉岩而下望兮，臨大阺之稸水。遇天雨之新霽兮，觀百谷之俱集。濞洶洶其無聲兮，潰淡淡而竝入。滂洋洋而四施兮，蓊湛湛而弗止。長風至而波起兮，若麗山之孤畝。勢薄岸而相擊兮，隘交引而卻會。崪中怒而特高兮，若浮海而望碣石。礫磥磥而相摩兮，巆震天之礚礚。巨石溺溺之瀺灂兮，沫潼潼而高厲。……』」

且看這段文字，豈不與司馬相如的那些大賦有如出一轍之感?!宋玉與荀子倆人大致處於同一時代，相比起來，荀子可能還要稍晚些，宋玉受荀子《賦篇》影響的可能性是幾乎沒有的。因而人們不得不懷疑：《高唐賦》是否眞出於宋玉之手?

其次，《高唐賦》以第三人稱敍寫，似也難以令人相信作品係宋玉所作。因爲，從文學創作規律看，作者一般不會將自己置於作品中而以第三人稱敍述描寫，而《高唐賦》則不然，一開首便是：「昔者楚襄王與宋玉遊於雲夢之臺」，而後便是「王問」、「王曰」的長篇問答；不僅《高唐賦》如此，且托名宋玉的其它賦篇均如此：

「楚襄王遊於蘭臺之宮，宋玉景差侍。」

——《風賦》

「楚襄王與唐勒、景差、宋玉遊於陽雲之臺。」

——《大言賦》

「楚襄王既登陽雲之臺，令諸大夫景差、唐勒、宋玉等竝造大言賦，賦畢而宋玉受賞。」

——《小言賦》

「楚襄王時，宋玉休歸，唐勒讒之於王曰……」

——《諷賦》

「楚襄王與宋玉遊於雲夢之浦。」

——《神女賦》

「大夫登徒子侍於楚王，短宋玉曰……」

——《登徒子好色賦》

「宋玉與登徒子偕受釣於玄洲，止而竝見於楚襄王。」

「楚襄王問於宋玉曰……」——《釣賦》

——《對楚王問》

「楚襄王與宋玉遊於雲夢之野，將使宋玉賦高唐之事。」

——《高唐對》

像這樣以相同形式開頭，並自稱名字，用第三人稱敍寫，並在如此多的作品中重複出現，不得不引起人們的疑問：這都是宋玉自作的嗎？

更重要者，如將《高唐賦》與今已公認爲宋玉作品的《九辯》相比較，我們發現，兩者無論風格、內容、情調、語言，乃至作品中主觀或客觀塑造的宋玉形象，都無法諧和統一，判若異者。試看兩篇作品所描繪的：

《九辯》的內容，是「失職而志不平」的士大夫抒發他對現實政治不滿、試圖勸諫君王而又不甘屈節的情懷，詩中寫道，主人公雖失職，「蓄怨兮積思」，卻仍渴望「一見君兮道余意」、「專思君兮不可化」，希望面見君主，一陳己見；他但願君主能以堯舜爲榜樣——「堯舜皆有所舉任兮，故高枕而自適。」能學習知人善任的齊桓公——「寧戚謳於車下兮，桓公聞而知之。」而他自己則一再表示寧肯凍餓窮困也不會屈節——「處濁世而顯榮兮，將余心之所樂。」「竊慕詩人之遺風兮，願托志乎素餐。」全詩的主要特色是悲秋，以悲秋爲主旋律，自我情感通過秋思、秋色、秋景著悲而傳遞，開了後世「悲秋詩」的風氣之先。

《高唐賦》則不然，通篇寫宋玉陪楚襄王遊覽高唐，先高唐、巫山背景，次山、水、樹、石、草、禽，再是遊仙方士、禮神、打獵，結尾諷諭作結，與一般漢賦作品的格局極似。作者的筆力所重，在山形、水勢的描摹刻劃上，精雕細鑿，語言舖張揚厲，文字繁縟重沓，完全形同漢大賦。宋玉的形象在作品中是君王的弄臣，與《九辯》所塑造的宋玉不可同日而語。

正由於兩篇作品的巨大差異，引起了諸多學者對《高唐賦》眞僞性的懷疑。魯迅先生說：「文字繁縟，時涉神仙」⑪，全不像戰國時代作品。鄭振鐸先生將《高唐賦》與《九辯》比較後，指出了它們間的三大差異，並認爲《高唐賦》、《神女賦》、《高唐對》三篇同敍一個事件，顯然不可能出於一人之手⑫。劉大白、游國恩、陸侃如、馮沅君等諸學者也均對《高唐賦》作者是宋玉持否定看法。（宋玉其它賦作自然不能一概而論。）

由此，筆者斷言，作爲後人僞托的《高唐賦》，其賦中所言「禮太一」之類，絕不可能產生於宋玉時代，而只能在宋玉之後。

第二個問題，關於《韓非子·飾邪》中一段有關「太一」星的話，這段話被不少學者用來解

---

⑪ 魯迅：《漢文學史綱要·屈原與宋玉》。《魯迅全集》第十卷，人民文學出版社，一九七三年版。

⑫ 鄭振鐸：《插圖本中國文學史·詩經與楚辭》，人民文學出版社，一九五七年版。

釋東皇太一（如前所引述的「戰神說」、「齊國上帝說」）。其實，問題很簡單，「太一」在《韓非子．飾邪》中是星名，而不是神名，韓非係戰國晚期人，時間上遲於屈原，但因引述者將問題本身說玄了，故我們有必要在此予以澄清。

先抄錄《韓非子．飾邪》中的原話：

「初時者，魏數年東向攻盡陶、衛，數年西向以失其國。此非豐隆、五行、太一、王相、攝提、六神、五括、天河、殷搶、歲星數年在西也，又非天缺、弧逆、刑星、熒惑、奎臺數年在東也。」

作一些適當的解釋。王相，《史記．天官書》載漢中四星，曰天駟，旁一星曰王良，即王相。攝提，星名，《史記．天官書》：「大角兩旁各有三星，鼎足句之，曰攝提。」天河，《晉書．天文志》：「天高西一星曰天河。」歲星，《天官書》：「歲星贏縮，以其命國，所在國不可伐。」刑星，《星經》：「太白主刑殺。」熒惑，《廣雅》：「熒惑謂之罰星。」

從以上簡要注解，我們可以看到，韓非子這段話中所列舉的一串十五個名詞均應爲星名（無注解者，因無確鑿資料，從上下文推測，應同屬一類）。十五個星名中，除歲星、刑星、熒惑可知爲行星外，於餘十二星應都是恆星，恆星按理不可能每年移動位置（以肉眼觀察），那麼，爲何韓非會說「數年在西」「數年在東」呢？何況作爲恆星的太一星，居於中宮，更不可能數年一變移。問題實質在於，韓非這段話並不是認爲他所列的兩組星，其中一組會「數年在西」，另一組會「數年在東」，而是恰恰相反，韓非的本意認爲，這種「數年在西」、「數年在東」的現象是不可能發生的。正是根據事實上的不可能，韓非才駁斥了當時星相家們所認爲的象徵福與禍的兩類星。由王先愼《韓非子集解》說：「《天文志》：『歲星所在，國不可伐，可以伐人。』」以及《韓非子淺解》引太田方語曰：「言豐隆以下，所在國勝也。」可知，豐隆、歲星一組乃屬福（勝）星。又，由王先愼《集解》說：「《天文志》：『熒惑出則有大兵，入則兵散，周還止息，迺爲其死喪寇禮，在其野者，亡地，以戰不勝。』」及《淺解》引太田方語曰：「天缺以下所在國負也。」可知，天缺、奎臺一組乃是屬於禍（負）星。星相家們正是根據兩組星的福與禍，來判斷所在國勝與負的。韓非則正是指出了這是荒謬的。他通過魏國實際勝負的事實作了說明：魏東向勝，福星不可能都在西；西向敗，禍星也不可能都在東。因此很清楚，星相象們的謬論是站不住腳的。太一星既不是行星，又居於中宮（一般指北極星，或其附近一顆明星），韓非說它「非……數年在西」是完全正確的，這裏既沒有改變太一星屬於中宮的事實，也沒有把太一星改變爲神；韓非這段話只能說明太一在戰國末期曾被用作星名，除此之外，它始終是個代表混沌本初的概念，至少在戰國時代不是一個神。既然如此，我們要考證東皇太一究竟是什麼，便主要應由東皇來確定它的身份了。

東皇解

太一在屈原時代既還不是神，就只能由東皇來確定東皇太一是什麼神了。那麼，究竟是什麼神呢？

讓我們先看「皇」字。說「皇」必然先要牽涉到「帝」字。上古時代，人們崇奉的至高無上者是「帝」，即「上帝」。這可從殷商甲骨文中只見到「帝」字，而沒看到「皇」字知曉；也可從《詩經》中「帝」字與「皇」字的不同釋義見出。《詩經》中「帝」字共出現了三十八次，它們雖然均沒組成「上帝」一詞，但其含義均應釋作「上帝」。「皇」字在《詩經》中共出現了四十三次，基本上都作形容詞，釋爲「美、大」，故《爾雅・釋訓》曰：「皇，美也，大也，天之摠美大稱也。」這抓住了「皇」字在先秦時代的本義。據顧頡剛、楊向奎先生考證⑬，「皇」字在全文中，是「祖」、「考」、「天王」、「天」、「君」等詞的形容詞，在《詩》、《書》、《儀禮》等書中是「天」、「帝」、「后」、「王」、「祖」、「考」、「舅」、「姑」、「妣」、「尸」等詞的形容詞（少數例外）。「皇」字的這種性質與作用，一直到戰國時代，才發生了一些變化。戰國時代，「帝」字成了人王的代稱，如《孟子・萬章》載：「帝使其子九男二女百官牛羊倉廩備，以事舜於畎畝之中。」「舜尚見帝，帝館甥於貳官，亦饗舜，迭爲賓主，是天子而死

⑬顧頡剛、楊向奎：《三皇考》，載《古史辨》第七冊中編，開明書店，一九四一年版。

四夫也。」《孟子・公孫丑》也有類似記載。由此，原來專門作爲贊美之詞的「皇」，此時便開始轉化爲名詞，用以稱神，如楚辭載「詔西皇使涉予」（《離騷》），「后皇嘉樹」（《橘頌》）以及《九歌・東皇太一》中的東皇、上皇（其餘的未見，可見「皇」稱爲神唯楚始現）。

再看「東」。東南西北，四個方位字，東是第一個，最突出，最顯要；不僅如此，我們還發現，它除了具有方位義，還包括了時序義。先秦古籍中，我們又發現，只有東皇、西皇，而無南皇、北皇，這自然使我們對東、西方位產生了濃厚興趣。

遠在屈原時代之前，東就有旦的意味（這大概也是日神號以「東君」之名的緣故）。《詩・齊風・東方之日》有云：「東方之日兮」，《齊風・鷄鳴》有云：「東方明矣，朝既昌矣。匪東方之明，月出之光。」很顯然，東方與太陽、日出緊相聯繫，使人自然聯想到旦。又，《齊風・東方未明》有云：「東方未明，顚倒衣裳。顚之倒之，自公召之。」「東方未晞，顚倒裳衣。倒之顚之，自公召之。」進一步想想，旦、早晨，不就是開始的意思——一天的開始？既然是一天的開始，也應能表示一年的開始。《大招》首四句有云：「青春受謝，白日昭只。春氣奮發，萬物遽只。」王逸《楚辭章句》注云：「言歲始春，青帝用事，盛陰已去，少陽受之，則日色黃白，昭然光明，草木之類，皆含氣，芽蘖而生。」「春，蠢也。發，洩也。」「言春陽氣奮起，上帝發洩，和氣溫燠，萬物蠢然，競起而生，各欲滋茂……」「青春」、「白日」，春與日、與東豈非一脈相貫？東是旦，是一天的開始，春是一年的開始，萬物復蘇，草木萌生，象徵世上一切都展示了勃勃生機，故而《周禮．秋官》有云：「春始生而萌之。」《禮記．鄉飲酒》有云：「東方者春，春之爲言蠢也。產萬物者聖也。」《尚書大傳》云：「東方者，動方也。物之動也。何以謂之春？春，出也，物之出，故謂東方春也。」由此可以認爲，東與春在時序義上是一致的，一個是一天的開始，一個是一年的開始，在開始義上可相吻合。因而，就時序義言，東含有開始、萌生、發端之義，在這個意義上，筆者認爲，東即是春。

關於東即是春（時序義）的問題，我們繼續作些引證闡發。

從東西方關係來看。《詩．小雅．大東》有云：「東有啟明，西有長庚。」啟明星早晨出現於東方，長庚星傍晚出現於西方，豈非東——旦，西——暮？這使人自然想到了天體（地球）的自西向東運行。古諺有云：「日出而作，日入而息。」說日出東方時，開始勞作，日入西方時，息工返歸。這是將東方日出、一天的開始與旦相聯，將西方日落、一天結束與暮相聯。《山海經．大荒東經》載日月所出之山六座，《大荒西經》載日月所入之山六座，雖然月的東西出落並不確切，但這也透出了東旦西暮觀念。《小雅．小明》詩云：「昔我往矣，日月方除。曷云其還，歲聿云莫。」《小雅．采薇》云：「昔我往矣，楊柳依依。今我來矣，雨雪霏霏。」「曰歸曰歸，歲亦莫止。」所說意思很明確，出發時是春天，返歸時已是歲暮時節，「莫」通「暮」。宋玉《九辯》也有云：「悲哉秋之爲氣也，……登山臨水兮送將歸。」詩人由秋而自然觸發了返歸之念。這使我們產生了古人可能有這種觀念：東是旦，是春，是開始；西是暮，是秋，是結束。再聯繫《離騷》「春與秋其代序」，《禮魂》「春蘭兮秋菊，長無絕兮終古」，魯國編年史題名《春秋》，我們可以知道，春秋兩季在上古時代人們心目中占有特殊地位，他們視春秋爲年歲的轉折與變化，以春秋兩季代表整個一年，故于省吾在《甲骨文釋林》中說：「商代的一年分爲春秋兩季制，甲骨文只以春和秋當作季名，西周前期仍然沿用商代的兩季制，到了西周後期，才由春秋分出夏冬，成爲四時。」這就自然地能使我們理解，爲何先秦古籍只見東皇、西皇，而未見南皇、北皇，問題的關鍵在於，東與西不僅僅具有方位義，更蘊含了時序義。

商代雖無四季名稱，但甲骨文中已出現四方神與四方風的觀念。胡厚宣先生曾發現，武丁時的一塊牛胛骨上刻有：

東方曰析，風曰⿱劦口。南方曰因，風曰凱。

西方曰夷，風曰隶。北方曰伏，風曰⿰阝殳。

楊樹達先生在《積微居甲文說．四方神名之意義》中說：「四方與四時相配，爲古籍中恆見之說，甲文之四方，因其神人命名之故。知其與四時互相配合，殆無疑問。」對此，我們可作些引申。《詩．唐風．葛生》有云：「夏之日，冬之夜，百歲之後，歸於其居。」「冬之夜，夏之日，百歲之後，歸於其室。」夏與日有關，冬與夜有關；聯繫上文所說，春與旦，秋與暮，我們自可想到一天的旦暮晝夜與一年的春秋夏冬的互相對應。《邶風・凱風》有「凱風自南」句，《邶風・北風其涼》有「北風其涼」句，豈非南風——凱風，北風——涼風？是否可進而推斷曰：東風——春風，西風——秋風？這在自然現象上是合情理的。故《爾雅・釋天》曰：「南風謂之凱風，東風謂之谷風，北風謂之涼風，西風謂之泰風。」《禮記・鄉飲酒》曰：「東方者春，西方者秋，南方者夏，北方者多。」《禮記・月令》曰：孟春之月，「東風解凍，蟄蟲始振。」《山海經》中有關四方神、四方風及四方神之職守的記載，也可資說明，《大荒東經》云：「大荒之中，有山名曰鞠陵於天、東極、離瞀、日月所出，名曰析丹——東方曰析，來風曰俊——處東極以出入風。」清人吳任臣注：「（大戴禮）《夏小正》云：『正月，時有俊風。』俊風，春月之風也，春令主東方，意或取此。」⑭同時，其它三方是：「有神名曰因乎——南方曰因，來風曰民——處南極以出入風。」（《大荒南經》）「有人名曰石夷——西方曰夷，來風曰韋——處西北隅，以司日月長短。」（《大荒西經》）「有人名曰鳧——北方曰鳧，來風曰狻——是處東北隅以止日月。」（《大荒東經》）近人學者中對此亦有發表論見者，如董作賓認爲：「卜辭中，凡稱四方者，無不以『東南西北』爲次序，餘不備舉。而見於古代載者亦然。……四方之所以自東始者，實本於四時之自春始，東南西北，春夏秋冬；是地理與天文之密切聯繫，亦

⑭（清）吳任臣：《山海經廣注》。

我古代文化科學與哲學之結晶，歷代相承，莫敢更易者。」⑮徐松石說：「中國人有相當古老而肯定的方向與季節相搭配的觀念。這是因爲中原地處溫帶，四季分明，景色各不相同，而不是那種老是一面來風的地帶。春天來的是東風，夏天來的是南風，秋天來的是西風，冬天來的是北風。所以四方和季節的搭配十分自然而又嚴格。」⑯更有說服力的，是《尚書・堯典》中的一段記載：

「乃命羲和，欽若昊天，歷象日月星辰，敬授人時。分命羲仲，宅嵎夷，曰暘谷。寅賓出日，平秩東作。日中星鳥，以殷仲春。厥民析，鳥獸孳尾。申命羲叔，宅南交，曰明都。平秩南訛，敬致。日永星火，以正仲夏。厥民因，鳥獸希革。分命和仲，宅西，曰昧谷。寅餞納日，平秩西成。宵中星虛，以殷仲秋。厥民夷，鳥獸毛毨。申命和叔，宅朔方，曰幽都。平在朔易。日短星昴，以正仲冬。厥民隩，鳥獸氄毛。帝曰：『咨！汝羲暨和。期三百有六旬有六日，以閏月定四時，成歲。允釐百工，庶績咸熙。』」

⑮ 董作賓：《論長沙出土之繒書》，載《大陸雜志》一九五五年十卷七期。

⑯ 徐松石：《華人發現美洲考》，上册，頁三一，轉引自蕭兵《楚辭與神話》，頁一七一，江蘇古籍出版社，一九八六年版。

從《尚書》此段記載，我們可清楚看到，東方、日出、春，這一系列概念是相連貫的；而同時，西方、日落、秋，也是相連貫的。羲仲住東方叫暘谷的海濱之地，恭敬地期待日出，通過觀察辨別不同時期日出的特點，以晝夜平分的那天作爲春分，以鳥星見於南方正中之時作爲考定仲春的依據，這時人民分散於田野內勞作，鳥獸也順時生育繁殖起來；和仲住西方名叫昧谷的地方，測定日落之處，恭敬地給太陽送行，觀察太陽入山時的次第，規定秋季收獲莊稼的工作，以秋分這天晝夜交替的時候和虛星見於南方正中之時作爲考定仲秋的依據，人民離開高地而住平原，從事收獲莊稼的勞動，這時鳥獸毛盛，可以選用。藉此，我們可以充分斷言：先秦時代，人們的四方、四時觀念已相當明確、成熟；其相互關係是：

春——旦（朝）——東，
夏——晝（日）——南，
秋——暮（夕）——西，
冬——夜——北。

正是由於這四方、四時觀念，決定了東在時序意義上是春，從而使我們可以得出結論：東皇乃是春神。

在結束本節論述時，筆者尚需指出一點，即在說明四方四時觀念中，難免會遇到五行說問題，不少學者對東皇太一的理解與認識是建於五行說基礎之上的。

不可否認，五行的提法與五行觀念，在屈原之前已存在，《尚書．洪範篇》中已有五行記載，《左傳》《國語》等書中也出現了有關五行的文字。但是，我們注意到，與四方觀念相對的五方說，在屈原時代及其前，卻並不多見。有人提出，殷商甲骨文中可看到五方觀念⑰，如帝乙、帝辛時卜辭說：

「己巳王卜，貞今歲商受年。王𡆥（占）曰，吉。東土受年；南土受年；西土受年；北土受年。」（《殷契粹編》九〇七）

又，武丁時卜辭說：

「戊寅卜，王，貞受中商年。十月。」（《殷虛書契前編》，八、十、三）

⑰參見楊向奎：《周禮的內容分析及其成書時代》，載《繹史齋學術文集》，上海人民出版社，一九八三年版，頁二六〇－二六一。

持此論者認爲，中商就是中方，是與東南西北四方並列的，從而推出當時已有中、東、南、西、北的崇拜。這種推斷是有問題的，何以知道「中商」一定是「中方」（中土）而不是其它含義？況且兩條甲骨文材料出於兩個不同時期。一些主張五方說的學者，也不得不承認，殷商卜辭中，難以看到五方的稱謂，而四方一詞卻屢見不鮮⑱。與殷商有關係的《商頌》詩中多次言及四方，如《商頌・殷武》：「商邑翼翼，四方之極。」《商頌・玄鳥》：「古帝命武湯，正域彼四方。」

又有認爲，《墨子・貴義》中已有五方說⑲。但讀《墨子・貴義》，發現所載僅四方，並無五方：子墨子曰：「南之人不得北，北之人不得南，其色有黑者，有白者，何故皆不遂也？且帝以甲乙殺青龍於東方，以丙丁殺赤龍於南方，以庚辛殺白龍於西方，以壬癸殺黑龍於北方。」孫詒讓注云：「畢本，此下增『以戊己殺黃龍於中方』，云『此句舊脫，據《太平御覽》增。』王云：『畢增非也。原文本無此句，今刻本《御覽鱗介部》有之者，後人不知古義，而妄加之也。古人謂東西南北者，以其在四旁也。若中央爲四方之中，則不得言中方，一謬也；行者之所向，有東有西，有南有北，而中不與焉，二謬也。鈔本《御覽》及《容齋續筆》所引，皆無此句。』案：王說是也。」⑳

---

⑱ 參見楊向奎：《周禮的內容分析及其成書時代》，載《繹史齋學術文集》，上海人民出版社，一九八三年版，頁二六〇——二六一。

⑲ 參見龐樸：《陰陽五行探源》，載《中國古代文化史論》，北京大學出版社，一九八六年版。

⑳ （清）孫詒讓《墨子閒詁》，中華書局，一九八六年版。

其實四方與中土至少在《詩經》時代是對立的概念，並不混爲一談，如《小雅・甫田》云：「以我齊明，與我犧年，以社以方。我田既盛，農夫之慶。」毛傳曰：「社，后土也。方，迎四方氣於郊也。」說明「社」與「方」並非同一概念，不可相合。又，《大雅・雲漢》云：「祈年孔夙，方社不莫，昊天上帝，則不我虞。」鄭玄注：「我祈豐年甚早，祭四方與社又不晚。」指出四方與社並不合一。而且，我們發現，《詩經》中四方之稱甚多，計有《大雅》十一處，《小雅》二處，《周頌》三處，《商頌》二處，共十八處，而五方則無；如統計先秦其它資料，則言及四方者有：《尙書》七處，《左傳》四處，《論語》、《孟子》各一處，而有五方者僅《爾雅》《禮記》各一處，別處均無。對《爾雅》、《禮記》的產生時代歷來有爭議，《爾雅》相傳爲周公撰，或爲孔子門徒作，秦漢間人增益而成；《禮記》採自先秦古籍，西漢人編定，即使兩書均爲戰國之前著作，也僅二處提及五方，何況兩書成書時有漢代人增益是毫無疑問的。齊思和先生說：「五行的五方說，載《淮南子・天文訓》，似出於戰國星象家之說。」㉑恐不無道理。至於五行說理論的系統形成，顯然在鄒衍之後，其時間就肯定晚於屈原了。

鑒此，筆者認爲，五方說在屈原時代至少是尙不成熟、尙不流行，而四方說應比五方說更有說服力，可見，我們對東皇是春神的推斷完全可以成立。

㉑ 齊思和：《中國史探研・五行說之起源》，中華書局，一九八一年版。

結論

以上我們分別剖析了「東皇」和「太一」，現在該最後看它們的整體組合了。許多論者均視「太一」爲最高神，而對東皇或置於輔次地位，或忽而不論；實際恰恰相反。

根據上文的分析考證，既然「太一」在屈原時代並沒作爲神出現，那麼它在「東皇太一」中就不是神的形象或稱號。「太一」在這兒究竟是什麼含義，起什麼作用呢？

「一」，《說文解字》謂：「一，惟初太極，道立於一，造分天地，化成萬物。」《老子》四十二章云：「道生一，一生二，二生三，三生萬物。」「一」的本義是一切的開始，一切的萌生與開端。「太」，即大，《說文》云：「古者凡言大而以爲形容末尾則作太。」又，「如大宰俗作太宰，大子俗作太子，周大王俗作太王是也。謂太即《說文》夳字，夳即泰字，則又用泰爲太。」㉒故太一即大一，即至大無外，《莊子·天下》曰：「至大無外，謂之太一。」又「主之以太一」句，成玄英注：「太者廣大之名。一以不二爲名，言大道曠蕩，無不制圍，囊括萬有，適而爲一，故謂之太一。」曾國藩釋《淮南子·泰族訓》曰：「始而又始曰太始；一之又一曰泰一；伯之前有伯曰泰伯；極之上有極曰太極……」㉓可見，太字是形容、修飾「一」的，「一」是一切的開始、萌生與開端，則「太一」即是始而又始的開始、萌生與開端。明確了這一點，我們再來

㉒《說文解字》「泰」字段玉裁注。
㉓曾國藩：《求闕齋讀書錄》卷五。

看「東皇太一」就應該清楚了：東皇太一不是別的，正是春神，象徵世間萬物萌生、開端的春神。

最後的問題是，既然「東皇」已是春神，爲何還要再加上「太一」呢？這有兩種可能性：其一，「太一」本身的含義是始而又始的開始，它與春是完全吻合的，預示年復一年新歲的開始，那麼屈原將其置於「東皇」之後，在意義上可以更爲鮮明、突出，同時又可與「東君」有所區別，前者「東」是時序義，後者「東」是方位義，前者是春神，後者是日神，不會混淆，所以先秦古籍中「東皇太一」一詞僅一見。其二，「太一」在漢代成了神的代稱，編集楚辭的劉向一則爲了突出《九歌》首篇之神，在「東皇」後添加「太一」，以顯示其崇高，二則也是爲了與「東君」有所區別，不至於使後人淆而不淸；由於《漢郊祀歌》中確也有「奏九歌」「效太一」，這種可能性在情理上也可通。因目下缺少十分可靠的資料，筆者很難斷言這兩種可能性何者屬實，只能有待於將來某一天的地下出土文物了。

末了，試對《東皇太一》原詩作簡單的串說。

詩一開首，先交待了祭祀時日。因是祭春神，故時日當在春天。選擇好春日的吉良時辰，準備恭恭敬敬地祭祀上皇——東皇太一——春神，讓其愉悅地降臨人世，給人間帶來萬物復甦、生命繁衍、生機勃發的新氣象。主持祭祀的主祭者撫摸著長劍上的玉珥，整飭好服飾，恭敬地迎候春神降臨。

祭壇上陳放好了祭祀禮節所應備的一切：瑤席、玉瑱，還有供設的許多楚地鮮艷的芳草——它們是春神來臨的象徵。神堂上擺好了準備款待春神的肴烝肉食、桂花美酒。一時間，舉槌擊鼓，奏樂浩唱，緩舞徐歌。春神降臨了。

扮作春神的巫穿著華麗的盛裝，以美妙動人的舞姿，姍姍而至祭堂，其來臨給整個祭堂帶來了芬芳，帶來了春的氣息與氛圍。於是，鼓鐘齊奏，竽籥共鳴，樂聲大作，歡樂氣氛達到高潮。春神在這繁弦急管的交響聲中，顯出欣喜安康的神態。

整篇詩雖短小，卻自始至終洋溢著莊重、歡快之情，熱烈的氣氛貫穿於祭祀全過程。它充分表明了人們對春神的敬重，祈望春神多多賜福於人間，給生命的繁衍，給萬物的生長，帶來春的生機與氣息。

二、求生長繁殖之歌

長期以來，對《九歌》究竟寫了什麼，爲什麼而寫，始終是個仁者見仁、智者見智、難以說清楚的疑題。由東皇太一是春神（詳《東皇太一新考》），結合《九歌》其它篇章的內容及結構，聯繫上古時代原始初民的宗教風俗，我們可以發現一個重要線索：原始《九歌》乃是處於原始地區人們祈求農作物生長、人類生命繁殖的祈禱詞與祝願歌，它配合祭神歌舞，是原始初民繁殖儀禮形式的反映與表現；雖然現存整組《九歌》未必是某次祭祀祈禱儀式的集中記錄，它顯然是屈原再創作的產物，但從整體上看，它分明遺存有上述內容的形核。

讓我們先將視野拓寬些，從比較宏觀的角度了解一下世界範圍諸民族歷史上的宗教及其禮俗情況。

馬林諾夫斯基在他的《巫術科學宗教與神話》一書中寫到了弗雷澤有關生長繁殖禮教的內容：

「弗雷澤研究宗教的第三個題目是生長繁殖底禮教，《金枝》以乃米（Nemi）地方林木神祇駭人心目的神秘儀式作起點，述及形形式式的巫術宗教等信儀。這些信儀都是用以激動天地日雨等長養之力，加以控制的。……死亡與衰老對於初民的主要意義是重生底臺階；秋季豐收與冬季斂藏都不過是春季復興底序幕罷了。」㉔

這段話告訴我們，世界範圍的形形式式巫術宗教信儀，大都與「激動」自然界，使之「春季復興」、人類「重生」的生長繁殖有密切關係。弗雷澤在《金枝》中也直接表述了類似看法：

㉔ （英）馬林諾夫斯基：《巫術科學宗教與神話》，中國民間文藝出版社，一九八六年版，第七頁。

「在四季給人們帶來的變化之中，就溫帶地區來說，最爲驚人的乃是那些對植物產生影響的變化。季節對動物的影響雖然也很大，卻不如對植物那樣明顯。因此，在那些表示驅走寒冬、春回大地的巫術戲劇中，所強調的重點在於植物方面，也就是自然而然的了。也就是說，在這類表演中，樹木和花草比之獸類和禽鳥充當著更爲重要的角色。不過，生命形態的這兩個方面，植物和動物，在那些舉行儀式的人們看來並不是毫無關聯的。其實，他們所普遍相信的動、植物世界之間的聯繫甚至要比動、植物的實際聯繫還要緊密。因而，人們常常在同一時間內用同一行動把植物再生的戲劇表演同眞實的或戲劇性的兩性交媾結合在一起，以便促進農產品的多產、動物和人類的繁衍。對他們來說，生命和繁殖的原則，不論就動物而言還是就植物而言，都只是一個不可分割的原則。活著並引出新的生命，吃飯和生兒育女，這是過去人類的基本需求，只要世界還存在，也將是今後人類的基本需求。其他方面可以加上人類生活的富裕及美化，但除非上述需求首先得到了滿足，不然的話人類也就無法存在了。因此，食物和孩子這兩種東西乃是人們用巫術儀式來表演季節運行所追求的最主要的東西。」㉕

弗雷澤在這裏實際是指出，原始人常常在大地回春之季舉行巫術儀式：「在同一時間內用同

㉕《神話——原型批評》，葉舒憲主編，陝西師範大學出版社，一九八七年版，第五〇頁。

一行動把植物再生的和戲劇性的兩性交媾結合在一起，以便促進農產品的多產、動物和人類的繁衍。」弗雷澤又說：

「埃及和西亞的人民在奧息里斯、塔穆斯、阿都尼斯和阿提斯的神名下，表演一年一度的生命興衰，特別是把植物生命的循環人格化爲一位年年都要死去並從死中復活的神。在名稱和細節方面，這種儀式在不同的地點不盡相同，然而其實質卻是相同的。」㉖

由弗雷澤這段話可以體會，那個能代表與象徵「一年一度的生命興衰」，並與農產品、動物、人類的繁衍有密切關係的神，顯然是春之神，儘管不同地點、不同民族對它的稱呼可以不同，但實質無疑是一致的。里普斯在《事物的起源》第十三章中也指出：「原來，豐收儀式被認爲是促使自然界周而復始的更新，獲得雨水以及從而獲得田地豐收，迫使植物之神生產出農業果實所必需的。」㉗

從世界各地區諸民族歷史上的宗教情況，我們可以比較清楚地看到一些這方面的例子。據普魯塔克、希羅多德的史書和其它一些歷史文獻，遠古和埃及、美索不達米亞，以及希臘都有祀神

㉖引同㉕，第五頁。

㉗四川民族出版社，一九八二年版。

儀式，埃及人祀奉的農神是沃西里斯（Osiris），巴比倫人祀奉的農神叫坦穆兹（Tammuz），敍利亞人祀奉的農神叫阿多尼斯（Adonis），小亞細亞人祀奉的農神叫阿提斯（Artis），各地區祀奉農神的祭典中，添上了用男女交合來象徵萬物生育的花樣，原始人從交感巫術原理出發，以爲人間男女交合可以促進萬物繁殖，因而祭祀儀式同時伴隨象徵性的神廟賣淫，或大規模的男女歡會㉘。澳大利亞中部的部落中曾盛行一種「繁殖禮」（increace rites），這「所謂『繁殖禮』，一年一度行之於雨季到來之前，即草木爭榮、動物交尾時節。屆時，圖騰羣體成員則在特定的祭地舉行法術儀式。他們將血漿灑布於地，口誦咒歌，以促令似在近側的圖騰胚胎離其蟄居之地，繁衍增殖。」㉙居住於美國西南部印第安人中的普埃布洛部族人盛行一種「舞儀」，這種儀式的主旨在祈雨、祛病、祈求年豐歲熟。非洲從事農業的諸民族地區，常舉行祈雨形式，甘霖未降之前，雨師竭誠奉職，直至雨降下來，如願以償方作罷㉚。弗雷澤認爲，水，不僅能給土地帶來繁殖力，依照交感巫術原則，它也能使人口、畜羣興旺，這就是將男性生殖力與水等同，將女性生殖力與大地等同㉛。例如，古羅馬的乃米（Nemi），男性生殖力和女性生殖力的代表狄阿紐斯（Dianus）和狄安娜（Diana），按其性質的同一個方面，都被人格化爲能賦予生命的水

㉘ 參見《舞蹈論叢》，一九八一年第三期，鮑昌：《舞蹈的起源》。
㉙ （蘇）謝·亞·托卡列夫著：《世界各民族歷史上的宗教》，中國社科出版社，一九八五年版。
㉚ 引同㉙，第一四六頁，第一六一頁。
㉛ 《神話——原型批評》，第五九頁。

和土地。進而，弗雷澤指出，由水和大地發展爲植物如樹木、花草的繁殖，均可與人的繁殖聯繫起來：

「我們未開化的祖先把植物的能力擬人化爲男性、女性，並且按照順勢的或模擬的巫術原則，企圖通過以五朔之王和王后以及降靈節新娘新郎等等人身表現的對樹木精靈的婚嫁，來促使樹木花草的生長。因此，這樣的表現就不僅是象徵性的或比喻性的戲劇，或用以娛樂和教育鄉村觀衆的農村的羣戲。它們都是魔法，旨在使樹木葱郁，青草發芽，穀苗茁長，鮮花盛開。……相應地我們還很可以假定那些習俗的放蕩表現並不是偶然的過分行爲，而是那種儀式的基本組成部分，根據奉行這種儀式的人的意見，如果沒有人的兩性的眞正結合，樹木花草的婚姻是不可能生長繁殖的。」㉜

「原始人認爲兩性關係對於植物具有感應影響，從而有些人把性行爲作爲促使土地豐產的手段。」㉝

「同時，作爲橡樹之神，他自然是橡樹女神的配偶，不管他的名字叫埃吉利婭或狄安娜。他們的聯姻，無論怎樣進行性的行爲，都被認爲是大地豐產、人畜繁殖的必要。此外，由於橡樹神

㉜（英）詹·喬·弗雷澤著：《金枝》，中國民間文藝出版社，一九八七年版，第二〇六頁。

㉝引同㉜，第二〇七頁。

同時也是天神、雷神、雨神，所以他的人身代表，跟許多其他具有神性的國王一樣，就得在適當的時刻行雲、司雷、降雨，使莊稼豐收，果實纍纍，牧草茂盛。」㉞

我們知道，世界上絕大多數民族都曾有同時祀奉農業神、生育神、春神的儀式，這種儀式上所跳的舞稱爲「生育舞」，它不僅以促進萬物生育爲動機，且以模擬表演萬物生育過程爲內容。世界範圍諸民族歷史上的宗教習俗是如此，中國上古時代的宗教習俗自也不例外。丁山說：「從殷商王朝所遺留的斷簡殘編甲骨文，一直看到《詩》、《書》、《三禮》、《國語》、《左傳》，封建主們除了日祭、月祀、時享、歲禘所舉行的例祭之外，餘則都是禳災、祈雨，或祈禱疾病的特祭，不離生命與生產的問題。」㉟

中國上古時代的原始宗教習俗有一個非常重要而又典型的特徵，即祭祀與性愛相結合。《墨子·明鬼》云：「燕之有祖，當齊之社稷，宋之桑林，楚之有雲夢也，此男女所屬而觀也。」郭沫若指出：「祖社同一物也，祀於內者爲祖，祀於外者爲社，在古未有宗廟之時，其祀殊無內外。此云『燕之有祖，當齊之社稷』，正祖社爲一之證。古人本以牡器爲神，或稱之祖，或謂之社，祖而言馳蓋荷此牡神而趨也。此習於近時猶有存者，揚州某君爲余言，往歲於仲春二月上巳

㉞ 引同㉜，第二五三頁。

㉟ 丁山：《中國古代宗教與神話考》，龍門聯合書局，一九六一年版。

之日，揚州之習以紙為巨大之牝牡器各一，男女群荷之而趨，以焚化於純陽觀之前，號曰迎春。所謂『男女之所屬而觀』者，殆即此矣。」㊱郭沫若這段話對我們理解上引《墨子．明鬼》的話無疑是有助益的。《周禮．地官媒氏》有云：「媒氏掌萬民之判，中春之月令會男女，於是時也，奔者不禁。若無故而不用命者罰之。司男女之無夫家者而會之。凡男女之陰訟，聽之於勝國之社。」鄭玄注：「中春陰陽交，以成昏禮，順天時也。」《禮記．月令》有云：「是月也，耕者少舍，乃脩闔扇、寢廟必備，毋作大事以妨農之事。」這些記載清楚地表明了上古時代祭祀、性愛相結合的情況。先秦時期，各國的祭祀場所往往是少男少女交際談情、性歡結合之處，季節上正值農事開始之時。故而《白虎通義．嫁娶》云：「嫁娶必以春日何？春者，天地交通，萬物始生，陰陽交接之時也。」

這裏，有兩點值得注意：第一，祭祀與農事密切有關，因而與祈雨、求豐收不可分割，而男女性愛又與這兩者都發生一定聯繫；第二，祭祀、農事、求雨、性愛的季節時間都發生於春季——一年開始的二、三月間，春播時節。這兩個方面的情況同本文上面敍述引證的世界其它民族求雨祈豐收與男女交媾生殖繁衍的關係是幾乎一致的。

《詩經》在這方面有不少記載。《魯頌．閟宮》一詩所寫，即反映了祭生殖神與祭社稷在同

㊱ 郭沫若：《甲骨文字研究．釋祖妣》，載《郭沫若全集．考古編》第一卷，科學出版社，一九八二年版。

一場所：

「閟宮有侐，實實枚枚。赫赫姜嫄，其德不回。上帝是佑，無災無害。彌月不遲，是生后稷。降之百福，……俾民稼穡。……」

它說明，遠祖姜嫄是在莊嚴的上帝祭祀中感而懷孕，可見祭祀與男女性愛的關係。《鄭風・溱洧》與《鄘風・桑中》如實記載了春日男女發生性愛的狀況及其處所：

「溱與洧方渙渙兮，士與女方秉蕑兮！女曰：『觀乎！』士曰：『既且。』『且往觀乎！』洧之外洵訏且樂。維士與女，伊其相謔，贈之以勺藥。」

——《鄭風・溱洧》

「爰采唐矣？沬之鄉矣。云誰之思？美孟姜矣。期我乎桑中，要我乎上宮，送我乎淇之上矣！」

——《鄘風・桑中》

《鄭風・溱洧》與《鄘風・桑中》兩詩寫的是春季青年男女在水邊發生的戀愛情歡，它所反映的是古人相沿成習的臨水祓禊風格。據孫作雲先生考證[37]，祓禊風俗的形成，起因於古人認爲不生子是一種病氣，爲能促進生育，必須解除病氣，至河中洗滌，方可得子，而祭祀目的之一也是爲了求子，於是祓禊求子與祭祀無形中發生了關係。實際上，所謂求子，就是「令會男女」，也即春季二、三月間在溱水、洧水、淇水、桑中等處幽會情歡，這正符合《禮記・月令》所云「仲春之月」、「令會男女」。類似這種記載春季在水邊發生男女戀愛的篇章，《詩經》中尙有《鄭風・褰裳》、《衛風・淇奧》、《周南・汝墳》、《周南・漢廣》等，它們雖不如《溱洧》、《桑中》那麼描述直接、濃烈，但也或多或少地透露了這方面的氣息。另外，《小雅・斯干》、《小雅・楚茨》等篇敍述了祭廟後燕寢的生活，《大雅・生民》寫了姜嫄出祀懷孕而生后稷，這些無疑都表現了祭祀神祇的同時男女發展性愛，反映了祭祀與男女性愛、農事季節的一致性。古代神廟，名義上是享神，實際上祭廟同時也是男女野合之所，由性的交合而結爲正式婚姻，並於神廟前舉行婚禮，這在南方楚族中較爲盛行，《國語・楚語》載觀射父對楚昭王言：「百姓夫婦，擇其令辰，奉其犧牲，敬其粢盛，絜其糞除，愼其采服，禋其酒醴，帥其子姓，從其時享，虔其祝宗，道其順辭，以昭祀其先祖；肅肅濟濟，如或臨之。於是乎合其州鄉朋友婚姻，比爾兄弟親戚，……合其嘉好，結其親暱，億其上下，以申固其姓。」所以郭沫若說：「古人之廟亦有

[37] 孫作雲：《詩經與周代社會研究・詩經戀歌發微》，中華書局，一九六六年版。

秘密，廟實即古人於神前結婚之所，廟後有寢，以備男女之燕私，詩之《斯干》、《楚茨》等篇，所咏者均是此事。」

值得注意的，是《墨子・明鬼》中說的「宋之桑林」，它即是《鄘風・桑中》的「桑中」——桑林中，而桑林也就是桑社，社名爲叢，亦可曰林（見《說文解字》），因此「宋之桑林」就是宋的社，那麼「齊之社稷」、「楚之雲夢」，毫無疑問也都是社。據陳夢家先生考證㊳，桑林還是求雨之所，《呂氏春秋・順民篇》云：「天大旱，五年不收，湯乃以身禱於桑林。」高誘注：「桑林，桑山之林，能興雲作雨也。」《淮南子・脩務篇》云：「湯若旱，以身禱於桑山之林。」高誘注：「桑山之林能爲雲雨，故禱之。」桑林既爲求雨之所，又是男女相會之處，那麼楚之雲夢同宋桑林一樣，是求雨與男女相會的共同場所，這和男女野合是天下雨的感應巫術有關。這就證明了先秦時代包括楚國在內的祭祀與農事、性愛、繁衍相合的事實。《詩經》中一些篇章，如《小雅・甫田》、《小雅・大田》，還有載祭祀、求雨、農事相合者。故而聞一多先生指出：「在農業時代，神能賜與人類最大的恩惠莫過於雨——能長養百穀的雨。大概因爲先妣是天神的配偶，要想神降雨，惟一的方法是走先妣的門路，（湯禱雨不就是這麼回事？）後來因先妣與雨常常連想起，漸漸便以爲降雨的是先妣本人了。……而在民間，則《周禮・媒氏》『仲春之

㊳ 陳夢家：《商代的神話與巫術》，載《燕京學報》，第二〇期。

月，令會男女』與夫《桑中》、《溱洧》等詩所昭示的風俗，……確乎是十足的代表著那以生殖機能爲宗教的原始時代的一種禮俗。」㊴雲南大理白族地區流行的一種「繞山林」，相傳即是一種原始宗教習俗的表現，雖然它在時代上比先秦時期遲，但因地理條件因素，它所反映的風俗，實際上與先秦時期南楚風俗是基本一致的。在白族人聚居的村寨，一般都有年代久遠的古槐、古柏，白族人視其爲神樹（即社），人病了，求大樹消災免難，人死了，求大樹給予早日超脫苦海，天旱了，祈求大樹賜雨水，祭祀方式與朝社極爲相似；與此同時，「繞山林」又是「風流會」，白族人一面舉行祭祀活動，一面「令會男女」，男女青年趁此盡情尋歡對歌，甚而夜宿山林㊵。這例子也能反映出原始地區祭祀與性愛、農事相合的情況。原始初民正是憑著巫術感應原理，將男女媾合與五穀蕃育相聯繫，將婚嫁之事與春時農事相結合，這眞實地反映了初民們祈求大自然多生殖——子孫、五穀的強烈願望。

以上的引證與闡述，目的是爲了闡明《九歌》的本質意義。以下即結合《九歌》本身作論述。

毫無疑問，我們應首先分清原始《九歌》與屈原創作的《九歌》，兩者既有相通處，也有迥異處。由於歷史條件的限制，我們已難以判斷原始《九歌》的眞實面目，但有一點可以肯定，它

㊴《聞一多全集·神話與詩·高唐神女傳說之分析》，三聯書店，一九八二年版。
㊵《白族神話傳說集成》，中國民間文藝出版社，一九八六年版，第三六六頁。

一定是流傳於南楚一帶的原始祭歌，因爲從屈原創作的《九歌》中我們仍可窺見一些上古原始初民的宗教習俗，以及祭祀與性愛、農事結合的情況（詳下文）。戰國時代的楚國，很多地區開化較遲，生產力相對北方低下，保留遠古傳統較多，巫術盛行，這些都爲屈原加工改制《九歌》而仍存反映上古時代風俗人情提供了客觀依據。可以這樣認爲，《九歌》從本質上看應是楚民祈雨、祈農業生產並與性愛、生育繁衍相結合的原始祭歌的再創造，它既有莊嚴的祭神氣氛（如《東皇太一》等），又有瑰麗浪漫的情愛色彩（如《二湘》、《山鬼》等），它是楚人借助祭神配以男女社交風俗的記錄與體現，是情愛與祭神相結合的產物，其具體地點發生在「楚之雲夢」，但不一定是某次祭祀儀式的實錄。

我們具體看《九歌》的篇目組成及內容。

《東皇太一》是《九歌》的首篇，這在情理上是通的，因爲東皇太一是春神，春神主宰世間萬物的滋生、生長，它既喚醒大地上萬物的萌發衍生，也關係著人與動物的生殖繁衍，「春風時至，草木皆甦，春神有促進生殖的能力，也就被人重視爲生殖大神了。」㊶農業生產的播種季節在每年的二、三月間，男女相會歡樂的時間在春日，《周禮．春官》鄭注：「春者出萬物」，《大招》王逸注：「春，蠢也。發泄也。」《招魂》王逸注：「春氣奮揚，萬物皆感氣而生。」

㊶ 丁山：《中國古代宗教與神話考》。

東皇太一作爲主宰世間萬物生生不已的神，自然是人們祭祀的主要對象，《東皇太一》篇無疑應當列於首位。

緊接《東皇太一》的是《雲中君》，有人以爲這樣排列是今本《楚辭》之誤，《雲中君》應在《東君》之後㊷。這種看法不妥。第一，東君並非太陽，而是日神，是太陽的駕車者羲和，這可由《東君》篇所寫見出：「暾將出兮東方，照吾檻兮扶桑」，這裏，「暾」，是旭日——太陽，而「吾」則是東君自指。《爾雅・釋天》謂：「日御謂之羲和」，《離騷》云：「吾令羲和弭節兮」，可見，羲和非太陽本身是顯而易見的。第二，更主要的，作爲體現《九歌》之旨，春神之後緊接的應是雨神（雲雨之神），而不是其它什麼神，原因在於初民祭祀的主要目的之一是祈雨，這與春密不可分（雨寓有自然界與人類生殖的雙重含義）。那麼，雲中君是否是雨神呢？答案是肯定的。王逸注《雲中君》曰：「雲神，豐隆也。或曰屏翳。」洪興祖《楚辭補注》亦曰：「雲神豐隆也，一曰屏翳。」《天問》有云：「蓱號起雨，何以興之？」王逸注：「蓱翳，雨師名也。」林庚《天問論箋》說：「這裏指興雲起雨。」《山海經・海外東經》云：「雨師妾在其北」，郭璞注：「雨師謂屏翳也。」雨師爲什麼叫屏翳（蓱翳）呢？屏翳，這是描述以翡翠羽爲飾的起舞巫師，羽，象徵雨，《釋名・釋天》曰：「雨，羽也。」蓱，是一種水鳥，呼號則天

㊷ 今人姜亮夫即持此說，參見《楚辭通故・九歌條》，齊魯書社，一九八五年版。又，清人劉夢鵬《屈子章句》，近人聞一多《楚辭校補》亦持此說。

雨。(據徐煥龍《屈辭洗髓》)顏師古《匡謬正俗》卷四云:「鷸,水鳥,天將雨則鳴。……古人以其天時,乃爲冠象此鳥之形,使掌天文者冠之。」可見,屏翳是古巫求雨時,頭戴鷸冠、身披鷸羽之服而舞的形象,這飾羽之舞,意即求雨。殷商時代人們重視對雲雨神的祭祀,甲骨文所載祭雲、卜雲文字,均與雨有關:

「茲雲,其雨?不其雨?」(《殷契卜辭》五五三)

「來雲自南,雨?」(《鐵雲藏龜》一七二,三)

殷商後比較廣泛流傳的雲雨神,其擬人化名稱即爲雲中君。另,《山海經》所載應龍是雲雨之神,《大荒北經》曰:「蚩尤作兵伐黃帝。黃帝乃令應龍攻之冀州之野。應龍蓄水。」(《雲中君》有載:「覽冀州兮有餘,橫四海兮焉窮。」恐非偶合。)「應龍已殺蚩尤,又殺夸父,乃去南方處之,故南方多雨。」《大荒東經》曰:「應龍處南極,殺蚩尤與夸父,不得復上,故下數旱。旱而爲應龍之狀,乃得大雨。」可見,雲中君應龍是雲雨之神。《莊子·天運》也有曰:「雲者爲雨乎?雨者爲雲乎?」「豐隆」、「屏翳」,乃一神異名,「豐隆」是雲在天空之堆集(有人認爲「豐隆」爲雷神,從本質上看,亦可通,因雲、雨、雷三者有密切關聯),「屏翳」是雲兼雨的形象,倘非如此,何不稱雲君,而要叫雲中君呢?雲中者,非僅雲本身也。從自然現象看,雲雨兩者實質上也屬一類物象，水氣凝聚而成雲，雲積聚多而降雨，雲雨在原始初民的想像中，應是一神，否則《雲中君》末尾何以會說：「思夫君兮太息，極勞心兮忡忡？」這正是楚民盼雨心切，渴望神早賜甘霖的內心吐露。如按本文上述天人感應巫術原理，那麼，雲中君更應是雲雨之神了。這裏，我們順便還應談及，人們由雲雨之神，聯想到雨後出現的虹，這在情理上也是可通的，或者說，從現象上看，虹的出現，正是雨之後兆，因而盼虹，實際上是盼雨。而且，在古人看來，虹的出現，與男女性愛有關聯，試看《詩・鄘風・蝃蝀》：

蝃蝀在東，莫之敢指。女子有行，遠父母兄弟。

朝隮於西，崇朝其雨。女子有行，遠父母兄弟。

乃如之人也，懷婚姻也，大無信也，不知命也。

毛亨曰：「蝃蝀，虹也。夫婦過禮，則虹氣盛。」孔穎達曰：「言朝有升氣於西方，終朝其必有雨。有隮氣必有雨者是氣應自然，以興女子生則必當嫁，亦性自然矣。」陳子展《國風選譯・蝃蝀解題》說：「蝃蝀就是虹。按虹字已見於甲骨文，說虹『歙（飲）於河』，也說『貞虹佳年』、『貞虹不佳年』，可見殷人以為虹有關於雨水的多少，年收的休咎。」㊸高亨《詩經今注》說：

㊸ 陳子展：《國風選譯》，古典文學出版社，一九五七年版。

「此詩以虹出東方比喻男女私通。」㊹因此，我們可以說，《雲中君》緊接《東皇太一》之後是完全對的，它反映了人們在祭春神之後，急盼雨神的心理，而雨神（雲雨、虹）的出現，則無論對大自然農作物的生長，抑或人類的生殖繁衍都是至關重要的。這同我們上文所談到的祭祀、農事、性愛相合的情況是完全相符的。

《湘君》和《湘夫人》兩篇寫的是楚境內最大的河流湘水之神，它們形似兩篇，分別冠以「湘君」「湘夫人」之題，實際上渾然一體，互爲滲透，反映了湘水之神悲歡離合的戀愛故事。對於「湘君」「湘夫人」各指傳說中的什麼人物，歷來諸說紛紜，有各爲舜之二妃說，有「湘君」爲娥皇、「湘夫人」爲女英說，有舜爲「湘君」、二妃爲「湘夫人」說，有「天帝二女」說，等等。不管何說，詩篇本身所寫係神之間生死契闊、會合無緣的深摯情感，這是毫無疑問的。兩首詩筆墨所重，均以一方候另一方，而始終不見來爲線索，於彷徨惆悵中流露哀嘆，體現出神神戀愛、互相信守堅貞不渝愛情的主題。很顯然，性愛內容在這兩篇詩中占了主要地位。試看《湘君》所寫，通篇是湘夫人思念、期待湘君之情。一開首便是「君不行兮夷猶，蹇誰留兮中洲？」有點責怪湘君何以遲遲不至；繼之吐露內心焦灼思念之情：「望夫君兮未來，吹參差兮誰思？」「揚靈兮未及，女嬋媛兮爲余太息。橫流涕兮潺湲，隱思君兮陫側。」纏綿悱惻之情於此

㊹ 高亨：《詩經今注》，上海古籍出版社，一九八〇年版。

畢現；正由於此，湘夫人才會發出「心不同兮媒勞，恩不甚兮輕絕」的怨望之辭。然而儘管如此，畢竟兩人情愛綿深，相思難絕，故還是折芳草以寄情：「采芳洲兮杜若，將以遺兮下女。」這正如朱熹所說：「言湘君既不可見，而愛慕之心總不能忘，故猶欲解其玦佩以爲贈，而又不敢顯然致之以當其身，故但委之水濱，若捐棄而墜失之者，以陰寄吾意，而冀其或將取之。」㊺同樣，《湘夫人》篇所寫，也是感情眞切，情意綿綿。應該指出，從體現瑰麗浪漫色彩角度言，二湘篇是《九歌》中色彩最濃的，它們描寫男女情愛的成分最多、最眞摯。不過，這兩篇作品同原始祭祀湘水神的祭詞自不可同視，因爲它們已經過屈原大手筆的改制，削除了鄙陋猥瑣成分，「去其泰甚」（朱熹語），而現出了優美、雅致的色澤。但不管怎樣，有一點可以肯定，湘水神之戀愛，所表現的是楚民男女情愛的一種寄托，是他們祈禱男女結合、生子繁衍的一種曲折表達，他們藉湘水神而歌咏愛情，是利用祭祀發展性愛的合乎情理的體現。

《大司命》《少司命》兩篇與本文所述主題關係似更切近。對大司命、少司命的解釋，諸家說法不一，以王夫之《楚辭通釋》爲較確：「大司命統司人之生死，而少司命則司人子嗣之有無，以其所司者甚雅，故曰少；大則統攝辭也。古者臣子爲君親祈永命，徧禱於群祀，無司命之適主，而弗（祓）無子者，祀高禖。大司命、少司命，皆楚俗爲之名而祀之。」《九歌》有祀司

㊺ 朱熹《楚辭集注》。

命之神，這本身反映了原始初民對人類生命生存、死亡的意識，司命之神代表並反映了人們對生命具有不可理解而又祈圖永年的意念，這與人類的生育繁衍是極有關係的。祈祀者對司命之神無疑充滿了熱情，「折疏麻兮瑤華」、「結桂枝兮延佇」，委婉地表達了對神靈的愛慕；正由於人們認爲自己的壽命均掌於神之手，因而特別想求得神的賜福，蔣驥《山帶閣注楚辭》說：「神以巡覽而至，知其不可久留，故自言折此麻華，將以備別後之遺，以其年既老，不及時與神相近，恐死期將及，而益以疏闊也。」如果說，大司命係主壽夭之神，一定程度上還保存有威嚴、嚴肅之態的話，那麼寫少司命的詩章就不僅僅寫了司生之神，而且所言郊禖之事，頗具性愛氛圍，透露出較濃烈的抒情味，如蔣驥《楚辭餘論》所說：「少司命主緣，故以男女離合爲說，殆月下老人之類也。」詩篇所寫也確實透出了這方面的氣息。一開頭四句便寫了祀神場所四周的景色，接著是對求子者的慰語，這與少司命之神身份、職責完全相符。值得注意的是，篇中寫到了男女間奔者不禁，幽會之樂，難分難捨的景況：「滿堂兮美人，忽獨與余兮目成」、「悲莫悲兮生別離，樂莫樂兮新相知」，又寫到了郊野之夕宿：「荷衣兮蕙帶，儵而來兮忽而逝，夕宿兮帝郊，君誰須兮雲之際。」此「帝郊」無疑即是郊禖之所。詩篇還寫了「與女沐兮咸池，晞女髮兮陽之阿。」這不得不令人聯想到「夕宿兮帝郊」，並產生男女通淫野合之念，唯因此，翌日晨方可能沐兮咸池，晞髮陽阿，而少司命司子嗣與郊禖野合即此一脈相合。

《河伯》篇可以說主要涉及了性愛。楚國祭祀河神，大約始於戰國，春秋時代因楚疆域地望尙未抵達黃河，故《左傳・哀公六年》載：「初，（楚）昭王有疾，卜曰：河爲祟。王弗祭。大夫請祭諸郊。王曰，三代命祀，祭不越望。江、睢、章，楚之望也。禍福之至，不是過也。不谷雖不德，河非所獲罪也。遂弗祭。」而到戰國時，楚疆域擴大到了黃河南側，於是開始祭祀河神，《左傳・宣公十二年》載：「楚師敗晉師於邲，祀於河。」「楚子曰：『……其爲先君公，告成事而已。武非功也。古者明王伐不敬，取其鯨鯢以封之，以爲大戮，於是乎而有京觀，以懲淫慝。今罪無所，而民皆盡忠以死君命，又可以爲京乎？』祀於河，作先君宮，告成事而還。」不過，畢竟楚國離黃河距離遙遠，因而《河伯》所寫，對河神的祈禱與禮贊少，而較多的是愛情生活的描寫。詩中寫到了河伯的戀愛生活，充滿了纏綿情意：「與女游兮九河，衝風起兮水橫波」、「日將暮兮悵忘歸，惟極浦兮寤懷」，「乘白黿兮逐文魚，與女游兮河之渚」，「子交手兮東行，送美人兮南浦。波滔滔兮來迎，魚鄰鄰兮媵予。」清麗委婉的筆調，情眞意切的詩句，自然毫無疑問是屈原加工改製的結果，但我們從內容上，恐怕還是多少能體會到原始祭歌中對河神戀愛的曲折表述與寄托。

對《山鬼》篇的山鬼應指何者，歷來爭議頗大。有認爲是鬼怪的，把它看作是夔、狒狒、山魈、猿類，如洪興祖、朱熹、林雲銘、王夫之者；有認爲是人鬼的，如胡文英、王闓運者；也有認爲是山中女神的，如顧成天、郭沫若、孫作雲等。筆者認爲，從《山鬼》篇所寫和其對於《九歌》的主題內容而言，重點並不在於山鬼指何者，而是詩篇對山鬼戀情的描畫，它分明是祭祀山神（山鬼）時發展男女愛情的曲折表現——將山神人格化而賦予其豐富情感。詩中形象地寫出了山鬼的所思與所怨：「被石蘭兮帶杜衡，折芳馨兮遺所思」、「怨公子兮悵忘歸，君思我兮不得閑。」「君思我兮然疑作」、「思公子兮徒離憂」，形象而又眞實地披露了山鬼內心複雜的情愫。《山鬼》中還多次寫到了雨：「杳冥冥兮羌晝晦，東風飄兮神靈雨」，「雷塡塡兮雨冥冥」，這些描寫，從客觀上看，是爲了烘托山鬼所居環境氣候條件的惡劣，渲染突出山鬼雖處逆境卻依然不移堅貞愛情之志，從而使《山鬼》成了一篇美麗動人的愛情佳作。這是一方面。另一方面，我們從《山鬼》篇的寫雨，也能體味出祈求降雨，《禮記．祭法》云：「山林川谷丘陵，能出雲，爲風雨，見怪物，皆曰神。」古人看到從山谷湧出滾滾白雲，以爲山峰能興雲作雨，便把山神當作求雨的對象祭祀崇拜，這也是《山鬼》篇寫到雨的原因之一，而這種描寫本身，又自然將祭神、性愛、求雨等相融合了。

以上分析了《九歌》的大部分篇章，它們均與原始宗教習俗密切有關。最後還有《東君》、《國殤》、《禮魂》三篇。《東君》寫的是日神，從祭祀言，日神肯定是不可少的，但從它列在《東皇太一》、《雲中君》、《二湘》、《二司命》篇之後看，日神在祭祀中顯然不占主要地位，原因在於人們祈求的是雨水充沛，使農業豐產、子孫繁衍，因而祭詞更多地偏在於求雨、性愛的內容，而《東君》篇這方面內容幾乎不可見，這就難怪它要被列於次等地位了。這樣說，並不等於說日神與農業生產無關，而是因爲古人的這種祭祀和祈求是爲了更多地企盼雨水，因它既能滋潤農田，促使農作物生長，又與人類的生殖繁衍有感應關係（按巫術交感原理）。至於《國殤》與《禮魂》，筆者認爲，從祭祀角度看，它們恐怕與《九歌》其它篇章並不一致（雖然它們肯定是國家或朝廷祭奠的禱詞），這二篇是在組成《九歌》整體時另加上去的。（詳另文）

至此，我們可以下一個總結性的結論了。由上述宏觀到微觀的敍述論析，我們認爲，《九歌》的本質含義應是：它是一首上古楚民求生長繁殖的藝術之歌，它所反映表現的內容，從根本上說，是人們用以表達自己希求飲食自存、生命延續和子孫繁衍的強烈願望。

三、篇數、原貌及創作時間考證

九歌應是九篇

《九歌》既爲「九」「歌」，何故是十一篇呢？這個問題歷來令人感到費解而不易辨清。

要搞清這個問題，先得解決「九」的概念及其在《九歌》中的含義。

「九」，這是中國古代頗具神秘性的一個數字。清代學者汪中對「九」曾撰寫過專文，曰：《釋三九》[46]，文章中專門論述了「九」的性質與功用，特別指出了「九」的特性——具有虛指多數的功能：「凡一、二所不能盡者，則約之以三，以見其多；三所不能盡者，則約之以九，以

[46]（清）汪中《述學・釋三九》。

見其極多。」應該肯定，汪中的論述是正確的，他道出了中國古代在數字運用上的習慣及特點。確實，在許多場合，「九」能充作多數之義。例如：《逸周書》云：「左儒九諫於主」，這兒的「九」乃多次的意思；《孫子・形篇》：「善攻者動於九天之上」，宋人梅堯臣注云：「九天，言高不可測。」《素問》云：「天地之至數，始於一，終於九焉」。「九」在這兒表示極數。屈原作品中這類例子也不少，如《離騷》「余既滋蘭之九畹兮」、「雖九死其猶未悔」，《抽思》：「魂一夕而九逝」，其所寫到的「九」均指多次、多數。正由於此，有些學者認爲《九歌》的「九」是虛指，如宋人姚寬在《西溪叢話》中說：「歌名九，而篇十一者，猶《七啟》、《七發》，非以章名之類。」馬其昶《屈賦微》說：「《九歌》十一篇，九者數之極。故凡甚多之數，皆可以九約，其文不限於九也。」今人郭沫若、游國恩等也取此說。

持「九」虛指說者，恐怕未能分清，「九」的虛指在句中均作修辭用（如上引諸例），或形容、或比喻、或描述，並無充作標具體名詞用的㊼；如是後者，那麼「九」的作用顯然不是虛指，而應是實指了。試看：

《論語・季氏》：「君子有九思：視思明、聽思聰、色思溫、貌思恭、言思忠、事思敬、疑思問、忿思難、見得思義。」

㊼ 參見高晨野《九歌結構原貌初探》，《江漢論壇》，一九八二年第六期。

《左傳・昭公二十年》：「一氣、二體、三類、四物、五聲、六律、七音、八風、九歌。」

《左傳・文公七年》：「九功之德，皆可歌也，謂之九歌。六府、三事謂之九功；水、火、金、木、土、谷謂之六府，正德、利用、厚生謂之三事。」

《周禮・春官》：「鍾師掌金奏。凡樂事，以鍾奏九夏：王夏、肆夏、昭夏、納夏、章夏、齊夏、祫夏、械夏、驁夏。」（另，《周禮》中之「九職」、「九式」、「九貢」均如此，茲不贅引。）

由此，我們可以很明確的說，《九歌》的「九」是實指，而不是虛指，因它乃標具體名詞「歌」，而並不修飾、比喻、描述「歌」。我們如看楚辭中其它以「九」爲篇名的詩章，也可說明問題：《九章》（屈原）、《九辯》（宋玉）、《九懷》（王褒）、《九嘆》（劉向）、《九思》（王逸），它們無不是實指——題目的「九」與實際篇數完全一致。不能想像，劉向編集、王逸作注的楚辭中，凡以「九」爲篇名者均實指，唯獨《九歌》例外；倘眞如此，人們不禁要問：爲何屈原之後的模擬仿作者偏偏都仿《九章》之「九」而不仿《九歌》之「九」呢？即使到了清代，王夫之所作《九昭》，也是九篇，而不是十一篇。可見，《九歌》之「九」應是如《九章》之「九」一樣，係實指而非虛指。

不過，問題來了。既然「九」是實指，爲何實際上是十一篇呢？對這個問題，後世學者作了各種解釋，歸納起來大致可分為三大類㊽：

錯附說　明人陸時雍《楚辭疏》認為：「《國殤》《禮魂》不屬《九歌》。想當時所作不止此，後遂以附歌末。」清人李光地《九歌解》、徐煥龍《屈辭洗髓》贊同此說，以為《國殤》《禮魂》係錯附之，《九歌》本應是前九篇。

合篇說　這一說有多種。第一種，主張「二湘」、「二司命」合一。明初人周用《楚辭注略》云：「九歌又合《湘君》《湘夫人》，《大司命》《少司命》為二篇。」蔣驥《山帶閣注楚辭》云：「兩《司命》類也，《湘君》與《湘夫人》亦類也。」「神之同類者，所祭之時與地亦同，故其歌合言之。」王邦采《屈子雜文箋略》、顧成天《九歌解》亦持此說。第二種，主張「二司命」合一，《禮魂》係亂辭。汪瑗《楚辭集解》云：「《九歌》乃有十一篇，何也？曰，末一篇固前十篇之亂辭也。《大司命》《少司命》固可謂之一篇……」第三種，主張《山鬼》《國殤》《禮魂》合一。林雲銘《楚辭燈》云：「蓋《山鬼》與正神不同，《國殤》《禮魂》乃人之新死之鬼者，物以類聚，雖三篇實止一篇，合前共得九，不必深文可也。」黃文煥《楚辭聽直》贊同此說。第四種，主張去《河伯》《山鬼》。錢澄之《屈詁》認為，黃河非楚地域所及，而《山鬼》涉於邪，屈子雖仍其名，而黜其祀，故實應九章。第五種認為，《國殤》《禮魂》是亂辭。王闓

㊽ 參見《楚辭注釋·九歌解題》，湖北人民出版社，一九八五年版。

運《楚辭釋》云：「《禮魂》者，每篇之亂也。」「蓋迎神之詞，十詞之所用。」「《國殤》舊祀所無，兵興以來新增之，故不在數。」

迎送神曲說　主張此說的有清人王夫之及近人聞一多、鄭振鋒、孫作雲諸人。王夫之認爲，《禮魂》係前十祀所通用之送神曲（《楚辭通釋》）。聞一多認爲：「迎神、送神本是祭歌的傳統形式，……本篇既是一種祭歌，就必須有迎送神的歌曲在內。既然有迎、送神曲，當然是首尾二章。」㊾

筆者認爲，上述諸說似均不甚合《九歌》旨意；筆者主張合篇說，但不同於上引五種說法。在未闡發觀點之前，先應說清兩個問題。

第一，《國殤》與《禮魂》問題。我們通讀《九歌》時是否有一個感覺：從《東皇太一》到《山鬼》，寫的都是祭神，所描寫的是祀神陳設、歌舞場面、神神戀愛以及山川雲雨神話，唯獨《國殤》例外，內容、氣氛與前九篇迥異。《國殤》篇寫實成分甚濃，篇中描寫了激動人心的戰爭場面，塑造了威武雄壯、奮勇爭先的楚將士形象，自始至終充滿了慷慨激昂之辭、繪聲繪影之氣。準確地說，《國殤》與前九篇屬於兩種祭祀類型，它純屬屈原爲祭祀而寫的獨力創作，原始《九歌》中當無此篇。屈原之所以寫《國殤》，並將其置於《九歌》之內，主要因爲他熱愛楚

㊾《聞一多全集·神話與詩·什麼是九歌》，三聯書店，一九八二年版。

國、楚民族，視爲國捐軀、爲民獻身的楚將士之魂如神一般高大、令人敬仰，藉祭祀楚將士之禮，謳歌、贊美之。這是屈原本人高度愛國主義、民族感情昇華的結果，也反映了楚人深沉眞摯的民族感情。正因爲如此，篇中才會唱出：「誠既勇兮又以武，終剛強兮不可凌。身既死兮神以靈，魂魄毅兮爲鬼雄。」這就是《國殤》爲什麼能與祀神之歌同列於《九歌》中的根本原因——人鬼與神同受祭。

那麼，《國殤》後的《禮魂》該如何解釋呢？對《禮魂》，誠如上文所引述，歷來諸家說法不一，有認爲它是《九歌》的亂辭，如汪瑗《楚辭集解》云：「前十篇之亂辭也」，「前十篇祭神之時，歌之侑觴，而每篇歌後，當續以此歌也。」有認爲它是送神曲，如王夫之《楚辭通釋》云：「凡前十章，皆以其所祀之神而歌之。此章乃前十章之所通用，而言終古無絕，則送神之曲也。」細辨《禮魂》詞，我們發現，他們的說法恐都不符詩旨。首先，如果《禮魂》是《九歌》十章的亂辭，那如將其一一套於每篇之末，應該順理成章，而我們卻發覺，它們幾乎前詩難搭後辭，無法理解；如看作是全詩的總亂辭，則問題就更麻煩了，《禮魂》者，所禮之對象是魂，而按常理，神是無所謂魂的，只有人才有所謂魂，如對神稱魂，則其本身即是對神永恆存在的一種冒犯與褻瀆。其次，認爲《禮魂》是送神曲者，是因爲視《東皇太一》爲迎神曲，從而有迎送神曲爲首尾二章之說。但是，殊不知，這所謂迎送神曲乃取之於漢郊祀歌，漢郊祀歌的形式並非《九歌》之源，而是《九歌》之流，是祭祀歌類在漢代的產物，我們今人怎麼可以今類古，下本末倒置的結論呢？更何況，如《九歌》眞有迎送神曲，那《禮魂》也不該叫《禮魂》，而應改爲《禮神》或《送神》才確切。還是林庚先生說得有理：「按《九歌》的次序，《禮魂》就正在《國殤》之後，《國殤》末後一句說：『魂魄毅兮爲鬼雄。』這是《九歌》裏唯一一處提到『魂』的，而下面緊接著就是《禮魂》，然則《禮魂》豈不就正是《國殤》的亂辭嗎？」㊿《禮魂》詞緊接著《國殤》，第一句是「成禮兮會鼓」，它不正是承著「魂魄毅兮爲鬼神」的「魂」嗎？倘若不是「禮」「魂」，那麼該「禮」什麼呢？何況，《禮魂》中還有「春蘭兮秋菊，長無絕兮終古」，如不是對人魂的禮贊，難道祝願神「長無絕兮終古」?! 即使從祭祀看，《禮魂》緊接《國殤》之後，也是合情理的，「先頌而後以舞樂禮之」——先頌國魂，而後以「成禮兮會鼓」「禮」「魂」，符合祭祀程序。

由上可見，《國殤》與《禮魂》當是一篇，後者是前者的亂辭；至於題目《禮魂》，與許是爲了醒目、突出而後加的。

第三，《湘君》《湘夫人》問題。《湘君》與《湘夫人》形式上是兩篇，實際上按其內容與結構，應該說是一篇。理由是：其一，題目雖是兩個，而實際所祭神是一個——湘水之神；其二，兩篇詩章重復迴環較多，句式與用語相似處也較多，且看：

㊿ 林庚：《詩人屈原及其作品研究·禮魂解》，上海古籍出版社，一九八四年版。

朝騁騖兮江皋，
夕弭節兮北渚。
捐余玦兮江中，
遺余佩兮醴浦。
采芳洲兮杜若，
將以遺兮下女。
時不可兮再得，
聊逍遙兮容與。
——《湘君》

朝馳余馬兮江皋，
夕濟兮西澨。
捐余玦兮江中，
遺余褋兮醴浦。
搴汀州兮杜若，
將以遺兮遠者。
時不可兮驟得，
聊逍遙兮容與。
——《湘夫人》

其三，兩篇詩在內容上緊相聯繫、不可分割。《湘君》寫期待，《湘夫人》寫會合；《湘君》末尾段寫到「朝騁騖兮江皋，夕弭節兮北渚」，在「北渚」地方不走了，而《湘夫人》則緊接著從「北渚」開始：「帝子降兮北渚，目眇眇兮愁予」，豈非前後照應，上承下啟嗎？可見，兩篇所寫實際上是一個完整的戀愛故事，是同一首歌的兩章，我們後人不能將它們割裂開來，當然，或許在祭禮上巫演出時，兩篇正好是兩幕，那就是詩爲一篇，戲爲一場兩幕了[51]。

解決了《國殤》《禮魂》與《湘君》《湘夫人》各爲一篇問題，《九歌》十一篇應當是九篇的問題自然也就迎刃而解了。其實，這樣合篇的見解，明人賀貽蓀曾說及：「《九歌》十一首。或曰《湘君》《湘夫人》，共祭一壇；《國殤》《禮魂》共祭一壇。此外，一《東皇太一》，一《雲中君》，一《大司命》，一《少司命》，一《東君》，一《河伯》，一《山鬼》，各一壇。每祭皆有樂章，共九祭，故曰九歌。」[52]只是賀貽蓀未能作具體分析，會令人發生疑問；但他所說的九祭、九歌，很有道理，王逸在《禮魂》注中也說過：「言祠祀九神，皆生齋戒，成其禮敬，乃傳歌作樂，急疾擊鼓，以稱神意也。」那就是說，我們肯定《九歌》是九篇，並非單純是爲了解決十一篇與九篇的矛盾，也決不是爲了湊《九歌》之「九」，而是爲了說明《九歌》確實是「九」歌：有天神、地祇、人鬼的九神系列，共九祭——東皇太一，春神；雲中君，雲雨神；湘君、湘夫人，湘水神；大司命，大司命神；少司命，少司命神；東君，日神；河伯，河神；山鬼，山神；國殤，人鬼（神）；九個神，九次祭，九次歌，九次舞，九次音樂演奏，如同《漢郊祀歌》所云：「九歌畢奏斐然殊，鳴琴竽瑟會軒朱。」

---

[51] 林庚：《詩人屈原及其作品研究·湘君湘夫人》。

[52] （明）賀貽蓀《騷筏》。

原始《九歌》與萬舞

我們今日所見之《九歌》，與《離騷》《天問》中述及的《九歌》（即原始《九歌》）並非一回事。那麼原始《九歌》大概是怎樣的？它與今存《九歌》有什麼樣的關係？要回答這些問題，需先了解先秦典籍中「九歌」的面目。

今可見先秦典籍所載「九歌」大致有以下幾處：

《左傳·文公七年》：「……子爲正卿，以主諸侯，而不務德，將若之何？夏書曰：戒之用休，董之用威，勸之以九歌。勿使，九功之德皆可歌也，謂之九歌。六府、三事謂之九功。水、火、金、木、土、穀謂之六德。正德、利用、厚生謂之三事。」

《左傳·昭公二十年》：「……先王之濟五味和五聲也，以平其心成其政也。聲亦如味，一氣、二體、三類、四物、五聲、六律、七音、八風、九歌以相成也；清濁、小大、短長、疾徐、哀樂、剛柔、遲速、高下、出入，周疏以相濟也。」

《左傳·昭公二十五年》：「……夫禮，天之經也，地之義也，民之行也。天地之經，而實則之，則天之明，因地之性，生其六氣，用其五行，氣爲五味，發爲五色，章爲五聲。淫則昏亂，民失其性。是故爲禮以奉之，爲六畜、五牲、三犧以奉五味，爲九文、六采、五章以奉五色，爲九歌、八風、七章、六律以奉五色。」

《周禮．春官．大司樂》：「九德之歌，九磬之舞，於宗廟之中奏之。若樂九變，則人鬼可得而禮矣。」

《山海經．大荒西經》：「西南海之外，赤水之南，流沙之西，有人珥兩青蛇，乘兩龍，名曰夏后開。開上三嬪於天，得《九辯》與《九歌》以下。此天穆之野，高二千仞，開焉得始歌《九招》。」

《離騷》：「啟九辯與九歌兮，夏康娛以自縱。」

「奏九歌而舞韶兮，聊假日以媮樂。」

《天問》：「啟棘賓商，九辯九歌。」

以上引述的有關「九歌」的材料，歸納起來大致有以下三方面含義：其一，指「九功之德皆可歌」，「九德之歌」；其二，作爲音樂術語，表示九奏、九變（遍）；其三，與夏啟有關，是傳說中的樂名，或謂夏啟《九歌》。比較三者，毫無疑問，能引得夏啟淫荒與耽溺，以至於「不顧難以圖後兮，五子用失乎家巷」（《離騷》）的，只能是夏啟《九歌》，而前二者一個歌「九功之德」，一個作音樂術語，都不可能使夏啟產生惡果。很顯然，夏啟《九歌》也即原始《九歌》，因爲它之所以會引得夏啟等人「康娛以自縱」「聊假日以媮樂」，必定其內容包含了相當程度的刺激性，而原始宗教的求雨巫舞，是原始初民祈求自然界的一種表現手段，在原始初民的意識中，以爲自然界與人一樣，也是通過交媾而成，因而他們的這些巫舞就直接以表現性交或性動作來誘導蒼天排水，刺激土地蕃衍，他們想像蒼天是男性，大地是女性，農作物的滋生與生兒育女是一回事，從而使得這種巫舞本身充滿了露骨的、直率的猥褻、放蕩與粗野，於是，觀賞這種巫舞，自然就大大刺激了人的感官。這就是夏啟等人爲什麼會觀《九歌》而「自縱」、「媮樂」的原因所在。

那麼，原始《九歌》的原貌大概是什麼樣的呢？筆者發現，它很可能與萬舞相類。且簡述之。

裘錫圭先生在《釋萬》[53]一文中指出，甲骨文中常見「萬」字，它的用法可分爲三種：一，用爲國族名或地名；二，作動詞用，類似祭名，如「甲申卜，今日萬，不雨」（粹七八四）；三、最常見的，用爲一種人的名稱，如：

□乎（呼）萬無（舞）。（甲一五八五）

王其乎萬𩂣（雩）□。（京都一九五四）

---

[53] 裘錫圭：《甲骨文中的幾種樂器名稱》附論《釋萬》，《中華文史論叢》一九八〇年第二期。

王其乎戍霝孟，又（有）雨。

□□卜，王其乎萬奏□。（京都二一五八）

萬其奏，不遘大雨。（摭續一九三）

□萬叀□奏，又（有）大（雨）。（京都二三一九）

庚午卜，翌日辛萬其乍（作），不遘大雨。（安陽一九〇七）

裘先生認爲，按引述的卜辭看。「萬」顯然是從事舞樂工作的一種人，稱「萬」的人應當是從事萬舞一類工作而得名的，他們即是《詩．邶風．簡兮》所歌的「公庭萬舞」的「碩人」一類人。裘先生的判斷對我們很有啟發。我們看《邶風．簡兮》一詩：

「簡兮簡兮，方將萬舞。日之方中，在前上處。碩人俁俁，公庭萬舞。有力如虎，執轡如組。左手執籥，右手秉翟，赫如渥赭，公言錫爵。……」

詩中所寫確是萬舞，並有從事萬舞的人。《墨子．非樂上》有載：「昔者齊康公興樂《萬》，《萬》人不可衣短褐，不可食糟糠，曰：『食飲不美，面目顏色不足視也；衣服不美，身體從容醜羸不足觀也。』是以食必粱肉，衣必文繡。」這就是「公庭萬舞」者「碩人」的形象。那麼，「

萬舞」本身如何呢？從《邶風・簡兮》可見，它既有「有力如虎，執轡如組」的舞容，也有「左手執籥、右手秉翟」的舞容，毛傳云：「以干、羽爲萬舞，用之宗廟山川。」朱熹《詩集注》云：「武用干戚，文用羽籥也。」這說明，萬舞用於宗廟祭祀，它包括武舞與文舞兩部分。《禮記・郊特牲》曰：「擊玉磬，朱干設錫，冕而舞《大武》。」鄭玄注：「《武》，萬舞也。」《孔巵言》卷三引鄭玄《易》注云：「王者功成作樂，以文得之者作籥舞，以武得之者作萬舞。」這種萬舞，具體又是什麼樣的？聞一多先生在《詩選與校箋》中作了較詳明的解釋：「（萬舞）似是兩種不同性質的模擬舞之總稱，兩種，㈠曰武舞，用干戚，是模擬戰術的，㈡曰文舞，用羽籥，是模擬翟雉的春情的。」「全套的萬舞總歸是以武舞開始，以文舞結束的。這裏，『有力如虎，執轡如組』二句指武舞，『左手執籥，右手秉翟』一句指文舞。文舞所模擬的，上面已說過，是翟雉的春情。」「這種舞容，對於熟習它的意義的，是頗有刺激性的。」正由於萬舞的文舞能刺激人的感官，因而它在一定程度上可以迷惑、蠱惑異性。楚令尹子元勾引寡婦文夫人即是一例：「楚令尹子元欲蠱文夫人，爲館於宮側，而振《萬》焉。夫人聞之，泣曰：『先君以是舞也，習戎備也。今令尹不尋諸仇讎，而於未亡人之側，不亦異乎？』」[54]這說明，萬舞的尚武部分本是用以習戎備的，而文舞部分確有蠱惑異性作用，令尹子元利用了其文舞部分，用以蠱惑文

---

[54]《左傳・莊公二十八年》。

夫人，引起了文夫人極大反感。可見，萬舞的性質是雙重的：武者，舞干戚，習戎備，可威懾敵人；文者，舞羽籥，具性感，能刺激人的感官。

在上文引述的甲骨卜辭中，我們還注意到，萬舞與雨的關係比較密切，幾乎每句有關萬及萬舞的句子，都涉及到了雨，這使我們自然聯想到，萬舞很可能是一種祭祀求雨時的舞，或至少文舞部分與求雨有瓜葛，它的所謂蠱惑異性的作用，同上文言及的原始宗教祭祀表現粗野的猥褻、性交動作顯然有一致之處，祭祀、性愛、求雨三者合一的歌舞，體現了上古時代人們信奉的巫術交感原理。

萬舞除了文武兼備、可用以軍事及表現性愛外，還可用以祀先妣祖先。《詩・商頌・那》云：「猗與那與！置我鞉鼓。奏鼓簡簡，衎我烈祖。湯孫奏假，綏我思成。……庸鼓有斁，萬舞有奕。」這是寫祀祖先時用以萬舞。《小雅・賓之初筵》也有同類記載：「籥舞笙鼓，樂既和奏，烝衎列祖，以洽百禮。」這裏的「籥舞」即指萬舞的文舞。又，《魯頌・閟宮》寫祭祀周祖先姜嫄，曰：「萬舞洋洋，孝孫有慶。俾爾熾而昌，俾爾壽而臧。」也是萬舞用於祭祀先妣祖先的表現，它符合《周禮・春官・籥師》所載：「籥師掌教國子舞羽吹籥，祭祀則鼓羽籥之舞。」

楚令尹子元以萬舞蠱惑文夫人，我們已可見萬舞具有放縱、冶蕩、刺激性感的作用，《墨子・非樂》中所寫夏啟觀萬舞的情景，又是這方面的一個佐證，它可以證成本文前已述及的夏啟觀《九歌》而「自縱」「媮樂」的原因：「啟乃淫溢康樂，野於飲食，將將鍠鍠，筦磬以方，湛濁於酒，諭食於野，萬舞翼翼，章聞於天，天用弗武。」

另外，萬舞在音樂節奏表演上是九奏、九變，對此，《呂氏春秋・古樂》有云：「夏龠九成」，孫詒讓注：「則《大夏》蓋亦九變而終。」指出萬舞的文龠舞是九奏（九變、九成與九奏同義）。《史記・趙世家》載：「……我之帝所，游於鈞天，廣樂九奏萬舞。」說明萬舞是九奏。

由此，我們系統地闡述了萬舞的本義、內容、性質及其表現形式。從以上闡述者，我們發現，萬舞與原始《九歌》是非常相類的，因此，我們是否可下這樣一個判斷，即：萬舞、原始《九歌》與今存《九歌》之間存在著這樣的系列演化——萬舞⟷原始《九歌》⟶《九歌》。這當中，原始《九歌》與萬舞是兩個互爲類似的東西，是否完全合一，因尚無確鑿資料，筆者不敢妄下論斷，但至少關係密切，甚至你中有我、我中有你；至於原始《九歌》與今存《九歌》的關係，則毋庸贅言，顯然是屈原從中起了再創造的作用，具體來說，原始《九歌》即夏啟《九歌》，夏亡後，它逐漸流傳至民間，在沅湘一帶成爲民間祭祀巫歌，屈原藉以加工改製，而成今日我們所見之《九歌》。

《九歌》作於懷王十九年春

《九歌》作於何時？這是《九歌》研究中必要碰到的問題。歷代學者對此說法不一，大致可分爲「不一時」說與「一時說」兩類。持「不一時」說者認爲：「九歌不知作於何時，其數爲十一篇，或亦未必同時作也。」55 換言之，在「不一時」說者看來，《九歌》作於何時並不是一個問題，不必深究。贊同這一看法者爲數較少 56。大多數學者認爲，《九歌》係作於「一時」，但具體爲什麼時候，又可分爲幾種：

㈠放逐說　這一說最早的創始者是東漢人王逸，他在《楚辭章句》中說：「屈原放逐，竄伏其域，憂懷苦毒，愁思沸郁。出見俗人祭祀之禮，歌舞之樂，其詞鄙陋，因爲作《九歌》之曲。」隨後贊同附和者有朱熹（《楚辭集注》）、戴震（《屈原賦注》）、劉夢鵬（《屈子章句》）等，都認爲《九歌》乃作於頃襄王時，其時屈原被放逐於江南。清人王夫之雖也贊同放逐說，但他的看法與王逸略有差異，他認爲：「《九歌》亦應懷王時作，原時不用，退居漢北，故《湘君》有『北征道洞庭』之句。逮後頃襄信讒，徙原於沅湘則原憂益迫，且將自沉，亦無閑心及此矣。」57

㈡承懷王命說　馬其昶《屈賦微》認爲，《九歌》作於懷王十七年，係承懷王命而作，他說：「何焯曰：《漢志》載谷永之言云，楚懷王隆祭祀，事鬼神，欲以邀福助秦軍，而兵挫地削，身辱國危。則屈子蓋因事以納忠，故寓諷諫之詞，異乎尋常史巫所陳也。其祀案：懷王既隆

---

55 蔣驥：《山帶閣注楚辭・餘論》。
56 清人蔣驥、近人錢穆等。
57 （清）王夫之：《楚辭通釋》。

祭祀，事鬼神，則《九歌》之作必原承懷王命而作也。推其時，當在《離騷》前。」贊同此說的，有今人孫常敍、孫作雲等人。

(三)早期說　郭沫若《屈原研究》認爲，《九歌》是屈原早年得志時候所作，他說：「據我的看法，《九歌》應該還是屈原的作品，當作於他早年得意的時分，而不是在被放逐以後。」又，在《屈原賦今譯》中，他又說：「由歌辭的清新，調子的愉快來說，我們可以斷定，《九歌》是屈原未失意時的作品。」

對以上諸說，筆者不擬逐一評判。筆者認爲，要討論《九歌》作於何時，所能依據的條件主要是兩條：第一、屈原本人的身世經歷；第二、屈原作品（《九歌》）的內證。從第一條看，要確定《九歌》的寫作時間，最大的可能性是屈原一生中與祭祀歌舞最能發生關係的時期；從第二條看，必須是最能表明祭祀時期（季節、時間）的詩章或內容。從屈原一生看，他最可能與祭祀發生直接關係的時期，是在他任三閭大夫之職時；從作品內證看，最能反映祭祀時間的是《九歌》中的《東皇太一》與《國殤》，以《國殤》更重要。以下，筆者試對此二證作一闡發，而後再來確證《九歌》的寫作時間。

屈原的一生，除去童幼年，大致可分爲三個時期：早年得志時期，其時任懷王左徒官，甚得懷王信任，出入朝廷，應對諸侯，志滿意得；中年任三閭大夫時期，其先雖曾被懷王離疏，但畢竟是貴族後裔，且富才華，尚未完全失意，能有機會出使齊國，歸返後仍在朝廷供職，只是因黨人進讒，已不如早年那麼受信得志；暮年遭放逐時期，遠離朝廷與京都，惆悵失望，悲憤鬱悶，直至投身汨羅江。這三個時期中，屈原最有機會與可能接觸宮廷與民間祭祀的時期，只能是任職三閭大夫時（放逐江南時，雖有可能接觸民間祭祀歌舞，但宮廷祭祀恐怕是不可能了）。三閭大夫，王逸《楚辭章句》云：「三閭之職，掌王族三姓，曰昭、屈、景。屈原序其譜屬，率其賢良，以厲國士。」《七國考》卷一楚職官三閭大夫條（補）吳永章《楚官考》[58]云：「三閭大夫職掌王之宗族，與周的春官宗伯和秦的宗正類。」《周禮・春官・宗伯》載宗伯（大宗伯）係掌祭祀禮之職，謂曰：

「大宗伯之職，掌建邦之天神人鬼地示之禮，以佐王建保邦國。以吉禮事邦國之鬼神示。以禋祀祀昊天上帝，以實柴祀日月星辰，以槱燎祀司中司命飌師雨師。……」

而秦的宗正，即宗祝，《國語・楚語》注云：「宗主祭祀，祝主祝辭。」容庚先生說：「宗祝，告神之官，亦作祝宗。」[59]這就說明，楚之三閭大夫，掌王族三姓並兼祭祀祝辭之職，這無疑告訴我們，《九歌》的寫作必在屈原任三閭大夫時，因爲此前，他不大可能與祭祀有涉，而此後，

[58]《七國考訂補》（明）董說原著，繆文遠訂補，上海古籍出版社，一九八七年版。

[59] 引同[58]。

雖能見到民間祭祀，卻本人不會參與其間，要眞的創作系統的祭歌，其可能性也不大，如按放逐時期作的觀點看，那麼，屈原放逐期間的心緒與《九歌》的實際內容似乎不合拍，這用不著筆者詳作分析，讀者自可顯見。

再看《國殤》，這是最能說明屈原創作《九歌》時間的一篇。《東皇太一》篇雖能告訴我們祭祀的時令在春天，但具體在哪一時期哪一年，就難以考知了。由《國殤》我們可知，它是祭祀爲楚英勇奮戰犧牲的將士，藉以頌揚、告慰他們爲國、爲民捐軀的崇高英魂。其最可能舉行的時間是何時呢？據《史記·屈原列傳》可知，屈原於懷王十八年出使齊，當年返歸後即任三閭大夫，按這個時間推算，並結合《國殤》內容，我們認爲《國殤》所寫的戰爭極可能是懷王十七年（公元前三百一十二年）秦大敗楚軍於丹陽、藍田的戰役。原因有二：第一、丹陽、藍田戰役楚受重挫，是楚史上蒙受重大創傷之事，丹陽一戰，「斬甲七八萬，虜我（楚）大將軍屈匄，裨將軍逢侯丑等七十餘人，遂取漢中之郡。」[60]緊接藍田一戰，楚又大敗。這兩場戰役大大刺激了楚國上下，楚國爲此悼念死亡將士，祭奠他們的亡靈，舉行有楚君主親自參加的隆重國祭，完全有可能；第二、在時間上比較相合，十七年大戰，十八年屈原出使齊返歸，任掌祭祀之職的三閭大夫。因此，屈原撰寫包括《國殤》在內的《九歌》的時間，大約可能在懷王十九年春天；詩章直

---

[60] 《史記·楚世家》。

接反映祭楚將士亡魂的是：《招魂》——《國殤》——《禮魂》。

首先，《招魂》與《九歌》，在時間與地點上可相印。《招魂》的時令，在春天，其亂辭有曰：「獻歲發春」、「極目千里兮，傷春心」，清楚表明招魂儀式舉行於春時。《九歌》中的《東皇太一》最明顯地標明了時令，因它所祭是春神，自必在春季，這由本文前所論及與農事、生育繁衍相關的祭祀均發生於春時可證。《招魂》的地點，由詩中可知，極可能在水邊：「路貫廬江兮左長薄，倚沼畦瀛兮遙望博。」「湛湛江水兮，上有楓。目極千里兮，傷春心。」其確切地點是雲夢——「與王趨夢兮，課先後」是明證，《戰國策・楚策》所載是佐證：「楚王游於雲夢，結駟千乘，旌旗蔽日，野火之起也若雲霓。」此載雖不能證明《招魂》的內容，但可反映楚君主有「趨夢」的事實。《九歌》的祭祀地點，由上文（《求生長繁殖之歌》）已知是楚雲夢。這就表明了《招魂》與《九歌》在時地上的一致性。

其次，更重要的，《招魂》與《國殤》在先後順序上符合古人喪禮的程序。古人認爲，人死亡就是鬼魂離開人間到陰間生活，故喪禮中先要進行以告別爲內容的儀禮，告別之前，先確定人是不是眞死了，魂是不是眞離開人世了，爲此要舉行招魂儀式。招魂儀式的產生，正是出於企求復甦的希望，想招魂歸來，並同時以呼喚死者名字表示挽留與惜別，《禮記・檀弓下》載，招魂儀式，「復，盡愛之道也。有禱詞之心焉。望反諸幽，求諸鬼神之道也。」這招魂之後，即舉行哭喪禮，哭喪是人們因親人死亡心感悲傷的自然流露，同時以喪儀上的哭聲通知近鄰及親人，向即將離去的鬼魂表示惜別。哭喪後，死者變爲鬼了，《禮記·曲禮》曰：「卒哭乃諱。」於是哭訴，哭訴內容是贊頌死者生前的才能與功德，並進一步表示惜別[61]。我們看《招魂》，豈不就是喪禮中的招魂儀式？《國殤》豈不就是哭訴？——贊頌「魂魄毅兮爲鬼雄」，只是訴而無淚，更爲悲壯罷了。

這裏，還牽涉到兩個問題：一、《招魂》究竟是招誰？筆者認爲，毫無疑問，按上述分析，《招魂》所招乃楚將士或曰貴族武士之魂，筆者贊同林庚先生之論：「當然《招魂》中的對象主要的還是一些貴族武士們」，「他們在爲國捐軀這一點上是可尊敬的，但是他們的身份還是貴族，他們平日的生活與愛好也還是貴族的，《招魂》中舖張的描寫，富麗的宮室陳設與舞樂，對於這些亡魂來說，乃正是符合於生活眞實的。」[62]從屈原本人來說，他的貴族出身與任職地位，也決定了他會謳歌禮贊這些亡靈。二、既然《招魂》與《國殤》《禮魂》（後二者關係前已論及，此不贅）的關係如此密切，形同合一，爲何《招魂》獨立於《九歌》之外而單列篇章呢？這可能因著兩種因素的關係：一是《九歌》體制的約束，不允許《招魂》那樣過長篇幅，二是《國殤》《禮魂》已能表示祭人鬼，則《招魂》完全可獨自成篇。至於歷來爭議的《招魂》是招懷王之魂，乃至屈原自招或宋玉招屈原之魂，恐都不盡合情理。

---

[61] 參見朱天順《中國古代宗教初探》，上海人民出版社，一九八二年版，第一九二——一九三頁。

[62] 林庚：《詩人屈原及其作品研究·招魂解》。

最後一個問題，《九歌》中的宮廷祭祀與民間祭祀成分問題。筆者認爲，屈原寫作的《九歌》固然與祭祀有密切關係，有些部分可以說即是實際的祭歌的潤色修改之作，但可以肯定它並非是某次實際祭祀的實錄，其原因即《九歌》中既有宮廷祭祀成分，也有民間祭祀內容，最明顯而有代表性的，前者如《國殤》，後者如《湘君》《湘夫人》。筆者認爲，兩種祭祀內容的融於一體，並不奇怪，因爲，楚雲夢地區的祭祀不會宮廷祭祀排斥民間祭祀，兩者完全可同時舉行，或同地不同時舉行，甚至宮廷祭祀中滲有民間祭祀內容成分，因爲楚雲夢是楚民傳統祭祀與男女情歡樂舞之地；而屈原本人，他寫《九歌》，本身是一種文學創作，不會拘泥於某一次的祭祀，我們後人自不可苛求於他。

鑒此，筆者以爲，《九歌》創作於懷王十九年春這個時間大致不誤。

楚騷及楚文化論

一、論楚騷美

「金相玉質，百世無匹」、「氣往轢古，辭來切今，驚采絕艷，難與並能」，這是劉勰《文心雕龍·辨騷》中對《離騷》及其它楚辭作品所下的褒語。確實，楚騷高度的藝術成就與價值，爲當時、爲後世樹起了一座巍峨入雲的豐碑，這豐碑，不僅包容了文學意義——它是文學史上令人敬仰、贊嘆而又難以企及的高峰，開創了一代新風，「衣被」了百代詞人；而且具有光耀奪目的美學價值，以其「金相玉式，艷溢錙毫」，成爲我國古代美學寶庫中不可多得的瑰寶。

茲擬從五個方面就楚騷美作些闡發。

情感美

「書曰：『詩言志，歌永言』，哀樂之心感而歌咏之聲發。」❶「詩賦者，所以頌醜善之德，

❶《漢書·藝文志》。

泄哀樂之情也。」❷深深熱愛楚國的屈原，由於政治上接連受挫，理想抱負無法實現，遂將滿腔激情傾訴於詩章，從而使他的詩章充溢了豐富複雜的情感。這情感，集中體現了儒家理性主義美學基礎上的浪漫想像色彩，呈現出斑爛的圖案，它以「怨」爲核心內容，與理性融貫統一，而又著以多彩的神話、歷史、楚文化內涵，產生了激情奔放、極富生機的美感，強烈地撼動了讀者之心。

劉勰曾於《辨騷》篇中指出楚騷與《詩經》的「四同」「四不同」，這四同，是楚騷繼承儒家理性美學的一面，因而可見它與儒家經典《詩經》的相合：「其陳堯舜之耿介，稱湯武之祗敬，典誥之體也；譏桀紂之猖披，傷羿澆之顛隕，規諷之旨也；虬龍以喻君子，雲蜺以譬讒邪，比興之義；每一顧而掩涕，嘆君門之九重，忠怨之辭也。觀茲四事，同於風雅者也。」正是因爲屈原在理性主義美學上承襲了《詩經》的傳統，才會創制出與風雅怨刺能相合的篇章，對此王逸所說是不錯的：「屈原履忠被讒，憂悲愁思，獨依詩人之意而作《離騷》。」（《離騷敍》）所謂「依詩人之意」也即劉勰之「四同」。但是，「騷」畢竟不同於「風」，比之詩，楚騷自有其獨特的美感，這美感由「詩人之意」延伸至具體的文學形象，即表現出它與詩的四個方面的差異：「至於托雲龍，說迂怪，豐隆求宓妃，鴆鳥賊娀女，詭異之詞也；康回傾地，夷羿彈日，木

---

❷ 王符《潛夫論・務本》。

夫九首，土伯三目，譎怪之談也；依彭咸之遺則，從子胥以自適，狷狹之志也；士女雜坐，亂而不分，指以爲樂，娛酒不廢，沉湎日夜，舉以爲歡，荒淫之意也。」這四異，是楚騷超越儒家美學規範，表現出「雖取熔經意，亦自鑄偉辭」的獨特之處，尤其是所謂「狷狹之志」、「荒淫之意」，突破了儒家禮法傳統，「憑心而言，不遵矩度」[3]，是屈原毫無顧忌地發抒內心情感，表達情感美所運用的藝術手段。如果說「詩言志」是《詩經》之精髓所在，那麼「騷抒情」則是楚騷之特色體現。

且看楚騷中抒情詩人是如何展示他的情感之美的。

讀屈原全部詩作，尤其《離騷》，我們發現，一股澎湃的情感波濤始終不斷地在詩人筆下奔湧，它具有極爲豐富的內涵力：眞誠坦率的內心獨白，怒火中燒的厲聲叱吒，滿腹委曲的傾訴辯解，依依不捨的殷殷眷顧，抑鬱不平的極度悲傷……它們交織、流貫於詩章的句裏行間，逐漸匯聚成爲衝瀉而下的感情瀑布，時時衝擊著讀者心房，給人以美感的享受，喜怒哀樂皆成詩，它們一一織成了審美意象，構成了完美的審美意境。

詩人的理想是追求如堯舜時代的美政，爲達此目標，他一心企望楚王能效法前賢，修明法度，舉賢授能，振興楚業，內心的情感複雜而又眞摯。《離騷》詩中，他時而贊頌「堯舜之耿

[3] 魯迅《漢文學史綱要·屈原及宋玉》，《魯迅全集》第九卷，人民文學出版社，一九八一年版。

介」「遵道而得路」，時而譴責「桀紂之猖披」，「捷徑以窘步」，他懇切表白，自己願「奔走以先後」、「及前王之踵武」，只要「皇輿」不「敗績」，寧願「余身之殫殃」。然而，現實是嚴酷的，「衆皆競進以貪婪兮」，「各興心而嫉妒」，「荃不察余之中情兮，反信讒而齌怒。」詩人的情感不時掀起波瀾，他疾首痛心，他感嘆萬分，他不得不發出怨訴：「初既與余成言兮，後悔遁而有他」、「怨靈修之浩蕩兮，終不察夫民心」、「閨中既已邃遠兮，哲王又不寤」；面對奸黨們的無恥之行，他憤而斥之曰：「背繩墨以追曲兮，競周容以爲度。」後生們的背叛，他惋惜痛心：「哀衆芳之荒穢」、「哀高丘之無女」，整個社會風俗的敗壞，他又喟然長嘆：「世溷濁而嫉賢兮」「世幽昧以眩曜兮」。情感的波濤一發而不可止，奔騰起伏，有怨、有怒、有恨、有憤，錯綜交織，匯成一起。這情感更衝激了他的愛楚愛民之心：「長太息以掩涕兮，哀民生之多艱」，「阽余身而危死兮，覽余初其猶未悔。」客觀現實逼使詩人的情感逐步由高亢型，轉向低沉型，精神支柱也由堯舜而爲彭咸，進而走與彭咸同向歸宿之途❹。此時此刻，詩人的情感已發展至極點，雖然是低沉的表現，卻是升華後的結晶，是心靈、願望、情感撞擊後的最後美的集中體現，它的撼人之心處就在於此。

應該看到，詩人在展示上述豐富多變而又複雜情感時，其方式有它獨特的地方。最明顯的，

---

❹ 參見林興宅《離騷探勝》，載《藝術魅力的探尋》，四川人民出版社，一九八五年四月版。

與《詩經》相比，楚騷表現情感顯得更爲具體、細膩、豐富。《詩經》發抒悲憤之情，集中於國風與小雅部分，由於篇幅及篇章形式的局限，多半是單純反覆的哀喚與斥責，這同它以四言體制與重章疊句手法爲主是分不開的。而楚騷不然，它較之《詩經》篇幅大大加長，字數增多，表現手法也多樣紛呈，這就在描畫主人公情感變化時顯得更多起伏、更爲委婉、細膩，可以比較具體地展示情感衝突與波折的過程，從滿懷希望、滿腔熱情到逐漸失望、陷於痛苦之中，進而發展到彷徨四顧而上下求索，直至最終絕望自盡，都能淋漓盡致地表現出來，這是《詩經》遠不可比的。而且，楚騷在這種描述展現情感過程中，詩人本身的心理狀態、對外界的觀察描摹與反映、對歷史的回顧和追溯，都一一染上了情與理交融的成分，完全不似《詩經》那種簡單的陳述與呼喚。楚騷中，詩人情感的產生、發展與變化，貫穿了兩種無形的衝突力量的消長：詩人和以君主爲代表的社會的對抗、衝突；詩人自身積極參政與消極逃逸的心理對抗、衝突；在以上兩種衝突的矛盾對抗中，詩人以多種方式展示了情感美：其一，流貫始終的交織痛苦與憂愁情感的語彙與語調；其二，敍事中夾抒情，抒情中反覆出現感情的起伏與波濤；其三，情感的激流時而如山洪爆發，洶湧奔騰，時而又如山澗泉流，迴環往復，極爲眞切形象地再現了詩人內在豐富的情感。正是這些非單純的、非直線型的表現方式，才使人們對詩篇所創造的美留下了極爲強烈的感受，那麼深刻、那麼鮮明、那麼難忘。在展示美的過程中，詩人還注意運用了多種修辭手法，特別是比擬與想像，將詩人的內心情感化爲了一幅色彩艷麗動人的畫面，爲讀者塑造了一位有血有肉立體的抒情主人公形象，極大地增強了審美感染力；即使是借來作比喻的花草鳥獸，也被一一賦予了感情色彩，擬人化了，爲審美對象主人公服務，使讀者得以充分領略審美意象，獲取美的感受。

形象美

可以說，全部二十五篇屈原作品（據《漢書・藝文志》）爲讀者完整而又立體地塑造了一位志行高潔，「雖與日月爭光可也」的主人公高大形象。這個形象充滿了美感：他既有「內厚質正」、充實高尚的「內在美」，又能處處表現出由「內在美」而生發、延展的外在美；這是個令人崇敬、富有魅力的人物形象。從作品實際，結合屈原身世看，這個人物正是屈原自身形象的寫照，是現實與文學寫意合於一身的典型。

我們試看詩篇爲我們展示的形象。

《離騷》一開篇，即披露了主人公的形象美。「帝高陽之苗裔兮，朕皇考曰伯庸」——這是世系美，屈原的家世具有令人自傲的譜系；「攝提貞於孟陬兮，惟庚寅吾以降」——這是生辰美，恰在黃道吉日降生；「皇覽揆余於初度兮，肇錫余以嘉名。名余曰正則兮，字余曰靈均。」——這是命名美；先天即具備如此優越的美因，顯然爲主人公的形象美提供了基礎條件。但這還未包涵內美的全部，《橘頌》中，詩人又吐露了自己先天具有的秉性美：「秉德無私，參天地兮」、「受命不遷，生南國兮」、「嗟爾幼志，有以異兮。獨立不遷，豈不可喜兮」。這還不够。《抽思》曰，「善不由外來兮，名不可以虛作。」「憍吾以其美好兮，覽余以其修姱。」《懷沙》曰：「內厚質正兮」「文質疏內兮，眾不知余之異采。」可見，屈原先天具有的內美，是如此之多，這秉賦素質，在他未登上社會與政治舞臺前，即已充分具備了，無疑爲整個外在形象美奠下了堅實的基石。

然而，對屈原自己來說，他並不滿足於已有的內美，他還要努力追求外在美——加緊修身，以種種美德修養自己，從而不斷充實內在美。《離騷》一詩告訴我們，詩人時時處處在注意修飾外在美：「紛吾既有此內美兮，又重之以修能。扈江離與辟芷兮，紉秋蘭以爲佩。」「朝搴阰之木蘭兮，夕攬洲之宿莽。」「攬木根以結茝兮，貫薜荔之落蕊。矯菌桂以紉蕙兮，索胡繩之纚纚。」「制芰荷以爲衣兮，集芙蓉以爲裳。」這裏，江離、辟芷、秋蘭、木蘭、宿莽等香花美草，在作者筆下，既用作飾身的裝飾品，更是修養美德的象徵。對這種修身，詩人始終樂而不倦，甚至作爲終生努力的目標，「民生各有所樂兮，吾獨好修以爲常。」「好修」成了鑄就他外在美與內在美完整統一的必由途徑與手段。正由於堅持「好修」，他才會幼年「好」「奇服」，直至年老而不衰；也正由於「好修」，他才會在遭放逐途中遇漁父而以堅定不移的理想追求之辭答之：「吾聞之：新沐者必彈冠，新浴者必振衣。安能以身之察察，受物之汶汶者乎？寧赴湘流，葬於江魚之腹中；安能以皓皓之白，而蒙世俗之塵埃乎？」「好修」使屈原達到了內美與外美高度統一與融合；「好修」使屈原能始終堅持「獨立不遷」的人格美、孜孜不倦地「上下求索」，即使在極其惡劣的逆境下，也能爲完成自身完美人格的塑造而忘卻一切，直至生命。車爾尼雪夫斯基曾說：「要是一個人的全部人格，全部生活都奉獻給一種道德追求，要是他擁有這樣的力量，一切其它的人在這方面和這個人相比起來都顯得渺小的時候，那我們在這個人身上就看到了崇高的善。」❺這善，也即美——人物的形象美、人格美。

讀楚騷，展現在讀者面前的，確是一個高大的審美形象：他不僅在先秦時代，而且在整個封建時代，都堪爲士大夫們的表率——一個有理想、有抱負，爲了理想不屈不撓奮鬪，直至爲之獻身的愛國政治家與文學家。我們後人從這個人物形象身上，分明領略到了特有的美。

自然美

劉勰在《文心雕龍·辨騷》中曾對楚騷所表現的自然美下過這樣的褒語：「論山水，則循聲而得貌；言節候，則披文而見時。」此語可謂擊中肯綮，形象地勾畫了楚騷自然美的特徵。

應該承認，屈原時代，文學家對自然山水的描繪尚未成爲一種自覺的意識，即並非爲畫山水而寫山水，而只是將山水作爲作品中的一種「媒介」——作爲陪襯或輔助手段，以通過「比興」，達到抒情感懷的目的。但是，不可否認，楚騷中確實相當多地描畫了山水（包括花草鳥獸），這些描畫本身，雖主旨並非在於山水，卻客觀上展示了山水之自然美，給人一種美感，並烘托了主

❺ 車爾尼雪夫斯基《論崇高與滑稽》，《車爾尼雪夫斯基文集》中卷，三聯書店，一九五八年版。

人公形象，渲染了詩旨。

讀《離騷》，我們最能清楚看到，詩中大量寫到了大自然的諸景諸物，它們或香美，或惡臭，其形、色、味，各具姿色，各寓其意。

當主人公將香花美草「繽紛其繁飾兮」，花草們就「芳菲菲其彌章」，顯示了自然界植物的本色美，寄托了主人公修養美德而展現的形象美。爲尋求理想境界，主人公苦苦上下求索時，一句「何所獨無芳草兮」，似在告誡他：你何必苦苦淹留於故國？哪裏不能施展你的才華？這芳草，隱喻了楚之外的境界，它比楚境內的狀況好得多，這是自然美對政治社會與國度的一種形象借代與折射反照。王逸說得對：「善鳥香花，以配忠貞，惡禽臭物，以比讒佞。」❻屈原這樣做雖只是將自然界的有機物作爲比喻的參照物，然其本身能說明，自然物具有美感，它可作爲形象比喻的對象，即使是惡草臭草，也能顯示其「醜爲美」的特殊審美價值。

楚騷中，描寫自然山水的佳句甚多，它們雖說並不是完整典型地表現自然本身，但其對詩中的人物形象，對渲染詩的氣氛、體現詩的旨意，是起了一些作用的。例如，《九歌・湘夫人》中描寫神神戀愛所涉及的自然山水環境：「帝子降兮北渚，目眇眇兮愁予。裊裊兮秋風，洞庭波兮木葉下。登薠兮騁望，與佳期兮夕張。鳥何萃兮蘋中，罾何爲兮木上？沅有芷兮澧有蘭，思公子

❻ 王逸《楚辭章句・離騷序》。

兮未敢言。荒忽兮遠望，觀流水兮潺湲。」這裏，「裊裊兮秋風，洞庭波兮木葉下」兩句，點明了時令季節與湘君身處的地點環境，這時令，這環境，以及秋風木葉下的氛圍，讓讀者能自然地體味人物其時其境下的心理感受。湘君遠望之地乃秋草生長之處，目及之物勾起了他的思戀與遐想，那潺潺的流水，既是湘君所目及的，更象徵了他的思緒，猶如流淌不止的河水。整個大自然的山水環境與景物，在此詩中極好地烘托了詩的意境與人物的感情心理，令人在品味之餘充分領略到了自然美。《九歌・山鬼》一詩，幾乎通篇寫到了山水之景，前半描繪了山鬼的外貌、神態、動作，以及所處環境，它們無不與自然界的諸景、物連繫：「被薜荔兮帶女蘿」「被石蘭兮帶杜衡，折芳馨兮遺所思。」「余處幽篁兮終不見天，路險難兮獨後來。」「云容容兮而在下」「杳冥冥兮羌晝晦，東風飄兮神靈雨。」「采三秀兮於山間，石磊磊兮葛蔓蔓。」後半部分詩寫山鬼的所思所念，也與自然山水環境緊相聯繫：「山中人兮芳杜若，飲石泉兮蔭松柏。」「雷塡塡兮雨冥冥，猿啾啾兮狖夜鳴。」「風颯颯兮木蕭蕭」。山鬼在詩中，既是山鬼本身，也是自然的化身——與自然界的山水環境高度化合，使人讀之會深深被此境此景中的山鬼所吸引，並從而感受到自然的險美。又如《橘頌》，雖然作者的著眼點並不在於描寫橘本身，而是借橘自喻，但詩人筆下橘的形象，卻也透出了一種自然美：「綠葉素榮」、「曾枝剡棘」、「紛縕宜修，姱而不醜」、「青黃雜糅，文章爛兮」，這美，不單純是自然美，還蘊含了作者特賦予的人格美：它（橘）具有兩重美。

最可表現自然山水之美，並藉山水美抒發情懷的，當數宋玉的代表作《九辯》。《九辯》詩一開首即展示了一幅悲涼的秋色圖：「悲哉秋之爲氣也！蕭瑟兮草木搖落而變衰。……登山臨水兮送將歸。泬寥兮天高而氣清，寂寥兮收潦而水清。……燕翩翩其辭歸兮，蟬寂漠而無聲；雁雍雍而南游兮，鵾雞啁哳而悲鳴。」儼然使人彷彿置身於秋山秋水秋色之中。宋玉的這悲秋佳句，成了歷代詩人詠嘆秋色、抒發悲涼情懷的典範之句，始終沿襲不絕；而宋玉本人，這種表現本身無疑乃驅自然於筆端，以自然山水展露自我情感，從而使人物的內心感情流露無遺。

當然，我們也應指出，在屈原時代，表現自然美的意識尙屬朦朧、萌芽狀態，作爲一種藝術表現，它也基本上屬於比興手法；儘管如此，從楚騷美角度看，自然美是客觀存在的，它對早期詩的審美意象的形成確實起了作用。

悲劇美

如果說，屈原一生的實際遭遇與最後歸宿是一齣歷史的悲劇，時代的悲劇，那麼，他所寫下的全部詩篇，尤其長詩《離騷》，則是這齣歷史悲劇的眞實反映，它們構成了一部具有眞實內容、高超藝術魅力、能深撼人心的藝術悲劇。從這個意義上說，屈原堪稱中國文學史上的悲劇之父。屈原的藝術悲劇，使每個讀者發生共鳴，並隨之產生特殊而又崇高的審美感，它能陶冶人的道德情感，使之達到或接近道德判斷與實踐意志，從而充分領受悲劇美。

從某種角度說，屈原的形象實際即是普羅米修斯式的形象，這個形象，是個甘願作出自我犧牲而一定要爲楚國與楚民利益奮鬪的受難者的形象，是個苦戀式的、痛苦追求的悲劇形象。

從楚騷我們可以看出，屈原將自己全部熾熱的感情、滿腔的哀怨都溶化進了自己畢生的苦苦追求之中，他的詩篇，是這種苦苦追求、艱難奮鬪歷程的眞切記錄，是他深摯情感由熾熱演化爲絕望的如實反射。這記錄、這反射，正是藝術悲劇生動形象的展示。屈原是以滿懷改革熱望登上政治舞臺的，然而，由於昏庸君主優柔寡斷、反覆無常、忠奸不辨、良莠不分，致使屈原由痛心而絕望，由苦悶彷徨而最後「從彭咸之所居」，以悲劇的結局了結了自己的生命。歷史的悲劇因此釀成，並自此在九州大地上激成餘響，至今不絕。應該看到，屈原這種以身殉理想、以悲劇形式了結一生，並非一般意義上的死亡，他這是以死告誡、警醒君主，企圖使他們從他的身亡中有所醒悟——這在當時雖屬近乎可笑的舉動，但對屈原而言，畢竟是終生追求理想美極度升華的表現，值得欽佩，值得贊頌。魯迅先生說得好：「悲劇將人生最有價值的東西毀滅給人看。」❼楚騷也正是如此，它將屈原一生中最有價值、最寶貴的生命的毀滅，活生生地演給了每個人看，使他們在拋灑同情、悲憫之淚的同時，升騰起一種崇敬與仰慕，這個過程，就是悲劇的巨大魅力與藝術感染力在發揮著潛移默化的作用，就是悲劇美的實際效應。

悲劇已經造成了，對於悲劇造成的緣由理該有所追究，以資作爲歷史的教訓——這對探討悲

❼ 魯迅《再論雷峰塔的倒掉》，載《魯迅全集》第一卷《墳》。

劇美的產生恐也不無裨益。毫無疑問，社會歷史條件，或者說，楚國特殊的政治歷史條件，是造成屈原這場悲劇的時代與歷史的首要原因；然而僅此並不全面，還有屈原本人的因素，——他的孤傲、執著、耿直的個性，倘無此，他恐不至於在那種歷史條件下，始終不願俯就於塵俗，始終不願出走他鄉異國，始終迷賴於君主；悲劇之悲，正在於此——這是絕不可忽視的個人因素；然而也正由於此，後人才會贊美他、謳歌他——一個執著地追求現想的哲人。這是相反相成之理。正因爲有了此理，才鑄成了悲劇，也才引出了悲劇美。

形式美

「其文辭麗雅，爲詞賦之宗」，「雖取熔經意，亦自鑄偉辭。」這是劉勰高度評介楚騷形式美之語。沈約《宋書・謝靈運傳論》一文也褒獎楚騷之形式美，曰「英辭潤金石」。就是對屈原持貶抑態度的班固，也不得不嘆服楚騷：「其文弘博雅麗，文詞賦宗，後世莫不斟酌其英華，則象其從容。」（《離騷序》）確實，楚騷在語言形式上，爲當時及後世的辭賦詩文作出了楷模，它巧妙地將作品內在的訴之於理智的善的內容，化作了外在的訴之於感官的美的形式，從而突出了作品的審美價值，使作品具有了濃鬱鮮明的形式美。

楚騷的形式美大致反映在三個方面：

㈠結構美　如果我們將楚騷同《詩經》略作對照，會清楚發現，兩者在結構上基本迥異。《詩經》篇幅短小，句式大多四言，結構較整飭；而楚騷篇幅宏大（個別除外），句式大多雜言，結構複雜多變，於變化中顯統一。値得注意的是，楚騷結構上的這種特點，後世也幾乎無可與之四比者。以《離騷》言，它篇章宏偉，結構複雜，氣勢不凡，整首詩完全擺脫了《詩經》重章叠句章法結構，而代之以長篇巨制形式，並時有起伏變化。從句式看，詩篇短者五言，長者九言，一般六至七言；從段落層次看，全詩共數十個層次，總結構分爲三大層；三百九十三句、二千四百九十字的長詩，毫不顯臃腫、龐大；這些，在詩人才思運籌下，形成了敍事與抒情融爲一體、記敍與描繪穿插自然、矛盾與情感交相展現，既大起大落、縱橫開闔，又互相聯結、緊密相扣，行文自如、變化莫測，結構與內容水乳交融的結構美。這種新奇而又和諧的結構美，使《離騷》在詩歌發展演變史上成爲獨創一格、卓然百代的嶄新詩體。

同時需要指出的是，楚騷的結構並不限於《離騷》一式，二十五篇屈原作品，既有騷體型（如《離騷》、《九章》、《九歌》等），也有四言型（如《招魂》、《大招》、《天問》等），又有發問型（《天問》）與答問型（《卜居》、《漁父》）；這就充分顯示了楚騷多姿多彩的結構美。

㈡行文美　「交錯爲文，遂生壯采」，這是楚騷的又一特色。通讀楚騷，我們發現，行文的錯綜多變，是楚騷行式美的一大特點。以詞語爲例。《離騷》一詩中，詩人自稱之詞，有五種之多，曰：余、吾、朕、予、我，一首詩中變換多種人稱詞，可見作者刻意追求行文多采之用心。動詞使用多變亦是一例。「余既滋蘭之九畹兮，又樹蕙之百畝。畦留夷與揭車兮，雜杜衡與芳芷。」四句詩中，四個動詞，表達的意思卻是同一的：滋、樹、畦、雜——栽培（培植），充分體現了多采多姿，避免了乏味單一。句式靈活變化又是一例。許多句式採用了置換手法，或前置形容詞，或後置副詞，婀娜多姿，令人眼花目眩。如：「紛吾既有此內美兮」的「紛」字，原應置「此」後，卻將其置於句首；「耿吾既得此中正」之「耿」字特置於首；「高翺翔之翼翼」「神高馳之邈邈」均將「翼翼」「邈邈」後置；這樣的變換，使句式不至於呆板，起到了突出、強調的效果，達到了頓挫、錯落之美。在變化的句式中，詩人還注意了整齊中有變化，統一中顯靈活的行文技巧與節奏藝術，如《哀郢》有曰：「去故鄉而就遠兮，遵江夏以流亡；出國門而軫懷兮，甲之朝吾以行；發郢都而去閭兮，怊荒忽其焉極。」六句詩中，奇數行句式一致，偶數行句式變化，打破了一般詩句只注意對應句句式變化的陳式。再如「兮」字，作者在運用中避免了劃一，並不一律用於句末，而是依據感情與內容的不同需要，或置句末，或置句中，形成了行文的錯綜美，給讀者增加了韻味感。至於爲節奏變換、避免板滯而生的別具匠心的生動句式行文，楚騷中可謂比比皆是，不勝枚舉。詩人以其驚人的詩才，自如駕馭詩歌語言，創造了行文句式高度和諧完美的藝術精品，給後世留下了美的標本。

㈢韻律美　讀楚騷，我們還有一個共同眞切感受，它在詩的韻律方面也造詣精湛，令人嘆服。試看詩章中的韻律安排。據湯炳正先生考證[8]，楚騷的韻在詩句中位置變化多端：有第一句

---

[8] 參見湯炳正《屈賦新探·屈賦語言的旋律美》，齊魯書社，一九八五年版。

首字與第三句首字相韻，第二句尾字與第四句尾字相韻的「首尾韻」；有第一句句中字與第三句句中字相韻，第二句尾字與第四句尾字相韻的「中尾韻」；有第一句尾字與第三句尾字相韻，第二句尾字與第四句尾字相韻的「交叉韻」；另有「隔句韻」、「句句韻」等等。如此眾多的複雜韻律形式，無疑爲楚騷美起了促進作用，更好地造成了迴環往復、韻味濃郁的效果。同時，在韻的使用中，詩人除了運用一韻到底的形式外，在一些詩章中還出現了「轉韻」與「換韻」形式，造成了詩歌韻律上的漸變與突變：轉韻——漸變，換韻——突變，爲長篇巨制詩歌展示詩人豐富複雜內心提供了充分的表現方式，使詩歌語言更趨音樂化，更生動精彩。可以說，韻律美在誦讀或演唱的音樂功能方面，爲楚騷美添了異彩。

二、漢代擬騷詩之興盛

屈原作品（簡稱屈騷）問世以後，影響所至，不僅同時代的宋玉、唐勒、景差等相率仿之，創作出一批騷體詩，其與屈騷一起被後世統稱爲「楚辭」，而且這種影響波及兩漢，使兩漢文壇辭賦風靡。人們在追溯和探討屈騷對漢代文學影響時，往往比較注意賦的產生與興盛，卻忽略了漢代詩壇上曾經一度興盛的文人詩——極度模擬屈騷而生的擬騷詩。兩漢文壇，一方面詩歌創作不景氣，除樂府民歌外，文人詩無論數量與質量均不甚高，這同文人們由於社會因素影響而大量創制賦有密切關係；另一方面，必須看到，擬騷詩的創作並不寂寞，至少從現存資料可知，當時一批較有影響的文人大多都有作品問世，如：賈誼《惜誓》、淮南小山《招隱士》、東方朔《七諫》、嚴忌《哀時命》、王褒《九懷》、劉向《九嘆》、王逸《九思》（以上據王逸《楚辭章句》）、賈誼《弔屈原賦》、《鵩賦》（據朱熹《楚辭集注》），以及揚雄的《反離騷》、《廣騷》、《畔牢愁》（據《漢書‧揚雄傳》）。擬騷詩在漢代的大量出現，畢竟是文學史上一個值得引起注意的文學現象，因而有必要對其產生與興盛原因作一探討，以體察文學發展規律。

原因之一：閔傷屈原，「彰其志」。

擬騷詩之所以產生並興盛，首先在於創制者感傷屈原的身世遭遇、欽敬他的人格美德。從時間上說，漢代離屈原時代甚近，屈原的影響未泯，對漢代文人自然有所促動。《史記‧屈原賈生列傳》載：「自屈原沈汨羅後百有餘年，漢有賈生，爲長沙王太傅，過湘水，投書以弔屈原。」賈誼因有與屈原相似的被貶職流放的遭遇，因而同情憫傷屈原的感情特別深切。他的《弔屈原賦》，思想內容上憑弔屈原，感慨自身，藝術形式上幾乎完全仿騷體詩。清人程廷祚《騷賦論云：「賈生以命世之器，不意其用，故其見於文也，聲多類騷，有屈氏之遺風。」司馬遷將屈原與賈誼合列爲一傳，原因即在於此。除賈誼，漢代其它一些撰寫擬騷詩的文人，其創作動機也大多與「閔傷屈原」「彰其志」有關：淮南小山作《招隱士》，乃「閔傷屈原，……雖身沉沒，名德顯聞，與隱處山澤無異，故作《招隱士》之賦，以彰其志也。」東方朔作《七諫》，爲「追憫屈原，故作此辭，以述其志，所昭忠信、矯曲朝也。」嚴忌作《哀時命》，乃「哀屈原受性忠貞，不遭明君而遇暗世，斐然作辭，嘆而述之。」王褒作《九懷》，因「讀屈原之文，嘉其溫雅，藻采敷衍，執握金玉，委之汚瀆，遭世溷濁，莫之能識。追而愍之，……」劉向作《九嘆》，因「追念屈原忠信之節」，「嘆者，傷也，息也。言屈原放在山澤，猶傷念君，嘆息無已，所謂贊賢以輔志，騁詞以曜德者也。」（以上引文均據王逸《楚辭章句》）王逸作《九思》與《楚辭章句》，其動機的主要成分，也是「讀《楚辭》而傷愍屈原，故爲之解。」「與屈原同土共國」，出於「悼傷之情」，否則他不會說：「屈原終沒之後，忠臣介士游覽學者讀《離騷》《九章》之文，莫不愴然，心爲悲感，高其節行，妙其麗雅。至劉向、王褒之徒，咸嘉其義，作賦騁辭，以贊其志。」這話既點明了西漢人作擬騷詩的緣由，也表白了他本人的心緒。聯繫司馬遷在《史記·屈原列傳》中的一段話，更可說明這種分析：「余讀《離騷》、《天問》、《招魂》、《哀郢》，悲其志。適長沙，觀屈原所自沉淵，未嘗不垂涕，想見其爲人。」司馬遷是歷史上爲屈原作傳的第一人，如不是「閔傷屈原」「彰其志」，恐不至於寫得如此懇切動人。

原因之二：「其文弘博麗雅，爲辭賦宗」。

擬騷詩的產生與興盛，與屈騷高超絕倫的藝術技巧與風格有密切關係。文學史上常有這樣的現象：一代文壇上出現某種文體或文學樣式的創作高潮，其緣由，除了歷史的與社會的因素外，相當程度上與前代或當代文壇上某一著名作家創造了一種新樣式的具有巨大藝術魅力與影響的文學作品有關。屈原創作的《離騷》等作品即是一個典型，它們問世以後，風靡文壇，波及後代，折服了無數讀者，贏得了人們衆口一致的贊賞和風湧般的效仿、模擬。即使指斥屈原、反對屈原「露才揚己」的班固，也不得不爲之折服，承認曰：「然其文弘博麗雅，爲辭賦宗，後世莫不斟酌其英華，則象其從容。自宋玉、唐勒、景差之徒，漢興，枚乘、司馬相如、劉向、揚雄，騁極文辭，好而悲之，自謂不能及之。」（《離騷序》）王逸的評價更高，他說：「楚人高其行，瑋其文采，以相教傳。……後世雄俊，莫不瞻慕，舒肆妙慮，纘述其詞。……屈原之詞，誠博遠矣。自終沒以來，名儒博達之士，著造詞賦，莫不擬則其儀表，祖式其模範，取其要妙，竊其華藻。所謂金相玉質，百世無匹，名垂罔極，永不刊滅者矣。」劉勰《文心雕龍・辨騷》中也高度褒揚了屈騷之藝術價值與影響，劉勰指出，後代文人之所以會相率仿效，根本原因在於屈騷乃「詞賦之英傑」，它「取鎔經意」，「自鑄偉辭」，具有「驚采絕豔」特色。不過，我們尚需同時指出，儘管屈騷具有高度藝術成就，但它的模擬者大多藝術價值不高，除賈誼《弔屈原賦》、淮南小山《招隱士》尚具特色、爲人稱道外，其餘作品對後世很少影響，其原因主要在於擬騷詩創制者缺乏屈原那樣的感性體驗與眞實感情，藝術造詣也欠缺。這就更加說明文學作品的成敗與作家的身世經歷、創作激情、藝術功力等均甚有關係。

原因之三：漢代的社會條件與統治者的喜好。

漢代社會，尤其西漢初、中期，政治、經濟、軍事都出現了空前強盛的局面，《史記・平準書》云：「漢興七十餘年之間，國家無事。非遭水旱之災，民則人給家足。都鄙廩庾皆滿，而府庫餘貨財。京師之錢累巨萬，貫朽而不可校。太倉之粟陳陳相因，充溢露積於外，至腐敗不可食。眾庶街巷有馬，阡陌之間成羣，而乘家牝者擯而不得聚會。守閭閻者食粱肉，爲吏者長子孫，居官者以爲姓號。」經濟上出現的這種繁榮局面，爲統治者實現雄圖大略，鞏固加強政權，提供了基礎。由於君主（尤其漢武帝）的擴展地域、重視經濟文化交流，刺激了漢代社會農業經濟和工商業的進一步發展，這些都爲漢統治階層享樂腐化提供了客觀條件。在國家繁榮昌盛局面出現的情況下，統治者更多地追求聲色犬馬之類的享樂手段與腐化生活，表現在文化娛樂上，喜好辭賦即是西漢幾個帝王的共同興趣。漢代統治者喜好辭賦，無疑是促使賦在漢代文壇上興盛的重要原因，而這同時也間接影響了模擬辭的產物——擬騷詩。《漢書·揚雄傳》載，漢武帝時，「初，安入朝，獻所作《內篇》，新出，上愛秘之。使爲《離騷傳》，旦受詔，日食時上。」《史記·張湯傳》載，「始長史朱買臣，會稽人也，讀《春秋》，莊助使人言買臣，買臣以楚辭與助俱幸，侍中，爲太中大夫，同事。」漢宣帝也喜好楚辭，他認爲「辭賦大者與古詩同義」，並曾因需修武帝故事而「征能爲楚辭九江被公，召見誦讀。」（《漢書·王褒傳》）不僅如此，漢統治者還以辭賦取官，武帝時，司馬相如、東方朔、枚臯等因辭賦而得官，宣帝時，王褒、張子僑，成帝時揚雄等，均以辭賦入仕，這種現象到了東漢，才稍有轉變。統治者對辭賦的這種喜好與提攜，在漢代形成了一股君倡於上、臣應於下的世勢，這對擬騷詩的興盛，也多少起了一定的影響。

原因之四：崇經風氣的影響。

漢代自武帝始，尊崇儒家經學蔚成風氣，武帝採納了董仲舒的主張後，「罷黜百家，獨尊儒術」成爲漢代統治學術思想界的壓倒一切的傾向，在這種傾向影響下，文壇出現了一場對屈原作品是否合乎經義的爭論：以揚雄、班固爲代表的一派（班爲主），認爲屈騷「皆非法度之政、經義所載」（《離騷序》），予以斥責非難；以王逸爲代表的另一派，針鋒相對地持反對意見，認爲「《離騷》之文，依托五經以立義焉。『帝高陽之苗裔』，則『厥初生民，時惟姜嫄』也。『紉秋蘭以爲佩』，則『將翺將翔，佩玉瓊琚』也。『夕攬洲之宿莽』，則《易》『潛龍勿用』也。『駟玉虬而乘鷖』，則『時乘六龍以御天』也。『就重華而陳詞』，則《尚書》《咎繇》之謀謨也。『登昆侖而涉流沙』，則《禹貢》之敷土也。」（《楚辭章句序》）他們的爭論都以儒家經義爲標準，各抒己見，相持不下，顯然是當時崇儒尊經風氣使然。這種爭論本身，體現了漢代以王逸爲代表（也應包括班固等人）的文人們對屈騷的推崇，正由於此，他們才會效而仿作之。（西漢初的擬騷詩與此瓜葛不大，詳下。）

原因之五：楚漢文化的繼承關係。

這是個不很顯著，然也不可忽略的因素。戰國時代的楚國，其國祚並沒由漢代所承延，中間相隔了秦滅六國並統一中國的歷史時期。秦儘管滅了楚國，但楚文化卻並沒因此被滅絕，也沒被秦所同化，相反，它由漢所承繼，並得以有了一定程度的發展。其原因，主要在於秦統治歷史短暫，秦文化的生命力不如楚文化，且西漢開國初創階段君主將相大多爲出生於楚地的楚人，這些因素，造成了漢代文化是楚文化的延續與發展，這樣一個中國文化史上特殊的現象。這種現象的跡象我們可以從保存至今的漢初詩歌中見出。秦末漢初之際，項羽所歌《垓下歌》，劉邦所唱《大風歌》，均係具楚風特徵的楚歌；漢朝宮廷中奏唱的歌曲，亦大多爲楚聲歌，據丁福保《全漢三國晉南北朝詩》卷一至卷三所錄漢詩，除民歌及部分五言、雜言詩外，相當部分是楚聲詩（楚歌），其中卷一部分十九首詩，楚聲詩占了十三篇。另，從考古發掘也可見出，秦暴政並沒能截斷楚文化傳統，大量出土的漢墓文物證實，楚風俗、楚文化對漢代影響甚深。文化傳統的繼承性告訴我們，漢代文人大量創作擬騷詩並非偶然，其中文化繼承因素起了一定作用。（詳見下文）

以上我們簡略地從五個方面剖析了擬騷詩在漢代產生與興盛原因。這當中需要指出的是，尊儒崇經思想影響擬騷詩，主要在東漢時期（也包括西漢揚雄），而擬騷詩的主要產生時期在西漢初期，這一時期儒家思想尙不占上風，黃老思想占主要地位，因而其時賦尙未大量出現，屬擬騷詩（或謂辭）時代。這是擬騷詩與賦在產生歷史時期上因學術思想影響不同而形成的差異。其次，在擬騷詩與賦的興盛原因上，前者很大程度上由於受了屈原身世遭遇的感染而催生創作之念，後者則與屈原本人經歷關係不大（少數例外）。另外，從藝術形式上看，兩者雖同是屈騷的衍生物，畢竟擬騷詩是直接派生物，而賦則應從荀卿、宋玉的賦作中尋繹淵源，屈騷從根本上說，當是賦的遠祖。當然，藝術風格與語言特色上，擬騷詩與賦都深深烙上了屈騷的印痕。

三、漢承楚文化說

歷來史家有「漢承秦制」之說。然細加考察，發現此說有偏頗之處：從政治、經濟方面看，可以這樣說；但從文化的繼承和影響看，漢文化並未完全續承秦文化，而是與戰國時代的楚文化有著一脈相承的關係。從文化角度言，應該說是「漢繼楚緒」（指主導傾向上）。

首先，從出土文物看。湖南長沙馬王堆漢墓出土的文物中有帛書《老子》與《黃帝書》，這印證了史家所公認的西漢盛行黃老之說。而黃老之源，實出於楚國。老子原係楚人，《老子》一書是一部產生於南方楚地而又具有楚文化風格的哲理散文。另外，馬王堆一號漢墓出土的文物中有漢代樂器瑟，這是迄今發現的唯一完整的西漢初期瑟，而解放前後從楚墓出土的春秋戰國時期的瑟約有十六具，其中絕大多數瑟的形制與馬王堆一號漢墓出土的相同。一號墓中出土的一件彩繪帛畫，所繪內容是楚地當時及古代民間流行的神話傳說，它同長沙發現的戰國帛畫一樣為楚地「信鬼而好祀」的風俗提供了具體物證，若將帛畫所繪內容及主題與楚辭互為印證，可找到許多可吻合之處。

湖北雲夢睡虎地十一號秦墓出土的秦簡《語書》，又從另一角度證實了漢楚文化的相互內在關係，並可見出楚文化的頑強生命力。《語書》係秦王政二十年南郡守騰頒發屬下各縣、道的文書，文書中曰：「古者民各有鄉俗，……今法令已布，聞吏民犯法爲間私者不止，私好鄉俗之心不變，自從令、丞以下知而弗舉論，是即明避主之明法也。」鄉俗是文化傳統的表現之一，楚國北部被秦軍征服後建南郡，至《語書》頒發，已歷半個世紀，但楚人依然鄉俗不易，致使官方毫無辦法，這也說明了楚文化的傳統未曾被秦所摧毀，故能沿襲下去。

其次，從保存至今的漢代詩歌也可見漢楚間的文化承緒關係。據丁福保所輯《全漢三國晉南北朝詩》，其中「全漢」部分的前三卷中均載有同楚辭極相似的楚聲詩（或謂楚歌），計有：

卷一　高帝《大風歌》　武帝《瓠子歌》二首、《秋風辭》、《西極天馬歌》、《落葉哀蟬曲》

昭帝《黃鵠歌》　靈帝《招商歌》

《淋池歌》

少帝《悲歌》　趙幽王友《歌一首》

淮南王安《八公操》　燕刺王旦《歌一首》

廣陵厲王胥《歌一首》

卷二　項羽《垓下歌》　司馬相如《琴歌二首》

（蘇李詩《歌一首》　　班固《郊祀靈芝歌》

崔駰《安封侯詩》）

卷三　烏孫公主《歌一首》　　趙飛燕《歸風送遠操》

華容夫人《歌一首》　　唐姬《歌一首》

（徐淑《答秦嘉詩》）

若去除東漢部分詩，加上逯欽立編《先秦漢魏晉南北朝詩》所稱武帝《思奉車子信歌》、枚乘《歌》、司馬相如《歌》、燕王刺旦《華容夫人歌》等，共達二十五首之多，而加上東漢部分的話，則有三十餘首。漢代詩壇應該說是比較沉寂的，除樂府詩興盛外，文人詩並不熱鬧，而在這沉寂中，居然會有如此之多楚聲詩保存至今日，可見漢文化承襲楚文化在當時是多麼明晰。

再看占西漢文壇主導地位的文學形式——賦。賦在兩漢熱鬧到什麼程度，僅只看文學史上所冠名詞即可明曉，曰：漢賦，這充分標明了一代有一代文學的鮮明特徵。賦在漢代之所以興盛，除了其它原因之外，重要因素之一是漢代承襲了楚文化，因爲賦這種形式，從本質上說，其形體之源，乃是楚文化的一種——楚辭，即如劉勰所云：「討其源流，信興楚而盛漢矣。」（《文心雕龍．詮賦》）這恐怕也是漢人辭賦不分，籠而統之稱謂的原因。另外，在賦興盛的同時，漢代文壇上同時湧現了一批不可忽視的擬騷詩，它們則無論內容、語言、風格卻極度模擬屈騷，更直接地表現了繼承楚文化，這些詩是：賈誼《惜誓》、《弔屈原賦》、《鵩鳥賦》，東方朔《七諫》、嚴忌《哀時命》、王褒《九懷》、劉向《九嘆》、王逸《九思》以及揚雄《畔牢愁》、《反離騷》等。

如從漢代承襲楚文化風俗言，那麼其表現形式也許更多些。這裏，我們不妨摘引張正明《楚文化史》所載的部分內容，以資說明（參見第三一五頁——三二〇頁）：

秦末起義的主力是楚人，他們憤於秦對楚文化的排斥和摧殘，一時掀起了復楚文化之古的狂熱。

起義的楚人所用的官名，都是楚國舊有的。

劉邦利用楚俗尙赤傳統，自托爲赤帝子。劉邦立漢王後，以十月爲歲首，沿用楚曆，色上赤，沿襲楚俗。

鴻門宴席次排位，按照楚俗：東向，最尊；南向，次尊。

劉邦愛楚服，愛楚冠。項羽愛楚歌，被困垓下，尙唱楚歌。劉邦亦然，《漢書・禮樂志》曰：「高祖樂楚聲。」

蕭何主持建造未央宮，按楚俗設計，有東闕、北闕，而無西闕、南闕。

即便到漢武帝時，成體系的楚文化已不復存在，但楚文化的一些個性仍存於漢文化之共性中。如：崇巫好祠乃楚人舊俗，而漢武帝時最烈；漢武帝尊鳳，亦楚人舊俗之遺存；漢武帝自制楚歌《秋風辭》，又好讀漢賦；漢代民間在漢武帝時們仍以赤色爲尙；漢俗仍承楚俗以東向坐爲尊；王延壽所著《魯靈光殿賦》中記述的壁畫，與楚先王之廟與公卿祠堂的壁畫如出一轍，仍有楚文化的詭譎風采；等等。

鑒此，我們完全可以斷言，漢文化確實承襲、溶化了楚文化。

那麼，人們不禁要問：導致文化上「漢繼楚緒」的原因究竟何在呢？（說「漢繼楚緒」並非否認漢完全不承秦文化；這是就主導傾向而言。）筆者以爲，原因大致有這麼三條：

其一，秦雖實施暴政，吞併了六國，一統了天下，但畢竟因統治時間短暫，且自身文化傳統不強，難以替代被占領被統治地區的文化；何況，文化習俗是很難用暴力手段強制推行的，即使一時行得通，時間一長，人們的傳統習慣也還會頑強地表現出來，這是不以人的主觀意志爲轉移的客觀規律，任何人都違背不了。

其二，楚文化由於歷史悠久，深入長江中下游地區的人心，且比當時海內其它許多地區（如西部、東部與南部的秦、蠻夷等地）發達，而秦文化本身不發達，又不可能在短期內新創一種先進文化，自然無法完全排斥、替代楚文化了。歷史上倒有這樣的例子：落後文化的民族征服了先進文化的民族，雖欲強制推行自身民族的文化，卻反而暗暗被先進文化民族的文化所同化。

其三，西漢一代的開國君主，如漢高祖、漢武帝，或爲出生於楚地的楚人，或爲楚人後裔，漢朝君臣中，楚人不少，這在一定程度上爲恢復和實行楚文化起了作用，他們自身對楚文化的自覺或不自覺的嗜好與身體力行，多少影響或制約了他們所統治國朝的文化。

四、楚文化的分期、特點及地位

楚文化是由楚人所創造的一種物質文化與精神文化的遺存，這種文化，如果從楚人正式建國到楚被秦滅亡止，那麼總共只有八百多年歷史，但若從它的早期起源開始，一直綿延影響至漢代及其後，則其歷史就長達二、三千年甚至更長了。從廣義角度看，楚文化是中華文化不可缺少的組成部分，雖然它的主要分布地區在長江中下游及其周圍地區，但它的實際影響恐怕差不多波及了大半個中國。無論從楚文化本身的內涵、價值，還是它的歷史與影響看，它都是值得引起重視、值得加以研究探討的中華民族地域文化之一。

本文試從楚文化的分期著手，剖析各階段的概況，並在此基礎上總結楚文化的特點及其影響與地位。

概括地看，楚文化的歷史沿革過程大致上可分爲四個階段：一、萌芽期，二、勃興期，三、鼎盛期，四、轉化期。

先看萌芽期　楚從先祖開始創業，經過許多代君主率臣民的艱苦奮鬪，到若敖、蚡冒時的西周末春秋初，走過了它第一階段的艱難創業歷程。在這一階段中，楚文化的反映表現還只能屬於萌芽初生狀態，這一方面是因爲楚人本身尚處於初創期，落後的生產條件和簡陋野蠻的生活方式，使他們尚難以創制出自己的比較有特色的文化，因而這一時期的楚文化同華夏文化相比尚無特長，缺少標新立異，同蠻夷文化也接觸不多；不論是考古遺迹還是文獻記載，這一階段都顯得不十分鮮明突出，只能看作介於華夏文化與蠻夷文化（楚四周蠻夷小族的文化）之間，略有分別而標誌不明顯。不過，這一時期還是有些值得注意的文化現象。例如，鬻熊生前據記載曾寫過一些文章，發表過一些政治見解，後人將其匯編成《鬻子》一書，此書列入《漢書·藝文志》中，共二十二篇。又如，周成王時曾一度親自率軍南征楚，要想得到楚的青銅器，說明楚在其時的青銅器生產已相當發展，特別是後來楚占取了鄂國的大冶銅綠山銅礦，這大大促進了楚國兵器、禮器等的冶鑄製造。據考古發掘報告，銅綠山礦區在西周或西周前即已有古冶煉場地，遺留礦渣甚多，累計推算其時的銅產量不少於八到十二噸，一些煉銅爐出土時，推測其煉爐的年代均在西周晚期到春秋早期[9]。青銅器的冶鑄，標誌著楚國當時的生產力水平已達到相當高度，它在當時諸侯各國中比較早地進入了青銅器時代，這是楚國生產力發展和社會文化發展的標誌之一。

楚文化的眞正產生與形成，並得到勃興，是在楚進入春秋中期，即武王、文王時期以後，其時的楚文化，才開始有了有別於華夏文化與蠻夷文化的具有自身豐富內涵與特色的獨立文化。由

---

[9] 參見《楚國史話》，黃德馨編著，華中工學院出版社，一九八三年版，第一五——一六頁。

於楚走著一條逐步由弱小到強盛、不步它國它人後塵的獨立發展道路，使得楚文化有了它自己發展的契機與動力，這是楚文化所以能自立於華夏文化、蠻夷文化之中而獨樹一幟，成爲中華文化重要一支的根本原因。

勃興期　從武王、文王的悄悄崛起，到成王的爭霸中原，這一歷史時期內，楚雖然還未眞正成爲華夏一大國，國力也有待進一步增強，但這一時期楚的迅速發展則是無可非議的。伴隨著國力的逐步強盛，楚國的文化也開始進入了勃興期，文化的各個領域都較前一歷史階段大有發展，呈現出勃勃向上的氣象。最明顯的表現是農業生產的火耕水耨、築陂灌田，青銅器的採掘、冶煉、鑄造，以及兵器、禮器等的製造，都較艱苦跋涉的「篳路藍縷」時期有了長足的進步。從銅器銘文的考證看，楚國的文字也已形成，它與北方夏商文字既有相合處也有迴異處，具有楚地自己的思維特徵。最能表現時代特徵的陶器的紋飾、形制、式樣等也都起了較大的變化。促使楚文化在這一歷史階段發展變化的主要因素，首先是楚人所走過的有別於華夏它民族的艱苦奮鬥的道路，以及楚人所處的南方特定的地理環境條件，沒有這二條，楚文化不可能在第二階段達到勃興，更不可能形成有別於中原文化的自身特徵（詳後論及），這是毫無疑問的。但是，這裏也要同時指出，楚文化之所以能發展並形成自己的獨特風格，其重要因素之一，是它在楚國逐步擴張發展中採取了「兼收並蓄」的方針，即不管是北方的文化，還是四周蠻夷之族的文化，它都吸收進來，歸而爲己用，這樣一來，自然大大促發了本國本族文化的長進，也刺激了它對外來文化的與趣與積極性。從許多出土文物中我們看到，即使是一些小國的文化特徵，也能在楚器中找到痕迹，這說明，楚的文物中融入了蠻夷小國的長處與特色。用張正明先生在《楚文化史》一書中的觀點來說，楚的這種文化發展方針，叫做「師夷夏之長技而力求創新」，這種說法是比較符合楚國當時的實際情況的，否則便難以理解，爲何楚文化會伴隨其國力的強盛而同步發展，更難以理解，何以代表楚文化的器物上會染有北方中原文化與四周蠻夷小國文化的印記。

鼎盛期 這一階段的楚文化，主要反映在以下一些方面，首先是影響決定經濟發展的銅器和鐵器有了發展，青銅冶鑄業的技術比前更進了一步，青銅器的品種也呈現更爲繁多的態勢，伴隨這種繁多品種的出現，風格樣式也更趨向於具有南方楚地的特徵，同時鐵器有了進一步的普及與提高，不僅運用於兵器、禮器，還廣泛用之於生產和生活的其它方面，出現了多種形式的製品。絲織、刺繡出現空前景象，無論這些工藝品的製作技術，還是式樣、花紋、裝飾，都具有比較高的水平，尤其花紋，呈現出楚地動植物樣式的特徵。另外，木雕、竹編、漆繪等都形成了一系列的生產工藝流程，其裝飾藝術也達到高水準，富有楚的特殊風格。在早期天文曆法知識基礎上，對星象的觀察，對天文的了解，都更豐富、更發達了。反映藝術面貌的帛畫、壁畫、樂舞等，也都在這一時期表現出相當的水準與風格。總之，伴隨楚國國力的趨於鼎盛，楚文化在這一歷史時期總的特點是呈現繁榮氣象，幾乎是眾花齊放、爭艷鬪奇，除了文學與哲學還不是十分明顯地吐蕊（其時文學與哲學的主要代表人物及其作品尚未問世），其餘均已登臺亮相。這裏特別需要提到的是青銅冶鑄技術、冶鐵技術、以及農業生產技術、製革業、商業等，例如大型水利工程期思陂，是目前爲止我國文獻可考的最早的水利建設，它對以水稻爲主的楚國農業生產的迅速發展曾起過重大作用；楚國的農業生產在這一階段已大量使用鐵製鋤、鍤、钁等農具，鐵製農具在楚國的農業生產中已占重要地位；《荀子·議兵》中指出：「楚人鮫革犀兕以爲甲，鞈如金石」，說明楚的製革業已相當發達，荀子這裏雖未明言其所指爲何階段，但楚莊王時國力的強盛與軍事力量的強大，可以想見楚兵士裝備武裝一定已相當先進、精良；商業在這一階段也已相當發展，隨著楚勢力的不斷擴張，楚同周鄰國家與地區的貿易往來更爲頻繁，「通魚鹽之貨，其民多賈」（《史記·貨殖列傳》），就很可見出一斑。

轉化期　楚文化在從楚懷王開始到負芻被俘、楚國最後滅亡這一階段，可以說是它的轉化階段，即由繁榮與盛逐步轉向保持延續楚文化內涵而代之以漢文化名稱的特點。這裏總的呈現兩個時期，第一個時期，上承著鼎盛期，其主要體現於文學、哲學方面，這兩個領域，可以說是完全處於楚文化在這方面的顛峰，出現了極富生命力、影響極大而又代表了最高水平的偉大詩人屈原及其後繼者宋玉等人創作的楚辭，以及老子、莊子的道家哲學和莊子的散文，無論從認識價值、藝術價值，還是文學史、哲學史角度言，屈宋的楚辭和老莊的哲學（包括莊子散文）都不僅代表了楚文化的最高價值，而且具有空前絕後的地位與影響，成爲中國歷史上無可比擬的高峰，這是楚文化的最精華部分，也是楚人的最大驕傲。楚文化在文學和哲學方面的這種成就之所以會在這一時期產生，除了楚國歷史與社會條件外，乃是楚文化經過漫長階段的延續、積累、發展的經歷和長期的文化氛圍、文化創造積澱，爲它們的破土而出創造了充分的土壤、氣候條件，才導致在歷史條件成熟時，由屈原、宋玉、老子、莊子等人創立而成。第二個時期，是楚國在由強變衰過程中文化的相應反映時期，國土的大片淪喪，楚國經濟的嚴重受打擊，使得本來發達的絲織業、刺繡業等手工業都因此而萎頓、消衰，難以維繼，楚墓出土的這一時期文物（戰國晚期），很難看到這方面精巧的第一流的工藝品，同時勃興期與鼎盛期比較多見的禮器、樂器等也不多見了，代之的是兵器，兵器在這一時期不僅多而且製作工藝、冶鑄水平均較前爲高，很明顯地體現了這個歷史時期多戰爭的特點，這也是楚文化呈現轉化的一個明顯標誌。另外，出土文物中貨幣顯著增多，表明政治風雲多變之時，商業不僅未見衰褪，反而益加繁盛，人們的商業貿易活動更爲頻繁了。文學、哲學、藝術在這第二時期，總的傾向自然不如第一時期，但也並非完全退化，如文學，繼宋玉之後，有景差、唐勒，哲學，老莊之後，有南方的黃老之學，另外，應該提及著書終老於南方的荀子，他雖生長學成於北方，但後半生或晚年活動於南方楚地，多少曾受到楚文化的濡染，所創學說自然也多少可作爲對楚文化的貢獻之一。這裏，特別要指出的，楚文化到了這個時期，早已越出楚國的界限，向四鄰地區與國家擴散了，其影響波及不僅有南方，也有北方，這種影響終於導致它自身（楚國）雖然被秦所滅，但秦所建立起來的統一皇朝卻未能阻遏楚文化那強大生命力支配下的巨大影響，使它能穿越秦的強權專制而延續到漢代，成爲歷史上一種特有的文化現象：名冠以漢而實際內涵多含楚文化的「漢楚文化」。自然，嚴格講起來，漢代的漢文化，畢竟不純是楚國的楚文化，其中已高度融合了黃河流域的中原文化，只是它的印記中，後代的人們極易分辨出楚文化的面目與色彩。

綜合以上的論析，我們認為，楚文化確實是中華文化中一支具有自己獨特風格的地域性民族文化，概括起來看，它具有以下一些比較顯著的特點：

第一、源遠流長、歷史悠久。從考古發現與文獻記載可以證實，自從楚人開始它早期的生存鬭爭與活動之後，便誕生了楚文化，從時間上說，它至少已距今六、七千年，而且，伴隨著楚人的逐步開化與發展、楚國的建立與由弱轉強，楚文化日益顯示出它的南方文化的特長與風格，它形成了自己擁有數千年歷程的長江流域古老文化的體系，成為中國、亞洲乃至世界上古文明時期為數不多的古老文化之一，這是值得楚人後裔——華夏子民們驕傲的。

第二、涵蓋廣域，融合夷夏。由於楚在它的興起發展過程中，逐步由小變大、由弱漸強，它所統轄的地域面積也越益廣大，這給楚文化的發展提供了充分廣濶的領地，既使楚族的文化影響波及了四周鄰國，致使它們的文化染著了楚的特色，擴大了楚文化的範圍與影響，也同時由於四鄰諸族包括北方華夏文化更多地滲透到楚文化之中，使楚文化逐步成為了以自身固有文化為主幹、融合夷夏諸族文化因子、涵蓋長江流域整個中下游地區，並波及黃河流域、珠江流域的文化體系⑩，這個文化體系毫無疑問地包容了豐富的內容。

第三、內容豐富，風格獨特。楚文化確實包含了豐富的內容，它既有奇譎的風俗民情，又有發達的科學技術，它的工藝品精美絕倫，它的文學作品璀璨驚世，它的藝術楚楚動人，它的哲學玄妙奇瑰，在同時期的華夏大地上，幾乎無一諸侯國堪與之相比，即便在漫長的歷史長河中，它也同樣閃爍著奪目的光彩，有些內容，如莊子散文、屈原詩歌、老莊哲學等，幾乎罕與其匹，是中國文化史上不可企及的高峰，即便在世界文明史上也有其一席之地。楚文化尤爲主要的特點是它的迥異於它地區它民族的獨特的風格，雖然它的身軀血肉中溶化有北方中原文化的細胞、滲和著南方諸多蠻夷民族文化的因子，但不可否認，它最顯著、最重要的特徵是姓「楚」，它是長江中下游特定地區文化的象徵與代表，無論是陶器、青銅器，還是禮器、樂器，也無論是巫風巫術，文學哲學，乃至音樂歌舞，它們都具有楚地出產的濃烈印記，使人一辨即能明曉，這在中華其它文化中恐怕並不多見。正是由於這種獨特性，使得楚文化能自立於中華諸地域與民族文化之林而獨樹一幟，即使在楚國被滅亡之後數百上千年，人們也能在其它朝代、其它地域分辨出它的影響痕迹，描畫出它的形象與面貌，尋找出它的胎記。具體一點說，這種獨特，主要體現於新奇上，它不像北方文化那麼厚重、質樸，而是奇艷、浪漫，它沒有北方文化那麼多框框束縛，顯得

---

⑩ 據考古發現，廣西、廣東、雲南、貴州等地區也有楚文化影響的文化遺址與遺物。

更爲自由、大膽、色彩濃烈，北方的周禮、孔教，在它身上很少體現，它更多的是原始、神秘、奇麗、玄妙，不拘一格。

那麼，爲什麼會造成楚文化具有以上這些特點呢？這裏面有幾方面原因。楚文化的歷史悠久與涵蓋廣域，恐怕主要同楚民族的長期奮鬪、楚國的逐步強盛有密切關係，倘若沒有楚民族在遭北方中原欺凌、蔑視情況下的逆境奮發，沒有楚君民上下齊心「篳路藍縷」、「跋涉山林」的艱難奮鬪，沒有楚人強烈的民族自強、自尊、自立的信念與決心，是決不會有楚人與楚國今天這樣的歷史的，自然也就根本不可能有楚文化的上述特點。楚文化的悠久歷史與涵蓋廣域同楚的興盛發展是緊緊聯繫在一起的，而楚文化豐富的內涵與獨特的風格的形成，則同楚人所處的地理環境、楚人本身的心理素質以及楚人走著一條不步他人後塵、獨闢蹊徑、獨創自我的文化道路有密切關係。楚地處長江中下游地區，這個地區優越的山林、土地、氣候、物產等先天條件，影響決定了楚人的文化心理素質不同於中原地區，它們客觀上首先創造了比較原始、自然的氛圍，加上山水條件本身易於觸發人的想像力，自然使楚人更多地具有大膽、浪漫、神秘的色彩。從楚人對待文化的態度看，和其對待夷夏民族一樣，他們對它民族的文化也是採取了「兼容並蓄」的政策，只要有利於自己的發展，他們都予以接受、融合，而不是盲目地排斥，同時在熔化中力求創新，這對他們發展楚文化是極其有利的，這種態度的形成也許同楚民族長時期中處於華夏之下、蠻夷之上的地位有很大關係，這種地位在很大程度上決定了這個力圖自強自立的民族不得不採取不卑不亢的政策，即「屬」於華夏，安撫蠻夷，這樣它才可能圖自身的發展，否則難以自存，或者被華夏所忌、所滅，或者成爲華夏之附庸，混同於蠻夷小邦，根本不可能出現稱霸南方、問鼎中原的局面，更難以看到楚文化繁榮的景象。

楚文化的這些特點，自然而然地顯出了它優於其他地區與民族的先進之處，這些先進之處在楚國的發展過程中逐步影響了周圍鄰國的文化。從考古出土文物中，我們明顯可以看到，那些陶器、青銅器以及墓葬形式等都存留有楚制的痕迹，表明這些蠻夷族小國在與楚文化的交流中（或遭楚吞併過程中），它們的文化受到了楚文化的濡染。這是楚文化本身先進性與生命力的表現。不過，眞正體現楚文化生命力的，是它在楚國滅亡之後，所表現出的對秦漢時代乃至以後時代文化的影響，比較典型的例子是馬王堆的漢墓出土，湖北雲夢睡虎地秦墓出土與安徽阜陽雙古堆漢墓出土。例如睡虎地秦簡的出土表明，雖然秦朝試圖用秦國傳統文化統一中國文化、禁絕楚文化的流播，但楚文化仍頑強存在、影響不絕，其中《語書》即是一個例子，它是秦始皇時期南郡守騰頒發屬下各縣、道的文書，說秦軍征服楚北部南郡以來已有半個世紀，但當地老百姓鄉俗不移，其所利及好惡與秦的律令制度格格不入，致使秦官吏束手無策，楚文化影響於此可顯一斑。又如秦簡中有一部《日書》，它所體現的並非秦的世俗，而是楚人的傳統信仰，反映了楚人尊尚巫鬼的習俗，其中還專門附了一份秦楚月名對照表。馬王堆漢墓中發現有《黃》《老》帛書之卷，它證明了盛行於漢初的黃老之學，來源於楚國，是楚文化影響的產物，其中《黃帝書》的文字同

《文子》、《鶡冠子》等楚地典籍類似。另外，一些帛書顯然具有楚文化成分或出於楚人之手筆，如《篆書陰陽五行》含有大量楚國古文成分，《術人占》、《相馬經》、《五十二病方》、《養生方》、《胎產書》、《雜家方》等或顯楚地色彩，或出楚人之手。考察證明，馬王堆帛書雖出土於漢墓，但內中顯著的楚文化影響痕迹證明了楚文化從戰國到漢代的傳統，顯示了楚文化的生命力。其實，早在春秋戰國時代，楚文化就已輸出了，這不僅是隨著楚國疆土擴張的文化輸出，而且有人材的「外用」，即所謂「楚材晉用」（春秋時）、「楚材秦用」（戰國時），到秦末漢初時，這種現象更爲突出了，一些著名的人士，都是楚人，如：劉邦，崇尚楚俗，自托爲赤帝子，愛楚服楚冠；劉邦和項羽都愛楚歌，劉邦曾歌《大風歌》，項羽曾歌《垓下歌》；就是漢武帝，身爲建立大一統漢帝國的君主，且其時距漢的建立也已有一段時期，卻仍可見楚文化的影響所存，如其時十分濃烈的崇巫好祠，他親自規定的歲時紀曆、服色、以及一些制度俗令等，漢武帝本人還喜好楚歌，作了《秋風辭》等等。當然，漢文化並非楚文化，漢文化中已較多地熔入了南北各種文化，但其中楚文化因子的明顯存在，是客觀事實，它表明了楚文化的頑強存在，否則人們不大會將漢文化與楚文化統稱爲「漢楚文化」，這說明它們兩者之間有顯而易見的因襲傳統，有共通相合之處。

毋庸置疑，楚文化在先秦時代乃至整個中國文化史上有其特殊的重要地位，它是我國南方長江流域一個古老的文化體系，在先秦時代，它幾乎是同北方黃河流域文化並峙，成爲組成中華上古文化的重要部分之一。楚文化的數千年發展歷史和它包容的豐富內涵，鑄就了中華文化上源的一部分，可以說，在人類早期階段的文化中，楚文化是值得注意、值得研究與探討的對象之一，它反映表現的不僅僅是楚人和楚地的文化，更是人類幼年時期亞洲地區文明的縮影之一。楚文化組成部分的哲學、文學等分支，其成就、價值與影響，遠遠超越了時間與空間的限制，成爲中國文學史、中國哲學史、世界文學史、世界哲學史、世界文化史上不多見的奇葩，閃發出熠熠光彩，成爲世界文化寶庫中的珍寶。

賦論

一、屈賦辨析

被譽爲「逸響偉辭，卓絕一世」的屈原作品，千百年來眾口贊頌，衣被百代，影響深巨，然而，屈原作品究應何稱？卻迄今莫衷一是：有曰屈賦者，有曰楚辭者，有曰屈騷者。究竟應冠屈原作品以什麼名稱，才能恰如其分、名符其實？似不可不辨。

先看屈賦一稱。賦是什麼？一般來說，講到賦，人們自然會聯想到兩個概念：其一，作爲「詩六義」之一的賦，它屬於「詩」的藝術手法之一，朱熹《詩集傳》曰：「賦者，敷陳其事，而直言之也。」可謂的論；其二，乃是文體之一種，係由詩發展而來，至漢代達到興盛。對「屈賦」名稱而言，恐怕上述兩者均有瓜葛，然更多的則牽涉到後者。

班固《兩都賦序》曰：「賦者，古之詩也。」劉勰《文心雕龍・詮賦》曰：「然賦也者，受命於詩人，拓宇於楚辭也。於是荀況《禮》、《智》，宋玉《風》、《釣》，爰錫名號，與詩畫境，六義附庸，蔚成大國。遂客主以首引，極聲貌以窮義；斯蓋別詩之原始，命賦之厥初也。」章學誠《漢志詩賦第十五》曰：「古之賦家者流，原本詩騷，出入戰國諸子。假設問對，《莊》、《列》寓言之遺也。恢廓聲勢，蘇、張縱橫之體也。排比諧隱，韓非《儲說》之屬也。徵材聚事，《呂覽》類輯之義也。」上述說明：賦作為一種文體，乃遠源於《詩經》，近源於《楚辭》，產生於荀況、宋玉。可見，屈原作品並不屬賦體。

我們從分辨詩（《詩經》）、騷（《楚辭》）、賦三種文體的差異中，亦可看到屈原作品不屬賦體。詩、騷、賦三者，從同屬韵文角度言，有其共同之處：均講究聲韵（程度不一），有一定的語言節奏，句式上都有各自較為統一、整齊的規範。然它們更多的是差異：詩以四言為主，騷一般六言，加「兮」字為七言（也有四言或雜言），賦多為四六言句式；詩、騷基本無散句，極少用聯結語，而賦則多聯結語和散句；賦比詩、騷少抒情成分，多咏物說理成分，「鋪采摛文，體物寫志」（《文心雕龍・詮賦》），詩味淡薄，散文氣息較濃。劉勰在辨析文體時，很清楚地於《詮賦》外另立《辨騷》，以區別賦與騷（屈原及宋玉等人作品）。任昉《文章緣起》將賦、《離騷》與《反離騷》分為三種文體：賦，楚大夫宋玉所作；《離騷》，楚屈原所作；《反離騷》，漢揚雄所作。蕭統《文選》於賦外，特立騷目，專錄楚辭作品（主要是屈原作品）。對於騷賦的區別，明人胡應麟在《詩藪・內編卷一》中有較清晰的說明：「騷與賦句語無甚相遠，體裁則大不同：騷複雜無倫，賦整蔚有序；騷以含蓄深婉為尙，賦以誇張宏鉅為工。……騷盛於楚，衰於漢，而亡於魏。賦盛於漢，衰於魏，而亡於唐。」清人程廷祚的《騷賦論》清楚地辨析了詩、騷、賦三者的異同：「聲韵之文，詩最先作，至周而體分六義焉。其二曰賦。戰國之季，屈原作《離騷》，傳稱爲賢人失志之賦。班孟堅云：『賦者，古詩之流也。』然則詩也，騷也，賦也，其名異也，義豈同乎？……故詩者，騷賦之大原也。既知詩與騷賦之所以同，又當知騷與賦之所以異。詩之體大而該，其用博而能通，是以兼六義而被管絃。騷則長於言幽怨之情，而不可以登清廟。賦能體萬物之情狀，而比興之義缺焉。蓋風、雅、頌之再變而後有《離騷》，騷之體流而成賦。賦也者，體類於騷而義取乎詩者也。故有謂《離騷》爲屈原之賦者，彼非即以賦命之也，明其不得爲詩云爾。騷之出於詩，猶王者之支庶封建爲列侯也。賦之出於騷，猶陳完之育於姜，而因代有其國也。騷之於詩遠而近，賦之於騷近而遠，騷主於幽深，賦宜於瀏亮。」

由此可見，「屈賦」並非賦，實應屬於騷——楚辭。然則何以歷代均有「屈賦」之稱？對此，胡應麟有一番解釋：「世率稱楚騷漢賦，昭明《文選》分騷、賦爲二，歷代因之，名義既殊，體裁亦別。然屈原諸作，當時皆謂之賦。《漢藝文志》所列詩賦一種，凡百六家，千三百一十八篇，而無所謂騷者。首冠屈原賦二十五篇，序稱楚臣屈原離讒憂國，作賦以風，則二十五篇之目，即今《九歌》、《九章》、《天問》、《遠遊》等作，明矣。所謂《離騷》，自是諸賦一篇之名。太史傳原，末舉《離騷》而與《哀郢》等篇並列，其義可見。自荀卿、宋玉，指事咏物，別爲賦體。揚、馬而下，大演波流，屈氏諸作，遂俱係《離騷》爲名，實皆賦一體也。」這說明，屈原作品被稱爲「屈賦」，最早可能同班固《漢書·藝文志》的記載有關，《詩賦序》曰：「春秋之後，周道寖壞，聘問歌咏，不行於列國，學詩之士，逸在布衣，而賢人失志之賦作矣。大儒孫卿及楚臣屈原，離讒憂國，皆作賦以風，咸有惻隱古詩之義。其後，宋玉、唐勒；漢興，枚乘、司馬相如，下及揚子雲，竟爲侈麗閎衍之詞，設其風諭之義。」《藝文志》的書目上冠屈原作品曰：「屈原賦」，於是後代相沿傳襲，誤稱爲「屈賦」了。其次，漢代人視辭與賦爲相近之文體，認爲楚辭即楚賦，用賦聲調讀楚辭（「不歌而誦謂之賦」），故稱屈原作品爲「屈賦」。這點，連司馬遷也不例外，他在《史記·屈原賈生列傳》中曰：「屈原既死之後，楚有宋玉、唐勒、景差之徒者，皆好辭而以賦見稱。」對此，劉熙載《藝概·賦概》有曰：「古者辭與賦通稱。《史記·司馬相如傳》言『景帝不好辭賦』，《漢書·揚雄傳》『賦莫深於《離騷》，辭莫麗於相如』，則辭亦爲賦，賦亦爲辭，明甚。」實際上漢代人已知道分別屈原作品與賦作，分稱爲「詩人之賦」，「辭人之賦」（揚雄語），只是沒能意識到，既有別，何故再用混淆之名？

我們已明白了「屈賦」之稱從文體上看，於屈原作品是不恰當的，那麼，究竟該怎麼稱才恰切呢？

楚辭，這是西漢人劉向在編集戰國時代楚國詩歌作品時所定的名稱，它包括屈原以及宋玉、唐勒、景差等人作品（後王逸、朱熹等將部分漢代模擬作品也包括在內）。王逸《楚辭章句》中對此說道，「至於孝武帝，恢廓道訓，使淮南王安作《離騷經章句》，則大義粲然。後世雄俊，莫不瞻慕，舒肆妙慮，纘述其詞。逮至劉向典校經書，分爲十六卷。」班固《漢書・藝文志》曰：「至成帝時，以書頗散亡，使謁者陳農，求遺書於天下；詔光祿大夫劉向校經、傳、諸子、詩賦……。」《四庫全書總目提要》曰：「裒屈宋諸賦，定名楚辭，自劉向始也。」從屈原（包括宋玉等人）爲楚人，屈原作品「皆書楚語、作楚聲、記楚地、名楚物」（黃伯思《翼騷序》）看，冠以楚辭之名應該說是名符其實的，這還能在一定程度上反映出屈原作品是楚文化的代表，是繼承楚民歌傳統而生的產物，能表明楚在戰國時代高度發達的經濟文化。但是，從嚴格的意義上講，以「楚辭」稱屈原作品，未免在概念上寬泛了，兩者不能完全相符，因爲「楚辭」中尙包括宋玉等人及部分漢人作品。可以說，屈原作品是楚辭的主要部分，是楚辭的代表，卻不能說楚辭即屈原作品。

鑒於此，筆者認爲，比較符合屈原作品實際的簡稱，以屈騷爲好。理由是：一、屈原作品中以《離騷》爲核心代表作，它是屈原所有作品中成就最高、流傳最廣，且是屈原心聲與人格的象徵；二、屈原在中國文學史上創立了一種獨特的詩歌體裁，它有別於前代與後代的任何一種韻文，人們習慣稱其爲「騷體」，它具有自身獨備的詩體語言、句式與風格；三、稱「屈騷」，既能清楚地區別於它種文體（如賦），又可與宋玉等人作品不相混淆，令人一目了然。

二、賦概說

說到賦，先應辨淸有關賦的幾個概念。賦在古代文學史上主要包涵三種含義：其一，賦是一種文學表現手法，最早見於《周禮・春官》，後由《毛詩序》歸爲詩六義之一：「詩有六義，一曰風，二曰賦，三曰比，四曰興，五曰雅，六曰頌。」其特徵，鍾嶸《詩品》曰：「直書其事，寓言寫物，賦也。」其二，「不歌而誦謂之賦」（《漢書・藝文志》）。其三，賦乃一種獨立的文學體式。劉熙《釋名・釋書契》曰：「敷布其文謂之賦。」陸機《文賦》曰，「賦體物而瀏亮」，劉勰《文心雕龍・詮賦》曰：「賦者，鋪也；鋪采摛文，體物寫志也。」這種文體的主要特徵是「鋪采摛文，體物寫志」，其形式則介於詩與散文之間，是一種非詩非文、半詩半文、或詩或文的特殊文學形式。

以下，我們擬著重對作爲文體形式的賦加以闡發，以探討它的產生與發展歷史，及其在文學史上的地位、作用與影響。

㈠賦作爲一種獨立的文體，它的產生，既承沿了「詩六義」之一——賦的表現手法，是詩基礎上的發展，也與詩以後產生的新體式——楚辭有著淵源關係；它是社會發展需要的產物，也是文學發展到一定歷史階段的必然產物。

關於賦的產生問題，劉勰在《文心雕龍．詮賦》中有一段話說得較清楚，可謂抓住了實質：「然賦也者，受命詩人，拓宇於楚辭也。於是荀況《禮》、《智》，宋玉《風》、《釣》，爰錫名號，與詩畫境。六義附庸，蔚爲大國。遂客主以首引，極聲貌以窮文，斯蓋別詩之原始，命賦之厥初也。」班固《兩都賦序》也說：「賦者，古詩之流也。」這是不錯的，無論從賦文體重在鋪陳的表現手法，或其賦作品中往往附以規勸諷喻文字（儘管不少賦作實際上諷喻僅爲點綴而已），都可見出賦承繼詩的痕迹。因而，賦之名稱由詩而來，它與詩有著密切關係，應該沒有什麼問題。但是漢代的班固在講到最早的賦家時，是與後來的劉勰不同的。他認爲：「春秋之後，周道寖壞，聘問歌咏，不行於列國，學詩之士，逸在布衣，而賢人失志之賦作矣。大儒孫卿及楚臣屈原離讒憂國，皆作賦以風，咸有惻隱古詩之義。」（《漢書．藝文志》）這裏有兩個問題：①最早的賦家究竟是誰？②屈原作品是否屬於賦？楚辭與賦有否區別？對第一個問題，我們認爲，從賦的特徵上看，荀卿是最早的賦家，這無疑義，因爲從文學史上看，最早以賦命名作品的，即起始於荀卿，且他的《賦篇》已具備了賦體的基本特徵：咏物、鋪陳——雖然其文學價值不高，對後世影響也不大。另一個最早的賦家，應如劉勰所說，是宋玉，而不是屈原。宋玉的《風賦》、《釣賦》，內容爲咏物，以不帶抒情成分的客觀者口吻描述，符合「直書其事」「體物寫志」的特徵。那麼，何以認爲屈原不是賦家，其作品也非賦呢？談這個問題，我們首先應肯定，賦與楚辭（屈原作品）在淵源上有繼承關係，這只要細讀楚辭作品即可發現：楚辭中出現了鋪陳現象，有些篇章顯然已具備較多賦的成分，如《離騷》的部分段落及《招魂》、《大招》。但是，楚辭畢竟又不同於賦，其理由是：⑴楚辭一般六言，加「兮」字爲七言，而賦多以四六言爲主；⑵楚辭基本無散句，極少用連結詞語，賦則多用連結詞語，篇章中常夾雜散文句式；⑶楚辭內容多詭異譎怪，長於「言幽怨之情」，抒情成分濃，而賦「鋪采摛文，體物寫志」，抒情成分淡，咏物說理多；故而，劉勰《文心雕龍》將騷（楚辭）與賦分章辨析，（《辨騷》、《詮賦》），任昉《文章緣起》將騷賦分爲別體，蕭統《文選》於賦目之外，另立騷目，胡應麟《詩藪》云：「騷與賦句語無甚相遠，體裁則大不同：騷無複雜之論，賦整蔚有序；騷以含蓄深婉爲尙，賦以誇張宏距爲工。」程廷祚《騷賦論》云：「騷則長於言幽怨之情，而不可以登清廟。賦能體萬物之情狀，而比興之義缺焉。蓋風雅頌之再變而後有《離騷》，騷之體流而成賦。賦也者，體類於騷而義取乎詩者也。」由此可見，稱屈原作品爲賦，以爲屈原爲賦家是不恰當的。之所以造成此種謬誤的原因主要在於漢朝人視辭、賦爲一家，辭賦通稱，以賦聲調讀楚辭，加上史籍記載「屈原賦二十五篇」（《漢書．藝文志》）史家稱：「屈原放逐，乃賦《離騷》」。（司馬遷《報任安書》）相沿承襲，便謬稱屈原爲賦家、屈原作品（楚辭）爲賦了。

當然，辨明楚辭不是賦，並不能否認楚辭與賦之間的淵源承繼關係，嚴格地說，楚辭應是賦的近源（《詩》是遠源）；何況，兩位最早的賦家與楚均有密切關係、荀卿終老於楚，宋玉本身是楚人。

㈡賦在戰國後期形成後，秦時只產生了一些雜賦。到漢朝，尤其漢武帝時期，突發勃興，湧現出大量的賦家及其賦作品，呈現出文學史上一個時代一種文體特別興盛的局面，故而王國維《宋元戲曲考》說：「凡一代有一代之文學，楚之騷，漢之賦，六代之駢語，唐之詩，宋之詞，元之曲，皆所謂一代之文學，而後世莫能繼焉者也。」自然，王的說法未免擡高了漢賦，但賦在漢代文壇上占有重要地位，確是鑿論。之所以造成這種狀況，有社會客觀原因；如漢帝國的強盛，使帝王貴族奢侈淫逸之風滋長，伴之歌功頌德文學發展；獻賦制度的產生，促使文人競而羣起撰著賦作；「罷黜百家、獨尊儒術」學術思想的影響，束縛了文人的創作；等等。而從漢賦本身看，它的體制形式與內容，也導致了賦在漢代的發達（尤其漢大賦）：漢賦作品大多並不妨礙封建帝王貴族在物質享受方面窮奢極欲的追求，有些甚至還給他們以詩意的美感，滿足他們的感官刺激；不僅不對荒淫奢侈予以譴責，相反在某種程度上還美化了帝王貴族，所謂「仁愛之心」「與民同樂」，無非對帝王貴族虛榮心是一種滿足、而又點綴了帝國王朝的歌舞升平，這怎能不使讀賦的統治者歡欣悅目而益發寵愛賦作者呢？於是升官加爵、晉階厚祿，自是順理成章之事，而效尤者也就如蜂般湧現，整個文壇便蔚成風氣了。

漢賦興盛的原因既如上述，但綜觀全部漢代賦作，其內容、形式並非劃一，其中仍不乏頗具歷史價值與認識價值者。例如，占相當數量的描寫漢帝國繁榮聲威的賦作，雖內容不外乎都市繁華、宮殿壯麗、帝王聲色犬馬，但透過表面文字的描寫，我們從側面似可窺見漢代社會上升階段國力強盛的面貌——國土遼闊、城市繁榮、物產豐盛、農業發達等，從認識價值上說，它們比一般史書的記載更眞實、全面、生動；即使是直接描述帝王淫佚生活的作品，諷諫作用自然談不上，但客觀上無疑勾畫了帝王貴族的眞實面目，有助於後人的認識，這比一般史書的記載恐怕更眞實些。至於一些直接反映社會動亂、人民受難的作品，如班彪《北征賦》、賈誼《旱雲賦》、蔡邕《述行賦》、司馬遷《悲士不遇賦》等，一些記敍漢代科技、文化、藝術狀況的作品，如王逸《機婦賦》、傅毅《舞賦》、張衡《觀舞賦》、王延壽《魯靈光殿賦》等，一些描寫漢代都市規模、建置、宮殿建築藝術的作品，如班固《兩都賦》、張衡《二京賦》，則都應該說是有相當價值的，它們對後人認識與研究漢代社會的政治、歷史、文化、風俗、地理、藝術等都具有不可忽視的意義。

儘管漢賦的思想內容有上述一些價值，但它的過於追求詞藻、堆砌鋪陳、多奇字僻字，無疑給後人閱讀增加了困難。造成這種狀況的原因是多方面的：其一，賦本身所要求。司馬相如認爲，賦應「合纂組以成文，列錦繡而爲質，一經一緯，一宮一商」，其構思要符合「心迹」，其內容要「包括宇宙，總攬人物」（《西京雜記》）這就使賦的文辭勝於文理，以至「繁華損枝，膏腴害骨」（《文心雕龍·詮賦》）了。其二，當時的賦作大都寫給帝王貴族看，內容雖含諷諭，畢竟不能直抒胸臆，於是，適合帝王貴族口味的，只能是鋪敍、誇張、大肆渲染了。其三，賦因長於鋪陳，自不免失之煩瑣、累贅、堆砌。其四，賦家中有不少文字學家，他們有時喜好故弄玄虛、炫耀才華，這就使得所作賦中奇僻字大量湧現，令人難以卒讀。

賦的上述缺點確是客觀事實，但我們卻不能因此否定它的藝術價值，從而貶低它在文學史上的地位與影響。漢賦的藝術價值，至少可包含以下幾點：一、漢代除大賦外，尚有不少抒情小賦，如賈誼《弔屈原賦》、司馬遷《悲士不遇賦》、王褒《洞簫賦》、班彪《北征賦》、張衡《歸田賦》、《思玄賦》、蔡邕《述行賦》等，這些賦大多感情眞摯，文字易讀，有的借物寄情，諷諭現實，具有較高的文學價值；二、即使一些大賦，雖極力鋪陳，但它們的文辭與音節客觀上能在讀者視聽上造成快感、愉悅感（作者主觀上追求一種有節奏的語辭美），同時其鋪張手法充分顯露了事物的繁麗色彩與雄偉氣勢，一定程度上能激發人的想像力，倘非如此，恐難以激起帝王貴族們的閱讀興趣；三、漢賦雖說是「勸百諷一」，畢竟還是運用了諷諭手法，這種手法的運用往往比較謙恭、柔順，便於統治者接受，這在藝術上就顯得含蓄、委婉、曲折，尤其那些啟發性諷喩（如枚乘《七發》）、對比性諷喩（如司馬相如《子虛》、《上林》）、解嘲性諷喩（如東方朔《答客難》、楊雄《解嘲》），豐富了賦的表現手法，增強了藝術感染力；四、漢賦作品由於注重鋪陳事物，因而大多描寫細致、具體，語言上注意鍛字煉句，這一特點，啟發了建安以後的不少詩人，他們從漢賦的描寫中得到借鑒，有的明顯化用了漢賦的句式、語彙而注入新的內容；五、漢賦鋪敍的描寫手法，造成了被描述對象的集中化與突出化，這給後代詩文敍述事件、刻畫人物、運用鋪敍、誇張手法創造了先例；六、漢賦儘管藝術形式與結構上顯得呆板、滯重、粗拙，但它能在讀者面前展示一幅幅繁榮、興盛、充滿活力的圖像，使讀者在這宏大、沉雄畫面前心胸爲之開拓，耳目爲之一新，造成了漢代文學獨特的氣象與風格，而後世文學則莫能企及。（指「描述領域、範圍、對象的廣度上」——李譯厚《美的歷程》）

㈢賦發展到魏晉時期，開始出現一種新的趨勢：篇幅減小，題材擴大，抒情成分增多。這種趨勢，雖然漢時已萌發，並出現過一些抒情小賦，但在整個文壇未能形成風氣，數量也不多，主宰文壇的仍是大賦。而到魏晉時，由於賦在風格特徵上逐步趨向於詩歌化，因而在賦史上開始了一個新的階段。

賦到魏晉，爲何篇幅會趨於減小呢？原因在於魏晉文人創制賦的動機與前不同了。建安以後的文人作賦，大多旨在抒情，而不注重獻賦媚上，賦成了抒情的工具，其內容也不再偏於描述京都、宮館。雖然這一時期還有像潘岳《西征賦》、左思《三都賦》那樣的大賦，但在整個文壇上，它們已屬晨星寥若，成不了氣候了。另外，這一時期的賦，多半係產生於宴席、聚會上，文人常是即席、命題作賦，因而，篇幅不可能長。於篇幅減小的同時，賦的題材內容也發生了變化，登臨、憑弔、悼亡、傷別、游仙、招隱等，均出現了，且不限於咏物，抒情、敍事、咏物並見，抒情味增濃，文字淸麗，逐步擺脫了漢大賦鋪陳堆砌辭藻的陋弊，作品中反映現實、表現人生、追求理想、描畫田園山水的內容顯然占了主要地位。這一階段的賦以曹植、王粲、潘岳、陸機等人所作的文學價值較高：曹植《洛神賦》，承法宋玉《神女賦》，而情節結構、人物形象更加完美、細膩，更富感染力；王粲《登樓賦》，抒懷鄉戀土之情，感情充沛、深撼人心；潘岳《秋興賦》、《閑居賦》，語言明淨，辭藻絢麗，情韻富美；陸機《文賦》，比喩貼切，語言工麗，論述深入，是一篇精美的文藝理論佳作。另外，像張衡的《鸚鵡賦》，向秀的《思舊賦》，陶淵明的《感士不遇賦》、《閑情賦》等，都是這一時期的佳作，它們大多感情眞摯，清雅動人，展現了魏晉小賦的新風貌。

賦在魏晉時期之所以會形成新的階段，展現新的風貌，除了社會歷史條件與漢代不同，主要由於賦的作家繼承恢復了楚騷的抒情傳統，積極地接受了樂府民歌的影響，吸取了建安詩歌的比興手法，使賦這一文學形式充分發揮了它的特長，避免或減弱了它的弊病，體現出了以文寓情、借文寄情的文學特性，從而提高了文學鑒賞性與審美性。

㈣南北朝時期，賦走上了駢麗階段，追求形式技巧，講究韵律音節。這一階段，雖然賦的語言技巧顯然有所提高，出現了一些雕琢新奇、修辭雅致、音律和諧的作品，但總的水準減低了，內容單薄，文學價值削弱，「左陸以下，漸趨整煉；齊梁而降，益事妍華，古賦一變而爲駢賦。」（孫松友《國粹學報．述賦篇》）可以說，賦由漢代的大賦、魏晉的小賦，到此時，開始了駢賦階段。從總體上說，這一階段，藝術形式的追求大大強於思想內容，文辭的駢偶化，成了一種時尚，與文壇上崇尚駢麗緊緊相呼應。不過，感情蘊藉、形象生動的作品也有，如鮑照的《蕪城賦》，氣勢變化多端，文辭繁麗形象，頗具感染力；謝惠連、謝莊的《月賦》，江淹的

《恨賦》、《別賦》，或清美鮮麗，或感慨深重，很能感人；庾信的《枯樹賦》、《小園賦》、《哀江南賦》，傷懷故國，悲感身世，顯出意緒蒼涼、辭氣雄健的特色；它們均爲賦史上值得一提的佳構。

賦從開始產生、發展，到南北朝，已走過了大賦——小賦——駢賦的歷程，從一種文學形式來說，它已走向了衰落。到唐宋以後，雖則還存在律賦與文賦兩種形式、兩個歷史階段，但從賦的本質特性言，這已經是它的衰亡期了，章炳麟《國故論衡・辨詩篇》說：「賦之亡蓋先於詩，繼隋而後，李白賦《白堂》，杜甫賦《三大體》，誠欲爲揚雄臺隸，猶幾弗及，世無作者，二宋亦足以殿。自是賦遂泯絕。」從唐宋時代文人所作律賦看，基本上一味講究音韻、對偶，很少顧及情韻與內容，有的還限題與限韻，幾乎與後世八股文無甚差異，談不上什麼文學價值。而文賦，從文學價值看，不少作品在文學史上很有地位與影響，如杜牧《阿房宮賦》、歐陽修《秋聲賦》、蘇賦《赤壁賦》等，但仔細辨之，它們已基本上接近散文，喪失了作爲賦文體的基本特徵，只是標以「賦」題而已，故而其價值與聲譽似乎不能全記在賦的賬上了。

以上我們對賦這一我國文學史上獨特的文學形式作了簡括而又綜合性的論述，我們的宗旨與認識是：既不因它在文學史上曾遭譏貶而對它有所忽視，也不因其曾在某一歷史階段特別興盛而予以不恰當的拔高；文學史上的任何一種文學形式，唯有從歷史角度出發，作實事求是的考察分析，才能得出較爲客觀公允的結論。我們對賦的看法與認識，即是基於這個準則來加以歷史地辨析、研究與判斷的。

三、歷代賦論述要

賦作爲一種獨立的文學體式，雖然嚴格地說，乃產生於戰國末季，最早的賦家是宋玉、荀卿，但它眞正的興起，並作爲一種文壇上的新型文體爲文人們所羣起創制，還是在漢代，漢代文壇上，賦成了一大宗，作品紛呈，賦家蜂起。而與賦興起的幾乎同時，賦的研究——賦論，也隨之伴生，它沿著與賦發展並不合一的軌迹在文學批評史上留下了不可磨滅的印記。

歷史地看，賦論在整個古代文學批評史上可以大致分爲四個階段，兩漢、魏晉南北朝、唐宋元、明清。以下擬對這四個階段的概況作些評述。

㈠兩漢時期，是賦的鼎盛期，也是賦論的發軔期。最早對賦這種文體及其創作發表見解的，據史料（《西京雜記》）記載，是司馬相如。司馬相如本人是賦大家，一生創作了不少有影響有代表性的賦作，在漢代乃至整個賦史上，均甚有地位與影響，因此，他直接闡述對賦的看法，能擊中肯綮。《西京雜記》載錄了他回答盛覽作賦方法的一段話（此書雖屬小說，但從西漢時代及司馬相如本人實際情況看，其記載具可信性。）：

「合纂組以成文，列錦繡而爲質，一經一緯，一宮一商，此賦之迹也。賦家之心，包括宇宙，總覽人物，斯乃得之於內，不可得而傳。」

在這段話中，司馬相如提出了「賦迹」與「賦心」兩個概念。「賦迹」，講賦的形式，是對賦文體特徵的認識，認爲作賦須辭藻華美、音律和諧；「賦心」，是作賦的方法論，說明賦家創作賦時要對外界事物作藝術概括；兩者均與賦文體本身及創作賦的實際要求基本相符。這是賦論史上最早論賦的文字。

與司馬相如差不多同時代的司馬遷，在《史記・司馬相如列傳》與《太史公自序》中，分別評論了司馬相如的賦創作：

「相如雖多虛辭濫說，然其要歸，引之節儉，此與《詩》之風諫何異？」

「《子虛》之事，《上林》賦說，靡麗多誇，然其指風諫，歸於無爲。」

司馬遷既肯定了司馬相如的成就與特色：「與《詩》之風諫何異」，「其指風諫，歸於無爲」，也同時指出了他的不足：「多虛辭濫說」、「靡麗多誇」，可謂褒貶分明。司馬遷的評說，開了賦論史上評論賦家及其作品得失的風氣之先。

漢代對賦採取始肯定後否定態度的，是揚雄。他初「好辭賦」，對司馬相如「弘麗溫雅」的賦作甚爲欽慕，下決心模擬之；然而，賦「靡麗多誇」的形式與實際諷諫作用之間的矛盾，使曾創作過《甘泉》、《羽獵》、《長揚》、《河東》等賦作品的揚雄，開始認識了賦的弊端與局限，決心棄而不爲，並因此作了批判。他說：「或問：吾子少而好賦？曰：然。童子雕蟲篆刻。俄而曰：壯夫不爲也。」（《法言·吾子》）揚雄之所以認爲作賦是「童子雕蟲篆刻」、「壯夫不爲」，原因在於賦不能眞正起到諷諫作用，它「極靡麗之辭」，只是讓讀者欣賞其華麗辭藻從而達到娛人耳目的作用而已，《漢書·揚雄傳》載：「雄以爲賦者，將以風之，必推類而言，極靡麗之辭，閎侈鉅衍，競於使人不能加也。既迺歸之於正，然覽者已過矣。往武帝好神仙，相如上《大人賦》欲以風，帝反縹縹有凌雲之志。繇是言之，賦勸而不止，明矣。」鑒此，揚雄分賦爲二：一曰「詩人之賦」，一曰「辭人之賦」，他認爲，此二類賦雖均具「麗」之特徵，但前者「麗以則」，後者「麗以淫」，「麗以則」者，係詩人所作，「麗以淫」者，乃辭人所爲，他爲此比較了詩人代表屈原與辭人代表司馬相如之間的特色差異，指出，屈原「上援稽古，下引鳥獸」，其著意是「過以虛」「華無根」的司馬相如「亮不可及」的。揚雄的這一分類評價，具有一定的理論概括性，指出了西漢時代賦忽視思想內容、崇尙靡麗形式的弊病，對後代論賦作家影響頗大。

兩漢時代對賦作較多方面評論的，是東漢的班固，班固分別在《離騷序》、《兩都賦序》中論及了賦，並在其編著的《漢書·藝文志》中特立「詩賦略」，其中內容雖大多引述劉歆主張（《藝文志》基本取之《七略》），然也一定程度上反映了他本人的看法。概括起來，他的論賦見解與貢獻主要有：第一、簡要敍述闡明了賦的產生及其在西漢兩百多年中的歷史發展；第二、肯定漢賦歌功頌德的思想內容（「抒下情而道諷諭」，「宣上德而盡忠孝」），稱漢賦是「雅頌之亞」、「炳焉與三代同風」；第三、不贊同揚雄對辭人之賦的批判，肯定司馬相如作品的積極意義與歷史地位；第四、在《漢書·藝文志》中特立「詩賦略」，將詩賦作品分成屈原賦、陸賈賦、孫卿賦、雜賦、歌詩等五類，這是他重視詩賦的體現，也是文學與學術著作分離意識的早期萌芽。從班固的論賦見解我們可以看出，他過分注重了賦的文辭，偏重於賦的歌功頌德，顯然具有片面性，這同他貶斥屈原及其作品的人格與思想內容在傾向上是一致的，《離騷序》中他說：「今若屈原露才揚己，……亦貶絜狂狷景行之士，……謂之兼詩風雅而與日月爭光，過矣。」不過他對屈原作品的藝術形式持首肯態度，同文中說：「然其文弘博麗雅，爲辭賦宗，後世莫不斟酌其英華，則象其從容。」承認屈原作品在藝術形式上是漢賦之宗。

(二)魏晉南北朝時期的賦論，呈現以下三個特點：①這一時期比較重要的批評家，如曹丕、陸機、劉勰、鍾嶸、蕭統、顏之推等，均有論賦的文字或文章，說明賦在這個時期雖地位影響已不及漢代，但依然是文壇一宗，被視爲獨特的文體，爲人們所重視；②晉代出現了賦論專文，如左思《三都賦序》、皇甫謐《三都賦序》等，加上南朝劉勰的《詮賦》，表明魏晉南北朝較之兩漢，對賦的研究顯得更理論化、系統化；③體大思精的《文心雕龍》一書，不僅有《詮賦》篇，且其它篇章也有論賦文字，構建了獨特的賦論體系，對漢代以來賦的理論作了系統的總結與創造性的理論闡發，值得重視。

曹丕、陸機、蕭統等人在他們各自論著中一一表述了對賦的看法，其共同點是：文字不多，但都能抓住賦的根本特徵。如曹丕《典論論文》說：「夫文，本同而末異，蓋奏議宜雅，書論宜理，銘誄尚實，詩賦欲麗」，用一「麗」字突出了賦的特點；陸機《文賦》比曹丕概括得更具體明確：「詩緣情而綺靡，賦體物而瀏亮，碑披文以相質，誄纏綿而悽愴，銘博約而溫潤……。」把「賦」的文體特徵與「賦」本文聯繫了起來，抓住了實質；蕭統的《文選》雖是一部文學作品選本，卻也體現了蕭的文學觀點與主張，不論文章的選擇與編排，還是《序》中所闡述，都表現出重文采、重辭賦的鮮明傾向，他的選文標準是「能文爲本」，所謂「能文」，即是對辭藻、音律等語言技巧方面的要求，《序》首論賦，而後依次爲詩、箴、論、銘、誄等文體，足見賦在蕭統心目中的地位。

晉代的二篇《三都賦序》及摯虞的《文章流別志論》，是魏晉南北朝時期比較值得注意的賦論。左思在《三都賦序》中提出了與前人不同的論賦標準，他認爲，賦不能過於虛誇，其內容、文辭的取材需有根據：「蓋詩有六義焉，其二曰賦。……先王采焉，以觀土風。見『綠竹猗猗』，則知衛地淇澳之產；見『在其版屋』，則知秦野西戎之宅；故能居然而辨八方。」他自己撰寫《三都賦》也實踐了這一標準——辭必徵實：「其山川城邑，則稽之地圖；鳥獸草木，則驗之方志；風謠歌舞，各附其俗；魁梧長者，莫非其舊。」爲什麼要如此徵實呢？他認爲：「發言爲詩者，詠其所志也；登高能賦者，頌其所見也。美物者貴依其本，讚事者宜本其實，非本非實，覽者奚信？」由此，他在《序》中指責了不少漢代賦家作品中記載失實之處：「然相如賦上林，而引盧桔夏熟；揚雄賦甘泉，而陳玉樹青葱；班固賦西都，而嘆之以比目；張衡西京，而述以游海若；假稱珍怪，以爲潤色，若斯之類，非啻於茲。考之果木，則生非其壤；校之神物，則出非其所。於辭則易爲藻飾，於義則虛而無徵。」左思的指責，應該說有其一定意義，他批評了漢代這些賦家過於追求文辭虛誇的弊病，但他一味講究「徵實」，強調知識的眞實，則也不免求之過甚，模糊了文學作品與學術論著的區別。

皇甫謐的《三都賦序》係贊譽左思《三都賦》而作，故在賦的內容「徵實」上，與左思主張毫無二致，他稱贊《三都賦》：「其物土所出，可得披圖而校；體國經制，可得按記而驗；豈誣也哉！」他同時指責漢賦的失實之弊：「而長卿之儔，過以非方之物，寄以中域，虛張異類，託有於無。」皇氏與左思同犯了一個毛病。不過，皇氏這篇《序》同時也闡發了他自己對賦的看法，有二點很明顯：其一、皇氏重視並強調賦的藝術表現形式，認爲賦是「美麗之文」——「文必極美」「辭必盡麗」，如不符「美麗」標準者則稱不上賦，據此，他肯定了漢賦在藝術形式上的一些成就：「初極宏侈之辭，經以約簡之制，煥乎有文，蔚爾鱗集，皆近代辭賦之偉也」；其二、比較詳盡地論述了賦產生以來的情況，對主要代表作家，一一予以評價，所論文字，有褒有貶，不偏不激。

摯虞的《文章流別志論》是一篇探討各種文體性質與源流的專論，其中論賦的一段，提出了一些見解。受揚雄「詩人之賦麗以則，辭人之賦麗以淫」觀點影響，摯虞對「辭人之賦」明顯持貶抑態度，他說：「前世爲賦者有孫卿、屈原，尙頗有古詩之義，至宋玉則多淫浮之病矣。」接著，他指出「辭人之賦」有「四過」：「夫假象過大，則與類相遠；逸詞過壯，則與事相違；辯言過理，則與義相失；麗靡過美，則與情相悖。」這「四過」的危害是：「背大體而害政教」，造成「四過」的原因，是因爲辭人們忽略思想內容、偏重形式所致——「以事形爲本，以義正爲助」。可見，摯虞與左思、皇甫謐不同，他比較重視賦的思想內容。之外，他在論述「七」體時，述及枚乘《七發》既具有諷諭意義，又開了後世淫麗之先，比較符合事實。

劉勰對賦的理論見解，主要體現於《詮賦》篇中，其它篇章也略有涉及。總括起來看，劉勰的論賦主張及觀點，大致包含以下幾點：

第一、明確了「賦」的眞切含義及其源流。劉勰以前，對賦究竟指什麼，從何起源，爭論頗多。劉勰在例舉前人論述基礎上指出：賦是《詩》六義之一，「賦者，鋪也，鋪采摛文，體物寫志也。」而作爲文體的賦，則是「受命於詩人，拓宇於楚辭」，其始端是荀卿的《禮》、《智》，宋玉的《風》、《釣》，後之賦家枚乘、賈誼、司馬相如、揚雄等皆係楚辭所「衣被」。劉勰對「賦」概念的定義，比較準確地抓住了作爲《詩》六義之一「賦」的實質，後世論者一般皆以此爲準則來評析賦，同時，劉勰對賦文體起源的說法，符合賦產生發展的實際，「討其源流，信興楚而盛漢」，可謂不移之論。

第二、指出了大賦與小賦的區別及其特點。對賦作大、小之分的，始於劉勰，他在《詮賦》中按賦作品的不同特點，分大、小賦兩類，謂大賦類是：「京殿苑獵，述行序志，並體國經野，義尚光大。既履端於倡序，亦歸余於總亂。序以建言，首引情本；亂以理篇，迭致文契。……斯並鴻裁之寰域，雅文之樞轄也。」謂小賦類是：「草區禽族，庶品雜類，則觸興致情，因變取會。擬諸形容，則言務紆密；象其物宜，則理貴側附。斯又小制之區畛，奇巧之機要也。」這個概括，包含了內容與形式兩個方面，很顯然，大賦題材廣，有序有「亂」辭，藝術特徵是典雅，小賦題材狹，描寫細密，藝術特徵是奇巧。劉勰的這一分類，後世一直沿用，成了文學史上的專門分類名詞。只是他的這一概括，尚有欠全面處，大賦也有描寫細密、富奇巧者，小賦則並非單純奇巧特徵。

第三、總結了賦的創作原則。《詮賦》篇指出，「立賦之大體」應是：「義必明雅」，「詞必巧麗」，「麗詞雅義，符采相勝；如組織之品朱紫，畫繪之著玄黃；文雖新而有質，色雖糅而有本。」在劉勰看來，作賦必須符合內容與形式兩方面的要求，缺一不可，倘若舍本逐末，只追求文采，不講究內容，則「雖讀千賦」也會「愈惑體要」，結果「繁華損枝，膏腴害骨；無貴風軌，莫益勸戒。」可見，劉勰既重視賦的文辭標準，要求「寫物圖貌，蔚似雕畫」，同時也堅持「體物寫志」、「情以物興」、「風歸麗則，辭翦美稗」，力求內容與形式的統一與完美。

第四、對戰國以迄魏晉有代表性的賦家及其作品，劉勰均作了評判，有客觀愜當之論，也不免失之公允之說。例如，說「陸賈扣其端，賈誼振其緒，枚馬播其風，王楊騁其勢」，符合漢賦發展實際，評價恰如其分；說「相如《上林》繁類以成艷」，「文麗而用寡者長卿」，「子淵《洞簫》，窮變於聲貌」，「延壽《靈光》，含飛動之勢」，堪稱中的之論；而舉魏晉賦家傑出代表，不適當地抬高了郭璞、袁宏，卻忽略遺漏了江淹、鮑照、庾信，似有失公正。

第五、指出詩人的創作是「爲情而造文」，辭人作賦是「爲文而造情」。這顯然是揚雄觀點的引申。劉勰認爲，詩人創作，「志思蓄憤」，「吟咏情性」，是「爲情而造文」，符合文學創作的規律，作品富有藝術價值，是「約而寫眞」；而辭人創作，「心非郁陶，苟馳誇飾，鬻聲釣世」，乃「爲文而造情」，因而其文「淫麗而煩濫」。劉勰在這裏實際上提出了二個看法：一是認爲創作必須「爲情而造文」才符合創作規律，才能創制出高質量的好作品；二是辭人作賦違背創作規律，顚倒了創作順序，所產生的作品，勢必缺乏藝術價值。這看法符合文學創作的基本規律，至今仍有現實意義。

㈢唐、宋、元三代是賦論的低谷期，無論賦的研究者與有關賦的論著均少於唐以前元之後，其原因恐怕主要因爲賦在這三代處於衰落期，其時，「正宗」的賦已幾乎不見，文壇所產生的賦，或則談不上藝術價值，純係爲考士而生的律賦，或則是名爲賦實屬散文的文賦。不過，這一階段還是出現了一些論賦文字，它們主要散見於唐代一些史學著作及宋代一些詩話與文人的書信、序中。値得注意的是，這低谷期的三代中，卻異軍突起地出現了一部比較系統的賦著作——

元人祝堯編的《古賦辨體》，此書主要是爲漢魏六朝賦作品作注，同時辨析賦的特徵、賦文體的源流，並對各代賦家及作品作評論，是一部有價值的賦方面的著作。

唐宋二代的賦論，基本上沿襲前代觀點，無甚新見；值得一提的，是南宋朱熹的《楚辭後語》，它是《楚辭集注》一書的一部分，其中論及賦家的一些見解，可以參考。朱熹在注司馬相如《哀二世賦》時指出，司馬相如作品「能侈而不能約，能諂而不能諒」，其《子虛》、《上林》兩篇，因「誇麗而不能入於楚辭」，《大人賦》「終歸於諛」，《哀二世賦》是「顧乃低徊局促，而不敢盡其詞焉，亦足以知其阿意取容之可賤也。」很顯然，朱熹的這些評語立足於司馬相如作品的思想內容，對其作了毫無保留的貶抑，我們如聯繫對照司馬相如實際作品，發現朱論不無可取之處；然如作全面衡量，則會覺得朱有重義理輕文采之偏頗。不過，這種偏頗在論班倢伃時卻難以見出了。朱論班倢伃的《自悼賦》云：「至其情雖出於幽怨，而能引分以自安，援古以自慰，和平中正，終不過於慘傷。」認爲其「詞義」與《柏舟》、《綠衣》（《詩經》作品）「同美」，且班本人是「德性之美，學問之力，均有過人處。」看來，朱熹的評注，褒貶寄寓十分鮮明，我們從中也可見出朱熹本人對賦的好惡態度。

祝堯《古賦辨體》的論賦主要包括三方面：辨賦體、論賦家、析賦作。對賦體，祝堯引證前人觀點，指出：楚騷乃賦之祖，而騷由詩變之，因此爲賦者，須深諳詩騷，並辨明賦與詩騷之異同，（「異同兩辨，則其義始盡，其體始明。」）方能「情形於辭」「意思高遠」，「辭合於理」「旨趣深長」，爲此，祝氏「以歷代祖述楚語者爲本，而旁及他有賦之義者，因附益於辨體之後，以爲外錄，庶幾既分非賦之義於賦之中，又取有賦之義於賦之外，嚴乎其體，通乎其義」，以一助賦家，辨明賦義；同時，爲使賦體源流能清晰可辨，祝氏在外錄部分的騷與賦之中，特錄了「后騷」部——居「屈宋之騷」與賦之中。特別應提到的是，祝氏對賦的情辭關係，在揚雄觀點基礎上又有了發揮（「發明揚子麗則麗淫之旨」），他認爲，「辭人所賦，賦其辭」，「詩人所賦，賦其情」；「古之詩人」均因對古、今、事、物有情懷感觸才下筆作賦，故其辭乃情懷感觸之寄托；而「後之辭人」則不然，作賦「惟恐」「一語未新」、「一字未巧」、「一聯未偶」、「一韻未協」，求妍求奇，卻結果「情直外焉」。祝氏論析賦家作品以辭、理、情三者爲評判準則，視情爲賦之本，理爲辭與情之中介，而辭則居最下。這對過分講究辭藻、忽視思想內容的傾向無疑是針鋒相對，甚有價值，但祝氏似乎有些過份強調了情、理，而忽略了辭的作用，不免失之偏頗。在祝氏看來，爲辭「須就物理上推出人情來，直教從肺腑中流出，方有高古氣味」，他甚至認爲：「本於人情，盡於物理，其詞自工，其情自切，使讀者莫不感動。」反之，「辭愈工則情愈短，情愈短則味愈淺，味愈淺則體愈下」，這便有些走到了另一極端。祝氏還因此而認爲先秦至三國六朝，辭「一代工於一代」，情則一代不如一代。實際情況恐並非如此。有情能動人，能富有藝術感染力，自然正確，但這並不意味著辭工就一定不動人，一定不富有藝術感染力，況且先秦至三國六朝賦的實際發展並不是「一代不如一代」，祝氏的判斷顯得有點絕對化、片面化。

《古賦辨體》的主要篇幅是對賦家及其作品的論析，祝氏在這方面頗化了些筆墨，全書論及漢魏六朝賦家近二十位，作品二十餘篇，其數量之多、範圍之廣，爲漢以迄之冠。這些評述相當部分贊同、沿襲前代成說，然也有一些個人的見解與發揮。如論荀卿之賦，云「既不先本於情之所發，又不盡本於理之所存」，與風騷相比有差異，所言甚是；又如，認爲「賦之問答體，其原自《卜居》《漁父》篇來，厥后宋玉輩述之，至漢，此體遂盛。」符合實際；又如，評價司馬相如賦，謂：「《子虛》、《上林》較之《長門》，如出二手，《子虛》、《上林》尙辭，極靡麗，不本於情，無深意遠味，而《長門》情動於中形於言，不尙辭而辭在意中。」頗有道理；又如，對揚雄的好用奇僻字，甚爲不滿，謂：「益趨於辭之末，而益遠於辭之本也。」貶揚雄《長楊賦》曰：「此等之作，雖名曰賦，乃是有韵之文，並與賦之本又失之噫！」可謂中的之論；再如，稱譽禰衡《鸚鵡賦》曰：「凡詠物題，當以此等賦爲法。」所譽甚當；等等，均爲有參考認識價值的論見。

㈣明清時期，是賦論史上的多產期，這一時期，雖然賦的創作已在文學史上幾乎不提及，也談不上有什麼賦家（文賦、律賦的創作仍存，且清人有「當代」賦作編集問世，如《賦海大觀》等），但賦的編集與評論，卻空前的多，據筆者粗略統計，西漢至清末民初之間所有論賦作者及文章（文字），明清時期（包括清末民初）占了一半多。明清的賦論，以輯錄、沿用前人觀點主張者居多，獨抒己見、自成體系者較少。在賦作品的匯編出版上，這一時期出現了《歷代賦匯》、《七十家賦鈔》、《賦鈔箋略》等大部頭編著，爲系統了解歷代賦創作的面貌，提供了助益。這期間問世的由清人李調元編的《賦話》，是一部值得一提的賦論資料。另外，一些詩話著作也多少收輯了論賦材料，其中有些溶入了編著者自己的研究成果，如明人胡應麟的《詩藪》、清人劉熙載的《藝概．賦概》等，很有參考價值。

《詩藪》是一部評論歷代詩歌的詩話著作，由於作者廣涉書史、學問淹博，故書中徵引甚富，其中對賦作品的篇目與淵源繼承，考證闡述得較細密；一些品評文字，雖承襲前人成說頗多（往往以王世貞《藝苑卮言》爲標準），然可取之處也有。例如，胡應麟認爲，騷與賦藝術形式上的區別主要在於：騷複雜無倫，以含蓄深婉爲尙，賦整蔚有序，以誇張宏距爲工；騷、賦的興衰變化是：騷盛於楚、衰於漢、亡於魏，賦盛於漢、衰於魏、亡於唐。胡氏指出，騷與賦是兩種文學體裁，然前人總好統稱，混而不分，自蕭統《文選》分騷、賦爲二後，歷代便承因之，使名實相符。須指出的是，因《詩藪》以王世貞《藝苑卮言》爲評判準則，跳不出王氏框框，而王氏論賦基本上均承前人說，這就限制了《詩藪》本身的發揮。

清人程廷祚的《騷賦論》是一篇有價值的賦論，該文著重辨析騷與賦的共同點與不同處，對歷來這兩種文體上的不同看法提出了個人的看法。程氏的辨析從區別詩、騷、賦三者同異入手，他指出，詩騷賦三者，有淵源承續關係：詩是騷、賦之源，詩變而後有騷，騷之體流而成賦，

「賦體類於騷而義取乎詩」。接著，他區別了騷與賦的不同特點：騷「近於詩」，「具惻隱、含諷諭」，賦則「專於侈麗閎衍之詞」，「有助於淫靡之思，無益於勸戒」。在辨析騷賦異同時，程氏同時評論了自荀、宋至魏晉歷代賦的特點，及一些賦家與作品。他稱道賈誼、司馬相如，曰：「賈生以命世之器，不竟其用，故其見於文也，聲多類騷，有屈氏之遺風」，「長卿天縱綺麗，質有其文；心跡之論，賦家之準繩也。」他認爲，西漢一代，「首長卿而翼子方」、「賦家之能事」「至是」畢；東漢則「體卑於昔賢，而風弱於往代」，然「賦至東京，長卿子雲之風未泯，雖神妙不足，而雅贍有餘。」魏晉時期賦，雖「規制分明」，但「古人之行無轍迹者，於是乎泯矣。其氣不足以發，其神不足以藏」，「賦道」至此已衰，只是仍賢於六朝；六朝時期，「義取其纖，詞尚其巧。」「雖世俗喜其忘倦，而君子鄙之。」「唐以後無賦，其所謂賦者，非賦也。」

《讀賦卮言》是清人王芑孫所著的一部有關賦的著作，全書爲幫助讀者理解賦作品，按導源、審體、謀篇、小賦、律賦、總指等項分類編次，其所錄內容雖多係前人成說，但這種分類編排，對讀者無疑是一種指途識津，有助於讀者了解賦的來龍去脈、體式類別。

李調元《賦話》一書全部是歷代有關賦文字的匯編，分「新話」、「舊話」兩部分，「新話」部分主要輯錄「當代」賦話，「舊話」部分主要收編「歷代」賦話。由於作者的旨意係爲門生提供一部指導作賦之法門的書，因而該書相當篇幅偏重於作賦法的內容（尤「新話」部分），對於賦論而言，可取部分在「舊話」之中，內容包括賦義辨析、賦體源流、賦家及其作品評論等，其範圍上自漢初、下迄明淸，廣涉史書、詩話、小說、筆記等多種資料。本書的特點是：收輯的時間跨度大，匯集的材料範圍廣，包含的內容較豐富，但遺憾的是，從總體上看，賦「話」多，賦「論」少，且多爲前人之說匯編，編者本人見解不多，未免是一大缺憾。

《藝概》是一部談各種文體藝術的著作，全書涉及的文體範圍廣泛，包括《文概》、《詩概》、《賦概》、《詞曲概》等，其中《賦概》部分，作者以簡煉的語言，「觸類引申」，對賦家及其作品、賦體形式流變、賦的藝術特點，在總結汲取前人研究成果基礎上提出了一些不囿於傳統的有識之論。劉氏在評論賦作品價值時，能注意同作家的品格密切相聯繫，他說：「志士之賦，無一語隨人笑嘆。故雖或顚倒復沓，糾轇隱晦，而斷非文人才客，求慊人而不求自慊者所能擬效」。爲此，他極力推崇屈原與賈誼，云：「讀屈賈辭，不問而知其爲志士仁人之作。」認爲他們的作品與人品是統一的，值得倣效。劉氏反對一些評論家對文體流變拘泥於所謂「正變」的傳統觀念，他指出：「賦當以眞僞論，不當以正變論，正而僞不如變而眞。」反映了他敢於衝破傳統陳見，正視文學的現實。劉氏在論述賦家的藝術特色時，善於以寥寥數語勾勒藝術特徵，如他說：「屈子以後之作，志之淸峻，莫如賈生的《惜誓》，情之綿邈，莫如宋玉「悲秋」，骨之奇勁，莫如淮南《招隱士》。」「賈生之賦志勝才，相如之賦才勝志」，「相如之淵雅，鄒陽、枚乘不及；然鄒、枚雄奇之氣，相如亦當避謝。」在詩與賦的關係上，劉氏認爲：按《詩經》風、雅、頌三類，可將賦分爲言情、陳義、述德三種；詩爲賦心，賦爲詩體；詩辭情少而聲情多，賦聲情少而辭情多。對賦的內容與形式方面的要求，劉氏提出了他自己的標準，認爲賦應：「實事求是，因寄所託」、「必有關著自己痛癢處」、「取窮物之變」、「須曲折盡變」；賦家應：「兼才學」，其「心」是「其小無內，其大無垠」；等等，這些標準，均能抓住賦的本質特徵，爲賦的創作與評論指了方向。

最後，還應提及清末民初章炳麟的《國故論衡・論詩》篇，該文在論詩中也涉及了賦，特別提到了《漢書・藝文志》分賦爲四類的原因，頗有參考價值。章氏據《漢書・藝文志》所列四家賦，按其內容性質，分別說明：屈原賦係言情之賦，陸賈賦是縱橫家之賦，孫卿賦乃「寫物效情」的效物賦，雜賦均雜詠之賦，既解釋了《藝文志》分類的緣由，也爲讀者閱讀理解這四類賦指點了門徑。

以上我們簡要而又概括地評述了我國古代賦論在四個歷史階段中的發展沿變及其特點，從中可以見出，賦論在古代文學批評史上與文論、詩論、詞論等一樣，是古代文學理論的重要組成部分，有其豐富的內容、眾多的論家、自身發展的歷史（本文僅擇其要者略加評述），我們切不可因歷來忽視賦而將這份理論遺產置之一邊，使之湮沒無聞。應該肯定，無論賦和賦論均是我國古代文學創作與文學理論的珍貴遺產，我們今人當不可輕忽之。

楚學論

一、漢代楚辭學

屈原作品問世以後，不脛而走，廣爲流傳，不僅仿而效之者有，更有悉心研究者，歷久而不衰，以至形成一專門學問——楚辭學。從時代上看，楚辭學的開創期在兩漢時代，漢代的楚辭研究具有不容忽視的開創之功，在楚辭研究史上影響甚巨。本文擬就兩漢的楚辭研究代表人物及其主要學說觀點作些評述。

㈠西漢是楚辭研究的初創期。據現存資料可知，這一時期的楚辭研究代表人物是：劉安、司馬遷、劉向、揚雄。淮南王劉安是文學史上第一個評介楚辭者；司馬遷第一個爲屈原作傳，並評介了屈原及其作品；劉向是第一個裒集屈原及宋玉等人作品，並定集名爲楚辭者；他們的工作，爲楚辭得以保存、流傳，供後代研究借鑒，作出了重要貢獻。

1. 淮南王劉安——楚辭研究的發軔者

淮南王劉安是目今可知文學史上最早的楚辭研究者，《漢書・淮南王傳》載：「淮南王安入朝，獻所作《內篇》，新出，上愛秘之。使爲《離騷傳》，旦受詔，日食時上。」顏師古注云：「傳謂解說之，若毛詩傳。」可惜由於歷史原因，淮南王這部《離騷傳》今已不復見，唯司馬遷《史記・屈原賈生列傳》、班固《離騷敍》、劉勰《文心雕龍・辨騷》等處尚存一段評騷文字：「國風好色而不淫，小雅怨誹而不亂，若《離騷》者可謂兼之。蟬蛻濁穢之中，浮游塵埃之外，皭然泥而不滓，推此志，雖與日月爭光可也。」僅從此段文字，我們即可明曉劉安對屈原及其作品的認識：一、《離騷》言情不過分，諷刺得體，兼有「國風」「小雅」之長；二、屈原品格高潔，志可與日月爭輝。劉安這一高度評介，對後世影響不小，王逸《楚辭章句序》云：「孝武帝恢廓道訓，使淮南王安作《離騷經章句》，則大義粲然。後世雄俊，莫不瞻慕，舒肆妙慮，讚述其詞。」不過，我們也應看到，劉安的這一評介，是以《詩經》作爲評判的典範，顯然順應了漢代「依詩立經」的風尚，這是他的局限性。

2. 司馬遷的高度評介

司馬遷在所撰《屈原列傳》中直接引用了劉安的評語，僅此可見他與劉安在觀點上的一脈相承之處；然而，較之劉安，司馬遷的評介顯然更爲深刻。司馬遷指出：屈原創作《離騷》，是在「憂愁幽思」條件下動筆的——「蓋自怨生也」，造成這一情況的原因，是因爲「（楚）王聽之不聰也，讒諂之蔽明也，邪曲之害公也，方正之不容也」，以至使「正道直行」「竭忠盡智」的屈原反而「信而見疑，忠而被謗」。司馬遷的這些論見符合屈原生平史實，切合屈原創作思想。他對屈原作品思想內容的剖析也能令人首肯：「其志潔，其行廉，……其志潔，故其稱物芳；其行廉，故死而不容自疏。」司馬遷之所以能言中肯綮，同他自身經歷遭遇與屈原有著本質相似之處有很大關係，可以說，司馬遷的「發憤著書」說與屈原的「發憤抒情」說是相通的。正由於此，司馬遷才會說：「余讀《離騷》、《天問》、《招魂》、《哀郢》，悲其志。適長沙，觀屈原所自沉淵，未嘗不垂涕，想見其爲人。」故而劉熙載《藝概》有云：「太史公《屈原傳贊》曰『悲其志』，又曰『未嘗不垂涕，想見其爲人』，志也，爲人也，論屈子辭者，其斯爲觀其深哉！」章學誠《文史通義．知難》有云：「人知《離騷》爲詞賦之祖矣，司馬遷讀之而悲其志，是賢人之知賢人也。」

在肯定屈原其人及其作品思想內容的同時，司馬遷對《離騷》的寫作藝術也作了剖析，他指出：《離騷》，「其文約，其辭微，……其稱文小而其指極大，舉類邇而見義遠」。高度概括了《離騷》的藝術特色：文約，辭微，稱小指大，言近意遠。於此同時，司馬遷還對屈原的創作動機作了分析：「上稱帝嚳，下道齊桓，中述湯武，以刺世事。明道德之廣崇，治亂之條貫，靡不畢見。」（《屈原列傳》）「作辭以諷諫，連類以爭議。」（《太史公自序》）指出屈原的創作旨在「諷諫」，而宋玉、唐勒、景差之徒與屈原的主要差別也正在此：「然皆祖屈原之從容辭令，終莫敢直諫。」說明司馬遷評論屈原及其作品重在政治態度與思想內容。

3.劉向對楚辭研究的貢獻

「楚辭」之所以會成此名並流傳後世，劉向之功不可抹。王逸《章句》云：「逮至劉向，校典經書，分爲十六卷。」《四庫全書總目提要》云：「初劉向裒集屈原《離騷》、《九歌》、《天問》、《九章》、《遠遊》、《卜居》、《漁父》，宋玉《九辯》、《招魂》，景差《大招》，而以賈誼《惜誓》、淮南小山《招隱士》、東方朔《七諫》、嚴忌《哀時命》、王褒《九懷》，及向所作《九嘆》，共爲楚辭十六篇。是爲總集之祖。」正式定屈原等人作品爲「楚辭」之名也始於劉向❶，劉向的這一定名，使屈原等人作品成爲能區別於詩與賦而在文學史上獨立的一種文體——辭（或謂「騷體」）。楚辭能成爲一部具有濃厚地方特色與民族風格的詩歌總集並在後代經久流傳，劉向及其子劉歆是有功的。另外，據王逸《天問敍》云，劉向還曾對《天問》作過研究，只是因爲所著《天問解》亡佚過早，連王逸「亦不能詳悉」，我們今人更無法知曉了。

4.揚雄的矛盾態度

漢代著名的辭賦家揚雄對楚辭及屈原採取毀譽參半、褒貶不一的態度。《法言・吾子》中揚雄說道：「或問景差、唐勒、宋玉、枚乘之賦也益乎？曰：必也淫。淫則奈何？曰：詩人之賦麗以則，辭人之賦麗以淫。」這裏，揚雄把景差、唐勒、宋玉等人的賦歸爲「辭人之賦」，並不言

❶「楚辭」一詞最早出處爲《史記・張湯傳》。

及屈原，這是有意將屈原劃爲「詩人之賦」之列，認爲屈原之賦符合「麗以則」。兩漢時代，辭賦合稱，揚雄作爲賦家，對辭賦的這種區分，清楚表明了他對屈原作品的推崇。同文中，揚雄又說：「或問屈原智乎？曰如玉如瑩，爰（奚）變丹青，如其智，如其智。」這裏又稱揚了屈原。另外，《漢書．揚雄傳》中所載，揚雄雖有不理解且不滿屈原投江自盡的做法，但也同時有對屈原遭遇同情的一面，我們可讀原文：

「又怪屈原文過相如，至不容，作《離騷》，自投江而死，悲其文，讀之未嘗不流涕也。以爲君子得時則大行，不得時則龍蛇，遇不遇命也，何必湛身哉！迺作書，往往摭《離騷》文而反之，自岷山投諸江之流以弔屈原，名曰《反離騷》。又旁《離騷》作重一篇，名曰《廣騷》，又旁《惜誦》以下至《懷沙》一卷，名曰《畔牢愁》。」

應該肯定，揚雄與劉向、司馬遷在對屈原的看法上有很大不同，即不能理解屈原不屈的鬪志和獻身於理想的信念，因而會認爲「遇不遇命也，何必湛身哉！」但同時也應看到，揚雄還同情屈原：「自岷山投諸江之流以弔屈原」，曾被屈原的作品所感動：「悲其文，讀之未嘗不流涕也」，這是揚雄肯定屈原及其作品的地方。即便從揚雄模擬前代作品中，我們也可見出他對屈原作品的推崇，《漢書．揚雄傳贊》曰：「以爲經莫大於《易》，故作《太玄》，傳莫大於《論語》，作

《法言》，史篇莫善於《倉頡》，作《訓纂》，箴莫善於《虞箴》，作箴。」他作《反離騷》、《廣騷》、《畔牢愁》，相當程度上也是因「賦莫深於《離騷》」，這就足以見出，在揚雄心目中，《離騷》與《易》、《論語》等儒家經典是居於相當地位的，否則他不至於會模擬達三篇之多。

由於受漢儒思想影響，揚雄對文學作品的浪漫特色認識不足，這影響了他對屈原作品文學價值的認識與評介。他在比較屈原與司馬相如兩人作品時，曾說：「或問：屈原、相如之賦孰愈？曰，原也過以浮，如也過以虛。過浮者蹈雲天，過華者華無根❷。」認為屈原「過以浮」「蹈雲天」，這顯然是對浪漫超脫想像的一種貶抑。當然，僅就屈原與司馬相如的作品優劣論，揚雄也還是有自己的主見的，他在同一文章中又說：「（屈原作品）上援稽古，下引鳥獸，其著意，長卿亮不可及也。」並不一味頌揚司馬相如。

揚雄雖屬漢代貶抑屈原及其作品之一員，但畢竟褒貶皆備；漢代眞正對屈辭施諸貶詞的，是東漢人班固，他的評論，引起了東漢一場學術是非的論辯，對後世產生了一定影響。

㈡東漢時代楚辭研究的第一個主要特點，是在對待屈原及其作品功過是非評介上出現了一場爭論，爭論的焦點在於：⑴如何在政治上評介屈原；⑵如何從思想意義上評介屈原的代表作《離

---

❷《文選·謝靈運傳論》李善注引《法言》。

騷》。這場爭論在學術史上是有意義、有影響的，它推動了楚辭研究的深入，是文學史上第一場有影響的學術論爭。

1. 班固基本否定屈原

班固對屈原基本持批評態度。《離騷序》中他否定了淮南王劉安的贊語，認爲：「斯論似過其眞」，「謂之兼詩風雅而與日月爭光，過矣。」他以和揚雄相同的儒家明哲保身觀點指責屈原：「且君子道窮，命矣。故潛龍不見是而無悶，《關雎》哀周道而不傷，蘧瑗持可懷之智，寧武保如愚之性，咸以全命避害，不受世患。故《大雅》曰：『既明且哲，以保其身。』斯爲貴矣。今若屈原，露才揚己，竟乎危國羣小之間，以離讒賊。然責數懷王，怨惡椒、蘭，愁神苦思，強非其人，忿懟不容，沉江而死，亦貶絜狂狷景行之士。」班固對屈原如此責難，與劉安、司馬遷觀點顯然形成了尖銳對立。同時，與揚雄相同，對屈原作品的浪漫特色班固也缺乏理解，他認爲屈辭「多稱昆侖冥婚宓妃，虛無之語，皆非法度之政，經義所載。」這正如劉勰所指出的：「班固以爲露才揚己，忿懟沉江；羿、澆、二姚，與左氏不合；崑崙、懸圃，非經義所載；……四家舉以方經，而孟堅謂不合傳，……」（《文心雕龍·辨騷》）。同樣受儒家思想影響，同樣以「依經立論」評判，班固的看法獨顯與眾不合之處，表明了他對屈原非難的態度與立場。

當然，班固並非全盤否定屈原，他的《離騷序》、《離騷贊序》、《漢書》等論著中，仍可見對屈原及其作品的肯定之語，如《離騷序》評屈辭曰：「然其文弘博麗雅，爲辭賦宗，後世莫不斟酌其英華，則像其從容。自宋玉、唐勒、景差之徒，漢興，枚乘、司馬相如、劉向、揚雄，騁極文辭，好而悲之，自謂不能及也。雖非明智之器，可謂妙才者也。」又如《離騷贊序》全文精神基本沿襲了《屈原列傳》，《漢書》中則多次肯定了屈原及其作品，《藝文志》有云：「楚臣屈原離讒憂國，皆作賦以風，咸有惻隱古詩之義。」《地理志》有云：「始楚賢臣屈原，被讒放逐，作《離騷》諸賦，以自傷悼。」《賈誼傳》有云：「屈原，楚賢臣也，被讒放逐，作《離騷賦》。」《古今人表》中將屈原與伊尹、傅說、伯夷、叔齊、管仲、顏淵、孟子等聖人賢士列於同欄之內。由此可見，班固也有其自相矛盾之處：基本一面否定，對藝術特色持肯定態度，又將屈原列入賢士之列。

2.王逸對班固觀點的反駁

王逸的反駁，首先在明辨品評人物政治表現的標準上。班固以明哲保身標準衡量人物，王逸則不然，他認爲，「且人臣之義，以忠正爲高，以伏節爲賢。故有危言以存國，殺身以成仁。……若夫懷道以建國，詳愚而不言，顚則不能扶，危則不能安，婉娩以順上，逡巡以避患，雖保黃耇，終壽百年，蓋志士之所恥，愚夫之所賤也。」依據這個標準，王逸認爲屈原是個値得大大頌揚的人物：「今若屈原，膺忠貞之質，體淸潔之性，直若砥矢，言若丹靑，進不隱其謀，退不顧其命，此誠絕世之行，俊彥之英也。」緊接此論，王逸直截了當地對班固的謬論提出了發難：「而班固謂之露才揚己，競於羣小之中，怨恨懷王，譏刺椒、蘭，苟欲求進，強非其人，不見容納，忿恚自沉，是誇其高明，而損其清潔者也。……引此比彼，屈原之詞，優游婉順，寧以其君不智之故，欲提携其耳乎？而論者以爲露才揚己，怨刺其上，強非其人，殆失厥中矣。」王逸的駁斥立論鮮明，說理充分，有力地反駁了班固的觀點。在充分肯定屈原其人同時，王逸還高度評介了屈原作品：「屈原之詞，誠博遠矣。自終沒以來，名儒博達之士，著造詞賦，莫不擬則其儀表，祖式其模範，取其要妙，竊其華藻。所謂金相玉質，百世無匹，名垂罔極，永不刊滅者矣❸。」王逸的這一評介是基於他對照比較了屈辭與《詩》、《易》、《書》之後下的結論，這就針鋒相對地與班固所謂非「經義所載」迥異，嚴正駁斥了班氏謬論。

東漢時代楚辭研究的第二個主要特點，是出現了楚辭研究史上第一部完整的注本（保存至今者）——王逸的《楚辭章句》，這是迄今最早最完整的楚辭研究著作。王逸之前，據現存資料可知，也有人作過屈辭注釋工作，如前述劉向《天問解》，以及賈逵、馬融的《離騷注》等，但都未能包容全部楚辭作品，又早失傳，故而王逸此本《章句》愈加顯得珍貴。

王逸這部《楚辭章句》是在劉向校集楚辭十六卷基礎上「又益以己作《九思》，與班固《二敍》爲十七卷，而各爲之注。」（《四庫全書總目提要》）《章句》不僅每篇作品均作注，且有闡明各篇旨意的序和總序《章句序》，這些序一以貫穿了王逸對屈原、楚辭作品的全部系統觀點

---

❸ 以上引文均見《楚辭章句序》。

與看法。

簡而要之，王逸《章句》有以下幾項特點：

①駁斥班固謬論，率直表白對屈原及其作品的評介與看法。（上文論及，此不贅。）

②集彙諸說，保存了不少先秦兩漢時代諸家研究成果。《四庫提要》云：「逸注雖不甚詳賅，而去古未遠，多傳先儒之訓詁，故李善注《文選》，全用其文。」馮紹祖觀妙齋《重校楚辭章句議例》云：「東漢王逸，彙其故爲章句，蓋其詳哉！至宋洪興祖、朱晦翁俱有補注。總之不離王氏者居多。」王逸自己在《章句序》中也說：「今臣復以所識所知，稽之舊章，合之經傳，作十六卷《章句》。雖未能究其微妙，然大指之趣略可見矣。」確實，從《章句》各篇注中，我們可以發現，王逸無論訓解文字、詮發大義，還是列舉、引證先儒諸說，均不發空言，不無據妄證，顯示出廣採博取的特色。可以推測，他很可能是參考酌取了劉安、班固、賈逵等前代與當代諸學者的研究成果，並在此基礎上有所生發，否則他不至於會說「復以所識所知，稽之舊章」。遺憾的是，他所引證的先儒諸說，因未言明作者與出處，我們後人無法據以考證核實，這對學術研究而言，不免是個缺憾。

③《章句》所附各篇序，雖或未及確言，或迄今仍有爭議，然畢竟爲後人提供了諸如作品之作者及其生平、作品的背景、內容概要及藝術特色等有價值的材料。

例如，《離騷經序》闡述屈原創作《離騷》的動機與原因是：「屈原執履忠貞，而被讒邪，憂心煩亂，不知所愬，乃作《離騷經》。」《九歌序》說《九歌》寫作原因是，「屈原放逐，竄伏其域，懷憂苦毒，愁思沸鬱；出見俗人祭祀之禮，歌舞之樂，其詞鄙陋，因爲作《九歌》之曲。」《天問序》述創作緣由爲：「屈原放逐，憂心愁悴，彷徨山澤，經歷陵陸，嗟號昊旻，仰天嘆息。見楚有先王之廟，及公卿祠堂，圖畫天地山川神靈，琦瑋僪佹，及古賢聖怪物行事，周流罷倦，休息其下，仰見圖畫，因書其壁，呵而問之，以渫憤懣，舒瀉愁思。」這些，都大致能切合屈原身世及作品實際，爲後世讀楚辭者提供了極有價值的參考。

又如，《離騷經序》中論述《離騷》的藝術特色，能抓住關鍵根本特徵；「依詩取興，引類譬喩」，尤其「引類譬喩」一項，王逸還作了引申分析：「故善鳥香草，以配忠貞；惡禽臭物，以比讒佞；靈修美人，以媲於君；宓妃佚女，以譬賢臣；虬龍鸞鳳，以託君子；飄風雲霓，以爲小人」，具體而又明瞭地讓讀者認識了《離騷》的藝術風格與特色。

又如，《九歌序》中明確指出了《九歌》產生的地理、風俗條件：「昔楚國南郢之邑，沅湘之間，其俗信鬼而好祠。其祠必作歌樂鼓午以樂諸神。」爲讀者認識《九歌》的原貌提供了線索。

王逸《章句》雖然具有以上一些長處，卻也同時存在一些不足之處。

首先，受漢武帝以後「罷黜百家、獨尊儒術」風氣影響，在評論屈原作品時不免落入儒家「依經立論」之窠臼，在這點上，他與班固幾無二致。例如論《離騷》曰：「夫《離騷》之文，依托五經以立文焉。」（《章句序》）並同時將《離騷》中的詩句分別與《詩》、《易》、《書》等一一對照比附，表面上是擡高，實質上卻貶低了《離騷》的藝術獨創性，反而令人感到牽強附會。對此，劉勰之語可謂中的之論：「王逸以爲：詩人提耳，屈原婉順。《離騷》之文，依經立文；……褒貶任聲，抑揚過實，可謂鑒而弗精，翫而未覈者也。」

其次，王逸的一些序中所言屈原生平事迹，若與他所作注進行比較對照，會發現一些違戾不合之處。如，「《九歌序》明言屈原放逐沅湘後所作，其在頃襄之世無可疑者。《湘君》『横大江兮揚靈』句王逸注云『奐（莫或冀之誤）能感悟懷王，使還己也。』又《山鬼》『留靈脩兮憺忘歸』句注云：『言己宿留（宿留，漢人語，有所須待意。）懷王，冀其還己，心中憺然，安而忘歸。』文作於易世之後，情則屬望於拘留不歸之王，屈原不其偵乎？叔師作注於易代之後，又有何疑忌而不敢明言頃襄乎？」❹

另外，《章句》中一些訓詁釋義，也有欠確之處，洪興祖《補注》及後世研究著作對此均有所指正。

然而，從總的方面看，王逸的《楚辭章句》畢竟瑕不掩瑜，無論在楚辭研究史上抑或對閱讀楚辭本身，它的價值都是十分顯要的；尤其從時代上看，它距屈原生活時代最近，這就更顯珍貴了。

---

❹ 蔣天樞：《楚辭論文集·論〈楚辭章句〉》，陝西人民出版社，一九八二年版，頁二三三——二三四。

二、魏晉迄唐楚辭學

魏晉以迄隋唐，研究楚辭者代不乏人，僅據《楚辭書目五種》（姜亮夫編）、《離騷纂義》（游國恩主編）載，此階段中出現的各類楚辭研究專著計有：

輯注類：《楚辭注》三卷（晉　郭璞）

《參解楚辭》七卷（晉　皇甫遵）

《文選離騷注》（唐　陸善經）

《文選五臣注》（唐　呂延濟　劉良　張銑　呂白　李周翰）

音義類；《楚辭音》一卷（晉　徐邈）

《楚辭音》一卷（晉　諸葛民）

《楚辭音》一卷（晉　孟奧）

《楚辭音》一卷（隋　釋道騫）

考證類：《楚辭草木疏》（梁　劉杳）

除此而外，當還有今未見載而其時曾問世的專著；見諸文章及詩中的有關文字或更多些。因歷史的種種緣故，以上著作大多亡佚，僅存的幾種也是片言隻章了。這段歷史時期楚辭研究有以下情況：一、整個階段內沒有如東漢王逸《楚辭章句》那樣包括楚辭全部作品的完整注本（或研究著作）；二、除齊梁時代的劉勰在所著《文心雕龍》中有《辨騷》一章專論楚辭外，幾乎再無其它專論；三、現可供作今人研究、評述的文字，絕大部分散見於文章或詩作中。這是魏晉迄隋唐七百多年間楚辭研究有別於前代（漢）與後代（宋、明、清）的特殊之處。儘管如此，作為一個歷史時期內的楚辭研究狀況，我們仍應加以認眞的整理、評述與總結，以利系統地了解整個楚辭研究史的面貌及成果，從中汲取有益的東西。

下面，試分魏晉南北朝與隋唐兩個時期作簡略評述。

㈠魏晉南北朝時期，曾對楚辭（包括屈原、宋玉其人，及其作品）作過研究或評論的，今粗計有：魏曹丕、晉郭璞、皇甫謐、摯虞、南朝梁沈約、劉勰、蕭統、裴子野、北齊顏之推等人。其中研究最全面、最深入，見解最精闢，對當時與後代的楚辭研究以及由此相關的文學理論批評發生重大影響的，當推著名文學批評家劉勰。他的《文心雕龍》一書，不僅專闢《辨騷》一章論述楚辭，且在其它篇章中也有不少處涉及楚辭（包括屈、宋其人），無論從廣度還是深度言，劉勰的研究都是魏晉迄唐期內成就最高、影響最巨的。因篇幅所限，劉勰的研究楚辭，擬專文論述，此不贅及。

這一時期的研究，主要反映在對屈原與宋玉的評價上。

1. 肯定屈原的品格及作品的成就。

與漢代出現兩大分歧對立的學派（班固與王逸爲代表）不同，整個魏晉南北朝時期，褒揚與肯定屈原其人與作品占著絕對優勢（也有持異議者），這恐怕和時代條件的不同密切有關。漢代由於儒家思想占著統治地位（武帝後），整個社會自上而下地獨尊儒術，影響到學術文化，依經立論空氣十分濃厚，似乎與經義不合，或有違儒教精神者，一概在摒斥之列。這種現象，到了魏晉南北朝，出現了很大改變。

魏曹丕首先從藝術風格上肯定了屈原作品。他將屈原作品的特色與漢代大文學家司馬相如作品作了比較：「或問：『屈原相如之賦，孰愈？』曰：優游案衍，屈原之尚也；窮侈極妙，相如之長也。然原據托譬喻，其意周旋，綽有餘度矣。長卿子雲，意未能及已。」（《北堂書鈔》一百）他認爲，屈原與司馬相如的作品相比，兩者雖各有所長：一「優游案衍」，一「窮侈極妙」，但屈原作品更有其遠勝司馬相如之處：「據托譬」，不僅使「意周旋」，且「綽有餘度」，在詩的意境蘊藉上遠非相如能比。《典論·論文》中，曹丕認爲，作品風格的形成，主要決定於作家的氣質才性，「文以氣爲主，氣之清濁有體，不可力強而致。」他對屈原作品的中肯評價，與「文氣」說不無關係，這當中多少包含了對屈原品格的肯定。

晉人皇甫謐對屈原作品的產生及其成就，作了首肯之語，他在《三都賦序》中說：「至於戰國，王道陵遲，風雅寢頓；於是賢人失志，詞賦作焉。是以孫卿、屈原之屬，遺文炳然，辭義可觀。存其所感，咸有古詩之意；皆因文以寄其心，論理以全其制，賦之首也。」從這段話中，我們可以體會：第一、皇甫謐對屈原作品產生的時代與原因，剖析是得理的，正是由於戰國紛亂時代，「賢人失志」條件，屈原才憤而揮筆，作品中確實寄托了屈原的心；第二、他對屈原作品的成就評價也是高的，認爲「遺文炳然，辭義可觀」「咸有古詩之意」，是繼「風雅寢頓」之後出現的傑出作品；第三、他將孫卿、屈原的作品列爲「賦之首」，固然不錯，但從賦的文體概念上嚴格論，這種講法畢竟欠嚴密（屈原作品應屬騷體，有別於賦）；且孫卿賦在文學價值上遠不及屈原作品，不可同日而語，這也是皇甫謐的疏略之處。

與皇甫謐同時代的摯虞，從文體角度評論屈原及其作品，他在《文章流別志論》中講到賦時以十分推崇的口氣評價了屈原與楚辭：「前世爲賦者，有孫卿、屈原，尙頗有古詩之義，至宋玉多淫浮之病矣。楚辭之賦，賦之善者也。故揚子稱賦莫深於《離騷》。賈誼之作，則屈原儔也。」從這段文字，我們可以體會：一、摯虞認爲，屈原作品是賦的開創者，與古詩有淵源關係，這從文體演變發展角度看，無疑是正確的，楚騷確屬介於詩賦兩者之間的文體；不過，他把楚騷稱作賦，則有偏頗，嚴格地說，楚騷並非賦體，它是既與詩、賦有聯繫，而又與兩者有區別的、具有獨特形式特徵的文體，在文學史上可謂獨樹一幟。二、摯虞在肯定屈原及其作品的同時，對宋玉略有微詞（詳下），恐欠允當。

到南朝梁代，對屈原的評價更進了一層。沈約在《宋書・謝靈運傳論》中論述漢魏以來詩賦發展時說：「周室旣衰，風流彌著。屈平、宋玉等清源於前，賈誼、相如振芳塵於後，英辭潤金石，高義薄雲天，自茲以降，情志愈廣。……源其飈流所始，莫不同祖風騷；徒以賞好異情，故意制相詭。」沈約在這篇論中有一個重要的觀點，即主張文學作品應「情志互用」，他認爲屈原作品正是符合這種主張的典範——既有「英辭潤金石」，更有「高義薄雲天」，致使「情志愈廣」，成爲對後世文學產生巨大影響的「導清源者」。值得提出的是，沈約在這裏將屈原作品——騷，與《詩經》——歷來被儒家奉爲經典的作品相提並論，同奉爲祖源，謂：「源其飈流所始，莫不同祖風騷」，不僅是對楚辭的高度讚賞與推崇，且爲後世文學發展標舉了源頭和楷模——「風騷」成了歷代各種文學作品的最高典範。

以《文選》而著稱於文學史的梁代文人蕭統，在他所精選的《文選》中，特列「騷」類，選錄了屈原的絕大部分作品，這充分體現了蕭統對楚辭（主要是屈原作品）的認識與重視。不僅如此，蕭統對屈原的遭遇與爲人品德，也作了確當的評論。他在《文選序》中專門談到了屈原：「又楚人屈原，含忠履潔，君匪從流，臣進逆耳，深思遠慮，遂放湘南。耿介之意既傷，壹鬱之懷靡愬；臨淵有懷沙之志，吟澤有憔悴之容。騷人之文，自茲而作。」這裏，蕭統既表達了對屈原不幸遭遇的同情之感，又恰切地道出了屈原創作的緣由，他的這些看法與司馬遷的觀點一脈相承，是符合屈原史實的。蕭統從屈原身世角度揭示其創作動機，體現了他與魏晉南北朝時期其他研究者評論側重點的不同；如從《文選》選文重文采角度看，這評論更顯得不易。

2. 對宋玉的褒貶不一

魏晉南北朝時期在對宋玉的評價上，出現了一褒一貶兩種傾向。褒者，如梁代沈約，將宋玉與屈原並論，認爲兩人均「導清源於前」、「英辭潤金石，高義薄雲天，自茲以降，情志愈廣。」他所稱譽的「風騷」，其中「騷」當不僅限於屈原作品，也包含了宋玉作品。然而也有貶者，其代表主要是晉人皇甫謐與摯虞。他們在充分肯定屈原的同時，卻對宋玉發了貶詞：「及宋玉之徒，淫文放發，言過於實，誇競之興，體失之漸，風雅之則，於是乎乖。」（《三都賦序》）「至宋玉多淫浮之病矣」（《文章流別志論》）。他們認爲宋玉作品迥異於屈原作品，其特徵主要是「淫浮」——「淫文放發，言過於實，誇競之興，體失之漸」，以使「風雅之則」喪失。從文學史上看，無論屈原與宋玉都曾遭人褒貶，但相較之下，對宋玉的貶抑更多些；魏晉南北朝這一時期的貶宋，無疑對後代產生了一定影響。（劉勰對宋玉作品也有貶詞）

3. 對屈原的貶抑與輕視

魏晉南北朝時期對屈原持貶抑與輕視態度者，以梁代裴子野與北齊顏之推爲代表。裴子野在《雕蟲論》中曾說：「古者四始六藝，總而爲詩，既形四方之風，且彰君子之志，勸美懲惡，王化體焉。後之作者，思存枝葉，繁華蘊藻，用以自通。若悱惻芳芬，楚騷爲之祖，靡謾客與，相如扣其音。……」裴子野在這裏對屈原作品特點的評價是較合分寸的，謂楚騷「悱惻芳芬」；但他說「思存枝葉，繁華蘊藻」卻不免流露出了輕視態度，對屈原不免有所貶抑。顏之推雖很重視作家的品質，評論作家時必聯繫其人品質，然其所用標準，則是封建道德的尺寸，因而自然對屈原發了貶語：「然而自古文人，多陷輕薄：屈原露才揚己，顯暴君過」（《顏氏家訓·文章篇》）。顏氏的這一看法顯然是班固說的沿襲。

4. 楚辭注本

從現存資料看，這一段歷史時期的楚辭注本已基本不存。唯可一提的，是晉人郭璞的三卷《楚辭注》。我們從隋釋道騫《楚辭音》（現存巴黎博物館）殘卷中可以發現鱗爪痕迹。聞一多說：「郭注鱗爪，復在其（指《楚辭音》）中。」（《敦煌舊鈔楚辭殘卷跋》）周祖謨認爲，《楚辭音》中發現郭注，說明「騫公之學，與郭璞之關係殊深，似不容忽視。」（《騫公楚辭音之協韵說與楚辭》）可以推測，倘郭注價值不高，騫公恐不至於引及或保存之；讀郭璞今存之《爾雅注》、《方言注》、《山海經注》、《穆天子傳注》等書，我們可發現，郭在訓詁學方面造詣甚深，其所著《楚辭注》價值當不可忽視。

(二)隋唐時期的楚辭研究同魏晉南北朝相比，有兩個顯著不同之處：其一，出現了專門研究楚辭音韵的著作——隋釋道騫的《楚辭音》；其二，一些大詩人，如唐代李白、杜甫，不僅有評論楚辭的詩，且在創作中繼承並體現了屈騷風格與精神。這一時期研究楚辭者大致是：隋釋道騫、唐劉知幾、李白、杜甫、白居易、柳宗元、皇甫湜、李賀、皮日休及陸善經等人。

1. 楚辭音韵的研究

《隋書·經籍志》敍曰：「隋時有釋道騫，善讀楚辭，能爲楚聲。音辭淸切，至今傳楚辭者，皆祖騫公之音。」釋道騫所著《楚辭音》是一部研究楚辭音韵的重要著作，在當時和後代均產生過較大影響。可惜這部著作早在宋代已不存，朱熹《楚辭集注·序》謂：「今亦漫不復存，無以考其說之得失。」今人姜亮夫在《楚辭書目五種》中說：「按騫公此書，中土久佚。敦煌石室有藏本，爲法人柏里和（Paul Pelliot）盜去，現庋於巴黎國民圖書館寫本部。」「凡存八十四行，起《離騷》『駟玉虬以乘鷖兮』句，至『雜瑤象以爲車』句。凡釋《離騷》正義一百八十八、注文九十六。爲今存《楚辭》最早之本，可貴也。」此僅存的殘卷，聞一多先生認爲至少有以下幾點價值特色：「⑴以今本《楚辭章句》校此卷。……自余異文，十九勝於今本。⑵至夾注中往往引《章句》語，其有裨於校勘者。⑶卷中所引古籍，今不少已佚，當有裨於輯佚工作。⑷至於所注音讀二百八十餘事，自爲研究隋唐古音之正確資料。」（《敦煌舊鈔楚辭殘卷跋》）周祖謨先生認爲：「觀殘卷所出之音義，誠爲徧洞字源，精閑通俗者之所爲。」「皆以《說文》《廣雅》爲宗，於或體通假，尤能明其原委，出其異同。」「及至騫公，妙覩此理（按：協韵說），善爲楚聲，故同韵所被，士流景慕焉！」（《騫公楚辭音之協韵論與楚音》）即此，我們足可明曉釋道騫《楚辭音》的成就與價值。

2. 高度評價楚辭，並承繼屈騷精神與風格

唐史學家劉知幾曾在其所著《史通·自序》中說：「余幼喜詩、賦，而壯卻不爲，恥以文士得名，期以述者自命。」他成爲史學家的緣由恐亦在此。然《史通·載文》云：「夫觀乎人文，

以化成天下；觀乎國風，以察興亡。是以文之爲用，遠矣大矣。若乃宣、僖善政，其美載於周詩，懷、襄不道，其惡存乎楚賦；讀者不以吉甫、奚斯爲諂，屈平、宋玉爲謗者，何也？蓋不虛美不隱惡故也。是則文之將史，其流一焉，固可以方駕南、董，俱稱良直者矣。」從這段話中，我們可以看出：其一，他將楚辭與《詩經》相提並論：「若乃宣、僖善政，其美載於周詩，懷、襄不道，其惡存乎楚賦；」表明楚辭在他心目中的地位之高；其二，讚美楚辭「不虛美不隱惡」，認爲其客觀作用與《詩經》的美刺同；其三，將文學作品的楚辭（屈宋作品）與他推崇的史家與史學著作並置——「方駕南、董」「俱稱良直」，顯然不囿於他的壯不爲詩賦，「恥以文士得名」之見；「文之將史，其流一焉」的評價充分體現了他對屈宋辭賦的高度褒揚和對楚辭價值的認識與重視。從中我們也可以體會出，他並非一般地反對辭賦作品，對有助於教化的辭賦作品，還是十分重視的。

大詩人李白是屈原以後傑出的浪漫主義詩人，他在詩歌創作中深受屈原影響，不僅浪漫風格酷似屈原，且不少詩篇中有仿騷佳句，宋曾季貍《艇齋詩話》云：「古今詩人有《離騷》體者，惟李白一人，雖老壯亦無似騷者。」李白對屈原作品也作了崇高評價：「屈平詞賦懸日月，楚王臺榭空山丘。」（《江上吟》）他讚美時人崔某學習屈原作品後使他自己作品「逸氣頓挫，英風激揚，橫波遺流，騰薄萬古」（《澤畔吟序》），也從側面反映出他對屈原作品的高度讚賞。

杜甫十分重視詩歌的思想內容，常在自己的作品中慨嘆、讚譽楚辭，《偶題》云：「騷人今不見」，《咏懷古迹》中表現了追慕宋玉的文彩，《戲爲六絕句》則直接抒發了仰慕與推崇：「竊攀屈宋宜方駕，恐與齊梁作後塵。」

柳宗元對楚辭深有研究，這表現在兩方面，其一，宋人嚴羽謂：「唐人惟柳子厚，深得騷學。」（《滄浪詩話》）柳在給友人的書信中屢屢對屈原作品作高度讚揚，並將屈原與六經、孔孟老莊並列；其二，柳宗元是中國歷史上唯一對屈原《天問》所提問題作出回答者，這是他深入研究、透徹理解《天問》後，參以自己廣博的自然科學與歷史科學知識，充分施展文學才華，綜合無神論、反天命思想而化成的結晶，這篇《天對》，無論從文學上或哲學上言，都是一篇有魄力、有卓識、極富才華的作品，辭中所述雖基本依據了王逸《楚辭章句》的注解，不免舛誤之處，但對後人理解與研究《天問》無疑是有益的。

李賀對楚辭作品（主要屈騷）曾逐篇下過一番功夫，並幾乎又逐一作了評論，其所下案語，皆能言之成理，且頗切中題旨，如，論《離騷》：「感慨沉痛，讀之有不欷歔欲泣者，其爲人臣可知矣。」論《九歌》：「其骨古而秀，其色幽而艷。」論《九章》：「其意悽愴，其辭瓌瑰，其氣激烈……」論《天問》：「語甚奇崛，於楚辭中可推第一。」論《遠遊》：「鋪敍暢達，托志高遠，取意可也。」論《卜居》：「爲騷之變體，辭復宏放，而法甚奇崛；其宏放可及也，其奇崛不可及也。」（均引自蔣之翹《七十二家評楚辭》）其中尤以論《天問》語爲最，至今仍爲不移之論。

皇甫湜在《答李生第二書》、《答李生第三書》中，也曾高度評價了屈宋作品。晚唐詩人皮日休受屈原影響，創作過《九諷》，旗幟鮮明地表示要繼承屈原的創作精神。

3.白居易對屈原的評論

大詩人白居易對屈原與楚辭作出了不恰當的評論，他在《與元九書》一文中說：「國風變爲騷辭，五言始於蘇李。蘇李騷人，皆不遇者，各繫其志，發而爲文。故河梁之句，止於傷別，澤畔之吟，歸於怨思，彷徨抑鬱，不暇及他耳。然去《詩》未遠，梗概尚存。故興離別則引雙鳧爲喩；諷君子小人，則引香花惡鳥爲比。雖義類不具，猶得風人之什二三焉。於時六義缺焉。」由這段文字，我們可看到，白居易雖能認識屈原作品的思想內容：「不遇」「繫其志」，「澤畔之吟，歸於怨思，彷徨抑鬱」，也能鑒別屈騷的藝術特色，但他卻以《詩經》爲衡量標準，流露了不滿：「義類不具」，僅得「風人之什二三焉」，「六義缺焉」，反映了詩人對楚辭浪漫主義風格特色的認識不足。在一些詩作中，白居易還將屈原與賈誼作對比，表達了同情賈誼而對屈原略有微詞之感：「士生一代間，誰不有浮沉。良時眞可惜，亂世何足欽，乃知汨羅恨，未抵長沙深。」（《咏史詩》）

4.楚辭注本

隋唐留傳至今的楚辭注本，今可見者，大約僅有陸善經的《離騷注》與唐五臣（呂延濟、劉良、張銑、呂白、李固翰）的《文選五臣注》楚辭部分了。這兩者，後者注釋基本沿用了王逸

《楚辭章句》的注，不必贅言；前者今可見日本藏唐寫本，饒宗頤《楚辭書錄》有輯錄，尚能簡單作些評述。

陸注總的看來，注釋符合詩意，文字訓解也較確切，不蹈前人成說，能摻合已見，獨出腮理。如「惟草木之零落兮，恐美人之遲暮」句，釋曰：「遲暮，喻時不留，已將凋落，君無與成功也。」比較明確地言明「美人」係屈原自指，切合詩意。又如，「何桀紂之猖披兮，夫唯捷徑以窘步」句，釋曰：「窘，迫也。堯舜行耿介之德以致太平；桀紂猖狂，唯求捷徑，而窘迫失其常步，以至滅亡。」「紛總總其離合兮，斑陸離其上下。」句，釋曰：「言欲求賢君也。」等等。陸注不失為保存至今有一定參考價值的《離騷》注本。

以上我們對魏晉迄唐期間楚辭研究的概貌僅作了粗線條的勾勒，恐遠未包容該歷史階段楚辭研究之全貌；雖如此，我們也足以見出，此一階段之描述，是整個楚辭研究史上的一個有機組成部分，當不可予以忽略。

三、劉勰論楚辭

自漢代而始的楚辭研究，至齊梁時代，樹起了一座里程碑——這就是劉勰的《文心雕龍》，該書不僅專章論評楚辭，且全書不少處涉及了屈原、宋玉及其作品，從而有機地形成了較爲全面、系統論述楚辭的構架，爲楚辭研究史提供了極有價值的材料。

縱觀《文心雕龍》全書，我們發現，劉勰研究楚辭有以下幾個特點：

1.充分肯定楚辭的價值與歷史地位

《文心雕龍》全書共五十篇，大致可分爲總論（「文之樞約」），文體論（「論文序筆」）、創作論（「剖情析采」）、批評論（或謂文學評論）、總序（《序志》）五部分。其中總論，即劉勰所謂「文之樞紐」部分，是全書的核心與總綱，如《序志》云：「蓋《文心》之作也，本乎道，師乎聖，體乎經，酌乎緯，變乎騷：文之樞約，亦云極矣。」這「樞紐」部分，包括《原道》、《徵聖》、《宗經》、《正緯》、《辨騷》五篇。楚辭如以文學史上出現的一種獨立文體（「騷體」）爲標準，則《辨騷》篇理應歸入文體論內，屬「論文敍筆」類；如按「論文敍筆」類篇章的敍述層次：「原始以表末，釋名以章義，造文以定篇，敷理以舉統」，將《辨騷》篇與之相對照，亦基本可通。但劉勰不然，他卻將《辨騷》劃歸與《原道》、《徵聖》、《宗經》等同列的「文之樞紐」中，這就顯可見其用心：其一，撰《辨騷》之旨並非專爲「辨」騷，而是「變乎騷」，也即爲總結與吸取自《詩經》至楚辭間文學變化的經驗，闡明文學創作與文學發展的原理，這與《原道》——要依據道、《徵聖》——要以聖人爲師、《宗經》——要學習經典的寫作方法、《正緯》——要酌緯以寓言一樣，均屬圍繞論「文」中心闡發作文要義的一個方面；其二，體現了劉勰對楚辭的看重，對楚辭歷史地位的充分認識。這些，我們可以從《文心雕龍》的具體論述中見出。

《辨騷》開首即云：「自《風》《雅》寢聲，莫或抽緒，奇文鬱起，其《離騷》哉！」「軒翥詩人之後，奮飛辭家之前。」這裏，劉勰清楚指出，《離騷》（楚辭）是繼《詩經》之後鬱然而起的奇文，它介於《詩經》之後，辭賦之先。同篇中他又說：「固知《楚辭》者，體慢於三代，而風雅於戰國。」這是指明了楚辭的體制，係從夏、商、周三代經典而來，是戰國時代的《詩經》。又，《詮賦》篇云：「故知殷人輯頌，楚人理賦，斯並鴻裁之寰域，雅文之樞轄也。」《定勢》篇云：「是以模經爲式者，自入典雅之懿者；效騷命篇者，必歸艷逸之華。」這就將楚辭與儒家經典《詩經》完全相提並論了。不僅如此，在對楚辭辭采的評價上，劉勰的褒譽甚至超過了《詩經》：「故能氣往轢古，辭來切今，驚采絕艷，難與並能矣。」（《辨騷》）「觀其艷說，則籠罩雅頌。」（《時序》）至於以經典爲標尺，將楚辭作比較，找出兩者之「四同」，更可見出劉勰對楚辭價值與地位的推崇（雖然這本身有「依經立論」之弊，詳見下文）：

「故其陳堯、舜之耿介，稱湯、武之祗敬：典誥之體也。譏桀、紂之猖披，傷羿、澆之顛隕：規諷之旨也。虬龍以喻君子，雲蜺以譬讒邪：比興之義也。每一顧而掩涕，嘆君門之九重：忠怨之辭也。觀茲四事，同於《風》《雅》者也。」（《辨騷》）

2.抓住楚辭的根本特徵，高度評價其藝術特色與成就

劉勰研究楚辭的重要成果之一，是他獨具慧眼地抓住了楚辭異乎前後代文學作品的獨特之處：「觀其骨鯁所樹，肌膚所附，雖取鎔經意，亦自鑄偉辭。」（《辨騷》）這是劉勰對楚辭風格特徵由來的高度概括。楚辭確實是「取鎔」了「經意」，這首先表現在上文所言及的「四同」上，更表現在它的符合儒家經義的部分詩章內容上，劉勰這雖是從依經立論角度下判語，但它畢竟還符合事實。然楚辭更重要的特徵是它的「自鑄偉辭」——即它的獨創性，它的鮮明的時代、民族風格與濃郁的地方特色，這是它之所以姓「楚」的根本原由，也是它具有濃厚浪漫風格的緣故所在。正由於此，劉勰才會十分重視研究並闡發「變乎騷」的經驗，以給當世的文學創作提供借鑒。

結合「自鑄偉辭」的根本特點，劉勰恰如其分地逐一評述了楚辭各個篇章：「故《騷經》《九章》，朗麗以哀志；《九歌》、《九辨》，綺靡以傷情；《遠遊》、《天問》，瑰詭而惠巧；《招魂》、《招隱》，耀艷而深華；《卜居》標放言之致，《漁父》寄獨往之才。」「山川無極，情理實老。金相玉式，艷溢錙毫。」（《辨騷》）「及三閭《桔頌》，情采芬芳，比類寓言，又覃及細物矣。」（《頌贊》）可以看出，這些評語中，既有結合思想內容表述藝術特徵的，如「朗麗以哀志」「綺靡以傷情」；也有一語勾勒絕妙藝術構思的，如「瑰詭而惠巧」（指《遠遊》、《天問》）「寄獨往之才」（指《漁父》）。不僅如此，對楚辭總的藝術特色及成就，劉

勰也充分作了肯定：「及靈均唱騷，始廣聲貌。」（《詮賦》）「諸子以道術取資，屈宋以楚辭發采。」（《才略》）「故其敍情怨，則鬱伊而易感；述離居，則愴快而難懷；論山水，則循聲而得貌；言節候，則披文而見時。」（《辨騷》）「屈平聯藻於日月，宋玉交彩於風雲。觀其艷說，則籠罩雅頌，故知暐曄之奇意，出乎縱橫之流俗也。」（《時序》）這些評述，既體現了劉勰深湛的藝術分析與鑑賞力，也充分反映了劉勰對楚辭藝術成就的極度讚賞。

3. 總結漢代楚辭研究的成績與不足

楚辭研究肇始於漢代，漢代湧現了淮南王劉安、司馬遷、揚雄、班固、王逸等楚辭研究學者，由於主客觀的各種原因，導致了這些學者對楚辭（包括屈原）發表了褒貶不一或毀譽參半的意見，形成了漢代（包括西漢、東漢兩代）截然相反對立的兩大派。劉勰對此作了總結性的概括：「昔漢武愛騷，而淮南作結，以爲：『《國風》好色而不淫，《小雅》怨誹而不亂，若《離騷》者，可謂兼之；蟬蛻穢濁之中，浮游塵埃之外，皭然涅而不緇，雖與日月爭光可也。』班固以爲：露才揚己，忿懟沉江；羿、澆、二姚，與《左氏》不合；昆侖、懸圃，非經義所載。然其文辭麗雅，爲詞賦之宗，雖非明哲，可謂妙才。王逸以爲：詩人提耳，屈原婉順。《離騷》之文，依經立義；駟虯、乘翳，則時乘六龍；昆侖、流沙，則《禹貢》敷土；名儒辭賦，莫不擬其儀表；所謂『金相玉質，百世無匹』者也。及漢宣嗟歎，以爲皆合經術；揚雄諷味，亦言體同《詩·雅》。」從兩漢具體情況看，劉勰的概括符合實情。劉安、司馬遷、王逸高度評價屈原及其作品，認爲「雖與日月爭光可也」；司馬遷特別結合身世遭遇，指出《離騷》「蓋自怨生」，「其文約，其辭微，……其稱文小而其指極大，舉類邇而見義遠。」（《史記·屈原列傳》）擊中肯綮；王逸的《楚辭章句》堪稱文學史上第一部研究楚辭的專著，開了後世楚學風氣之先，且他對否定屈原及其成就者的駁斥，有理有據；班固是極力否定並貶抑屈原的，指責他「露才揚己」、「虛無之語，皆非法度之政，經義所載。」（《離騷序》）唯有揚雄褒貶各半，始揚後抑。針對漢代各家的歧異看法，劉勰一針見血地指出了原因所在：乃「鑒而弗精，玩而未核」，才會導致「褒貶任聲，抑揚過矣」。他認爲，要正確評價與估量楚辭，需採取正確的態度，即要「將核其論，必徵言焉」，這是他對學問採取實事求是態度的表現，也反映了他的楚辭研究大多是建築在有事實、有證據基礎之上的，並非空發議論。

4. 指出楚辭在文學史上的重大影響

楚辭誕生以後，在當時及後世文壇上產生了巨大影響（這裏主要指屈原作品），這一情況在劉勰筆下得到了生動反映：「自《九懷》以下，遽躡其迹」、「是以枚賈追風以入麗，馬揚沿波而得奇，其衣被詞人，非一代也。」（《辨騷》）「爰自漢室，迄至成哀，雖世漸百齡，辭人九變，而大抵所歸，祖述楚辭，靈均餘影，於是乎在。」（《時序》）僅以模擬者而言，近者，有仿傚楚辭而寫擬騷詩者，如王褒（《九懷》）、東方朔（《七諫》）、劉向（《九嘆》）、莊忌（《哀時命》）、賈誼（《惜誓》）等，稍遠者，有撰寫漢賦——楚辭之發展體的，如枚乘、司馬相如、揚雄等。值得注意的是，劉勰在指出「衣被詞人，非一代也」的同時，還指出了一個現象，即儘管後世（包括當時）大批文人羣起效尤，卻無一能追及者：「而屈宋逸步，莫之能追。」（《辨騷》），這是個值得思考的問題，它反映了文學創作中一個重要規律：求形似而神不似者，是徒勞無益的。這些仿傚的文人儘管富有文才，形式上的模擬本領也不小，但畢竟徒具外形，不可能也沒有得楚辭（嚴格說，應是屈騷）之精髓，故而他們只能：「才高者菀其鴻裁，中巧者獵其艷辭，吟諷者銜其山川，童蒙者拾其香草。」無一能創制出思想內涵與華美形式高度統一的藝術精品，以至「後進銳筆」只能「怯於筆鋒」（《物色》）了。

5. 總結了文學創作的重要經驗

針對後代文人不能達到楚辭的高度，劉勰結合楚辭的特質與風格，以及《詩經》以後文學創作發生的變化，總結了一條文學創作的重要經驗：

「若能憑軾以倚《雅》、《頌》，懸轡以馭楚篇，酌奇而不失其貞，玩華而不墜其實；則顧盼可以驅辭力，欬唾可以窮文致，亦不復乞靈於長卿，假寵於子淵矣。」這段話的關鍵是「酌奇而不失其正，玩華而不墜其實」兩句。劉勰認為，文學作品當應符合奇而不失正、華而不墜實的標準，倘奇正、華實不一，或比例失當，均不堪為藝術佳品。那麼，如何才能達到這一標準呢？劉勰指出，唯一的途徑是依靠《詩經》並掌握楚辭，此兩者能有機結合，靈活掌握，則既能得奇，又不會失正，既可有華，又不致違實，兼而得之，符合奇正、華實統一論。（這裏，奇正、華實的統一，乃指詞采與思想內容、幻想與現實的和諧統一。）《文心雕龍》其它篇章也說到了奇正、華實統一問題：「覽華而食實，棄邪而採正」（《諸子》）「奇正雖反，必兼以俱通」、「執正以馭奇」（《體性》），這兒的「執正以馭奇」是如何處理奇正關係的最好注腳。從劉勰寫《辨騷》旨在「變乎騷」，我們應了解到，這是劉勰認爲從《詩經》到楚辭，文學在主要傾向上發生了變化，由正開始變爲了奇，由實開始變爲了華，這種變化的出現，促使劉勰要從中總結與汲取經驗，提出一條符合文學發展規律的原則，以指導文學創作。這是問題的一個方面。另一個方面，從楚辭本身看，與前後代文學作品、尤其《詩經》相比較，楚辭奇與華的成分顯然濃得多，按劉勰的說法，這種奇與華在某種程度上即指「艷說」，它不僅超越了《詩經》，而且大大影響了後代辭賦。但劉勰沒有因此認爲楚辭違背了奇正、華實統一論，相反，他正是於《辨騷》中充分論述了楚辭的成就與特色後，提出了「若能憑軾以倚《雅》《頌》，懸轡以馭楚辭，酌奇而不失其正，玩華而不墜實」；如認爲楚辭不符合奇正、華實統一，劉勰決計不會說「懸轡以馭楚辭」，並將其與雅頌同作爲奇正、華實的楷模與規範，這點我們從劉勰總論楚辭時完全可以看出（已如上述）。

劉勰總結的這條創作經驗無疑是對古代文學創作與文學理論的一個重要貢獻。

6.高度讚揚屈原之人品

劉勰在肯定楚辭成就的同時，也高度讚揚了屈原其人。《辨騷》贊曰：「不有屈原，豈見

《離騷》？驚才風逸，壯志煙高。」這是對屈原驚人才華的頌揚，也是對他人格的肯定：沒有「壯志」，即便「才」再驚人，恐怕也不會產生出《離騷》這樣的傑作。這是毫無疑問的。《明詩》篇寫道：「逮楚國諷怨，則《離騷》爲刺。」「楚襄信讒，而三閭忠烈，依詩制騷，諷兼比興。」這裏明確指出《離騷》的創作並非無病呻吟，而是出於「忠烈」動機的諷諫之作，與司馬遷所說「作辭以諷諫，連類以爭議」精神是一致的。《禮器》篇中，劉勰在指出司馬相如、揚雄、管仲、吳起等幾十個文士將相的「疵咎」後，說：「若夫屈賈之忠貞，……豈曰文士，必其玷歟？」並在「贊」中說：「瞻彼前修，有懿文德。聲昭楚南，採動梁北。」言辭間充分流露出對屈原忠貞品格的首肯與對屈原其人的欽敬、仰慕。

劉勰對屈原與楚辭雖作了高度評價，但由於主客觀的種種局限，致使他在楚辭研究上也出現了一些偏頗，大致表現在以下幾方面：

1. 未能擺脫漢儒「依經立論」的框框

劉勰在《辨騷》中針對漢人「褒貶任聲、抑揚過實」的情況，提出了自己經「徵言」而得出的結論，這本身是實事求是的；但劉勰在「徵言」過程中，卻重蹈了漢儒的舊轍：漢儒「四家舉以方經，而孟堅謂不合傳」，劉勰則將楚辭與儒家經典一一對照，找出「四同」、「四不同」。姑且不論「四同」「四不同」正確與否，單就與經典作比照，按經典標準評判是非美惡言，即是漢儒「依經立論」的重現；更何況，劉勰論《辨騷》旨在闡發「變」，以爲楚辭之出現，乃是儒家經典文風的一大變，其具體表現特徵爲「四不同」，這就足以說明劉勰受儒家思想束縛的狀況了。另外，我們從《文心雕龍》「文之樞紐」部分《徵聖》、《宗經》篇的設立，它們的內容本身，以及劉勰對楚辭產生原因的分析（「依詩制騷」——《比興》），均可見出：劉勰的文學觀，基本上是承繼了儒家的詩教論，主張實用，反對荒誕不經，提倡詩歌有益於政教，以儒家經典爲標準衡量一切文學作品，這些幾乎貫穿了整部《文心雕龍》，不僅僅限於論楚辭的文字。正由於此，劉勰在褒揚楚辭的同時，也不乏貶抑之詞，這尤其反映在與《詩經》作對比時：「（詩）並以少總多，情貌無遺矣。雖復思經千載，將何易奪？及《離騷》代興，觸類而長，物貌難盡，故重沓舒狀，於是『嵯峨』之類聚，『葳蕤』之羣積矣。……所謂詩人麗則而約言，辭人麗淫而繁句也。」（《物色》）「又詩人浮韻，率多清切，楚辭辭楚，故訛韻實繁。」（《聲律》）

2. 對浪漫風格持片面認識

劉勰在將楚辭與儒家經典作比較時，指出了它們兩者之間存在的「四異」：

「至於托雲龍，說遷怪，豐隆求宓妃，鴆鳥媒娀女：詭異之辭也。康回傾地，夷羿彃日，木夫九首，土伯三目：譎怪之談也。依彭咸之遺則，從子胥以自適：狷狹之志也。士女雜坐，亂而不分，指以爲樂，娛酒不廢，沉湎日夜，舉以爲歡：荒淫之意也。摘此四事，異乎經典者也。」

這「四異」，劉勰認爲是「誇誕」的表現，因爲它們違背了儒家「子不語怪、力、亂、神」的教誠，違背了明哲保身、溫柔敦厚的詩教原則。顯然，「四異」說對楚辭是貶抑的。然而，對照楚辭作品，我們卻發現：所謂「詭異」「譎怪」，雖「異」於經典，卻並不失正，只是在表現手法上運用了浪漫手法，借助了豐富想像，摻入了大量神話傳說，從而超越了經典之「軌」；所謂「狷狹之志」，乃是屈原不忍見楚國危亡，以身殉國、殉理想的集中體現，怎能談得上是「狷狹」？所謂「荒淫」，實際上是宮廷生活的如實寫照，如果眞要說作者有「荒淫之意」，倒不如說是楚國君主荒淫；由此可見，與其說「四異」是楚辭的弊端，倒不如說它正是楚辭在內容與形式上異乎尋常的獨特表現。劉勰的「四異」說，無疑反映出他對浪漫主義文學作品的片面認識。

3.對「楚艷」的偏頗之見

劉勰在《時序》篇中說楚辭的「艷說」「籠罩雅頌」，這是對楚辭的一種肯定；但與此同時，他卻又對楚辭的「艷說」作了不恰當的評價。《宗經》說：「楚艷漢侈，流弊不還。」《定勢》說：「效騷命篇者，必歸艷逸之華。」《才略》說：「相如好書，師範屈宋，洞入誇艷。」《通變》說：「商周麗而雅，楚漢侈而艷。」《情采》說，詩三百「爲情而造文」，「約而寫眞」，受楚辭影響而生的辭賦（包括楚辭本身）是「爲文而造情」、「淫麗而煩濫」。這些，略加體味，分明可以看出一種傾向：後代辭賦（主要漢賦）之所以會「侈」而「淫麗煩濫」，其根源在於「楚艷」，「楚艷漢侈」四字正是最好的說明；故而紀昀《評〈辨騷〉》說：「詞賦之源出於騷，浮艷之根亦濫觴於騷，辨字極爲分明。」可見，在劉勰看來，漢賦是「逐奇而失正」的產物，其緣故在於「楚艷」。必須指出，劉勰這一看法是偏頗的：第一、「楚艷」、「漢侈」，兩者儘管在辭采上有沿承之迹可尋，但思想內容上卻距離甚大，前者充實，後者大多虛浮，前者有明確的深刻主題，後者大多「勸百諷一」，大同小異；第二、漢賦之「侈」弊的產生，主要責任並不在楚辭，關鍵在於創作者本身的毛病，以及漢代時尚「誇誕」的風氣，漢賦作者是仿了楚辭之形，而未能得屈騷之「神」。（個別篇章例外——如賈誼的《弔屈原賦》等）

4.其它疏略。

《文心雕龍》一書雖博大精深、體周思密，然細讀慢嚼，也會發現一些疏漏不照之處。如論述楚辭的篇章文字中即有幾處失誤：

其一，《招魂》一詩，按文體形式，理當《辨騷》、《詮賦》篇論之，而作者卻將其列入《祝盟》篇，似欠妥。

其二，《章句》云：「又詩人以『兮』寫入於句限，《楚辭》用之，字出句外。」比照楚辭，發現未必盡然。《九歌》、《九章》中不少「兮」字均入於句限，如：「吉日兮辰良，穆將愉兮上皇。」（《九歌·東皇太一》）「浴蘭湯兮沐芳，華采衣兮若英。」（《九歌·雲中君》）「操吳戈兮被犀甲，車錯轂兮短兵接。」（《九歌·國殤》）「被明月兮珮寶璐」「駕青虬兮驂白螭，吾與重華游兮瑤之圃。」（《涉江》）等等。

其三，《辨騷》論評楚辭各篇作品時，將《招隱士》亦一併論及，這從文體上看是不恰當的。淮南小山所著《招隱士》理應劃歸擬騷詩，不屬楚辭範圍，它無論時代和作品形式體裁均不姓「楚」。

簡括上述，我們認爲，劉勰研究楚辭雖存在一定的局限與不足，但其成果與貢獻卻是主要的、難以抹煞的，他的精闢的論斷、透徹的分析、對研究採取的態度與方法，無論在中國古代文學批評史上，還是楚辭研究史上，均堪稱獨樹一幟，其影響與作用，不可低估。

四、近代楚辭學

近代的歷史，一般認爲起自一八四〇年鴉片戰爭，終至一九一九年「五四」運動。這是中國歷史上一段特殊的時期，它前繼漫長的封建社會，是清季之餘緒，後啟現代史的開端，是中國新時期歷史的前夜。從楚辭研究史來說，漢代創建的楚辭學，到清代末期，已走過了漫漫的長途，進入了又一個時期——如果說，漢代是開創期，魏晉南北朝唐代是繼承期，宋代（主要南宋）是崛起期，元代是沉寂期，明清（尤其清代）是高峰期，那麼近代就是高峰期轉向現代新時期的過渡期。這個時期的楚辭研究總體上呈現以下幾個特點：一、由於歷史年代較短——比起數百年之久的明清期，它僅有短短八十年，因而，毫無疑問，無論研究論著與研究學者均不如明清時那麼多而熱鬧；二、從研究的風格特點看，這一時期既有承襲明清傳統樸學風格之處，也出現了以較新的視角與方法看待歷史文化遺產的研究者及其著述；三、雖然這個時期呈現相對冷清現象，但不可忽視，這個時期中的一些研究（包括角度、方法與見解），開了二十世紀整個現當代楚學的先聲，特別是梁啟超、王國維等人的一些創見卓識，影響了後時一些楚學家，為楚辭研究的深入開拓，起了促進作用。

下面，我們擬分別評述近代楚辭研究的代表人物及其著作與見解。

從時間上看，近代最早涉獵楚辭的，是清人王闓運的學生廖季平，他的《六譯館叢書》中收錄有關楚辭研究著述共三種：《楚辭新解》、《楚辭講義》及《離騷釋例》，但遺憾的是，這位老先生好發怪論，無實事求是的治學態度，他的這幾部著述，觀點混亂，內容龐雜，同異不一，甚至用天人之學，否定屈原及其作品，或以為楚辭是「孔子天學」，或以為楚辭係秦博士作。錢穆先生《中國近三百年學術史》中有一段話切中了這位老先生治騷之弊：「不幸而季平享高壽，說乃屢變無已。……使讀其書者，回皇炫惑，遷轉流變，渺不得眞是之所在。蓋學人之以戲論自衒為實現，未有如季平之尤也。」看來，廖季平是楚學史上少有的一位不嚴肅的學者。

近代能對楚辭作實事求是研究的學者，當推馬其昶、梁啟超、王國維與劉師培❺。

---

❺ 這一時期尚有郭倬瑩，他有稿本《讀騷大例》《屈原章句古微》、《屈賦內傳》、《屈賦外傳》，因非正式印行，故不擬述及。

馬其昶（一八五五——一九三〇），字通伯，晚號抱潤翁，安徽桐城人。他是清末民初的著名古文家，曾參與撰修《清史稿》，著述頗豐。馬其昶的研究見解主要見於《屈賦微》一書。他贊同《漢書・藝文志》所錄「屈原賦二十五篇」之說，認為《九歌》共十篇，《禮魂》是前十篇的通用送神曲，《招魂》為屈原所作，屈原作品合計正好二十五篇。《屈賦微》的突出之旨是一改清及其前學者彰揚屈原忠君之說，而專顯其愛國思想。該書《自序》特別強調，屈原的感人之處在於他眷戀故國，至死不渝的堅貞氣節與高尚品質，馬氏說：「淮南王安序《離騷傳》，以謂兼《國風》《小雅》之變，推其志，與日月爭光。太史公採其說入本傳，而益反復明其存君與國之態，無可奈何，而繼之以死。」在《離騷》首句的注中，馬氏曰：「……屈原者……楚之同姓也。同姓之臣，義無可去，死國之志，已定於此。」開宗明義地點明了屈原的愛國之志。在屈原作品的其它注釋中，馬氏也都注意突出了這個旨意，不少釋語均發之於「存君與國」之義，體現了一以貫之的愛國思想主旨。《屈賦微》的另一個特點是在廣採前人之說基礎上作綜合概括，博觀約取，發抒己見。據約略統計，該書所錄注家自漢迄清不下四十餘家，且以清代居多，在採擇前人成說時，馬氏客觀公允、精擇約取，不拘一家之說，不盲從任何名家名著。例如《離騷》有「昔三后之純粹兮」句，句中「三后」究為何人，歷來諸說紛紜，王逸以為是禹、湯、周文王，朱熹以為乃少昊、顓頊、高辛，汪瑗以為係楚先君祝融、鬻熊、熊繹，戴震以為應是楚先王熊繹、若敖、蚡冒，馬氏從這些說法中採取了戴震之說，認為較合情理，並申發補充了理由，謂：

「熊繹爲楚始封君，若敖、蚡冒爲楚人之所常誦，三后當指此。將溯皇輿之啟，故先述先君以戒後王。」從而使「三后」之說具有比較圓通的解釋，能令人信服。在篇名、詞語等注釋詮解上，馬氏也是精審謹愼，不多發已見；然有新說，必求新穎獨到。例如《惜誦》題解，馬氏引《說文》《詩經》爲據，釋曰：「《說文》：『惜，痛也』，惜誦猶痛陳也。《詩》云：『家父作誦，以究王訩。』」此解雖未必爲人所公認，卻不無新意，持之有故，言之成理。有學者將馬其昶《屈賦微》譽爲清代注屈鼎足而三之著（另二部是屈復《楚辭新注》和戴震《屈原賦注》），雖不免過譽❻，卻多少能見出該書之學術份量。

不過，馬其昶的《屈賦微》基本上還是沿襲了歷代注騷傳統，體現了清代樸學風格，近代最早全面評價屈原其人及其作品，具有突破前人傳統格局特點，並提出一系列新見卓識的，當推傑出的近代啟蒙主義者、著名文學批評家梁啟超，他的《論中國學術思想變遷之大勢》一文中的論騷文字，以及二十年代先後發表的《屈原研究》、《要籍解題及其讀法》❼，高度評價了屈原及其作品，採用新角度、新視野、新方法作研究，開了楚學史上的新風氣，值得一書。

梁啟超（一八七三——一九二九），字卓如，號任公，自號飮冰室主人，廣東新會人。他博

---

❻ 一般認爲清代比較有代表性的三部注屈著作爲：王夫之《楚辭通釋》、蔣驥《山帶閣注楚辭》、戴震《屈原賦注》。

❼ 嚴格地說，二十世紀二十年代應屬現代，此處爲論述便，歸於近代，因梁啟超主要屬近代史人物。

聞強記，廣涉文史哲，著述甚富，有《飲冰室合集》傳世。他研究楚辭角度新穎，從純文學與文學發展史角度切入，以宏觀視野俯瞰世界文學大背景，從比較中把握楚辭的特點，認識屈原的地位與楚辭藝術的價值，一掃過往學究式的考證舊習，爲楚學注入了活力。

梁氏的研究包含以下幾方面內涵與特點：

第一、充分肯定屈原其人及其愛國思想，認爲屈原作品能「喚起同胞之愛國心」。

梁氏認爲，屈原的最終殉身於理想，是他對楚國人民懷有熱烈情感的結果，從某種程度上說，這是一種殉情的表現——正是由於屈原對楚國與人民懷有深深的同情與熱愛，才會面對災難深重的祖國與蒼生，不忍離棄，唯以死報之；屈原的這種自盡，是「義務的」「光榮」的自盡，是他眷戀祖國不願向黑暗勢力妥協屈服的結果，正因此，才使他具備了偉大的人格，並在其作品中閃爍出愛國精神的光輝，從而成爲彪炳史册的偉大愛國詩人。由此，梁氏認爲，屈原作品是今世喚起同胞愛國之心的好教材，他說：「吾以爲凡爲中國人者，須獲有欣賞楚辭之能力，乃爲不虛生此國。」梁氏高度贊美屈原的人格，說屈原是「情感的化身」，是「多情多血的人」，他對楚國傾注了「極誠專慮的愛戀」、「萬斛情愛」；他看到「眾生苦痛」，如同他自己身受一般；他敢同惡勢力鬥爭，直至「矢盡援絕的地步」、「力竭而自殺」。屈原的自殺，梁氏作了很高的評價，他說：「這汨羅一跳，把他的作品添出幾倍權威，成就萬劫不磨的生命」，「彼之自殺實其個性最猛烈最純潔之全部表現，非有此奇特之個性不能產此文學，亦惟以最後一死能使其人格和文學永不死也。」❽像梁啟超這樣極度頌揚屈原人格及其愛國思想的，楚學史上恐前無古人。

第二、突破前人的傳統研究角度與方法，從文學發展史角度、運用比較方法客觀評價屈原及其作品的地位與價值。

作爲中國近代學術思想的啟蒙者，梁啟超研究屈原，較之漢代王逸以來的傳統研究角度與方法，有了不少新意與突破。他認爲，從文學發展史角度認識，屈原的意義與價值，首先是他的作爲文學家的獨創，在屈原之前，中國只有文字，沒有文學家，屈原是中國文學家的第一人，他的作品中第一次表現了個性，這在中國文學史上是開天闢地頭一遭，任何一個後世文學家無法也不能與他相比；屈原的作品，想像豐富，氣魄宏偉，色彩瑰麗，它開啟了文人詩歌創作的先河，遙領百代，衣被後世，創造了詩歌史上的新詩體、新流派——騷體詩，建樹了中國詩歌史上一座難以攀越的高峯。梁氏的這些見解確實發前人之所未發，角度新，見解新，令人耳目一新。特別值得重視的是，梁氏在研究中運用了比較的方法，既有縱向的比較，也有橫向的比較，全方位、多角度、多層面，從而得出更爲科學、合理的結論。縱的方面，梁氏指出，楚辭比其前的《詩經》更爲進步，表現在：三百篇爲「中原遺產」，「大端皆主於溫柔敦厚」，而楚辭則爲「南方新興民族所創之新體」，「大端在將情感盡情發泄」，它創始了不歌之詩，且體格上是空前獨創；三

---

❽ 引自《屈原研究》。

百篇為集體創作，反映了時代共性，而楚辭則為個人獨創，飽含個人理想情感，是文學向更高階段發展的標誌；三百篇是「極質正」的現實文學，楚辭是「富於想像力之純文學」，「從想像中活跳出靈感來，才算極文學之能事」，以此點論，屈原在中國文學史上可謂前不見古人，後不見來者。橫的方面，梁氏將屈原置於世界文學的大背景中作考察，他指出，楚辭中所描寫、運用的神話傳說，堪與古希臘神話傳說媲美，《離騷》、《九歌》中所展示的豐富想像力與驚人描寫，世界文學史上除了但丁《神曲》之外，罕有其匹，而在時間上，屈原比但丁足足早了近十個世紀，這就足以見出屈原在世界文學史上不可動搖的崇高地位。運用比較方法從縱橫兩方面對屈原與楚辭作研究的，楚學史上梁啟超是第一人，即使在中國近現代比較文學發展史上，梁啟超也是作跨國度比較文學研究的第一人。

第三、對楚辭產生的原因及作品的具體理解提出了一系列眞知灼見。

梁啟超在探討楚辭產生的原因時，運用進化論觀點、聯繫時代與社會背景，作了比較切合實際的有價值的結論。他首先提出了一個有較廣泛意義的理論，謂：文學之盛衰與學術思想的強弱往往成比例，學術思想全盛之時，文學也必然受影響而趨於興盛；戰國時代，學術繁榮，哲學勃興，這種氛圍，自然為文學的產生與興盛創造了有利條件，加以《莊子》、《孟子》等書本身所蘊含的文學旨趣，自然引發了文學的勃興。梁氏的這一觀點既具有普遍的文化意義，又實際針對了戰國時代屈原詩歌的產生。其次，梁氏又指出，春秋中葉以後，楚文化逐步吸收了中原文化，這種吸收融化本身，觸發生長了新東西，這是具有神秘意識、虛無理想、濃厚巫風影響的南方文化同「中原舊民族之現實的倫理的文化」相接觸而生發的新生之物——文學，這個文學由生活於南方特別環境中並有特殊遭遇的屈原創制，從而鑄就了流傳至今的楚辭；此見解之新，前無先例。

對楚辭的具體作品，梁啟超在《屈原研究》與《要籍解題要讀法》（楚辭部分）中提出了一系列不囿於前人成見的個人見解。他認為，《離騷》「好像一篇自傳」，是「全部作品的縮影」，《天問》是「對於萬有的現象和理法懷疑煩悶，是屈原文學思想出發點。」《九歌》是楚辭中「最『浪漫式』的作品」，《九章》在思想內容上是「《離騷》的放大」，《遠遊》是「屈原宇宙觀人生觀的全部表現，是當時南方哲學思想之現於文學者。」《招魂》「寫懷疑的思想歷程最惱悶最苦痛處」，《卜居》、《漁父》說「兩種矛盾的人生觀」。這些一語中的見解，頗能得騷人之旨，甚裨於對楚辭作品的理解。在作品的眞僞方面，梁氏也提出了一些值得參考的看法，如指出《大招》是明顯的摹仿《招魂》之作，其辭靡弱不足觀，而《招魂》對於「厭世主義與現世快樂主義兩方面皆極力描寫」，「實全部楚辭中最酣暢最深刻之作」，其著作權當屬屈原。此說頗得要理。但他認為《九辨》可能是屈原作品，《九歌・禮魂》是前十篇之「亂辭」，《惜往日》為後人僞作等看法，則或顯然有誤，或證據欠足，難以令人首肯。梁氏對漢以後歷家注騷著作作了一些評判，不無價值，但他認為歷代評注之作中名物訓詁有可取之處，闡發大義多陳詞濫調而不足取，卻有失偏頗，實際上，前人闡發的騷人之旨未必都不可取，其中亦不乏可資今人借鑒參考之處。另外，在論述屈原的學術思想淵源流派時，梁氏以爲屈原作品反映了道家的出世思想，是繼承南方老子一派思想的產物，屬自成體系的道家的一個支派。這一點，梁氏的看法有些片面，其實細讀屈原作品，我們可以淸楚發現，其中既有道家思想的影響，也有儒家思想的反映表現，還有法家、陰陽家、縱橫家等影響成分，不能說他一定屬於某家某派，而只能說他是戰國時代一個受諸子思想影響，兼有儒、道、法等多家思想而又自成體系的文學家⑨。

與梁啟超幾乎同時的近代著名學者、文藝理論家王國維，雖然對楚辭用力不多，但他有關屈原與楚辭的論述文字，卻也不容忽視。王國維（一八七七——一九二七），字靜安，號觀堂，浙江海寧人，著述甚多，有《海寧王靜安先生遺書》。王國維十分推崇屈原的人格，他認爲，屈原正是由於有了「高尚偉大之人格」，才會寫出「眞正之大文學」，《文學小言》一文中他說：「三代之下詩人，無過於屈子、淵明、子美、子瞻者。此四子者若無文學之天才，其人格亦自足千古。故無高尚偉大之人格，而有高尚偉大之文章者，殆未有之也。」《屈子文學之精神》一文中，王氏集中闡發了他對屈原文學思想、成就及其形成原因的看法。他認爲，屈原是生活於南方文化氛圍中的詩人，南方人特別具有「詩歌的原質」，「南人想像力之偉大豐富，勝於北人遠甚。彼等巧於比類，而善於滑稽，……此種想像，決不能於北方文學中發見之。」這是他從《莊

⑨ 有關這方面論述，可參見前文「屈原論．屈原思想辨析」。

子》、《列子》等書中總結出的一條藝術表現規律，他認爲它同樣適用於屈原作品，正是由於有了這種「想像力」，屈原才會寫出北方文學所未有的「大詩歌」，想像力在屈原創作中起了重要作用，是神奇壯麗、想像奇特的神話傳說賦予了屈原作品以鮮活的藝術生命力。王國維對想像力的這一鮮明揭示，抓住了屈原創作的藝術眞諦，無疑是對楚辭研究的一個貢獻。

在肯定屈原文學思想具有南方基質的同時，王國維進而提出了北方文化思想對屈原影響的問題，他說：「觀屈子之文，可以徵之。其所稱之聖王，則有……，賢人則有……，暴君則有……，皆北方學者之所常道，而於南方學者所稱黃帝、廣成等不一及焉。」這個看法是有道理的。只是王氏在論述此點時，認爲北方派專有詩歌，北方文化思想是產生詩歌的因素，而南方文化思想「長於思辨，短於實行」、「遁世無悶」，超然社會之外，不會產生詩歌而「僅有散文」，屈原之所以會寫出詩歌，是因爲向北方派學習的結果，他是身爲南人實是「學北方之學者」，這個看法就顯然有失偏頗了。我們認爲，屈原之所以會成爲一個大詩人，除繼承學習北方詩歌（《詩經》）、北方文化（儒家文化、齊國文化）外，主要是他生長於南方，受南方山水薰染，南方文化（楚歌、老莊散文等）影響，加上本人的天才因素才促成他在主客觀因素具備的條件下寫出了一系列詩歌作品，從而成爲一位大詩人。王國維能較早地看到並提出南北文化溶合促成屈子文學形成這一現象，應該說是值得充分肯定的，但他看法中的片面之處，我們也應實事求是予以指出，使之更符合客觀歷史與社會實際。

在南北文化問題上提出見解的，近代還有著名文史學家、學者劉師培。劉師培（一八八四——一九一九），字申叔，號左盦，江蘇儀徵人，有《劉申叔先生遺書》傳世。他對中國古典文學頗有研究，所著長篇論文《南北文學不同論》，從南北風俗習慣對文學的不同影響上，論述中國南北文學的特點與差異，其中涉及屈原與楚辭部分，有與王國維見解不盡相合之處。劉氏在文章中指出，形成南北文學不同特點的原因有多種，如語言的不同——夏聲與楚聲，風俗、習慣的不同——尚實際與談鬼神，地理條件的不同——山國與澤國，學者風格的不同——堅忍不拔與遺世獨立，等等，這些原因造成了南北方文學在風格特點上的差異。劉氏認爲，屈原作品在文學風格上主要繼承了南方文學的傳統，它與《莊子》、《列子》很有關係，他說：「敍事記遊，遺塵超物，荒唐譎怪，復與《莊》、《列》相同。」因而，「宋玉、屈平之厭世，溯其起源，悉爲老耼之支派。此南方之學所由發源於澤國之地也。」劉氏的這一觀點與梁啟超頗爲相合。不過，劉氏在他的另一篇文章《文說·宗騷篇》中，卻又提出屈原作品係「隱括眾體」之產物，它分別是《易》、《書》、《詩》、《春秋》等儒家經典的支流，也是墨家、法家、縱橫家的支流。我們認爲，劉師培能從地理環境、社會習慣、風土人情等多種因素出發，考證屈原作品屬於南方文學，有別於北方文學，並同時肯定它還繼承了北方文化，有受北方諸子文化影響的成分，進而得出它繼承融合南北文化之長，在「隱括眾體」基礎上獨創新體的結論，這在客觀上符合屈原創作的實際，打破了歷代片面看待屈騷僅出一源的狹隘之見，對楚學是一個創造性貢獻。只是在具體論述這一看法時，劉氏的論證不免有受傳統經學思想影響的成分，好以六經的思想或句式作比附，顯得有些穿鑿。

劉師培另有校讎楚辭的專著《楚辭考異》，這是他集中研治楚辭的成果，全書共十七卷，其主旨「以臚列異文爲主」，重在「訂正誤字」，對「章句是非，概弗議及」，書中以楚辭正文爲主，兼及王逸序文及《章句》，案語中廣引《文選》、《史記》、《漢書》、《爾雅》等古籍，考證文字異同，略加含以己意的斷語。由於劉師培漢學根底深厚，因而該書考訂異文頗顯功力，對後世研究有一定影響；但因書中取材廣泛，且草創而成，不免選擇欠精，時有錯訛，這是本書的缺憾。

這裏，附帶述及一下現代楚辭研究概況（時間下限至一九四九年）。

現代三、四十年間，楚辭研究又上了一個臺階，湧現了一批運用新視角、新方法研究楚辭的學者，他們中，以魯迅、陸侃如在時間上居早，以聞一多、郭沫若、游國恩在成果數量與影響上爲大，其中尤其是郭沫若，既有研究，又有今譯，雙管齊下，引人注目；同時，這一階段中還應提及一位現居香港的學者饒宗頤，他的研究獨闢一徑，頗顯功力。

魯迅直接或間接論述、評價屈原（及宋玉）的文字較多，但比較散見，他集中述及屈原與宋玉的地方，大約要數《漢文學史綱要》中的〈屈原與宋玉〉一章了。在這段評論文字中，魯迅有意識將楚辭與《詩經》作了比較，指出，楚辭「較之於《詩》，則其言甚長，其思甚幻，其文甚麗，其旨甚明，憑心而言，不遵矩度。」「然其影響於後來文章者，乃甚或在三百篇之上。」這段話高度評價了楚辭，被後來許多學者引爲精闢論斷。與此同時，魯迅還深刻指出了《離騷》與《詩經》之異，認爲，其關鍵在於形式文采，而這與兩者產生的時代、風俗、地域不同有密切關係，這就站在了歷史唯物論的高度分析問題，比前代學者的研究高了一個層次。

陸侃如曾針對「屈原否定論」寫過一些文章，並有《屈原》、《屈原與宋玉》等論著問世，其中對屈原生平及其作品的研究，以及對宋玉的看法，頗有自家見解，在當時有一定影響。

游國恩是現代一位專研楚辭的專家，三、四十年代，他先後問世了《楚辭概論》、《讀騷論微初集》。《楚辭概論》是一部系統研究楚辭的專著，它將楚辭作爲一個有機整體，不僅研究其本身，還探討它的來龍去脈，以歷史的眼光看待分析楚辭，其見解與認識達到了前所未有的高度；作者的研究態度求眞求實，既有縱橫上下的精到議論，也有審愼嚴密的詳盡考證，其中的新穎見解，發前人之所未發，例如，釋「離騷」篇名爲楚曲「勞商」的音轉，被許多學者認爲是有說服力的權威一說；歷史的方法，考據的精神，構成了游國恩現代與傳統相結合的治學風格特色，這使他在楚辭研究上取得了突破性的成績。

聞一多在古典文學的考證方面卓有建樹，這也體現在了他的楚辭研究之中。聞一多自稱他研究楚辭旨在說明背景、詮釋詞義、校正文字，他的《楚辭校補》以及由後人整理出版的《天問疏證》、《離騷解詁》等，都著重於校正文字與詮釋詞義。在楚辭文字的考訂上，聞一多確實下了極深的功夫，他的「校補」，分別「據別本以正今本之誤」、「證今本似誤而實非誤」、「據別本正字以說明今本借字之義」、「改各本皆誤而有待證明」、「今本所誤，諸家已揭示而論證不詳而加以補證」等，顯示了紮實深厚的功力。特別要指出的是，他的詮釋詞義，既總結了前人的研究成果，也提出了自己的獨到見解，所言均確鑿有據，材料篤實，決不人云亦云、強不知以爲知，體現了實事求是的治學風格。

郭沫若分別有《屈原研究》及屈原作品今譯問世。他的研究，考證用力深湛，尤其在考訂屈原生卒年、放逐年代、作品撰作時間，以及《離騷》名物方面，充分顯示了他的學識淵博之長，不少地方他還運用了自己所擅長的歷史學與甲骨金文知識，提出了頗有說服力的看法；他的今譯，在努力尊重原著的基礎上，發揮了再創作之功，詩人天賦與深厚的文字功力，使他的譯詩博得了廣大讀者的贊譽。郭沫若的《屈原研究》一書被公認爲是考證詳明、徵引宏富、體現求實精神的具有較高學術價值的研究專著。

饒宗頤在四十年代問世了《楚辭地理考》一書，書中對楚辭出現的歷史地名及其沿革，作了審愼詳盡的考證，這些考證，有駁正前人謬說之處，也有自立新解者，而不管哪一方面，著者都是在充分占有大量資料的基礎上予以爬梳澄清、總結歸納，從而匡謬糾誤、提出新見。饒氏的《楚辭地理考》塡補了近現代楚辭研究中的一項空白。

從總體上看，現代的楚辭研究與近代既有緊密銜接的一面，也有自具一格的地方：以傳統治學方式作詮釋、考訂，這是近現代渾然一體的特色體現，也是繼承古代學者治學風格的沿續；而以新視角、新方法作歷史的整體評價與探討，並提出一系列新看法，是現代較之近代更進一層深入研究的表現；不過，從全局整體看，近現代是楚學研究史上一個比較相近的塊面、鏈環，故而我們將對現代的簡略評述附於近代部分。

綜上所述，近代（包括現代）的楚辭研究可用十二個字簡括之：時間短、學者少、成果新、影響大；在楚學史上，這個階段可以視作承上啟下時期，它是舊時期與新時期的過渡期，是舊傳統與新方法的轉折期，值得引起楚學史研究的重視。

宏觀比較論

一、屈原在世界文學史上的地位

一九五三年，世界和平理事會向全世界鄭重公布了當年要紀念的世界四大文化名人，中國的屈原被列爲其中之一。這表明，屈原不僅是中國的偉大詩人、文化名人，也是爲世界公眾所承認的偉大詩人、文化名人。這是值得華夏子孫引以爲豪的。然而，究竟屈原以其成就、貢獻與名望，在世界文學史上應佔有何等地位，對此似迄今尚無確論。本文試圖從縱橫兩個方面，將屈原置於世界詩壇上作一比較審視——橫向：掃視上古時代的世界詩壇；縱向：鳥瞰上古至十九世紀末葉世界詩歌發展史；以期對屈原在世界文學史上的地位作出較爲客觀的科學評價。我們的論述好比在世界文學的大座標中尋找確切的位置，其橫軸是時代，縱軸是歷史，兩者的交合點，即是我們的目標。

比較之一：橫向掃視世界上古時代詩壇

習慣上，我們將世界歷史的發展分爲幾個大階段：上古、中古、近代、現當代；從屈原所處時代看，應屬於世界歷史的上古階段，具體爲公元前三世紀之前[1]。我們試掃視一下此階段世界詩壇的概貌及其特點，並同時與屈原詩歌作一比較。

公元前三世紀之前的世界詩壇，有成就、有影響並可與中國詩歌相比較的，大致上是古巴比倫、古埃及、古印度、古希伯來及古希臘，從歷史上看，這些國家與地區在世界上開發最早，具有發達的早期文明，他們的文學也相應發展較早，有其燦爛的篇章。

我們首先可以發現，這些國家與地區的早期文學創作，與中國一樣，比較突出的形式都是詩歌（包括歌謠、民謠以及一些神話傳說），他們以詩的語言記錄了人們對大自然與人生的祈求、探索、想望，藉此表達自己喜怒哀樂的情感。這種現象本身，反映了人類在幼年時代語言的創造組合與思維方面具有大致相同的能力與特徵，它並不因地區與民族的不同而表現出差異，這是人類在這個時代整個生產力水平低下所造成的。正是這個原因，使我們驚異地看到，這些國家和地區的詩歌作品中所反映的內容，與屈原詩歌所記錄的，有著近乎一致的相似。古巴比倫產生於公元前十五至十四世紀的創世神話《埃努瑪——埃立什》，是世界上最早關於創世故事的神話之一，它以詩體寫成，內容描述開天闢地的經過，歌頌巴比倫主神的強大。神話中寫到了太古之初，混

❶ 迄今爲止，對屈原生卒年有多種說法，但均不遲於公元前三世紀，故本文以此爲斷限。

沌一片，無「天」無「地」，只有分屬陰陽兩性的鹹水與甜水，它們是最初的神，結合後造就了眾神，由於眾神間的矛盾與爭奪，互相殘殺，最終以神的屍體構築了穹隆、大地，以神的血造出了人類，從而開始了天地、人類的歷史。古希伯來《舊約・創世紀》中，寫到了神創造宇宙一切，它第一日創造了天地晝夜，第二日創造了空氣和水，第三日創造了海陸及草木果蔬等植物，第四日創造了日月星辰、歲時節令，第五日創造了魚鳥動物，第六日創造了野獸、昆蟲和人，第七日創造完畢；同時，神又造了亞當，並從亞當身上抽出肋骨，造出了夏娃，由亞當、夏娃的結合，繁衍了人類。《創世紀》中還寫到了洪水神話，說洪水泛濫，水勢浩大，鬧了一百五十天災，最後由神喚風吹地，水勢才退去。古巴比倫史詩《吉爾伽美什》中也記載了類似洪水的故事。這些關於天地開闢、人類創始與洪水的神話傳說，屈原作品《天問》中有明確的記載，詩人以發問的形式，寫到了天地開闢的傳說：「曰遂古之初，誰傳道之？上下未形，何由考之？冥昭瞢暗，誰能極之？馮翼惟像，何以識之？明明暗暗，何時何爲？陰陽三合，何本何化？」「圜則九重，孰營度之？惟茲何功，孰初作之？」對人類的產生，他問道：「女媧有體，孰制匠之？」對洪水泛濫，他問道：「不任曰鴻師，何以尙之？僉曰何憂，何不課而行之？鴟龜曳銜，鮌何聽焉？順欲成功，帝何刑焉？永遏在羽山，夫何三年不絕？伯禹腹鮌，夫何以變化？纂就前緒，遂成考功。何續初繼業，而厥謀不同？洪泉極深，何以寘之？地方九則，何以墳之？……鮌何所營？禹何所成？……」有趣的是，同樣以發問方式敍述創世神話的，古印度《梨俱吠陀》中也可見：「一切東西都不曾存在，光明的天空不曾在彼處，廣大的蒼穹也不曾在上面展開。什麼東西遮住一切？什麼東西曾掩護著？什麼東西曾隱蔽著？這曾否是無底的深淵？」古埃及在公元前二十多世紀時，曾與起過一股對太陽神的崇拜，他們的詩歌作品中將太陽神奉爲最高神，對其高度禮讚，一首《阿頓頌詩》寫道：

在天涯出現了您美麗的形象，
您這活的阿頓神，生命的開始呀！
當您從東方的天邊升起時，
您將您的美麗普施於大地……

讀這幾句頌辭，我們似感到與屈原《九歌．東君》的開首有些相似：

暾將出兮東方，照吾檻兮扶桑。
撫余馬兮安驅，夜皎皎兮既明。

這裏的「暾」即太陽，而「東君」則是太陽的御神，詩篇謳歌太陽御神，實際也包含了禮讚太陽。這樣的讚頌，古埃及《亡靈書》中也可找見，古埃及歌頌太陽的詩特別多，也特別突出，從時代上說，它堪稱世界詩壇上最早頌讚太陽的上乘之作。

屈原詩歌在內容上所表現的，如上所述，同世界上古時代其它國度與地區的詩歌作品有著很大的相似與合拍，而在詩歌的體裁形式上，屈原則顯示了自己獨特的個性：無論古巴比倫、古埃及、古希臘、古印度，他們的詩歌體裁基本上都是以敍事爲主體的史詩形式，篇幅宏大，以故事情節展開詩章，比較典型的如古巴比倫的《吉爾伽美什》、古希臘荷馬的《伊里亞特》、《奧德賽》、古印度的《梨俱吠陀》等，而屈原則不然，不論《離騷》、《天問》、《九歌》、《九章》，基本上以抒情爲主，敍事爲次，即便《離騷》，雖前半段敍事成分較濃，總體上也屬敍事性抒情長詩，以抒情爲主，絕稱不上史詩。從抒情詩角度看，能與屈原作品相比較的，大概上古時代主要是古希臘抒情詩人薩福與阿爾凱奧斯，薩福是古希臘堪稱最傑出的抒情女詩人，被譽爲「女荷馬」，她與阿爾凱奧斯的創作使古希臘抒情詩創作達到高峰，但是比起中國的屈原，他們的作品無論結構、氣勢、內涵，均略遜一籌，缺乏大詩人的氣魄；古埃及的《亡靈書》具有抒情性，但它大多是與宗教有關的讚美詩，頌讚神與國王，與詩人（寫詩者）本人的身世經歷、思想情感無直接關係，不屬於詩人的個人創作，而係帶有頌讚性質的史詩；至於其它一些國家和地區這個時代詩人創作的少量抒情小詩，那就不論藝術上還是影響上都無法與屈原相比了。

由以上對公元前三世紀之前的世界上古詩壇作掃視，我們是否可以得出以下一些看法：

一、無論中國還是東西方任何一個早期文明古國，在其文學發展的初期階段，都是以詩歌表達人們對外界大自然的描摹與渴望，抒發自身情感的，詩歌語言是人類最早用以表述情感、認識世界、傾吐理想的工具；在這個工具的運用方面，中國的屈原毫不遜色於世界任何一個文明古國的任何一位詩人（有名記載的詩人或無名記載的羣體）。

二、由於共通的人性和人類早期極為低下的生產力水平，導致人類在早期階段具有相類似的認識能力，反映在詩歌作品中，便出現了共同的表現人類與大自然關係的內容；屈原作品中所反映和表現的內容，表明了它與世界其它國家與地區的詩歌在這方面具有共性，它是一棵立於世界上古詩林中具有共性特徵的大樹。

三、屈原作品的長於抒情的特色與成就，體現了中國傳統詩歌與詩教的特點，與世界上其它國家的詩歌相比較，從詩歌體裁形式看，它無疑是世界詩歌史上抒情詩早期發達的標誌，是抒情詩發展長河中第一塊里程碑，而屈原本人可稱為世界詩歌早期史上第一位傑出的抒情大詩人。

比較之二：世界詩歌發展史的縱向鳥瞰

如果我們將視野轉向對世界詩歌歷史發展的縱向鳥瞰，那麼，從上古一直到十九世紀末（不計現當代），最可與中國屈原作比較的一流大詩人，應當是相傳為古希臘著名史詩《伊里亞特》、

《奥德賽》的作者荷馬，他是歐洲文學史上第一位偉大詩人❷，他的兩部宏偉史詩使他成了西方文學史上至高無上的詩聖，且其時代要比屈原早四至五個世紀。但是，屈原與荷馬畢竟創作成就的範疇不一，一爲史詩，一爲抒情詩，難以在詩歌的具體藝術成就與價值上作同類比較；當然，有一點是明確的，若以成就與影響言，屈原在中國詩壇猶如荷馬在歐洲詩壇，兩人的地位，應該是大致相當的，完全可以相提並論，只是由於客觀原因（詳「結語」），屈原的名望較之荷馬要小得多。

從詩歌創作的多方面考察，我們認爲，屈原應該也可以同西方詩史上出現的一流傑出大詩人意大利但丁、英國莎士比亞、密爾頓、德國的歌德、俄國的普希金等相比較，這能使我們更具體清楚地看清屈原在世界文學大座標中的位置。（他們的創作中，既有史詩，也有抒情詩。）

我們試從三個方面作些考察、評析：

㈠在充分汲取民歌養料基礎上獨創新詩體

詩人的創作往往離不開民族民間的深厚土壤，越是成功的代表詩人心聲的作品，越是滲透了豐富的民族民間氣息，飽含有濃郁的民歌養分。正是由於充分汲取了這些養分，加以自己的天才

---

❷ 對荷馬是否確有其人，兩部史詩是否確爲荷馬所作，迄今尚有爭議。據十九世紀六十年代德國人亨利·謝爾曼考古發掘與二十世紀三十年代美國考古隊勘察，發現了特洛伊城遺址，其與荷馬史詩所敍可相印證，從而增加了荷馬史詩的可信性。

創作，詩人才創制出了別具一格的新詩體，爲詩壇奉獻了前不見古人、後不見來者的千古絕唱。

與上述一些大詩人相比，屈原是最早在這方面作出突出成就的。他創作的詩歌中，可以充分體現楚地民歌影響的色彩。楚辭「姓楚」，這本身就是一個顯證，宋人黃伯思說它書楚語、寫楚事、用楚韻、具楚味即是說明。以《離騷》而言，它明顯地突破了前代《詩經》的格局，創了新體——騷體：句式爲雜言體，運用語氣詞「兮」字，大大打破了重章叠句、四言句體式，換之以篇幅加長、結構複雜、氣勢宏大的特點，這些特點除了詩章本身內容需要外，主要格局來之於楚地民歌，從「徐人歌」、「越人歌」到「孺子歌」，屈原充分予以吸收借鑒，從而形成了騷體模式。而《九歌》組詩，更是直接在楚地民歌基礎上藝術加工後形成，帶有濃重的楚歌氣息並去除了蕪雜成分。在這方面，堪與屈原媲美的，主要是意大利詩人但丁。但丁的代表作《神曲》是一部用三韻句寫成的長詩，這種三韻句是但丁根據意大利當時民間詩歌常用的一種格律爲基礎創制的。整部《神曲》中但丁沒有採用當時正統的官方語言拉丁文，而是使用了佛羅倫薩——托斯堪尼地區的地方語，同時在詩章中借鑒了許多民間行吟詩人的作品與民歌，穿插了大量民謠與民諺，爲此他成了意大利文學史上第一個傑出的民族詩人。除但丁外，普希金也在其創作中大量吸收了民間養料，他的《魯斯蘭與柳德米拉》一詩即是根據民間故事傳說用民族語言寫下的長詩，這部作品被認爲是俄國文學史上詩歌轉變的開始，建立了浪漫詩歌的自由文學形式與創作方法。正由於普希金在自己創作中多方面廣泛地運用了俄國民間素材與民族語言，他被公認爲是俄羅斯文學的「始祖」、「俄國詩歌的太陽」。不過，與屈原、但丁相比，他似乎沒能創制出新的詩體。英國的莎士比亞是以創作劇體詩享譽詩壇的，然他的十四行詩創作同時被認爲是英國乃至世界十四行詩創作空前絕後的高峰，人們稱他創制的十四行詩體韵式是「莎士比亞式」或「英國式」，可惜，莎氏的這一新詩體並非來源於英國民間，而是屬於舶來品，它最早創立於意大利的彼特拉克，十六世紀初由英國兩位貴族爵士移植到了不列顛。當然，我們完全可以說莎士比亞所創作的大量戲劇作品（劇體詩）中相當部分的內容、人物、情節、乃至語言，一定是充分汲取了英國民間的養分的（或故事傳說、或歷史題材、或民間語言），但畢竟在創制新詩體的貢獻上，莎氏顯得不很突出，至少較之屈原、但丁而言。

㈡將宗教與詩歌創作高度溶合創奇幻之作

將傳統宗教或原始宗教的內容與形式注入詩歌創作之中，使之化爲作品內涵的有機組成部分，讓作品染上奇幻瑰麗的色彩，這是詩人創作具有獨特藝術風格、濃郁民族地方特色作品的重要前提，在這方面，屈原與但丁、密爾頓、歌德等人取得了異曲同工的成效。

但丁的《神曲》實際上是一部受中世紀宗教文化影響、具有宗教神秘主義色彩的宏偉詩篇，詩人巧妙地運用基督教的神話傳說作爲素材，揉合了意大利當時時代的重大政治事件與政治人物，從中反映表現意大利社會與詩人本身的思想感情。具體地看，詩歌中的宗教成分反映在：作品的整體構思設想，即主人公在夢幻中由維吉爾、貝雅特分別作嚮導，從地獄經煉獄到達天堂的游歷、修煉過程，它是基督教說教的具現；其中三個境界中的人物安排，是宗教道德觀念與詩人自身情感融合的產物；詩人的創作這部作品，完全是以中世紀宗教的夢幻形式來構思佈局的，它使作品在具有豐富內涵的同時染著了濃烈的浪漫瑰麗色澤❸。密爾頓的三部傑作《失樂園》、《復樂園》、《力士參孫》，其故事題材分別取之於《聖經》中的《創世紀》、《路加福音》與《士師記》，詩人以《聖經》中這些篇章的有關情節與人物形象爲藍本，展開情節與想像，化成三部分別具有高昂雄渾風格、璀燦瑰麗語言、洶湧澎湃感情的史詩、劇體詩，使之成了名垂詩史的傑作，密爾頓自己也因此被詩壇譽爲與莎士比亞並舉的英國大詩人之一。歌德的宏篇巨作《浮士德》，是歌德一生創作的最高峰，其中靡非斯特的形象也取之於基督教的《聖經》，詩開首部分的《天上序幕》與第二部結尾，均係受《約伯記》啟發寫成；詩中靡非斯特之所以會同浮士德一塊雲遊世界，並最後靈魂升天，也是得助於宗教影響，歌德自己曾坦率表白：「得救靈魂升天這個結局是很難處理的。碰上這種超自然的事情，我頭腦中連一點兒影子都沒有；除非借助於基督教一些輪廓鮮明的圖景和意象，來使我的詩意獲得適當的、結實的具體形式……」❹屈原詩歌這方面的特徵似更爲顯著，只是他與但丁、密爾頓、歌德等人有所不一的是，詩歌中所染著的色彩

---

❸ 參見拙作《文學與宗教》，載《中州學刊》一九八八年第二期。

❹ 引自《歌德談話錄》，人民文學出版社，一九八五年版。

是原始宗教的巫風巫術。我們讀《離騷》、《九歌》、《招魂》等詩，幾乎比比可見巫教痕迹。試看，《離騷》中，當主人公在天國巡遊求女時，因「理弱而媒拙」、「哲王又不寤」，他便「索瓊芳以筳篿兮，命靈氛爲余占之」；當「欲從靈氛之吉占兮」，「心猶豫而狐疑」，他便求「巫咸將夕降兮，懷椒糈而要之」；當「靈氛既告余以吉占兮」，他便「歷吉日乎吾將行」；整個在天國的過程幾乎都與求靈氛占卜、巫咸降神有關，這種占卜、降神即是楚地巫教的濃重體現，詩人將其化入了詩章之中，使詩章自然帶上了奇幻色澤。另外，《九歌》中分祭天、地之神，以祭祀祈禱形式載歌載舞地迎神、頌神，《招魂》、《大招》中呼喚四方，以招人之魂，以及《卜居》中請太卜鄭詹尹端策拂龜卜測，等等，都是楚地巫教的具體體現。正是這些內容與成分的有機溶入詩歌作品，才使屈原的作品具備了楚風特色，富有了更深一層的魅力，形成了浪漫奇特的風格❺。

可見，正是由於詩人們在創作中有意識地運用了宗教的內容或形式，使作品帶上了宗教色彩，才在藝術上顯著地體現了奇幻、瑰麗、浪漫特色（詩人本人並非一定是宗教徒），在這方面，上述幾位大詩人的努力雖有程度不同，但藝術效果卻都是成功的，相比起來，屈原要比他們幾位在時間上早得多。

---

❺ 對屈原作品的眞僞確數，歷來說法不一，本文擬從《漢書・藝文志》所錄，二十五篇均爲屈原所作。理由從略。

㈢超時空想像的天才發揮與多風格樣式的綜合體現

比較屈原與世界一流大詩人的詩歌創作的共同特點，我們發現，超時空想像的天才發揮是十分顯明的表現，他們的作品都以超乎尋常的思維方式，作超越時間與空間的藝術構思，設想詩人或詩篇主人公離開現實人世，進入宇宙天際，作奇異浪漫的「仙遊」「神遊」，或上天入地，或求神問鬼，在讀者眼前展示以宇宙空間爲背景的畫面，畫面上活動著的是大自然與人世間的神怪鬼物，其情節荒誕離奇，其色彩變幻莫測，其風格神奇浪漫❻。例如，但丁《神曲》中描述了詩人在嚮導引導下經歷了奇特的「三界」：地獄——巨大無比、如漏斗狀的深淵，直達地心，這裏是痛苦與絕望的處所；煉獄——聳立在南半球海洋中的雄偉高山，氣氛柔和，彌滿著寧靜與希望；天堂——充滿了喜悅、幸福，整個是光輝照耀；這「三界」的旅行雖說係受中世紀宗教夢幻啟發，然詩人將其化作詩歌的內容，溶入了豐富的想像與大膽的構思，其中尤其是進入天堂後的奇妙境界描繪，純是詩人天才想像的結果，人們在驚異這「三界」的大膽設想之餘，不得不佩服詩人的藝術才華橫溢。歌德的《浮士德》中，寫了靡非斯特與浮士德兩人遨遊世界的情節，靡非斯特把黑色外套變成了一朵浮雲，將浮士德與自己同載去雲遊世界，他們飛到了阿爾普司山麓，神遊了希臘，又和希臘神鬼們共同參加了夜會，最後，天界的仙使們將浮士德救出，讓浮士德靈

❻ 參見下文《中西神遊詩論》。

魂升入天堂。屈原的《離騷》、《遠遊》在表現想像力的豐富大膽上毫不遜於但丁、歌德。《離騷》後半部，詩人設想自己離開了人世，「駟玉虬以乘鷖兮，溘埃風余上征」，到宇宙天際去尋找理想境界，他令御使羲和策馬，命月神望舒爲先驅，囑風神飛廉作追隨，「覽相觀於四極兮，周流乎天余乃下」；《遠遊》篇中更是通篇在天際遨遊，一開首便「輕舉而遠遊」，繼而是「載雲魄」「掩浮雲」，自始至終「經營四荒」、「周流六漠」，使詩篇充滿了玄虛、神仙色彩，倘無奇絕的天才想像力，如此神遊，簡直不可思議。❼

奇特的構思，豐富的想像，確實爲讀者舖展了一幅幅神奇綺麗的畫卷，令讀者讀之心馳神往、不絕讚嘆。相比之下，屈原的《離騷》、《遠遊》在構思的整體構架與想像的規模氣勢上，似不及但丁《神曲》與歌德《浮士德》，但其想像的奇幻與構思的精巧卻未必遜於它們，從世界文學史的發展軌迹看，屈原在運用超時空想像手法上要遠遠領先於但丁、歌德以及其它一些大詩人。

屈原作品還有一個十分突出的特點明顯長於其它大詩人，即在作品的多風格多樣式綜合體現上。屈原的二十五篇作品呈現出多姿多彩的面貌：既有相當敍事成分，並富一定現實性的作品，如《離騷》、《九章》，也有濃厚抒情色彩，並有突出浪漫風格的作品，如《九歌》、《招

---

❼ 此節論述參見《中西神遊詩論》。

魂》、《遠遊》；既有雜言句式結構的騷體型作品，如《離騷》、《九章》、《九歌》，也有四言句式結構的《詩經》型作品，如《招魂》、《大招》，還有發問式結構的發問型作品，如《天問》，和答問式結構的答問型作品，如《卜居》、《漁父》；既有結構宏偉的長篇巨制，也有篇幅短小、結構簡單的小詩；眞正是繁花紛呈，體式多變，後人欲步其後塵而又不得不慨嘆難以企及。在這方面，雖然但丁、莎士比亞、歌德、密爾頓、普希金等大詩人也各顯其姿，卻不如屈原那樣在爲數不多的作品中（共二十五篇）表現出如此多變。但丁寫過抒情詩《新生》，也有史詩《神曲》，後人編定的《歌集》中，還收錄了他寫的多種題材作品——愛情詩、贈答詩、寓意詩、道德詩。莎士比亞主要創作劇體詩，這是一種無韵的詩歌（類似散文詩），另外他還寫了大量十四行詩。密爾頓早年寫過十四行詩，晚年創作了三部不朽的史詩。歌德除了《浮士德》長詩外，還寫過許多生動活潑、充滿熱情的抒情小詩。普希金一生寫了八百多首抒情詩，十幾部敍事詩，它們的形式與韵律也呈現了豐富多樣的特點，表現出這位俄羅斯大詩人的過人才華。毫無疑問，多風格、多樣式是這些大詩人的共同特點，只是這一特點在屈原作品中顯得尤爲突出，因爲他的作品數量相對最少（留存至今），而變化卻相對最多。

結語

毫無疑問，從以上我們所作的橫向與縱向的比較中，可以充分看到，中國的屈原完全是一個能夠傲立於世界一流大詩人行列之中而絕無愧色的偉大詩人，他的作品的價值，他的藝術的成就，決定了他絕對是世界文學史上少數幾位第一流大詩人之一。有人曾經這樣說過，在中國這樣一個詩的國度裏，如要列出一百位詩人向世界作介紹，屈原不用說理所當然地是其中名列前茅者；要列出十大詩人，屈原也必定是其中之領先者；如要推出一位能代表中國詩歌的成就與特色，並具有中國詩人人格與風格的大詩人，恐怕也是非屈原莫屬，其他詩人雖各有所長，卻都無法替代他。按此理推之，我們列出全世界範圍一百位傑出詩人，不用說，屈原必定是其中佼佼者；即使要列出世界十大詩人，筆者以爲，屈原也一定能躋身其列而絕無問題。屈原其人及其作品，不僅藝術成就令世人驚羡，其人格與作品內涵所包容的眞摯情感、眞誠呼喚、愛國激情，也足以激起人們對他的尊敬、熱愛與欽佩，他是一位爲民族生存而歌唱終生的民族歌手，在這一點上，其它一些世界大詩人未必都能與他相比。

然而，儘管如此，我們畢竟還是要面對客觀現實。比起荷馬、但丁、莎士比亞、歌德等大詩人，中國的屈原在世界上的知名度與影響力要小得多，雖然世界和平理事會將屈原列入了世界文化名人之中，但那終究只限於某個年度，世界範圍內，知道荷馬、但丁的讀者遠遠勝過屈原，這是爲什麼呢？其原因是多方面的。首先，中國這個長期封建的國度，歷來閉關自守，罕與外界交往，這在很大程度上影響了外界對中國的了解（相對而言）；其二，雖然中國文化也早有輸出，尤其元代以後，隨著馬可·波羅的來到中國，以及西方傳教士們的頻繁往來，使西方逐步了解了中國，但這種了解畢竟比較膚淺，加以屈原作品本身文字艱深，翻譯困難，自然增加了傳播與流傳的困難；其三，屈原作品中所表現的濃重的民族倫理文化內涵，在中國人看來是可以接受的、值得頌揚的，而在西方人卻未必容易接受，他們的審美意識、傳統觀念決定了他們在理解、接受屈原的思想與作品時會有相當距離與鴻溝；正是這種種原因，有意無意地削弱並影響了屈原的地位與知名度。

今天，我們的國門已廣開，我們應當讓世界更多地了解中國，讓中國盡快地走向世界，這就有必要也有可能將中國傳統文化的傑出代表人物之一、偉大詩人屈原介紹給世界，讓世界人民了解屈原、理解屈原、尊重屈原、崇揚屈原，這是我們每個屈學研究者責無旁貸的神聖義務。

一、與日本學者商榷——論《天問》與《橘頌》的題旨與來源

日本學者三澤玲爾先生在其所著《屈原問題考辨》一文（原載日本《八代學院大學紀要》第二十一號）中，對屈原的《天問》、《橘頌》兩篇作品闡述了如下見解：

「古以色列《舊約》中的《約伯記》，在主題上和超越世俗的態度上都與《離騷》相同，它的主人公有熱烈而虔誠的信仰，但在不斷遭遇不幸時卻開始懷疑和咒罵神明，結果，在宇宙創造的秘密問題上連續受到神的質問，他無言答對，終於又否定了自己，最後還是托神的恩惠才改變了命運。這一構思使我想起了楚辭中《離騷》之外的兩篇詩，一篇題爲《天問》，寫的是宇宙創

造的秘密和歷史的質問；一篇題爲《橘頌》，是對橘樹的贊歌。也就是說，假設《離騷》與古代的迎春儀式有聯繫，歌詠正義之士的超越世俗的態度及其靈魂的苦難，並因此與《約伯記》有共同點，那麼《天問》就很可能不是別的，而正是上帝對《離騷》主人公的告誡，因爲他由於遭遇不幸而忘記了遵循天命。還可以考慮，如果認爲《離騷》的主人公以此完全否定了自身，並從此改變了自己的命運而托橘復活，則《橘頌》就是其復活的贊歌。」「另外，在《橘頌》的正文中，有『蘇世獨立』，『文章爛兮』，『秉德無私，參天地兮』，『行比伯夷』等句，這些都是擬人之句。由此看來，只能把《橘頌》看作是明顯歌頌《離騷》主人公復活的作品。」

三澤先生上述關於《天問》、《橘頌》之題旨與來源的推斷，似乎大膽了些；對照詩的原作，以及有關屈原及其作品的資料，我們不得不有所質疑，以求教於三澤先生。

由於《考辨》一文所涉問題甚多，本節僅對《天問》、《橘頌》之題旨與來源作闡發，其它如屈原其人及《離騷》旨意等諸問題，不擬贅及。

㈠三澤先生將古以色列的《舊約·約伯記》與《離騷》作對照比較，進而聯想到《天問》一詩的題旨是上帝對《離騷》主人公的告誡，因爲他——《離騷》主人公由於自身遭遇不幸而忘記了遵循天命。

這促使我們也去翻閱了一下《舊約》（《聖經》）。我們發現，與其由《約伯記》篇對照《離騷》引而闡發《天問》題旨，不如將《創世紀》篇與《天問》直接比較，更能有所啟迪，從兩者中找出共通之處。《創世紀》篇的主要內容記載了物質宇宙的起始，人類的起始，以及人類犯罪、救恩預示、家庭生活、無神文化、國家組織等的起始，其間充滿了人的失敗與神的恩典與工作；與《天問》比較，在天地起源、人類起源、洪水泛濫等內容方面，頗有類似之外，它所敍述的有關晝夜、天地、植物、星辰、飛禽走獸以及人類始祖亞當、夏娃諸事，與《天問》中所問及的問題，有相類同的感覺。這說明了什麼呢？說明人類在宇宙開闢、人類起源問題上，並不因地域有異而產生差別，相反，由於人類早期生活的方式及內容的大致相同，導致了其在原始文化藝術（包括藝術想像）方面無地域差別的一致性，這一點不僅僅反映在古以色列人的《舊約》與屈原的《天問》中，還反映在古希臘羅馬的荷馬《史詩》、古印度的古經、我國的《山海經》等早期創作記載中；即使美洲的印第安人、波里尼西亞人等民族中也有同類說法。這是文化人類學理論中的一個重要內容。不過，在將《創世紀》與《天問》作比較時，我們同時發現，它們兩者還有著根本的不同：前者偏重於創造者是誰、創造經過了多少時間，目的旨在渲染和突出神；後者著重在天地萬物起源之說由誰傳下來、如何知曉其起源並怎樣起源與創造的？可見，一個是有神論的典型反映；一個是不信天地萬物由一個神一時有意創造的樸素無神論的體現，——其作者不過是借發問的形式，藉神話馳騁想像，寄托豐富的感情，從藝術手法言，乃是古典浪漫主義手法的充分運用。讀《天問》，使我們藉此窺見了我國上古時代社會發展變化之軌迹。從社會條件看，《天問》產生於屈原時代也不是偶然的，郭沫若在《屈原簡述》一文中曾說：「本來在屈原時代的中國思想界是有驚人的發展的。天文、曆法、數學都有相當的高度的發展，邏輯的觀念也很普遍。與屈原同時代而稍早的一位南方人黃繚，曾經向北方一位擅長邏輯的學者惠施，問過天地何以不墜不陷、風雨雷霆之故，惠施曾經答覆了他。可見關於天體構成的疑問，在當時的知識界是有普遍的關心的。」從《天問》與《創世紀》的出現，可以說明一點；世界文化史上，每一重要文化的產生，大都有其最初的宇宙起源論、天地萬物起源論，以及與之相關的神話傳說，有的則隨之產生史詩和宗教贊美詩。

那麼，《天問》的確切旨意是何？屈原創作它時究竟憑藉了什麼呢？

我們還是先看前人怎麼說的。

王逸《天問序》說：「《天問》者，屈原之所作也。何不言問天？天尊不可問，故曰天問也。屈原放逐，憂心愁悴。彷徨川澤，經歷陵陸。嗟號昊旻，仰天嘆息。見楚有先王之廟及公卿祠堂，圖畫天地山川神靈、琦瑋僪佹，及古聖賢怪物行事。周流罷倦，休息其下。仰見圖畫，因書其壁，可（一作呵）而問之，以渫憤懣，舒瀉愁思，楚人哀惜屈原，因共論述，故其文義不次序云爾。」

洪興祖《楚辭補注》說：「《天問》之作，其旨遠矣。蓋曰：遂古以來，天地事物之憂不可勝窮。欲付之無言乎？而耳目所接、有感於吾心者，不可以不求也。欲具道其所以然乎？而天地變化豈思慮智識之所能究哉？天固不可以問，聊以寄吾之意耳。楚之興衰，天邪？人邪？吾之用舍，天邪？人邪？國無人，莫我知也；知我者其天乎？此《天問》所爲作也。太史公讀《天問》悲其志者以此，柳宗元作《天對》失其旨矣。王逸以爲文義不次序，夫天地之間千變萬化，豈可以次序陳哉？」

李陳玉《楚辭箋注》說：「天道多不可解；善未必蒙福，惡未必獲罪，忠未必見賞，邪未必見誅，冥漠主宰政有難詰，故著《天問》以自解。此屈子思君之至，所以發憤而爲此也。不曰問天，曰天問者，問天則常人之怨尤，天問則上帝之前有此一段疑情，憑人猜揣，柳子《天對》失其旨矣。」

戴震《屈原賦注》說：「問，難也。天地之大有非恆情所可測者，設難疑之；而曲學異端鶩爲閎大不經之語，及夫好詭異而善野言，以鑿空爲道古，設難詰之；皆遇事稱義，不以次，聊舒憤懣也。」

參照上述前人之說，再仔細閱讀《天問》原詩，我們認爲：(1)屈原確是在政治上遭到不幸條件下憤而書下這首詩作的；其目的並非眞在問天——爲何自己會受到如此遭遇，但詩中多少融入了身處其時其地的悲憤感情，這是無疑義的。(2)王逸說得不錯，從各方面因素看，《天問》確是屈原在見到祠堂壁畫（或謂宗教畫）後，觸發情感，喚起想像力，引發了創作動機（詳下文）。(3)《天問》，決非天（或稱上帝）對人（三澤先生謂：《離騷》主人公）的告誡，而是天道不可解，存有疑情，遂謂「天問」，也即天的問題，或叫上帝的疑問；也非王逸所說「天尊不可問」、洪興祖所說「天固不可問」，而改問天為天問。它實是屈原借「天之問」，發抒其時其境下他自己的種種疑問和感慨。(4)從《天問》詩本身看，詩序十分清晰：首述天上事，次及地上事，再講人間事，末尾關於屈原自己（以令尹子文寓之）與楚國的一段歷史；一百八十八句明顯分為兩大部分，前為問天地——有關大自然形成的傳說，內容涉及混沌初開、天宇形成、日月星辰、洪水及其它異聞傳說（此部分酷似《舊約‧創世紀》內容），後為敍人事——問有關人間盛衰興亡的歷史傳說，包括夏、商、周三代，兼及部分秦楚史。全詩雖不免因流傳年代久遠而存錯字、錯簡，但總的來說，脈絡清楚，重點突出。觀其內容，我們無論如何不能想像，這乃是上帝對作者的告誡——因他忘記了遵循天命。

再看《天問》題材內容的來源，更可以證成上述的《天問》題旨。根據現存史料，楚辭的各種注本，以及文物考古材料，我們認為：《天問》源之於《山海經》和壁畫。（其中壁畫的內容，很可能也是依據了《山海經》一類的古史資料畫成。）

先說《山海經》。陳逢衡《山海經匯說》之《山海經是夷堅作》篇說：「夫謂之聞，則非禹益同時人可知。……或謂夷堅是南人，其書留傳楚地，至屈原作《天問》時，多採其說而問之，實通論也。」這是說《天問》係《山海經》所本。我們粗略對照《天問》與《山海經》，發覺陳逢衡之論斷不假。《山海經》中的《西次三經》、《海內西經》等篇敍及昆侖山，《天問》有曰：「昆侖懸圃，其尻安在？」《山海經‧海外西經》載：「大樂之野，夏後啟於此儛九代。」

郝懿行《箋疏》云：「《九代》，疑樂名也。《竹書》云：『夏帝啟十年，帝巡狩，舞九韶於大穆之野。』《大荒西經》亦云：『天穆之野，啟始歌《九招》。』招即韶也。疑《九代》即《九招》矣。」《天問》有云：「啟棘賓商，九辯九歌。」《山海經》曰：「禹治水，有應龍以尾畫地，即水泉流通，禹因而治之也。」《天問》有曰：「應龍何畫？河海何歷？」《山海經》有云：「浮山有草；其葉如枲。」「南海內有巴蛇，身長百尋，其色青黃赤黑，食象，三年而出其骨。」《天問》有曰：「靡蓱九衢，枲華安居？靈蛇吞象，厥大何如？」等等，諸如此類例句甚多。據茅盾《神話研究·中國神話初探》、胡厚宣《甲骨學商史論叢·甲骨文四方風名考證》、袁珂《山海經寫作時地及篇目考》等考證，《山海經》非一人一時所作，其中保存了不少古史神話傳說的原始材料，其最初成書當在屈原創作《天問》之前，且其書大致是先有圖畫，後有文字，文字因圖畫而作。這就爲了解《天問》的產生與理解《天問》的內容提供了線索與依據。

再說壁畫。屈原時代的楚國是否已有壁畫？答案是肯定的：其一，近幾十年來，長沙、壽縣、信陽等地均相繼發現並出土了楚壁畫、帛畫、繒書等物，其內容大多屬宗教藝術範圍的神物。《考古學報》載湖南省博物館的《長沙楚墓》一文說：「很多漆器上面繪有瑰麗的龍鳳紋、幾何紋，或狩獵紋圖案，線條生動，不僅是當時日常生活中實用的器皿，而且是一種出色的工藝美術品。」《楚文物展覽圖錄序》說：「楚文化在晚周到秦漢之間，已經發展到很高的程度。這些文物具體說明了當時……等制度，在歷史研究上提供了不少新資料。……其中的龍鳳人物帛畫，是我國現在所知道最早的一幅繪畫，也是研究繪畫史的重要資料。」其二，前人的記載與研究也提供了依據。王逸在時代上離屈原不遠，他曾明確指出，《天問》係屈原見楚先王之廟與公卿祠堂上的壁畫而呵問之作（《天問序》）。丁晏《天問箋敍》說：「壁之有畫，漢世猶然。漢魯殿石壁，及文翁《禮殿圖》，皆有先賢畫像。武梁祠堂有伏羲祝誦夏桀諸人之像。《漢書·成帝紀》甲觀畫堂畫九子母，《霍光傳》有《周公負成王圖》，《敍傳》有《紂醉踞妲己圖》。《後漢書·宋宏傳》有屏風畫《列女圖》。《王景傳》有《山海經》、《禹貢圖》。古畫皆徵諸實事，故屈子之辭指事設難，隨所見而出之，故其文不次也。」這是以西漢有壁畫、石刻畫，來證明晚周屈原時代有壁畫。如果晚周之際無壁畫，那麼漢代王延壽《魯靈光殿賦》、何晏《景福殿賦》等賦所描述的壁畫，不可能一下子出現那麼多，那麼豐富多彩。其三，從世界文化發展史看，用石器刻畫或用手指塗畫於岩洞壁上，乃人類史前時代的共同現象。法國、西班牙境內曾發現過不少史前人的洞穴壁畫，法國史前考古中心的史前博物館內收藏有豐富的史前彩畫刻像（據林惠祥《文化人類學·原始藝術》、裴文中《法國史前遺址採訪記》）。北美洲的大湖地區發現有很多印第安人的原始崖畫，秘魯納斯加山谷的地面上考古工作者發現了古代的巨畫，畫中有各種幾何圖形，有各種動物、植物和人的形像（《考古》一九七二年第四期）。法國考古學家在佩里格附近一個廢棄石灰場發現一個堵塞的洞口，他們進入洞口以後，一個保存完好的畫廊立即展現在面前。洞壁上畫著數不清的猛瑪、野馬等動物及各種各樣的花紋圖案。……據統計，目前法國保存有古代壁畫的洞穴約有一百二十處。(《光明日報》,一九八四年三月二十一日,題名:「兩萬五千年前的畫廊」)這些都證實了人類在史前時代曾留下洞穴壁畫、崖畫等的共同性。其四,戰國時繪畫藝術已相當發達。《莊子·田方子篇》、《韓非子·外儲說》、劉向《說苑》、《水經注·渭水篇》等均有關於繪畫的記載。以上這些歸總一點:楚國在屈原時代完全可能已有壁畫。那麼,屈原是否能見到這些壁畫並藉此發抒情感呢?從屈原身世經歷可知,他自郢都出走後,曾被流放,徘徊在漢北一帶,而漢水上的宜城即是春秋時楚昭王的都都,《天問》一詩問歷史傳統正好到楚昭王時代為止,這無疑為我們理解解釋屈原能「仰觀圖畫」於「先王之廟」提供了一個依據。

鑒此,我們可以得出結論:

《天問》決非三澤先生所言,是上帝對作者的告誡,而是作者——屈原在政治上遭流放後,於漢北見楚先王祠廟壁畫,觸景生情,藉神話的浪漫手法,以天問形式,一氣發了一百八十多個問題,這些問題依次為:大自然的發展史——天體、洪水、大地;人間歷史——夏、商、周三代興亡史及秦楚部分歷史;通過這一系列問題的發問,達到充分發抒胸臆、寄托內心複雜的感情;讀者從中既感受了作者的脈搏,也汲取了廣博而又深邃的知識。

(二)《橘頌》一詩是否如三澤先生所言,是《離騷》主人公托橘復活的贊歌呢?首先,我們應當承認,華夏民族同世界上其它國家和地區的民族一樣,在上古時代均曾出現過祭祀祖先、祭祀大自然之類的祭典（神）儀式，這是由於那時的人們在生產力極度低下的水平下，無奈何大自然的威力，而進行的祈禱上帝（神）降恩賜福的類似原始宗教性質的儀式，因著各國家和地區的社會發展進程的不同，這種祭神儀式表現出不同的規模、程度和方式。我國屈原時代的楚國在這方面的典型體現即是巫風（巫術）盛行，表現在楚辭中，反映這種形式最典型的，乃是在楚民歌基礎上經過屈原藝術加工而成的《九歌》；而《橘頌》則全不如三澤先生所言，是屬於這種性質的所謂「復活的贊歌」。下面，我們試對《橘頌》詩的題旨及其來源作簡略剖析。

《橘頌》，從題名看，顧名思義，乃是頌橘；實際上，讀者細讀全詩，會發現，作者「醉翁之意不在酒」，並非爲頌橘而頌橘，即詩本身的旨意不是爲了單純地咏物、頌物。從藝術手法的繼承關係上說，這是作者承繼了《詩經》的比興手法，並在此基礎上有所創新發揮，不只「感物造耑」、以比興發端，且試圖用一物比興整篇：前半說橘，將橘人格化，頌橘以自比；後半說人，把人物性化，自頌即以比橘；前後兩部分渾然一體，達到了「物我雙關」的地步。這是我們讀《橘頌》首先需明曉的。

三澤先生認爲，《橘頌》一詩是《離騷》主人公在《天問》中完全否定了自身，並從此改變自己命運後而托橘復活的贊歌；這不符《橘頌》的寫作時間。

《橘頌》作於何時？陳本禮《屈詞精義》說得對：「《橘頌》乃三閭大夫早年咏物之什，以橘自喻；且體涉於頌，與《九章》文不類，應附於末；舊次未分；且有謂《橘頌》乃屈原放逐於江南時作者，未爲可據。」從詩本身看，也能見出創作時間。詩中寫「閉心自愼」，說明作者創作此詩時正值被讒遭誣之時，尙未被放逐，故情緒不十分激動；詩最後一句寫「行比伯夷，置以爲象兮」，透出他辯誣自白的嚴正態度，這是上官大夫誣語：「每一令出，平伐其功」（《史記·屈原列傳》）的有力回答；從時間上看，這些都發生在屈原的早期，至少不會在《離騷》《天問》之後，故姚鼐《古文辭類纂》說：「鼐疑此篇首言後皇，末言年歲雖少，與《涉江》年既老之時異矣。而閉心自愼之語，又若以辨釋上官所云『每一令出，平伐其功』之爲誣也。」另，詩中還有「年歲雖少，可師長兮」之句，這是寫屈原早年任三閭大夫之職事。三閭大夫一職係掌管楚王室屈、景、昭三姓貴族子弟教育，否則「年少」爲「師長」就難以解釋了。對照《離騷》：「余既滋蘭之九畹兮，又樹蕙之百畝，畦留夷與揭車兮，雜杜衡與芳芷。冀林葉之峻茂兮，願竢時乎吾將刈。」可以互爲印證。即便從《橘頌》與《九章》其它篇章相比較，也可見出，它們之間無論從體裁、風格與情趣上，均迥然相異，足以證實《橘頌》創作時間不在晚期，而係早年作品。

那麼屈原寫《橘頌》據何取材呢？《晏子春秋·內篇》說：「橘生淮南則爲橘，生於淮北則爲枳，葉徒相似，其實味不同。所以然者何？水土異也。」王逸《楚辭章句》說：「言橘受天命生於江南，不可移徙，種於北地，則化而爲枳也。屈原自比志節和橘，亦不可移徙。」這裏指出：一、橘是生於南國的一種植物。其它同類記載也證實了此點，如《呂氏春秋·本味》曰：

「橘之美者，江浦之橘，雲夢之柚。」《戰國策·楚策》載蘇秦游說趙王時語：「楚必致橘柚雲夢之地。」《史記》、《漢書》亦云：「江陵千樹橘」，《水經注》載，宜都郡故城，北有湖里洲，「洲上橘柚蔽野，桑麻闇日。」二、生長於南國楚地的屈原，對自己的故鄉故土懷有特殊的感情，作爲喜好吟詩作歌的文人，以自己家鄉的某種植物作比興，寫咏物詩以寄情抒懷，當屬合情理之事，不足爲怪；而且，從某種角度言，橘不能移徙其種植地，否則要變其種性，屈原正是抓住此特性以喻自己愛國、愛故鄉的豐富感情，王逸所說是有一定道理的。

由此，我們就可以明曉《橘頌》的眞實涵義了。林庚先生說得對：「《橘頌》所寫的是一種性格，這也正是屈原的性格，戰國時期正是國家觀念將要形成還未形成的時期。當時的才智之士往往漫遊諸國之間，以求得王霸之道的發展，那原是一時的風尙。但是屈原的性格卻與此相反。他是一個鄉土觀念極重的人。《離騷》裏說：『何處獨無芳草兮，爾何懷乎故宇？』正是屈原所不願做的事。這鄉土的觀念，在《橘頌》裏表現得非常明白。所謂『受命不遷，生南國兮』，『深固難徙，更壹志兮』。便正是屈原自況之辭。屈原於當時遊說之士沒有國家觀念，認爲是一種不好的品行，而這種不好的品行正是戰國期間最流行的風氣，屈原讚美那種好的品行，所以說『獨立不遷，豈不可喜兮？深固難徙，廓其無求兮！……』最後說『行比伯夷』，正因爲伯夷乃是不食周粟的。」「屈原一生的悲劇也因爲他對於楚國過分的愛戀。然而這種愛戀是可寶貴的，屈原因此成爲中國最偉大的詩人。」（《釋橘頌》）我們無需對《橘頌》一詩的題旨再贅言了，林庚先生簡潔而又明瞭地揭示了它的全部含義和作者的意圖。由此，三澤先生所引述的詩中擬人之句「蘇世獨立」、「文章爛兮」、「秉德無私，參天地兮」、「行比伯夷」等，仔細體味，實在是屈原既以之比擬橘，表現橘的特性與象徵，更藉以比喻自己的品格與形象；正因爲屈原早年即具備了如橘一般純潔高尙的品格，才鑄成並造就他後來終於成爲一個劃時代的偉大愛國主義詩人；橘的品格與特徵，貫穿了他一生的言行與全部創作。

於此，我們可以下一斷語：《橘頌》決非祭典儀式中爲神的復活（托橘）所唱的讚歌，而是作者以形象比擬的手法，借植物寄托自己的高潔品格與畢生遵奉的準則，它爲當時和後世樹起了一個崇高的形象；從屈原本人來說，此後他的所言所行，始終未曾脫離《橘頌》中所標舉的規範，這在他以後創作的《九章》、《離騷》、《天問》等詩中足以見出，直至以屍爲諫，身沉汨羅江。

三澤先生在《考辨》一文末尾寫了一篇附記，云：「至於有關《天問》、《橘頌》等篇的推斷，現在我也不得不承認自己的思想飛躍了一些，請先生們徹底批評。」我們佩服三澤先生在學術研究上的大膽突破、勇於暢述新見；我們也欣賞三澤先生的坦率與誠懇。對待學術問題，有時候確實需要一種敢於衝破陳見、大膽設想、大膽創新的精神。不過，這種勇氣與創新精神需建築於充分掌握大量可靠、紮實的材料基礎之上，而不是憑空臆想所能奏效的。我們認爲，倘若三澤先生對《天問》、《橘頌》的推論是基於中國歷史上確有屈原其人，且《離騷》等作品確係屈原所作的結論之上，那麼，《考辨》中有關《天問》、《橘頌》的論斷不妨存爲一說，對今人研究楚辭或不無參考價值；然而，遺憾的是，三澤先生的推論完全是由否定屈原其人及其作品的前提推導而成，這就不免成了沙礫上建屋，完全沒有基礎了。

三、中西神遊詩論

我們在瀏覽中西傳統詩歌作品時，會發現，無論西方還是中國，都有一些描寫詩人或詩篇主人公離開現實人境、進入宇宙天際的作品，這些作品中離奇的描述，獨特的表現力，極大地引發了我們的興趣，使我們的研究視角自然移向了這類詩歌的特點、產生原因及其相互間的異同。

讓我們先看一些具體作品。

意大利詩人但丁的《神曲》，爲讀者描述了他的奇特經歷：從地獄經煉獄，到達天堂的「三界」旅行，整個旅程如一幅奇妙的畫卷，展示了「三界」內的神奇境界：

地獄——巨大無比、如漏斗狀的深淵，直達地心，形同圓形劇場，這裏是痛苦與絕望的處所，充滿了陰暗色調。

煉獄——一座聳立在南半球海洋中的雄偉高山，它色調柔和，瀰漫著寧靜與希望。

天堂——由九重天與淨火天構成，光輝耀眼，充溢著喜悅的氣氛。

詩人分別在嚮導維吉爾和貝雅特引導下，從地獄來到了天堂，即從人境登上了宇宙天際，充分領略了喜悅、幸福與光耀。

德國詩人歌德根據民間傳說創作的《浮士德》，寫了靡非斯特與浮士德兩人遨遊世界的情節，靡非斯特把黑色外套變成一朵浮雲，將浮士德與他自己載著去雲遊世界。第二部中，浮士德乘著雲，飛到了阿爾普司山麓，神遊了希臘，參加了「古典的瓦普幾司之夜」，夜會的參加者均爲希臘神話中的神與鬼。結尾時，天界的仙使們把浮士德從靡非斯特那兒搶救了出來，於是，浮士德的靈魂升入了天堂，他毅然地同「塵世的羈絆與舊日的屍骸」分離，從「雲霞的衣被」中煥發出「新生的青春力量」，詩篇至此，進入了「天上序曲」。

英國詩人密爾頓的長詩《失樂園》，描寫撒旦糾合一部分天使與上帝作戰，失敗後，被打到地獄受難，在自知無力再反攻天堂之後，撒旦企圖毀滅上帝創造的人類，以作間接報復，詩篇藉此塑造了撒旦的形象，並同時描述了地獄、混沌、人間奇特壯闊的背景。

英國詩人雪萊《麥布女王》一詩，以夢幻形式寫了仙后麥布女王帶領熟睡的純潔少女伊昂珊的靈魂，到宇宙中去觀察人類的過去、現在與未來，少女的靈魂看到了人民受饑的狀況和守衛森嚴的城市，看到了人類未來的美景——大地上籠罩著幸福與科學。

中國最早表現這類內容的詩篇是產生於戰國時代的屈原的《離騷》，以及著作權尚有爭議的署名屈原的《遠遊》。《離騷》前半部分寫了詩人在現實世界的屢遭困厄，理想抱負難以實現，後半部分詩人便設想自己離開人世，「駟玉虬以乘鷖兮，溘埃風余上征」，到宇宙天際去尋找理想境界，他令御使羲和策馬，命月神望舒爲先驅；囑風神飛廉作追隨，「覽相觀於四極兮，周流乎天余乃下」；「三求女」而不得，又從靈氛吉占，請巫咸降神，歷吉日再行，駕飛龍，乘瑤車，「路修遠以周流」，直至最終無法尋得理想去處，戀舊鄉而重歸。《遠遊》通篇描寫了遨遊天際，從開首即「輕舉而遠遊」，至末尾仍「經營四荒」，「周流六漠」，整個遨遊過程均「載雲魄」「掩浮雲」，較之《離騷》更具有神仙色彩。

之後，秦始皇時期出現了《仙眞人》詩（今已失傳，參見《史記·秦始皇本紀》），東漢時代又有樂府詩《王子喬》、《步出夏門行》等，其間已有明顯描寫神仙幻遊之迹，如《王子喬》：「王子喬，參駕白鹿雲中遨。……東遊四海五岳，上過逢萊紫雲臺。三王五帝不足令，令我聖明應太平。……」

魏晉時期，曹操的《氣出倡》、《精列》，曹植的《五遊咏》、《遠遊篇》、《仙人篇》，以及被蕭統《文選》明確分類爲「遊仙詩」的何劭、郭璞的作品，均已專屬描寫神仙幻遊一類詩而爲後世注目，如郭璞的《遊仙詩（之一）》：「京華遊俠窟，山林隱遯棲。朱門何足榮，未若托蓬萊。臨源挹清波，陵岡掇丹荑。靈谿可潛盤，安事登雲梯。……高蹈風塵外，長揖謝夷齊。」

到唐代，陳子昂《與東方左史虬修竹篇》，李白《古風》組詩中的部分、《元丹丘歌》、《夢遊天姥吟留別》，韋應物《王母歌》，李賀《夢天》、《瑤華樂》等，都分別寫到了夢遊、有代表性了。

仙遊。唐以後，雖典型表現此類內容的作品似已不多見，但前代流波仍存，只是未及唐以前那麼有代表性了。

細讀上述中西詩歌，我們發覺，這是一類具有特殊內容題材與藝術表現手法的詩歌，其所展示的，是詩人在主觀情感衝動條件下，以超乎尋常的思維方式，作超越時間與空間的藝術構思，設想詩人或詩篇主人公離開現實人世，進入天際宇宙，作奇異浪漫的「仙遊」、「遨遊」，或上天入地，或求神問鬼；讀者眼前展現的，是以宇宙空間爲背景的大舞臺畫面，是大自然與人世間的神怪鬼物、諸景諸物，其情節近乎荒誕離奇，其色彩令人變幻莫測，其風格極爲神奇浪漫。這類詩歌，我們可以總稱之爲「神遊詩」，它們以描寫神遊、表現神遊過程中的詩人心態爲總特徵。但是，需要指出的是，這些作品中，相當部分又並非專爲描寫神遊而寫，往往詩中的神遊只是詩人的一種遐思、一種寄托——以超脫人間現世，進入天際宇宙尋找理想境界，作爲感情的依托，因而詩章中雖不免虛幻成分，然其情感內涵與詩旨則泰半是深沉而頗耐咀嚼的。例如屈原的《離騷》，這是一篇現實與幻想交織的抒情性敘事長詩，詩篇展現了詩人神遊天地、「上下求索」的幻想境界，他乘龍駕鳳，驅月使雲，「周流上下」，由一個幻境進入另一個幻境，然而卻又處處碰壁，強烈的戀鄉戀國感情，致使他終於「蜷局」而不願遠行，仍重返楚國故土。詩篇所鋪展的天國神遊圖並非一幅單純的遊歷天際的圖畫，詩人在其中所寄寓的其實是一腔豐富複雜的情感——熾烈的愛國之心、執著的理想信念、孜孜不倦的求索精神、九死不悔的堅定意志；理想天國的遨遊只是詩人的一種遐想，這種遐想從另一個角度強烈表現了詩人的愛國愛民感情與爲理想實現而不倦求索的頑強精神，讀者透過此神奇絢麗的天國神遊畫卷可以窺測到詩人激烈跳動的心。

以上例舉的神遊詩，按其內容與藝術表現形式綜合來看，大致可以分成兩大類：第一類，著重表現詩人現實遭遇與理想追求之間的矛盾衝突，以發抒內心不平、抨擊社會爲主線，詩章中往往現實與幻境不脫離，或交織出現，或你中有他，他中有你，詩人則借助這種或虛或實的描寫，寄托理想，反映矛盾心理；這一類詩歌中的神遊，完全是詩人追求理想的藝術表現：神遊過程即是追求理想的過程，神遊的宇宙天際，即是理想境界之所在。例如但丁《神曲》的「三界」，實際上即是詩人有意識安排的三種境界，他把實際的現實人境以幻想的方式作了藝術的再現，喻示了理想追求的三個階段，它告訴人們，罪惡的人們只能永遠被置於地獄之中，而試圖獲得理想實現的人們，則一定要經歷千辛萬難，通過煉獄（又稱「淨界」），方能升入天堂——進入理想境界。故這一類詩應以但丁《神曲》、屈原《離騷》等爲代表。中國唐代繼承屈原傳統的詩人李白，其部分作品也體現了這類詩的特點，例如《古風》（「西上蓮花山」）一詩，表現詩人追求理想、離開塵世進入天境的內容，只是因最終眷戀人世，不忍離棄，詩篇又展現了「俯視」人間之圖，其豐富複雜的情感極類於《離騷》末段。全詩如下：

「西上蓮花山，迢迢見明星。素手把芙蓉，虛步躡太淸。霓裳曳廣帶，飄拂昇天行。邀我登雲臺，高揖衛叔卿。恍恍與之去，駕鴻凌紫冥。俯視洛陽川，茫茫走胡兵。流血塗野草，豺狼盡冠纓。」

詩人在詩中表達的感情顯然是理想與現實的矛盾，力圖改變現實卻又身不由己的矛盾。

第二類，詩歌描寫神遊似並不與詩人的身世遭遇與社會現實直接發生關係，讀者只能透過詩章曲折體味之，其中有些多半摻雜仙道成分，有些則藉宗教內容表現神遊。這一類詩，中西方顯示了較大的差異，不同於第一類詩，我們試對它們作些比較。

先看中國。中國傳統詩歌中反映這一類情況的，主要是所謂的「遊仙詩」，這是中國詩歌史上具有特殊題材內容與表現方式的一類作品，其有史記載的最早詩歌，是秦始皇時代的《仙眞人》詩，而後是漢代的樂府詩（如前述）。但從淵源追溯，這種表現遊仙的題材恐怕最早淵之於產於南方的莊子《逍遙遊》與屈原《遠遊》，其中浪漫的想像、天上人間的奇特幻遊，無疑呈現了「遊仙詩」的端倪。到蕭統時代前，創作「遊仙詩」已成了文學史上的一種風氣，故而《文選》中蕭統專設了「遊仙詩」一欄，列何劭、郭璞作品於其內，其中郭璞的作品很能體現「遊仙詩」的特徵，他往往被認爲是「遊仙詩」的代表詩人。從一般表現遊仙的作品看，「遊仙詩」的基本特徵是：以遊仙爲題材，詩中創造了虛幻不實、神奇瑰麗的仙境，藉以抒發詩人的情感與志向；這類詩，詩人在創作時有些並非眞爲求仙而作（肇始期例外），也並不通過詩篇表達試圖成仙的意願，只是借創仙境、入仙境這種出世的形式，反映自身入世的不遂，訴說厭世情緒，流露人生短促、世事無常之嘆。例如，曹植《五遊咏》有云：「九州不足步，願得凌雲翔，逍遙八紘外，游目歷遐荒。」曹植自身經歷多蹇，而又無法擺脫，便萌生離開現實人世，去天際遨翔，尋求「逍遙」與樂趣，他借入仙境的描寫，發抒了這種情感，類似的作品還有《仙人篇》，其云：「四海一何局，九州安所如。……俯視五岳間，人生如寄居。」一般地說，同樣是藉神遊抒情言志，「遊仙詩」與《離騷》類詩（即第二類與第一類）相比，雖然兩者均將視野從現實人生拓寬到宇宙人生——即從宇宙角度透視人生，但第一類詩人執著於有限人生，出世終究歸向入世，出世反襯、服務於入世；而第二類詩人則多半通過透視後，否定人生，厭惡人世，最終企圖逃避人世、幻滅人生。故而清人朱乾在其《樂府正義》中對這兩類詩有較爲明確的界別：「遊仙諸詩嫌九州之局促，思假道於天衢，大抵騷人才士不得志於時，藉此以寫胸中之牢落，故君子有取焉。若秦皇使博士爲《仙眞人》詩，遊行天下，令樂人歌之，乃其惑也，後人尤而效之，惑之惑也。詩雖工，何取哉？」（卷十二）朱乾這裏所指「遊仙諸詩」，包含了我們所說的兩類詩，實際上即是指神遊詩，其中他劃分的秦始皇《仙眞人》詩及其後之仿作，應視爲第二類的「遊仙詩」。當然，我們這裏把曹植、郭璞等作品劃入第二類，是依其主要傾向而定，並不否認它們也有同第一類相似的「寫胸中之牢落」之處，只是詩作本身表現不明確，情調較低沉，因而屬第二類範疇。自然，嚴格地說，不同歷史時期的「遊仙詩」作者，其作品的個性特色及其表現也是不同的：曹操是在道教方士風氣中以出世形式傳達惜時延年的感嘆；曹植將視野轉向天際，試圖追求別一個廣闊的空間，聊以離開「相煎」的現實；郭璞借描寫虛無縹緲的仙境，抒發對現實苦悶的心理，進而反映企圖超脫現實而又實際不可能的矛盾；等等。概而言之，他們的「遊仙詩」基調大致是相同的：借助理想中的天國廣濶空間，建立自身的理想境界——個體不受壓抑的、脫離塵世的世界，以與現實的倫理宗法世界相對抗，從而擺脫有限人生與塵世凡俗，獲得所謂的純粹精神自由，實際是逃避現實與人生。正由於此，這些「遊仙詩」無不以超現實的幻想為其創作內容，以奇幻怪誕為中心，運用奇特誇張的手法，發抒詩人自身或憤懣、或悲鬱的情感。到唐代，這類「遊仙詩」的格調開始有所變化，從專寫遊歷仙境、脫離塵俗，轉向了敍述詩人情懷、描寫仙人遊歷人間之事，與前代有所不同了。

西方屬於第二類的神遊詩，主要指歌德《浮士德》、密爾頓《失樂園》之類作品，它們所表現的神遊，一般都為詩歌的宗教（基督教）內容服務，或情節需要，或人物形象（宗教人物）需要，這顯然迥異於中國。《浮士德》中的浮士德，在靡非斯特帶領下，兩人同雲遊世界，並最終由天使仙女將浮士德救出，升入天堂，這設想和表現，是歌德從基督教的教義中借取的。密爾頓的《失樂園》，整個詩篇實際是擴大了的《聖經》有關撒旦的故事（有所改編），其中有關神遊的情節內容，是撒旦在這個故事中必須表現的。為何中西方在這類詩中表現出如此差異呢？特別是，西方的這類神遊詩儘管也有仙女出現，但詩歌本身卻絲毫不涉及詩人（或詩篇主人公）的成仙呢？這很大程度上取決於中西方所受宗教影響的不同。歐洲中世紀及其後，基督教的勢力影響很大，文學創作自然也不能避免這種影響，即便一些作家（詩人）本人不是宗教信徒，其作品並不單純表現宗教題材，也往往多少能辨其中影響的痕爪。這是一方面。另一方面，基督教宣揚人類從始祖起就犯了罪，指出，唯有信仰上帝及耶穌基督，才能使人的靈魂獲救（基督教神學的主要課題之一即是「靈魂論」），而人的靈魂一旦得到基督救贖，便可升上天堂，永享福樂，反之，則下地獄永受懲罰。這種宣揚與說教，使得人們將對上帝的信仰視作拯救一切的靈丹妙藥。而中國「遊仙詩」所宣揚的人成仙之說，受的大多是道教的影響，道教幾乎同「遊仙詩」產生於相同時期，道教中的瑰麗神奇的色彩、神仙鬼怪的意象（仙境、法術等），給詩歌創作注入了超時空的想像力，尤其是那些神人結駕同嬉、飄然天外等的內容，刺激了詩人的創作思維，使詩人在創作的內容上無不與仙境、仙人、成仙等掛起了鈎，構成其詩歌的意象與意境，形成了與西方宗教詩殊異的仙道色彩。可見，中西方不同的宗教內容影響決定了神遊詩的不同內涵與風格色彩。

由第二類詩的比較，我們顯然清楚看到，神遊詩與宗教有著十分密切的關係，即使中國「遊仙詩」在道教產生之前的那部分，如秦始皇時代的《仙眞人》詩，其實也與宗教有關，它是神仙方術——原始巫教導致產生的，原始巫教是道教的前身——中國早期的原始宗教。與「遊仙詩」不屬一類的《離騷》作者屈原，其所生長的南方楚地，保存有濃重的原始巫教遺存，屈原一系列的作品中，幾乎處處可顯巫術巫教影響痕迹：《卜居》、《九歌》、《招魂》中是比比可見，

《離騷》中也是又請靈氛占卜、又請巫咸降神，充滿了巫教色彩。唐代詩人李白身上與其說具有儒家色彩；倒不如說更多些道教影響，他的不少詩歌——尤其表現神遊的作品，很能讓人辨識道教的氣息。西方更是如此。但丁是個虔誠的天主教徒，他的《神曲》，實際上是中世紀宗教影響下夢幻文學的產物，他是借用宗教形式來詛咒中世紀黑暗的宗教制度，表達內心的想望與追求。密爾頓也是個虔誠的教徒，他青年時便立志要寫出服務於心目中上帝的不朽之作，在經歷了政治理想破滅、本人的巨大磨難後，他利用《聖經》中有關撒旦的故事情節，寫出了洋洋萬餘言的《失樂園》，以撒旦形象的塑造表達自己對理想的追求與不屈的意志。雪萊說得好：「文明世界的古代宗教深深浸潤了但丁與密爾頓，它的精神存在於它們的詩中，正如它的形式殘留在近代歐洲尚未改革的宗教崇拜中，兩者的成份也許相等。」❽歌德雖不是教徒，但他曾坦率地承認，他的《浮士德》中有宗教影響的地方：「得救的靈魂升天這個結局是很難處理的。碰上這種超自然的事情，我頭腦裏連一點兒影子都沒有；除非借助於基督教一些輪廓鮮明的圖景和意象，來使我的詩意獲得適當的、結實的具體形式，……」❾這就很清楚表明了，神遊詩的產生，從某種角度看，是宗教影響、刺激的結果，宗教刺激了文學家（詩人）的想像力，使其萌生了宗教的思維方

❽ 雪萊《爲詩辯護》引自《十九世紀英國詩人論詩》，一四七頁，人民文學出版社，一九八四年版。
❾ 《歌德談話錄》二四四頁，愛克曼錄，朱光潛譯，人民文學出版社，一九七八年版。

式，形成了超時空的意識和神奇瑰麗的意象羣，從而由人間世界昇華至非人間世界——天國境界，上帝與神仙的居所；而對文學家（詩人）本人言，他可以是宗教徒，也可以僅僅生活於宗教氛圍中或曾受濡染。宗教與詩歌創作這種發生聯繫的過程，實際上是詩人借助宗教的天國世界建立自己美學理想的過程，在這個過程中，外在的宗教天國逐步演化成了詩人心靈內的天國，並最終達到昇華或幻滅。

不過，要眞正推究神遊詩產生的原因，宗教也還是催生的間接因素——雖然是必不可少的重要因素，因爲儘管宗教能刺激詩人的想像力，但歸根結底，還是想像起了主要的作用：是想像，使廣漠宇宙成了詩人筆下馳騁遨遊的大舞臺、大背景；是想像，使日月星辰、風雲雷電成了任意驅遣的對象；想像是比摹仿更靈巧的藝術。很難設想，沒有想像，詩人們如何會在自然科學條件尚未達到飛向宇宙的時代，生造出遨遊宇宙的神話；從這個意義上理解，宗教本身實際上也是想像的產物，它是人類在生產力水平低下，客觀生活環境與條件不能滿足欲望之時，以想像中的造物主與天國世界作爲自身精神寄托的化生物。宗教完全是依賴著人們的想像力才構造起其神譜，從而維繫他人的信仰的。當然，同樣是想像的產物，宗教比起文學（詩歌）來，更多地缺乏藝術的靈性與光澤，尤其後世的宗教，更走向了唯心的極端，有時幾乎成了野蠻、殘酷、專制的象徵，而文學則依賴想像，創造美的意境，讓文學家藉以抒情、述懷、言志。柯爾律治曾特別論述了想像在詩歌創作中的地位與作用：「詩的天才以良知爲軀體，幻想爲服飾，行動爲生命，想像爲靈魂，這靈魂無所不在，它存在於萬物之中，把一切形成一個優美而智慧的整體。」❿（歐洲的批評家們對幻想與想像曾有過不同的理解，此處擬不展開。筆者以爲兩者雖有區別，但本質上並無兩致。）雪萊在《爲詩辯護》一文中也曾說到，但丁和密爾頓之所以能走過「無窮無盡的時代」，正是由於他們把「靈界的事物理想化了」，「穿戴著想入非非的斗篷與面具」。可見，正是由於想像的力量與作用，導致中西神遊詩的作者會在其創作中不約而同地把天界視作理想境界，設想出現實世界的人去天界遨遊、去尋覓心中的理想。這是一種藝術的契合。

中西方的批評家在這方面也有相通的論述。劉勰在《文心雕龍．神思》中述及藝術創作的構思時說：「文之思也，其神遠矣。故寂然凝慮，思接千載；悄然動容，視通萬里。吟咏之間，吐納珠玉之聲；眉睫之前，卷舒風雲之色：其思理之致乎！故思理爲妙，神與物游。」劉勰的這段話形象而又恰切地抓住了藝術構思的精髓，同時也道出了想像的力量，它能「思接千載」「視通萬里」，其妙極之際，能達到「神與物游」，此「神與物游」之論，乃是陸機《文賦》所言「精騖八極，心游萬仞」的繼承與發展，而「精騖八極，心游萬仞」則正是想像的實質與力量。在陸機看來，創作構思的想像，既與現實世界緊密結合，是不脫離現實世界的具體形象的思維活動，又具有無限的廣濶性與豐富性，它不受任何時間與空間的限制束縛，可以達到「觀古今於須臾，撫四海於一瞬」的效果。陸機的論述是中國批評家較早認識想像作用的反映。康德認爲，作爲一種

❿ 柯爾律治《文學生涯》，引自《十九世紀英國詩人論詩》，一七〇頁，人民文學出版社，一九八四年版。

創造性的認識能力，想像力「是一種強大的創造力量，它從實際自然所提供的材料中，創造出第二自然。在經驗看來平淡無味的地方，想像力給我們提供了歡娛和快樂。我們甚至用想像力來重新把經驗加以改造……正是用這個辦法，我們感到了從聯想律中解放出來的自由（聯想律從屬於想像力在經驗中的運用），其結果，我們就可以把從自然中按照聯想律所借用來的材料，加以加工，改造成爲另外的某種東西——也就是超過自然的某種東西。」⑪黑格爾更是具體形象地道出了想像的力量與作用：「它用圖畫般的明確的感性表象去了解和創造觀念與形象，顯示人類最深刻最普遍的旨趣。」⑫很顯然，藝術的想像絕非胡思亂想，亦非任意堆砌，而是一種有意識的設計與組合，它將一些不可思議的事物與現象轉變爲美妙神奇的事物，它不分國界與民族，超越時間與空間，具有無限的廣濶性與豐富性，它把詩人內在的理性意蘊化爲可以觀照的感性的具體形象，化爲超乎實際現實生活的世界，藉此，中西詩人共同創造出理想的天國世界，並幻想在天國世界內遨遊，尋找理想的目標與歸宿。

毫無疑問，想像導致產生了神遊詩這一爲中西詩界所共有的特殊的詩歌類型，想像使中西詩人的思維揷上了飛騰的翅膀，從人間飛向廣漠無垠的宇宙，在那裏縱情遨遊，給世界詩壇和後人留下了神奇絢麗、璀璨悅目的詩章。

---

⑪ 康德《判斷力批判》，引自《西方文論選》，上海譯文出版社，一九七九年版。

⑫ 黑格爾《美學》第一卷，朱光潛譯，商務印書館，一九七九年版。

附錄一　馳騁雲夢　面向世界

——徐志嘯論

周建忠

他眞幸運：中國僅有三所亞洲名牌大學：北大、清華、復旦，他就在其中兩所大學攻讀深造過。

他曾跨系跳級：一九七七年恢復高考時，他第一批考取大學，一九七八年二月入復旦大學歷史系，卻又在一九七九年七月考取本校中文系研究生，成了「文革」後的第一屆本科生、第二屆碩士生。

他是海內第一個楚辭學博士，又是作家協會的成員；他的兩位導師都是中國屈原學會顧問：陳子展教授、林庚教授。

他那思路開闊、高屋建瓴的楚辭學研究，早就爲學界所注目；他曾先後兩次在中國屈原學會年會上作大會發言，闡發自己的研究成果，並當選爲中國屈原學會理事。

一九九〇年，他又收到國際比較文學學會發自東京的正式通知，他的論文《神游論——中西詩歌想像比較》已被選中，邀請他參加一九九一年在東京舉行的國際會議。

他，就是復旦大學中文系博士、「楚辭研究」、「屈原與世界文化」、「中外傳統文學比較」等課程的主講者徐志嘯。十一年來，他在楚辭學、古典文學、比較文學、歷史學、文化學、美學等學術領地裏辛勤耕耘，已獲得近七十萬字的研究成果。

總體特徵

包羅宏富，領域寬廣，由專而博，縱橫交叉，是徐志嘯楚辭研究的總體特徵。相比較而言，楚辭領地是頗難「征服」的，有人將屈原比作隱在雲霧中的山峰。在這古老而窄深的領地，當代學者研究它，必經歷三種境界：陶醉欣賞、懷疑選擇、超越獨造。要達到第三種境界至少得五年左右時間。而「獨造」者本身仍有很大的局限，如有的學者著重研究屈原生平、思想，有成績、有專著，但論題僅局限於《離騷》、《九章》，對《天問》、《九歌》庶無涉及。再如，有的學者研究《九歌》的原型、流變與藝術，幾乎不涉及《離騷》、《九章》這類帶點自傳性的作品。而徐志嘯的研究不僅很快征服了這個「世界」，而且涉及到楚辭文藝學、楚辭學史、楚辭比較學、海外楚辭學、楚辭社會學等眾多的分支領域。他的總體框架是以「楚辭」與「屈原」二者爲基點向外擴散，構成內外溝通、縱橫交叉的二重結構：

類別／內容／名稱	橫向開拓	縱向追尋
楚辭	楚辭本身的豐富內涵及其在戰國時代的地位、價值及影響	楚辭在中國文學史、中國文化史上的地位、價值及影響
屈原	屈原生平、身世、思想及其作品的考證研究	通過與世界文化名人、大詩人的比較研究，探討屈原在世界詩歌史、文學史、文化史上的地位、價值及影響

從上表可見，他以紮實的微觀研究爲基礎，由小到大，由近及遠，既勾勒出楚辭學史的主體線索，又揭示出作品的比較文學意義。具體地說，他的總體框架又是通過本體研究、史學研究、比較研究三個層面逐步建構的。

成就之一：本體研究

這類研究往往又分爲兩部分，一是微觀把握，論題很小，但很有意義，如屈原作品的稱名，歷來有三：屈賦、楚辭、屈騷。徐志嘯以爲「屈賦」之稱從文體上於屈原作品不合，而「楚辭」寬泛不符，而以「屈騷」爲宜❶，既可顯示「離騷」之核心作用與騷體特徵，又可與宋玉等人作品分開。再如《離騷》之「修」，徐志嘯以爲，大都與屈原「好修」有關，「修」、「修能」是「好修」的有機組成部分；「修名」乃「好修」的目的之一；「前修」是對前代賢君的美稱；「靈修」是對當代君主的希冀與期望；「修姱」、「信修」，是屈原企望達到或追求的目標與境界。所以《離騷》之「修」，清晰展示了《離騷》的主題與主人公的崇高人格；抓住「好修」，即抓住了《離騷》的綱、屈原的魂❷。

不過，代表徐志嘯楚辭本體研究成就的，還是他的《九歌》系列研究。他精心結撰的博士論文《九歌新探》是這方面成果的集中體現，共分爲三部分：《東皇太一春神考》❸、《九歌：求生長繁殖之歌》❹、《九歌三論》，而最大的貢獻在於「東皇太一」的考證。他認爲，從先秦到西漢，「太一」一詞經過了一個由哲學的抽象概念到神的具體概念的演化過程，而屈原時代的「太一」，僅是個哲學意義上的名詞，尚無神的成分與含義。關於「皇」，徐志嘯以《詩經》中四十

❶ 徐志嘯《讀楚辭札記》，《上海師大學報》，一九八六年第一期。
❷ 徐志嘯《論屈原的「好修」》，《求索》，一九八九年第一期。
❸ 《文獻》，一九八九年第四期。
❹ 《文學評論》，一九九〇年第三期。

三次的使用頻率爲基礎，論定春秋時的「皇」作「美」、「大」等形容詞，戰國時轉化爲名詞，用以稱神。繼而根據《禮記・鄉飲酒》、《尚書大傳》等關於東方與春的關係的論述，認爲「東」即是「春」，從而確認「東皇太一」爲春神。林庚先生對此文評價說：此項考證「發前人之所未發，取材嚴謹，論證精當，在歷來這一研究中，更是較爲難得。」湯炳正先生也認爲，從「東皇」與「太一」的含義演化，看二者互相結合的原因，精審而有說服力。專家們在論文答辯時也給予了一致好評，認爲此說「提出了有創造性的意見，能成一家之言，將《九歌》研究向前推進了一步。」徐志嘯在一九八八年六月湖南汨羅召開的中國屈原學會第三屆年會上宣讀了這一論文，立即得到了與會專家學者的贊賞。該文正式刊發後，《人民日報》（海外版）作了轉摘⑤。

徐志嘯的《九歌》研究正是以此爲基點，進一步體會各篇的內容及結構，並運用原始宗教、民俗學、神話學等方面理論對《九歌》的本意作了索究，以爲《九歌》就是古代楚生民求生長繁殖之歌。如果說，前篇是作者利用舊學、考據作傳統研究的話，那麼，此篇則是借鑒西學的綜合研究。他採用弗雷澤《金枝》、馬林諾夫斯基《巫術科學宗教與神話》、里普斯《事物的起源》等著作中關於原始巫術交感原理的闡述，對照古代民歌與現代少數民族風俗，認爲《九歌》的內容，從根本上說，是人們用以表達自身希求飲食自存、生命延續與子孫繁衍的強烈願望，透過屈

⑤刊該報一九八九年一二月一四日第八版，題爲《「東皇太一」是春神》。

原《九歌》，可以看到原始《九歌》是處於遠古原始地區人們祈求農作物生長、人類生命繁衍的祈禱詞和祝願歌，是原始初民繁殖禮儀形式的反映與表現，將植物再生與戲劇性的兩性交媾結合在一起，以便促進農作物的多產、動物和人類的生生不已。顯然，這樣的研究視野廣闊而辨察精微，具有文化人類學意義❻。

徐志嘯進而據古代「萬舞」的性質，說明《九歌》的原始面貌，論定「萬舞」是祭祀、性愛、求雨三者合一的歌舞。關於「萬舞」、原始《九歌》與今存《九歌》之間存在著這樣的系列演化：萬舞——原始《九歌》——屈原《九歌》。關於《九歌》的遠景復原工作，蕭兵曾從今存《九歌》特多男歡女愛與萬舞的性質入手，推論原始《九歌》是祈雨巫術樂舞，這是初民視「兩種生產」爲一事的「類似心理」❼。蕭、徐二說角度不同，卻也異曲同工，引人注目。的確，《九歌》與古代樂舞的關係，是一個必須解決又是一個非常棘手的問題，若「原始要終」，可在蕭、徐二說的基礎上再補充爲：以萬舞爲主體的原始祭祀樂舞——夏代宮廷《九歌》——楚國民間《九歌》——屈原《九歌》。而「原始《九歌》」這個概念，恐怕與「萬舞」、「夏代《九歌》」，都有關係，卻又不是一回事。文學的傳播、傳承的複雜性，遠非今人所想像，這也有待

❻ 徐志嘯《九歌：求生長繁殖之歌》，《中國語言文學研究信息》一九九〇年第四期轉摘。

❼ 蕭兵《論原始〈九歌〉和招風祈雨的關係》，《天津師院學報》，一九八〇年第六期。

於今後的繼續探討。綜觀徐志嘯的《九歌》研究，他是以「東皇太一」考證爲突破口，進而引出了一系列新見，自成體系，獨樹一幟。如果你不同意他對《九歌》遠景的索究，也是完全可以的，但你要反駁它，卻必須以推倒「東皇太一春神說」爲前提。由於新穎可喜的見解建立在確鑿紮實的考據基礎上，也就顯得嚴密有力了。

回頭來看，這與他早期對「楚文化背景」的研究也很有關❽，他曾通過《詩經》、《列子》《國語》、《山海經》、《漢書·地理志》、《越絕書》、《呂氏春秋》、《隋書·經籍志》、《太平寰宇記》、《湖廣通志·風俗》等材料，對楚辭產生其時及其前的巫風作過全面考察，認爲正因爲楚國特有的社會風俗條件——巫風盛，才導致楚辭染上了濃郁的「楚」風，而楚辭的反映與表現巫風，又在客觀上讓我們看到了楚國巫風興盛的風貌。尤其值得注意的是，他從七個方面指出了巫風對屈原作品的影響後，特別強調：作爲原始宗教的巫風，並非獨盛於南方楚國，在夏、商兩代曾蔚然成風，西周以後楚國巫風久盛不衰是因爲原始氏族傳統頑固保留，北方禮樂制度難以波及、君主的信奉與倡導等。由此亦可見，徐志嘯的研究總是充分、全面地占有材料，然後條分縷析地予以評述，因而提出的觀點總是顯得持重、平和，容易爲人所接受。

成就之二：史學研究

---

❽ 徐志嘯《楚辭與巫風》，《學術論壇》，一九八五年第四期。

對楚辭研究作回顧、總結，從研究史的角度予以抽象、概括，是新時期學術繁榮的一個重要標誌。由於較多學者的投入與努力，差不多形成了一個「熱點」，並逐步建立起「楚辭學史」這個分支學科。徐志嘯這方面的研究論文也形成了一個系列，既得文學精義，又具史學眼光。對照同時代的研究，志嘯的成績主要表現在：

1.宏觀與微觀的結合　對漢代至隋唐的楚辭研究有一個整體勾勒，這可以看作是宏觀審視；同時又對漢代楚辭學、劉勰論楚辭作細膩剖析，這可視爲微觀研究。這二者的有機交融，既理清了歷史的線索，又解決了許多具體問題。關於魏晉迄唐一段的楚辭研究，歷來注意不够，毛慶⑨、姚益心⑩與殷光熹⑪、李大明⑫四位學者曾分別就楚辭對魏晉南北朝文學的影響與魏晉南北朝對楚辭的評價作過探討，王延海⑬、何丹尼⑭、戴偉華⑮曾分別對唐代的楚辭評論與楚辭對詩歌創作的影響作過描述，都從不同的方面作了一些整理、恢復工作，徐志嘯則歸納爲：

---

⑨ 毛慶《從〈詩品〉看屈騷對魏晉南朝詩歌的影響》，《江漢論壇》，一九八三年第一一期。
⑩ 姚益心《楚辭與魏晉文學》，《華東師範大學學報》，一九八八年第三期。
⑪ 殷光熹《魏晉南北朝時期的楚辭評論》，《思想戰線》，一九八七年第四期。
⑫ 李大明《魏晉南北朝文人論屈原與楚辭》，《四川師範大學學報》，一九九〇年第二期。
⑬ 王延海《試談唐代的屈宋評論》，《遼寧大學學報》，一九八六年第四期。
⑭ 何丹尼《唐代文人對屈原評價不同之原因》，《上海師範大學學報》，一九八八年第四期。
⑮ 戴偉華《屈賦與唐詩》，《揚州師院學報》，一九九〇年第二期。

⑴七百多年間沒有留下一本包括楚辭全部作品的完整的注本（或研究著作）；

⑵除《文心雕龍》中的「辨騷」篇之外，幾乎再無專論；

⑶現可供作今人研究、評述的文字，絕大部分散見於文章或詩作之中。而這三點，就是魏晉迄唐間楚辭研究有別於前後兩個高峰期（漢代與宋、明清）的特殊之處⑯。用如此樸實、簡練的語言描述七百年的楚辭研究，這在楚辭研究史上還是第一次。這宏觀性的揭示，實際表明了他對這階段楚辭研究情況的熟悉與對前輩學者關於這方面成果的繼承與發展。

2.肯定與批判並舉　如對劉勰的研究，徐志嘯以為，是魏晉迄唐一個時期內成就最高、影響最巨的，並認為其研究特點是：充分肯定楚辭的價值與歷史地位；抓住楚辭的根本特徵，高度評價其藝術特色與成就；總結漢代楚辭研究的成績與不足；指出楚辭在文學史上的重大影響；總結了文學創作的重要經驗；高度贊揚屈原之人品。同時，志嘯也嚴肅指出劉勰的局限與偏頗：未能擺脫漢儒「依經立論」的框框；對浪漫風格持片面認識，對楚辭的「豔說」評價不恰當。尤其值得一提的是，他還發現「博大精深、體周思密」的《文心雕龍》，在論述楚辭的文字中竟還有失誤、疏漏與失照之處⑰。在眾多的「劉勰論楚辭」的專著、論文中，徐志嘯的文章顯得高出一籌，主要表現在：全面、深廣、系統；有肯定、有批評，細心揣摩，一分為二。

⑯徐志嘯《魏晉迄唐楚辭研究述略》，《文學評論叢刊》，第三十期。

⑰徐志嘯《劉勰論〈楚辭〉》，《喀什師範學報》，一九八九年第一期。

3.學術視角與其他視角的變換　有關漢代楚辭學史的研究，可謂「熱中之熱」，僅關於王逸、司馬遷，就有二十篇以上的專題論文，單一九七七年以後，總結漢代楚辭學而成績卓著的論文就有郭維森[18]、金開誠[19]、石文英[20]、李湛渠[21]、殷光熹[22]、郭建勛[23]、高國興[24]、張來芳[25]所撰的八篇。徐志嘯面臨這個「熱點」，撰寫了《漢代楚辭研究述評》[26]，對於劉安、司馬遷、劉向、揚雄、班固、王逸等人的介紹與評述，是很難超越眾作，戛然獨造的，他的成績主要表現在另外兩個視角上：

(1)從「楚辭影響學」的角度探討楚辭與漢代擬騷詩產生、興盛的關係[27]。擬騷詩，作為楚辭的直接派生物，也曾經有過自己的黃金時代，那時黃老思想占主要地位，而賦尚未大量出現，人

---

[18] 郭維森《論漢人對屈原的評價》，《求索》，一九八四年第四期。
[19] 金開誠《論漢人對屈原及其辭作的認識與研究》，《文史》，第二五輯。
[20] 石文英《兩漢的〈離騷〉論爭及其延續》，《文史哲》，一九八八年第二期。
[21] 李湛渠《兩漢時期一場重要的文學論爭》，《淮陰師專學報》，一九八八年第四期。
[22] 殷光熹《兩漢時期的楚辭評論》，《思想戰線》，一九八八年第三期。
[23] 郭建勛《論「楚辭」在漢代盛行的原因》，《福建師範大學學報》，一九八九年第二期。
[24] 高國興《中國詩歌形成期關於楚辭評論的批評》，《齊齊哈爾師院學報》，一九八九年第四期。
[25] 張來芳《漢代楚辭學述略》，《江西大學學報》，一九八九年第二期。
[26] 《鐵道師院學報》，一九九〇年第二期。
[27] 徐志嘯《漢代擬騷詩產生與興盛原因》，《貴州社會科學》，一九八五年第三期。

們在追溯和探討屈騷對漢代文學影響時，往往較多注目於漢賦，而忽略了詩壇上曾經一度興盛的擬騷詩。徐志嘯正是抓住了這個特殊的文學現象予以解剖，認爲其產生與興盛的原因主要是兩個方面：屈原其人、其詩的影響；漢代的社會條件與統治者的喜好。

⑵徐志嘯從擬騷詩的研究中，勾勒出楚文化在漢代延續與發展的種種迹象，再對照漢初「楚聲」、漢代大賦、近年出土文物等因素，發現了「漢承秦制」說的不足，認爲此說只能就政治、經濟方面而言，而在文化方面，則出現了一個中國文化史上的特殊現象：「漢繼楚緒」㉘。這一宏觀成果的取得，正是建立在微觀考察之上的，所以令人感到信而有證，新而不奇。

成就之三：比較研究

美國哈佛大學比較研究系主任克勞迪奥・紀廉（Claudio Guillen）曾提出一個驚人的命題：「只有當世界把中國和歐美這兩種偉大的文學結合起來理解思考的時候，我們才能充分面對文學的重大理論問題。」㉙這一見解是美國學派所倡導的「平行研究」確立後而打破歐洲文化中心論的自然延伸與重新審視，也將世界比較文學的目光集中到中國這塊不太爲人注目的土地上。同時

㉘徐志嘯《漢對楚文化的繼承關係》，《求索》一九八五年第三期。

㉙轉引自楊綺、印敏麗《比較文學和美國學派》，《中國比較文學》一九八五年第一期第三一五頁，浙江文藝出版社，一九八五年八月版。

也是對國內剛剛興起的「比較熱」的一種加力與刺激。「平行研究」優於「影響研究」之處，就在於人類的共性決定了各民族文學中存在著不局限於某一國家、某一社會形態的普遍現象，同時各國、各民族的文學也會因本國政治、經濟、社會和歷史、本民族的文化、習俗和道德的制約以及心理上的差異而產生不同的文學現象，而這種異同的抽繹則有助於我們把握其間的內在聯繫、共同規律及各自的民族特點。徐志嘯特殊的知識結構與學術環境、理論視野，使他成了楚辭研究圈中唯一在比較文學領域中一顯身手的學者，因爲他研究楚辭有一個不同常人的主要目的：通過屈原與世界文化名人的比較，將屈原與楚辭介紹給世界人民，弘揚我國優秀的民族文化遺產，確立屈原在世界文化史上的地位。徐志嘯曾在比較文學領域作出過多方面的成績，他採用美國學派「平行比較」的方法，對李賀與濟慈[30]、陶淵明與華滋華斯[31]等作過令人信服的比較，尤其令人欣賞的是《文學與宗教》一文[32]，探討文學的「胚芽」神話與宗教的關係、宗教教經的文學性及其文學價值、宗教對文學的影響、文學對宗教的鬪爭，出入中西，歷覽古今，視野寬闊，資料宏富，可以視爲典型的「跨學科研究」的嘗試。

[30] 徐志嘯《兩個天才而又短命的浪漫詩人》，《中州學刊》，一九九〇年第二期。

[31] 徐志嘯《自然詩人：陶淵明與華滋華斯》，《南京師範大學學報》，一九八七年第二期。

[32] 《北京大學研究生學刊》，一九八七年第四期；《中州學刊》，一九八八年第二期。收入中國社會科學出版社《超學科比較文學論文集》。

這兒重點談談徐志嘯對屈原與但丁的比較。早在三〇年代，茅盾就提及這個命題，認為是一件有趣味的事，可惜「顧左右而言它」㉝。後來人們在介紹但丁或屈原時，總要互相提及㉞，但總是語焉不詳。進入八〇年代後，有八位學者對此作了專門研究，貢獻出了一批成果：麥永雄的《但丁與屈原》㉟、黃頗的《〈離騷〉〈神曲〉比較論》㊱、呂永的《〈離騷〉與〈神曲〉》㊲、徐志嘯的《屈原與但丁》㊳、郭維森的《屈原與但丁》㊴、索紹武的《屈原與但丁》㊵、常勤毅的《從但丁和屈原看偉大作家產生之因素》㊶、李曼農的《〈離騷〉〈神曲〉創作方法淺探》㊷。這種同題研究上出現的較高參與率，說明了這個問題的重要、廣闊與艱難。筆者以為，研究此題

㉝ 茅盾《世界文學名著雜談．神曲》。第六八——六九頁，百花文藝出版社，一九八〇年版。

㉞ 談屈原舉但丁者，如李嘉言《屈原》，一九四五年五月十八日《和平日報》副刊《星期論文》，收入《李嘉言古典文學論文集》第四七——五三頁。上海古籍出版社，一九八七年三月版。談但丁舉屈原者，如張月超《西歐經典作家與作品，但丁及其〈神曲〉》，第四四頁，長江文藝出版社，一九五七年版。

㉟ 《廣西師範大學研究生論文集》，第五七——六三頁：一九八三年。

㊱ 《鹽城師專學報》，一九八六年第四期。

㊲ 見湖南省屈原學會編《屈原研究論文集》，《船山學報》一九八七年專號，一九八七年五月出版。

㊳ 中國屈原學會成立大會論文，一九八五年。刊《中國比較文學》，總第四期，一九八七年，收入復旦大學出版社《現代意識與民族文化》。

㊴ 中國屈原學會成立大會論文，一九八五年。刊《南通師專學報》，一九八八年第三期。

㊵ 《西北民族學院學報》，一九八八年第三期。

㊶ 《齊齊哈爾師院學報》，一九八九年第四期。

㊷ 中國屈原學會第四屆年會論文，一九九〇年。

必須有三個前提：熟悉屈原、熟悉但丁、懂得比較文學。如果僅僅拘於一端，則難免捉襟見肘；如果僅懂得二者，則可能導致簡單羅列勾勒，顯得局促鬆散。徐志嘯得天獨厚的優越條件，使他具備了駕馭此種高難度課題的能力。他的特點是，既有粗線條的勾勒，又有細膩的分析。如他認爲二者相似相近爲：思想政治傾向、藝術風格、時代因素、文化背景、身世際遇五個基本上大家公認的方面。他的貢獻在於由表入裏，絲絲入扣。如「身世際遇」的具體化是：同屬貴族出身；都好學而知識廣博；同走了一條曲折的政治道路；在迫害面前兩人都沒有屈服；放逐生活增進了他們熱愛故土與人民的眞摯感情；他們在尋求理想實現的途徑上，都犯了一個共同的錯誤：將厚望寄予君主身上。這樣的分析就顯得具體實在、靠船下篙，既言之有據，又不就事論事。其次，徐志嘯還突破了「此同彼異」的比較方式，而注意同中求異、尋求獨特的方面。如屈原與但丁的作品都是愛憎分明、深邃警人的，但屈原是由「怨」而生，不涉及個人的生活色彩，而但丁是因「慕」而生，有明顯的愛情奉獻，從而表現出中西詩歌的不同情趣。最後，徐志嘯還從中西詩論比較中，發現了一個特殊的現象，在「摹仿」理論長期薰陶下的但丁，其創作的《神曲》，居然與典型的「表現」理論影響下的屈騷基本吻合，這在當時的西方詩壇上，謂之「先驅」，決不過份。但以之與早一千六百多年的屈原《離騷》對比，我們就會油然產生出一種自豪感：屈原《離騷》不僅是中國古代抒情詩早期發達的標誌，也是世界詩歌發展史上抒情詩早期發展的重要標誌。雖然，其他學者也大致涉及到了這個問題，但有兩點不及徐志嘯：其一，細微精粹。如有的同志發現了「表現」與「摹仿」兩種理論的差異，卻沒有發現兩種理論影響下的產品會導致相融現象；其二，遣詞用語比較嚴謹貼切。如用「早期發達的標誌」、「早期發展的重要標誌」，這種略帶限定、模糊的提法，既避免「最早」、「第一」等片面拔高的過頭話，也使各國學者容易接受他的平心靜氣的結論。

如果說，徐志嘯在「屈原與但丁」這個熱點上形成了自己的特色的話，那麼，他對「屈原與普希金」的比較㊸，則是拓寬了比較文學的題材領域，從另一角度揭示出屈原在世界文化史上的地位。徐志嘯對這兩位擁有相同質地「紀念碑」的偉大詩人的比較，並不滿足於思想傾向、藝術風格驚人相似的對照，時代風雲、身世際遇（出身、修養、放逐、結局等）大致吻合的比較，而是據此推究世界文學中共同的「文心」表現條件：由於詩人的創作受到社會歷史條件、社會環境和文學家自身際遇經歷的影響與制約，因而一旦此三因素大致相似或相合時，詩人的作品就會表現出題材內容、形式風格上的相似。他還通過二者的比較，揭示出文學史上某些共同的帶規律性的現象：即民族的愛國詩人往往出現於政治黑暗、民族危難之際；積極浪漫主義風格大多產生於不滿現實、渴望走出現實環境、追求理想的文人之中，並使他們的作品表現出具有強烈的感情、豐富的想像、華美的語言、離奇的情節、超凡的人物、嶄新的樣式等諸種特徵。

㊸ 徐志嘯《屈原與普希金》，《國外文學》，一九八七年第三期。

這兒還應提到的是，徐志嘯就《天問》、《橘頌》題旨與來源跟日本學者三澤玲爾先生的商榷㊹。三澤先生的《屈原問題考辨》以否定屈原其人及其作品爲前提，對《天問》、《橘頌》等篇作了推論，引起了大陸學者的「憤慨」。儘管有少數人講了一些傷感情的話，但此論爭畢竟開始了海內外學者學術交流與討論、爭鳴。我們肯定徐志嘯此文，並不在於他對《天問》、《橘頌》題旨、來源的精深獨造上，這些見解在大陸學者心中還是基本穩定的。他的成績主要表現爲嚴謹的學術品格與研究方法。他認爲，敢於衝破成見、大膽設想、大膽創新的精神，必須建築於充分掌握大量可靠的紮實的材料基礎之上，而不是憑空臆想，而三澤先生正是在這個關鍵問題上留下了遺憾。這樣，論爭就不是一種簡單的「你非我是」的爭執，而是一種有歷史感的學術研究的總結與驗證，可以引起人們再次對正確方法論的重視。其次，他以《天問》與《創世紀》的直接比較，推倒了三澤提煉觀點的理論依據，這也顯得充分有力。緣此，這篇文章產生了較大的社會反響，中國人民大學《中國古代近代文學研究》一九八八年第四期予以全文復印，同時收入山東教育出版社出版的《中日學者屈原問題論爭集》，並獲得北京大學首屆青年優秀成果二等獎。

前輩培養

㊹ 徐志嘯《論〈天問〉、〈橘頌〉之題旨與來源——與三澤玲爾先生商榷》，《上海社會科學院學術季刊》，一九八七年第四期。

上文介紹了徐志嘯在本體研究、史學研究、比較研究三方面所取得的成就，尤其是他的比較研究，即使是整個楚辭研究圈中也是首屈一指、令人贊嘆的。追溯他的成長道路，當然有時代變更、主觀努力、知識結構等因素，但有一個重要因素是不可忽視的，這就是名師的指點、培養與前輩學者的獎掖、鼓勵。他的碩士導師是「當代楚辭三大家」之一陳子展教授㊺。陳先生治學以搜羅宏富、博覽羣書見長，據說，他是歷代楚辭注本讀得最多的一位楚辭專家，但他又堅持「辨僞求眞」、「辯必有據」的求索精神，「不苟同，不苟異，不溢美，不溢惡」㊻，其大著《楚辭直解》即爲代表。陳先生要求徐志嘯，要搞清一個問題，必須網羅眾說，讀遍有關這個問題的所有論著與資料，爬梳剔抉，獨出腮理，方可下筆。是陳先生的諄諄告誡，將徐志嘯引進了高深的楚辭研究殿堂。徐志嘯的博士導師是北京大學林庚教授，林先生曾與另外兩位著名楚辭大師聞一多、游國恩在清華、燕京、北大分別同事，同研楚辭，私交甚篤，一時傳爲佳話。林先生注重考證，強調順藤摸瓜，主張搞楚辭研究運用資料以先秦史料爲依據，漢代以後不足信。林先生要求徐志嘯要有「發前人之所未發」的創造精神，他自己的兩本屈學專著《詩人屈原及其作品研究》㊼、

㊺ 關於「當代楚辭三大家」的提法，見《貴州教育學院學報》一九八九年第三期第四〇頁。

㊻ 參見陳子展《楚辭直解·凡例》，江蘇古籍出版社，一九八八年二月版。

㊼ 上海古籍出版社，一九八一年七月版。

《天問論箋》[48]，就是這方面的典範之作，這兩本著作並不是什麼鴻篇巨制，但影響很大，前者一版再版，有的觀點學界至今以爲是精當不移之論；後者獨創新格，精見迭現，頗受學界推崇，是當代楚辭學者的必讀著作。

學術界的前輩對徐志嘯的成長也傾注了滿腔的熱情。一九八二年六月在湖北秭歸召開的全國屈原學術討論會，是新時期的第一次盛會，其時徐志嘯因客觀原因不能赴會，便將三萬多言的畢業論文從郵局寄給大會，終因篇幅過長，本人又沒赴會而未能入選論文集，但張嘯虎先生在會議文集的「前言」中，專門對沒有到會的徐志嘯及其論文作了評述：「來自上海的青年研究工作者，論述楚史與楚辭綜合研究，是有特色的[49]。」這種肯定，是對徐志嘯堅定走楚辭研究之路的一個很大的激勵。一九八四年五月，四川師範大學湯炳正先生主持召開全國性的「屈原問題學術討論會」，徐志嘯又因客觀原因不能前往，他將論文手稿寄給了當時並不相識的湯先生，湯先生看了論文後，不僅囑大會秘書組全文打印，分發代表，而且將論文中的主要觀點寫入了大會綜述，其位置十分醒目，竟排在一些名人之前[50]。徐志嘯看到會議綜述後，又驚又喜，激動不已，既敬

---

[48] 人民文學出版社，一九八三年六月版。

[49] 見《屈原研究論集》，長江文藝出版社，一九八四年五月版。

[50] 見吳明賢、常思春《成都屈原問題學術討論會評議「屈原否定論」》，《文學研究動態》，一九八四年第十二期。

佩湯先生的正直、嚴謹，不以人論文，又切身感受到了前輩學者的獎掖之情。即使六年之後，徐志嘯與筆者提起此事，仍然深情如溢，聲稱「終生難忘」！這實際上是老一輩學者對年輕一代學子的殷切期望與滿腔熱忱。在筆者與湯先生的多次交往中，也具有同樣的激揚難抑之情，筆者之所以治學不敢怠慢、不敢草率，似乎也包含著這種特殊的知遇之感的內在維繫與外在推動作用。

徐志嘯的楚辭研究，已經形成了自己的特色，但筆者評判當今學者有一個獨特的等式：特點等於優點加缺點。若以此衡之，徐志嘯的研究亦然：涵蓋寬廣，八面開花，卻影響了精深的點的研究；行文言必有據，不發空論，則限制了理論推斷的範圍，有時也給人留下材料堆積的感覺；文章結構層次清晰，思路井然，又導致了過於平穩典重而缺少波瀾；成就突出，但還沒有名列高標，卓然高舉。對他這樣的幸運經歷、知識構成與優越環境，我的期望值是：爆發式的、鋪天蓋地的、哲學抽象的、概念新雅的、連續轟動效應的。但徐志嘯畢竟不是當今學界「海派」的正宗代表，相反卻具有濃重的「京味」；在「海派」氛圍中兼具「京派」的特質，這也許正是徐志嘯橫跨、北大復旦所形成的風貌，既然如此，我們又何必苛求呢？

原載《當代楚辭研究論綱》下編第十六章，周建忠著，湖北教育出版社一九九二年版。

附錄二　讓世界認識楚辭

——訪復旦大學徐志嘯博士

朱偉倫

臺灣計畫出版一套規模宏大的《楚辭文獻叢書》，收錄自漢迄清期間問世的主要楚辭文獻代表作三十餘部，以供海外學者研究參考，約請大陸著名楚辭專家湯炳正教授主編，參加整理者均爲大陸在楚辭研究方面頗有造詣的學者，復旦大學徐志嘯博士是應邀參加這項工作的上海地區唯一代表。

徐志嘯看上去比他的實際年齡要年輕，瘦削的臉龐上架著一副眼鏡，頗有些學者風度。談起《楚辭文獻叢書》，他笑著說，這是他前不久接下的一項任務，已經完成了兩部文獻的整理工作，接下去，還要應聘擔任《楚辭學全書》的分科主編工作，估計這項工程規模還要大些。楚辭研究是徐志嘯的專長之一，十年來，他在這塊領地辛勤耕耘著，取得了不少令人欣喜的成果：他已在學術刊物上發表了二十多篇論文，這些論文中不少發表不久即引起社會反響，《人民日報》(海外版)、《新華文摘》等紛紛予以介紹、轉摘與復載，其中有些被收入年會論文集；最近，他一篇研究屈原《九歌》的論文即將發表於新加坡國立大學的學報，去年，他的一篇比較屈原詩歌與西方詩歌藝術想像的論文被國際比較文學年會選中，應邀赴東京宣讀論文。

正因爲他的楚辭研究取得了可觀成績，美國哈佛大學東亞系曾向他發函，請他赴美作學術訪問。

對於已經取得的成績，徐志嘯只是淡然一笑。他說，他研究楚辭的目的，不光有繼承弘揚民族文化遺產的目的，更希望通過中西比較，讓世界認識屈原與楚辭的價值，確立楚辭在世界文學史上的地位。

原載上海《新民晚報》一九九二年八月十日，作者係《新民晚報》記者。

滄海叢刊書目（一）

國學類

中國學術思想史論叢(一)～(八)	錢穆 著
現代中國學術論衡	錢穆 著
兩漢經學今古文平議	錢穆 著
宋代理學三書隨劄	錢穆 著
論語體認	姚式川 著
西漢經學源流	王葆玹 著
文字聲韻論叢	陳新雄 著

哲學類

國父道德言論類輯	陳立夫 著
文化哲學講錄(一)～(五)	鄔昆如 著
哲學與思想	王曉波 著
內心悅樂之源泉	吳經熊 著
知識、理性與生命	孫寶琛 著
語言哲學	劉福增 著
哲學演講錄	吳怡 著
後設倫理學之基本問題	黃慧英 著
日本近代哲學思想史	江日新 譯
比較哲學與文化(一)(二)	吳森 著
從西方哲學到禪佛教——哲學與宗教一集	傅偉勳 著
批判的繼承與創造的發展——哲學與宗教二集	傅偉勳 著
「文化中國」與中國文化——哲學與宗教三集	傅偉勳 著
從創造的詮釋學到大乘佛學——哲學與宗教四集	傅偉勳 著
中國哲學與懷德海	東海大學哲學研究所主編
人生十論	錢穆 著
湖上閒思錄	錢穆 著
晚學盲言(上)(下)	錢穆 著
愛的哲學	蘇昌美 著
是與非	張身華 譯
邁向未來的哲學思考	項退結 著

逍遙的莊子	吳　怡　著
莊子新注（內篇）	陳冠學　著
莊子的生命哲學	葉海煙　著
墨子的哲學方法	鐘友聯　著
韓非子析論	謝雲飛　著
韓非子的哲學	王邦雄　著
法家哲學	姚蒸民　著
中國法家哲學	王讚源　著
二程學管見	張永儁　著
王陽明——中國十六世紀的唯心主義哲學家	張君勱著、江日新譯
王船山人性史哲學之研究	林安梧　著
西洋百位哲學家	鄔昆如　著
西洋哲學十二講	鄔昆如　著
希臘哲學趣談	鄔昆如　著
中世哲學趣談	鄔昆如　著
現代哲學述評㈠	傅佩榮編譯
中國十九世紀思想史(上)(下)	韋政通　著
存有·意識與實踐——熊十力體用哲學之詮釋與重建	林安梧　著
先秦諸子論叢	唐端正　著
先秦諸子論叢（續編）	唐端正　著
周易與儒道墨	張立文　著
孔學漫談	余家菊　著
中國近代新學的展開	張立文　著
近代哲學趣談	鄔昆如　著
現代哲學趣談	鄔昆如　著
哲學與思想——胡秋原選集第二卷	胡秋原　著
從哲學的觀點看	關子尹　著
中國死亡智慧	鄭曉江　著

宗教類

天人之際	李杏邨　著
佛學研究	周中一　著
佛學思想新論	楊惠南　著
現代佛學原理	鄭金德　著

絕對與圓融——佛教思想論集	霍韜晦 著
佛學研究指南	關世謙 譯
當代學人談佛教	楊惠南編著
從傳統到現代——佛教倫理與現代社會	傅偉勳主編
簡明佛學概論	于凌波 著
修多羅頌歌	陳慧劍譯註
佛教思想發展史論	楊惠南 著
佛家哲理通析	陳沛然 著
禪話	周中一 著
唯識三論今詮	于凌波 著

自然科學類

異時空裡的知識追逐 ——科學史與科學哲學論文集	傅大爲 著

應用科學類

壽而康講座	胡佩鏘 著

社會科學類

中國古代游藝史 ——樂舞百戲與社會生活之研究	李建民 著
憲法論集	林紀東 著
憲法論叢	鄭彥棻 著
國家論	薩孟武 譯
中國歷代政治得失	錢穆 著
先秦政治思想史	梁啟超原著、賈馥茗標點
當代中國與民主	周陽山 著
釣魚政治學	鄭赤琰 著
政治與文化	吳俊才 著
世界局勢與中國文化	錢穆 著
海峽兩岸社會之比較	蔡文輝 著
印度文化十八篇	糜文開 著
美國的公民教育	陳光輝 譯
美國社會與美國華僑	蔡文輝 著
文化與教育	錢穆 著
開放社會的教育	葉學志 著

大眾傳播的挑戰　石永貴　著
傳播研究補白　彭家發　著
「時代」的經驗　汪琪、彭家發　著
書法心理學　高尚仁　著
清代科舉　劉兆璸　著
排外與中國政治　廖光生　著
中國文化路向問題的新檢討　勞思光　著
立足臺灣，關懷大陸　韋政通　著
開放的多元化社會　楊國樞　著
臺灣人口與社會發展　李文朗　著
財經文存　王作榮　著
財經時論　楊道淮　著

史地類

古史地理論叢　錢穆　著
歷史與文化論叢　錢穆　著
中國史學發微　錢穆　著
中國歷史研究法　錢穆　著
中國歷史精神　錢穆　著
憂患與史學　杜維運　著
與西方史家論中國史學　杜維運　著
清代史學與史家　杜維運　著
中西古代史學比較　杜維運　著
歷史與人物　吳相湘　著
共產國際與中國革命　郭恒鈺　著
抗日戰史論集　劉鳳翰　著
盧溝橋事變　李雲漢　著
歷史講演集　張玉法　著
老臺灣　陳冠學　著
臺灣史與臺灣人　王曉波　著
變調的馬賽曲　蔡百銓　譯
黃　帝　錢穆　著
孔子傳　錢穆　著
宋儒風範　董金裕　著
增訂弘一大師新譜　林子青　著
精忠岳飛傳　李安　著

唐玄奘三藏傳史彙編	釋光中	編
一顆永不殞落的巨星	釋光中	著
新亞遺鐸	錢穆	著
困勉強狷八十年	陶百川	著
我的創造·倡建與服務	陳立夫	著
我生之旅	方治	著

語文類

文學與音律	謝雲飛	著
中國文字學	潘重規	著
中國聲韻學	潘重規、陳紹棠	著
詩經研讀指導	裴普賢	著
莊子及其文學	黃錦鋐	著
離騷九歌九章淺釋	繆天華	著
陶淵明評論	李辰冬	著
鍾嶸詩歌美學	羅立乾	著
杜甫作品繫年	李辰冬	著
唐宋詩詞選——詩選之部	巴壺天	編
唐宋詩詞選——詞選之部	巴壺天	編
清眞詞研究	王支洪	著
苕華詞與人間詞話述評	王宗樂	著
元曲六大家	應裕康、王忠林	著
四說論叢	羅盤	著
漢賦史論	簡宗梧	著
紅樓夢的文學價值	羅德湛	著
紅樓夢與中華文化	周汝昌	著
紅樓夢研究	王關仕	著
中國文學論叢	錢穆	著
牛李黨爭與唐代文學	傅錫壬	著
迦陵談詩二集	葉嘉瑩	著
翻譯散論	張振玉	著
西洋兒童文學史	葉詠琍	著
一九八四	George Orwell 原著 劉紹銘	譯
文學原理	趙滋蕃	著
文學新論	李辰冬	著
分析文學	陳啟佑	著

解讀現代・後現代 ——文化空間與生活空間的思索	葉維廉 著
中西文學關係研究	王潤華 著
魯迅小說新論	王潤華 著
比較文學的墾拓在臺灣	古添洪、陳慧樺主編
從比較神話到文學	古添洪、陳慧樺主編
神話卽文學	陳炳良等譯
現代文學評論	亞菁 著
現代散文新風貌	楊昌年 著
現代散文欣賞	鄭明娳 著
實用文纂	姜超嶽 著
增訂江皋集	吳俊升 著
孟武自選文集	薩孟武 著
藍天白雲集	梁容若 著
野草詞	韋瀚章 著
野草詞總集	韋瀚章 著
李韶歌詞集	李韶 著
石頭的研究	戴天 著
留不住的航渡	葉維廉 著
三十年詩	葉維廉 著
寫作是藝術	張秀亞 著
讀書與生活	琦君 著
文開隨筆	糜文開 著
印度文學歷代名著選(上)(下)	糜文開編譯
城市筆記	也斯 著
歐羅巴的蘆笛	葉維廉 著
移向成熟的年齡——1987～1992詩	葉維廉 著
一個中國的海	葉維廉 著
尋索：藝術與人生	葉維廉 著
山外有山	李英豪 著
知識之劍	陳鼎環 著
還鄉夢的幻滅	賴景瑚 著
葫蘆・再見	鄭明娳 著
大地之歌	大地詩社 編
往日旋律	幼柏 著
鼓瑟集	幼柏 著

耕心散文集	耕心 著
女兵自傳	謝冰瑩 著
抗戰日記	謝冰瑩 著
給青年朋友的信(上)(下)	謝冰瑩 著
冰瑩書柬	謝冰瑩 著
我在日本	謝冰瑩 著
大漢心聲	張起鈞 著
人生小語(一)～(六)	何秀煌 著
記憶裏有一個小窗	何秀煌 著
回首叫雲飛起	羊令野 著
康莊有待	向陽 著
湍流偶拾	繆天華 著
文學之旅	蕭傳文 著
文學邊緣	周玉山 著
文學徘徊	周玉山 著
種子落地	葉海煙 著
向未來交卷	葉海煙 著
不拿耳朵當眼睛	王讚源 著
古厝懷思	張文貫 著
材與不材之間	王邦雄 著
忘機隨筆——卷一・卷二	王覺源 著
忘機隨筆——卷三・卷四	王覺源 著
詩情畫意——明代題畫詩的詩畫對應內涵	鄭文惠 著
文學與政治之間——魯迅、新月、文學史	王宏志 著
劫餘低吟	法天 著
洛夫 VS. 中國現代詩	費勇 著

美術類

音樂人生	黃友棣 著
樂圃長春	黃友棣 著
樂苑春回	黃友棣 著
樂風泱泱	黃友棣 著
樂境花開	黃友棣 著
音樂伴我遊	趙琴 著
談音論樂	林聲翕 著
戲劇編寫法	方寸 著

戲劇藝術之發展及其原理	趙如琳譯著
與當代藝術家的對話	葉維廉 著
藝術的興味	吳道文 著
根源之美	莊　申 著
扇子與中國文化	莊　申 著
水彩技巧與創作	劉其偉 著
繪畫隨筆	陳景容 著
素描的技法	陳景容 著
建築鋼屋架結構設計	王萬雄 著
建築基本畫	陳榮美、楊麗黛 著
中國的建築藝術	張紹載 著
室內環境設計	李琬琬 著
雕塑技法	何恆雄 著
生命的倒影	侯淑姿 著
文物之美——與專業攝影技術	林傑人 著

滄海美術叢書

儺ㄋㄨㄛˊ史——中國儺文化概論	林　河 著
挫萬物於筆端——藝術史與藝術批評文集	郭繼生 著
貓・蝶・圖——黃智溶談藝錄	黃智溶 著